Stefanie Scheurich

Deceptive City – 2

Deceptive City (Band 2): Verraten

Mitchells und Thyas Leben wird nie wieder dasselbe sein. Während Mitchell mit den Konsequenzen seiner Entscheidungen zu kämpfen hat, sieht sich Thya mit der harten Realität außerhalb der Stadt konfrontiert. Sie muss feststellen, dass sie bisher in einer Traumblase gelebt hat, die nun geplatzt ist. Und auch Mitchell weiß nicht mehr, wem er eigentlich vertrauen kann. Gerade als er droht, all seine Hoffnung zu verlieren, taucht ausgerechnet der eine Mensch auf, der nicht mehr am Leben sein sollte, und bringt eine grausame Wahrheit ans Licht.

Die Autorin

Stefanie Scheurich wurde 1997 in Esslingen am Neckar geboren. Durch Reihen wie ›Harry Potter‹ und ›Gregor‹ entdeckte sie ihre Leidenschaft für Bücher und schon bald mussten eigene Geschichten auf Papier gebannt werden. Erst nach dem Abitur begann sie allerdings, sich aktiv dem Schreiben von Romanen zu widmen, und veröffentlichte 2016 ihre ersten Geschichten.
Sie lebt zusammen mit ihrer Familie in einem kleinen Stadtteil von Esslingen, besucht regelmäßig den Ballettunterricht und widmet sich nebenbei ihrem Studium.

Stefanie Scheurich

DECEPTIVE CITY

Band 2: Verraten

Dystopie

STERNENSAND

www.sternensand-verlag.ch | info@sternensand-verlag.ch

1. Auflage, Juli 2019

Umschlaggestaltung: Sarah Buhr | Covermanufaktur & Stefanie Scheurich
Korrektorat: Sternensand Verlag GmbH | Natalie Röllig
Korrektorat 2: Sternensand Verlag GmbH | Jennifer Papendick
Satz: Sternensand Verlag GmbH
Titelillustrationen: Eky Chan | fotolia.de
Druck und Bindung: Smilkov Print Ltd.

ISBN-13: 978-3-03896-055-3
ISBN-10: 03896-055-3

Es sind die Dinge,
die wir am meisten lieben,
die uns zerstören.

THEO

Ich erkenne absolut nichts. Das Display meines neuen Inkoars ist ein einziger Wirbel aus Farben und Konturen. Während ich hier im Zentralpark der Stadt sitze und ein Geschehen miterlebe, auf das ich keinerlei Einfluss habe, ist das Mädchen am anderen Ende der Verbindung losgerannt.

Das Mädchen, das das Plappermaul vor Kurzem noch durch die Mauer gebracht hat. Das Mädchen, für das ein anderes Schicksal bestimmt war, als jetzt dort draußen überleben zu müssen. Ich erinnere mich an ihren leblosen Körper und an Susis nervigen Freund, der sie aus der Medizinischen Forschungseinrichtung entführt hat und dumm genug war, nach der Rettungsaktion mit ihr zur Mauer zurückzukehren. Damit hat er alles nur schlimmer gemacht. Sie sollte aussortiert werden. Und er hat das verhindert. Warum ist er danach hergekommen? Jetzt ist nicht nur die städtische Sicherheit alarmiert worden, jetzt ist auch noch die Einrichtung für illegale Aktivität hinter ihnen her. Niemand widersetzt sich unseren Regeln und kommt ungeschoren davon. Das hätte mir klar sein müssen. Aber hätte ich ihn davon abgehalten, etwas Richtiges zu tun? Nein. Denn was wäre die Alternative gewesen? Zuzulassen, dass ein unschuldiges Leben ausradiert wird?

Ich setze an, den Mund zu öffnen, ihre Aufmerksamkeit zu erregen, um mehr über das Geschehen in Erfahrung zu bringen: Wer ist die Frau? Wo genau ist das Plappermaul, das eigentlich bei ihr sein sollte? Und warum zum Teufel haben sie nicht auf weitere Anweisungen von mir gewartet, wie es abgemacht war? Doch das Wackeln und Schaukeln hört abrupt auf. Blonde Haare tauchen am Rand meines Displays auf, dann ein Gesicht.

»Deine Warnung kommt zu spät.«

Diese fünf Wörter sind wie ein Schlag in die Magengrube. »Was soll das heißen?«, raune ich, doch mein Inkoar hat sich längst wieder in einen Strudel verwandelt.

Ich schnappe nach Luft und lasse mich gegen die Lehne der Parkbank sinken. Mein Arm fällt herab, als gehörte er nicht mehr zu meinem Körper.

›*Was soll das heißen?*‹, will ich sie anbrüllen, eine Erklärung einfordern, doch hier in der Stadt bin ich vollkommen machtlos. Hier kann ich nicht das Geringste ausrichten.

Die Sonne wärmt mein Gesicht. Menschen spazieren den blitzsauberen Weg durch den Zentralpark entlang. Zwei Kinder tollen über die Wiese gegenüber und werfen sich lachend einen Ball zu.

Meine Warnung kommt zu spät.

Ich schnaube und lasse den Blick über meine Umgebung wandern, ohne sie wahrzunehmen.

Was bedeutet diese Anschuldigung? Was soll dieser Vorwurf, ich hätte die Information, dass sie niemandem trauen dürfen, zu spät preisgegeben? Ist das Plappermaul in Gefahr? War er deshalb nicht da? Wo sind diese Komiker überhaupt und wer war die Frau? Ich habe ihnen doch gesagt, sie sollen sich verstecken, nicht zur Arbeit gehen und niemandem trauen! Nicht einmal Menschen, von denen sie denken, dass sie Freunde wären. Ist das wirklich so schwer zu verstehen?

Wütend presse ich meine Lippen aufeinander und halte den verzweifelten Schrei zurück, der sich in meiner Brust aufbläht und schmerzhaft gegen meine Rippen drückt. Wenn die ganze Mühe, ein Menschenleben zu retten, umsonst war, nur weil dieser Einfaltspinsel nicht weiß, wie man sich ordentlich versteckt, dann bringe ich ihn um.

Was ich alles dafür geben würde, dass Susi jetzt bei mir wäre, der ich dieses ganze Theater überhaupt zu verdanken habe. Nur ihr zuliebe habe ich dabei geholfen, einen von draußen durch die Mauer zu schleusen. Und sie ist der Grund, weshalb ich es in dieser Stadt kaum noch aushalte. Ich würde wirklich alles dafür geben, sie an meiner Seite zu wissen. »Du wüsstest sicher, was zu tun ist«, brumme ich in mich hinein. Bei dem Gedanken an sie zieht ein Lächeln an meinen Lippen. »Zumindest hättest du einen Ansatz.«

Da bin ich mir ziemlich sicher. Susi ist eine Kämpfernatur. War sie schon immer. Was also ist passiert?

Das Wort ›Danke‹ – die letzte Kommunikation zwischen uns – kreist unaufhörlich in meinen Gedanken. Susi nicht mehr zu erreichen, macht mir Angst. Ich kann nicht glauben, dass sie verschwunden ist, weil sie aufgegeben hat. Es muss einen triftigen Grund geben, warum sie ohne ein Wort der Erklärung abgetaucht ist und sich laut dem Plappermaul nicht mehr im westlichen Bezirk aufhält. Die Fragen, die ich mir jede Sekunde stelle, sind allerdings, wieso und wohin?

Gedankenverloren betrachte ich das Inkoar, das mir plötzlich wie ein nutzloses Accessoire erscheint. Was bringt es mir, zu wissen, was da draußen vor der Mauer vor sich geht, wenn ich nicht aktiv eingreifen kann? Was nützt dieses Teil, wenn es nicht in der Lage ist, mir zu verraten, wo Susi steckt? Auf einmal kommt es mir wie eine Ewigkeit vor, dass wir zuletzt miteinander gesprochen haben, dabei ist es nur wenige Tage her.

Ehe meine Grübeleien in Verzweiflung umschlagen, klopfe ich mir nicht vorhandenen Staub von der Hose und stehe von der Parkbank auf. Ein letzter Blick auf das neue Inkoar verrät mir, dass das Mädchen die Verbindung unterbrochen hat. Obwohl mir bewusst ist, dass ich ihnen im Augenblick sowieso nicht helfen kann, nagt ein beinahe schmerzhafter Frust an mir.

Was kümmern mich diese fremden Menschen überhaupt? Es sind schließlich Susis Freunde. Nicht meine. Und trotzdem … wenn ich Susi finden will, sind sie der einzige Anhaltspunkt, den ich habe. Ärgerlicherweise muss ich auch zugeben, dass ich das Plappermaul für seinen Mut … na ja, ›bewundere‹ wäre wohl etwas übertrieben, aber ich würde lügen, wenn ich behaupte, dass er mich nicht ein winziges bisschen beeindruckt.

Weil ich nicht riskieren kann, dass die EfiA – wenn sie erst mal herausfinden, was ich mir alles geleistet habe – jeden meiner Schritte in dieser Stadt nachvollzieht, habe ich auf die Annehmlichkeit meines Autos verzichtet und gehe auch jetzt zu Fuß nach Hause. Da ich den Chip in meiner Hand bereits heute Morgen samt umliegendem Gewebe und unter Höllenqualen herausgeschnitten habe, glaubt die EfiA, dass ich in diesem Moment in meinem Wohnzimmer sitze und vielleicht einen Film schaue oder schlafe.

Bei dem Gedanken an meine verstümmelte Hand fängt sie wieder an, in ihrem behelfsmäßig angelegten Verband zu pochen. Dank Hightechmedizin habe ich allerdings keine Schmerzen mehr und schiebe lediglich meinen Ärmel unauffällig bis über die Fingerspitzen. Für ein langärmliges Oberteil ist es eigentlich zu warm, aber darauf kann ich keine Rücksicht nehmen. Niemand darf auch nur die Chance bekommen, zu sehen, was ich getan habe.

Während ich die gewundenen Wege im Park entlangschlendere und dem Zwitschern der Vögel lausche, die munter in den Bäumen umherspringen, halte ich mich immer wieder aufs Neue davon ab, das aussortierte Mädchen anzurufen.

Es würde nichts bringen. Ich sagte, was ich zu sagen hatte, und lieferte ihnen alle Informationen, die ich habe. Gut, das entspricht nicht ganz der Wahrheit, aber die Wahrheit geht nur Susi und mich etwas an.

Mit knirschenden Zähnen ignoriere ich das schwere Gefühl der Ohnmacht und Handlungsunfähigkeit und bemühe mich, so schnell und gleichzeitig unauffällig wie möglich den Zentralpark zu verlassen.

Das Überraschungsmoment war auf unserer Seite oder anders ausgedrückt: Die Ereignisse haben die Verantwortlichen total überrumpelt. Dass ich mich noch nicht im Visier der EfiA befinde, schließe ich aus der Tatsache, dass meine Wohnung nicht belagert wird.

Als ich eintrete, ist alles wie immer. Was bedeutet, ich habe noch Zeit. Zeit, die ich dringend brauche, um bei meinem letzten Schichtbeginn endlich Reißaus zu nehmen. Mein Verschwinden wird spätestens auffallen, wenn ich meine Protokolle nicht ausfülle, geschweige denn abschicke. Haben sie bis dahin nicht herausgefunden, wer für die Entführung einer Städterin und den Ausfall des halben Sicherheitssystems verantwortlich ist, werden sie es spätestens dann erfahren.

Für meine erfolgreich vertuschten guten Taten würde ich mich am liebsten selbst beglückwünschen, aber man soll den Tag nicht vor dem Abend loben. Vielleicht geht noch etwas schief oder … oder ich irre mich. Was ist, wenn sie nicht mich, sondern ich sie unterschätzt habe?

THYA

Die panische, nackte Angst ist wie Gift, das durch meine Adern pulsiert. Jede einzelne Zelle steht in Flammen, jeder Quadratmillimeter meines Körpers brennt. Ich spüre das schmerzhafte Kribbeln sogar in den Fingerspitzen. Die Furcht ist überall, nur nicht in meinen Beinen, die eine ordentliche Portion Energie am nötigsten hätten. Sie treibt mich an, schneller zu rennen, als ich es eigentlich kann, wozu das Adrenalin sicher ebenfalls seinen Teil beisteuert.

Mitchells Mutter Nicole befindet sich knapp drei Meter vor mir. Ihr ausgemergelter Körper bewegt sich in einer Geschwindigkeit vorwärts, die ich ihr nie zugetraut hätte. Doch es geht um das Leben ihres Sohnes, dem ich mein eigenes zu verdanken habe. Vielleicht ist es normal, dass Mütter die natürlichen Gesetze überwinden, wenn es sein muss.

Wenn ich daran denke, dass diese ganze Situation irgendwie meine Schuld ist, fällt es mir noch schwerer, zu atmen. Erst vor wenigen Sekunden haben wir Theresas Wohnung verlassen, um Mitchell einzuholen, der sich auf den Weg zu dem Laden des alten Mannes, Mister Springer, gemacht hat. Dabei hat Mitchell versprochen, nicht zu gehen. Er hat versprochen, zu warten, bis Snobby sich meldet. Und nun hat sich auch noch herausgestellt, dass die Bedrohung größer ist, als wir hätten ahnen können. Mister Springer ist ein Spitzel, und Mitchell läuft geradewegs in seine Fänge. Wenn er nicht längst dort ist.

Ich halte es im ersten Moment für Einbildung, aber Nicole wird noch ein bisschen schneller. Es kommt mir so vor, als würde sie ihren Vorsprung von Sekunde zu Sekunde vergrößern. Wie eine Irre hetzt sie durch die dreckigen Straßen des Bezirks und fängt sich mehr als einen überraschten oder verwirrten Blick ein.

Während ich mich abmühe, sie nicht zu verlieren, halte ich den Kopf, so gut es geht, gesenkt, damit niemand meine besondere Augenfarbe zu Gesicht bekommt oder gar von ihr geblendet wird. Die Sonne steht ziemlich hoch am Himmel, und nicht eine einzige Wolke tänzelt um sie herum. Wegen der schlechten Luft lege ich eine Hand über Mund und Nase, obwohl es mir das Laufen zusätzlich erschwert. Ich habe noch immer Schwierigkeiten damit, die Realität zu akzeptieren. Ich kann kaum glauben, dass ich noch vor wenigen Tagen nichts von der Existenz dieses Ortes wusste. Von diesen schäbigen Häusern, der ekligen Luft, den … armen Menschen, die hier leben. Und ausgerechnet hier soll ich sicherer sein als in der Stadt?

Sobald der Anblick von Snobby, dem Grenzwächter, dem Mitchell diesen Spitznamen verpasst hat, in mein geistiges Sichtfeld rückt, verschwinden die Zweifel. Er hat es bestätigt. Er, der selbst ein Teil der Stadt ist, hat gesagt, dass ich bereits tot sein sollte. Als wir vorhin das Treppenhaus hinuntergestürmt sind, habe ich kurz innegehalten, um ihm einen Vorwurf zu machen. Ich weiß nicht, ob er letztendlich tatsächlich wie einer geklungen hat, aber das war mir auch egal. Denn wenn sich Snobby nur früher gemeldet, wenn er uns rechtzeitig gesagt hätte, dass wir in noch größerer Gefahr schweben als angenommen, wenn er sich nicht so viel Zeit mit seiner Offenbarung gelassen hätte, dann wäre Mitchell vielleicht nicht gegangen. Dann hätte er es sich zweimal überlegt, diesen Mister Springer aufzusuchen, um ihn auszuhorchen. Denn Snobbys Warnung ist die Bestätigung für Mitchells Misstrauen dem alten Mann gegenüber. Es war richtig, nicht bei ihm, sondern bei seiner Freundin Theresa unterzutauchen. Und wenn Mister Springer unseren Aufenthaltsort tatsächlich an die Stadt verrät …

Mein Herz gibt alles, um jeden Winkel meines Körpers mit Blut zu versorgen. Auch meine Lunge pumpt, als wollte sie einen Preis gewinnen. Jedes Mal, wenn meine Füße auf den Asphalt auftreffen, befürchte ich, das Gleichgewicht zu verlieren. Die Taubheit schwindet nur langsam und lässt den gesamten Boden unbefestigt und wackelig erscheinen. Dabei bin ich es, deren Gliedmaßen schwanken, als bestünden sie aus schlecht miteinander verschraubten Gelenken.

Ich weiß nicht, wie ich es überhaupt schaffe, zu rennen, aber ich tue es. Ich renne. Nicht um mein eigenes Leben, sondern um Mitchells. Keine Ahnung, wie lange er bereits weg war, bevor sich Snobby gemeldet hat, aber selbst wenn es nur Minuten waren, saßen Nicole und ich noch viel zu lange einfach herum und haben … nichts getan.

Wieso versuchten wir nicht eher, ihn aufzuhalten? Die Antwort liegt auf der Hand. Meinetwegen. Meine Anomalie hat Mitchell eine Chance verschafft und er hat sie ergriffen. Ich war die Ablenkung, die es ihm ermöglichte, zu gehen, ohne von seiner Mutter oder mir aufgehalten zu werden. Nicole war zu sehr damit beschäftigt, sich um mich zu kümmern. Dabei hat sie nicht bemerkt, dass sich ihr Sohn auf den Weg machte, um herauszufinden, wie groß die Gefahr ist, in der wir schweben. Eine Gefahr, die allein meinetwegen existiert. Weil ich nicht hier, sondern tot sein sollte.

Als Mitchells Mutter direkt auf den unteren Teil eines Gebäudes zuhält, der entfernt an einen Gütermarkt erinnert, wie sie in der Stadt an jeder Ecke zu finden sind, zügelt sie endlich ihr Tempo. Über einer breiten Doppeltür hängt ein altes Schild, von dem bereits die Farbe abblättert. Das r in ›Terri‹ sieht aus wie ein i ohne Punkt, und der Markt ist kein Markt, sondern ein ›Marl t‹, mit einer kleinen Lücke zwischen dem halben k und dem t.

Keuchend überbrücke ich die letzten Meter zwischen Nicole und mir und halte schnaufend inne. Während mein Puls die Ader an meinem Hals spürbar zum Pochen bringt und ich immer wieder nach Luft schnappe, starrt Nicole wie hypnotisiert durch die gläserne und unheimlich trübe, verschmutzte Fassade des Ladens. Auch wenn sich jede Faser meines Wesens dagegen sträubt, zwinge ich mich, ebenfalls hinzusehen.

Nichts. Ich sehe weder Mitchell noch irgendwelche verdächtig erscheinenden Männer. Eine seltsame Übelkeit überkommt mich. Hier stimmt etwas nicht.

Nicole streckt mit zitternden Fingern ihre Hand aus, um die Türen aufzudrücken und das Innere des Geschäfts zu betreten. Ich folge ihr, obwohl sich mir das Bedürfnis aufdrängt, wegzurennen. Aber ich habe mir etwas vorgenommen und ich werde mich daran halten. Nie wieder weglaufen.

Der Geruch von verdorbenem Fleisch und überreifem Obst schlägt mir entgegen. Statt mir weiterhin die Nase zuzuhalten, fange ich an, durch den Mund zu atmen.

In den Gütermärkten der Stadt hat es niemals so scheußlich gerochen, sondern immer nur nach frischer Minze und einer Mischung aus Zitrone und Vanille.

Ich halte nach Duftregulierern Ausschau, die an den Wänden hängen müssten und wie der untere Teil eines Wassertropfens aussehen, aber nirgends entdecke ich welche. Stattdessen fällt mein Blick auf eine Ansammlung von Melonen, die in einer Tonne in Kassennähe liegen und anders als der Rest an diesem trostlosen Ort einen überraschend frischen Eindruck machen.

»Theresa ist nicht an der Kasse«, murmelt Nicole und runzelt die Stirn. »Ich werde nach Mitchell suchen.« Dann läuft sie auch schon los, um mit einer erstaunlichen Geschwindigkeit in jeden Gang zu linsen. Da der Laden nicht besonders groß ist, dauert es nicht lange, bis wir jeden Winkel davon überprüft haben.

»Wo ist er?« Nicoles verzweifeltes Schluchzen fährt mir durch Mark und Bein.

Ich hätte gern eine Antwort für sie, doch ich bin nicht mal dazu fähig, die Schultern zu heben.

Sie reibt sich rasch über die Augen, zieht dann ihre Nase hoch und dreht sich im Kreis. »Vielleicht ist er gar nicht hierher gegangen«, versucht sie sich selbst Hoffnung zu machen. »Vielleicht ist er woanders und hat längst herausgefunden, was dieser Mann in deinem Armband uns erzählt hat. Vielleicht ist er bereits nach Hause gegangen, um uns zu warnen, während wir ihn warnen wollen.«

Ich wünsche mir, dass sie recht hat … auch weil alles in mir schreit, dass es meine Schuld ist. Aber die verdächtigen Tatsachen sind schwer zu ignorieren – dass der Terri-Markt wie ausgestorben ist, obwohl doch mindestens jemand an der Kasse sitzen sollte, und auch dieser Mister Springer weit und breit nicht zu sehen ist.

Als das Zuschlagen der Doppeltür verrät, dass ein Kunde den Laden betreten hat, presst Nicole ihre Lippen zusammen und versucht, die Tränen wegzuwischen, die jedoch immer wieder von neuen ersetzt werden.

Wir bewegen uns auf den Eingang zu, und als mein Blick auf die Person fällt, die eben im Geschäft erschienen ist, erstarre ich. Mir wird eiskalt. Mein Gesicht friert ein, macht jeglichen Ausdruck von Emotionen unmöglich.

Es ist die Freundin von Mitchell, in deren Wohnung wir Unterschlupf gesucht haben. Theresa.

Und sie sieht furchtbar aus.

Er war hier. Mitchell war hier und wir sind zu spät. Mein Blick schnellt umher, als würde Mitchell jede Sekunde aus einem der Gänge auftauchen und verkünden, alles sei nur ein gemeiner Scherz gewesen. Doch nichts dergleichen geschieht.

Er ist weg.

»Es tut mir so leid«, schluchzt Theresa in ihre Hände, die sie sich vor das Gesicht hält. »Die Männer haben sie einfach mitgenommen. Ich konnte nichts machen.«

Ihre Worte dringen wie durch Watte an meine Ohren.

Nicole geht zitternd auf und ab, während sie ins Leere starrt. Der Schock hat sie mit voller Wucht erwischt. Ich weiß nicht, was ich tun soll. Ich weiß ja nicht einmal, was ich sagen soll.

»Sie haben Benny und Mitchell einfach mitgenommen«, wiederholt Theresa, als würde sie selbst noch immer nicht glauben, was sie mit eigenen Augen gesehen hat.

Ich traue mich erst nicht zu fragen, wer dieser Benny eigentlich ist. Es erscheint mir in Anbetracht der Situation ziemlich unpassend. Aber warum wurde er ebenfalls verhaftet?

Gerade als ich genügend Mut gesammelt habe, um mich doch danach zu erkundigen, kommt Nicole mir zuvor: »Wo ist Mister Springer?!«

»Hier«, tönt eine raue Stimme.

Neben einem Regal mit Konserven taucht ein alter Mann auf. Er hat mehr Falten im Gesicht als Haare auf dem Kopf, und die Haut unter seinen Augen hängt ziemlich auffällig herunter. Ich versuche, nicht zu sehr zu starren, aber in meinem ganzen Leben ist mir noch keine Person begegnet, der man ihr Alter so offensichtlich angesehen hat. Die Menschen hier müssen völlig andere Gene haben als wir. In der Stadt hört jeder auf, optisch zu altern, nachdem er neunundzwanzig geworden ist.

Nicole rauscht wie ein heftiger Windstoß an mir vorbei und direkt auf den Mann zu. »Maikel, wo zum Teufel ist mein Sohn?!

Er war auf dem Weg zu dir.« Dass Theresa uns die Ereignisse bereits geschildert hat, ist unwichtig.

Der alte Mann, Mister Springer, streckt die Arme aus und umfasst Nicoles Oberarme mit seinen schrumpeligen Fingern. »Es tut mir so leid.«

»Deine Entschuldigung interessiert mich nicht«, faucht sie zurück. Außer sich vor Zorn reißt sie ihre Arme zurück und befreit sich damit aus seiner Berührung. »Ich will auf der Stelle zu meinem Sohn.«

»Das wird kaum möglich sein.«

MITCHELL

Zuvor

Ich sehe in Bennys Augen und weiß in der gleichen Sekunde, dass es ein Fehler war, Theresas Wohnung zu verlassen. Es war ein Fehler, herzukommen, und es war ein Fehler, einen meiner besten Freunde zu vernachlässigen. Wegen eines Snobs. Aber hätte er an meiner Stelle anders gehandelt? Hätte er Thya ihrer Aussortierung überlassen? Und wenn nicht, hätte er sie danach sich selbst überlassen, nur weil sie nicht aus den Bezirken stammt? Hätte er sie dazu benutzt, mehr über Fletchers Verbleib herauszufinden, auch wenn ihm klar gewesen wäre, dass sie absolut nichts weiß?

Wäre ich sauer geworden, würde ich in *seiner* Haut stecken? ›*Nein*‹, rede ich mir ein. ›*Ich hätte Verständnis gehabt.*‹

»Bitte sag mir, dass du hier bist, um einzukaufen«, flehe ich und kann nicht fassen, dass ich tatsächlich zwischen Theresa und Benny stehe und mich bedroht fühle. Mein negatives

Empfinden ist theoretisch gerade völlig fehl am Platz und doch kann ich nicht leugnen, was ich eindeutig spüre.

Ich sehe Theresa an, obwohl die Aufforderung nicht an sie gerichtet war. Denn wenn ich Benny anschauen würde, könnte ich mich vielleicht nicht beherrschen. Der Zorn brodelt bereits unter meiner Haut. Es ist lediglich eine Frage der nächsten Sekunden und des weiteren Verlaufs dieser abartigen Situation, ob er sich Bahn brechen wird.

Ein Freund sollte einem nicht in den Rücken fallen.

Aus dem Augenwinkel nehme ich wahr, wie Benny einen Schritt in meine Richtung wagt. »Du verstehst das nicht.« Das Flehen in seinen Augen, als ich mich überwinde, in seine verräterische Visage zu blicken, lässt mich überraschenderweise kalt.

»Was soll ich nicht verstehen?«, zische ich. »Dass du sauer wegen Fletcher bist und mich hasst, weil ich dich ausgetrickst habe, um jemandem das Leben zu retten?«

Benny zuckt zusammen, als hätte ich ihn geschlagen. Sein Hals verschwindet beinahe gänzlich, weil er den Kopf einzieht und die Schultern hebt. Seine Stimme zittert. »Es geht doch nicht nur um dich. Es geht um Fletcher, um Theresa … um mein Leben«, verteidigt er sich halbherzig.

Ich frage mich, ob er Angst vor mir hat, weil er plötzlich so kleinlaut ist. Normalerweise weiß Benny sich sehr gut verbal zu verteidigen. Wenn ich ihn so sehe – mit seinem schlechten Gewissen, von dem ich mir nicht einmal mehr sicher bin, ob es geheuchelt ist oder nicht –, würde ich mir am liebsten eine der Melonen schnappen, die am Eingang gestapelt sind, und sie ihm über den Schädel ziehen.

Theresa streckt ihre Hand aus und berührt mich zurückhaltend, beinahe ängstlich an der Schulter. »Mitchell.«

Mein Kopf schnellt zu ihr.

»Versuch doch, zu verstehen ...«

»Was soll ich verstehen?«, blaffe ich sie an. »Dass dieser Spinner hier gemeinsame Sache mit deinem Chef macht?«

»Was?« Mister Springer überwindet mit ein paar großen Schritten die kurze Distanz zwischen uns, die er zuvor noch gewahrt hat, und erklärt: »Ich habe nichts mit alldem zu tun.«

Mein Zeigefinger macht sich selbstständig und deutet anklagend auf das Gesicht des älteren Herrn. Die Denkfalten auf seiner Stirn gewinnen an Tiefe.

»Sie wissen aber sehr wohl, wovon ich rede«, verkünde ich überzeugt. »Sie wollten mich durch meine Mutter in eine Falle locken, aber das ist Ihnen nicht gelungen.«

»Ich wollte ...«, setzt er an, doch ich unterbreche seine armselige Ausrede.

»Warum wissen Sie dann, dass nach mir gesucht wird?« Die Frage ist mehr ein Vorwurf, da er meiner Mutter bereits verraten hat, wie viel er weiß.

Als Benny und Mister Springer vor ein paar Sekunden aufgetaucht sind, während ich Theresa noch nichts ahnend dabei geholfen habe, ein paar Dosen in die Regale zu räumen, genügte ein Blick in das Gesicht meines Freundes, um zu erraten, was hier läuft. Ich weiß nicht, was Benny erfahren, wen er getroffen hat oder was ihm erzählt wurde, aber mein Gefühl trügt mich äußerst selten. Und in meinem ein Jahr jüngeren Kumpel kann ich lesen wie in einem geöffneten Buch. Seine Schuldgefühle standen ihm so deutlich ins Gesicht geschrieben, dass er sich ebenso gut ein Schild mit der Aufschrift ›Ich habe meinem besten Freund eine nicht wiedergutzumachende Gemeinheit angetan!‹ hätte umhängen können. Und da mir in den letzten Stunden noch nichts widerfahren ist, kann das nur eines bedeuten: Der Auslöser, der Grund für sein schlechtes Gewissen, wird mich noch niederwälzen.

Weil Mister Springer nur mit immer wieder auf- und zuklappendem Mund dasteht und offenbar nicht weiß, wie er sich geschickt aus seiner Lüge herauswinden kann, lasse ich ihn links liegen und wende mich wieder Benny zu. »Stimmt es oder stimmt es nicht?«, fordere ich eine Antwort auf eine Frage, die ich nicht einmal eindeutig formulieren kann.

»Ich …«, stottert der Verräter, »ich hatte keine andere Wahl. Das musst du mir glauben«, setzt er drängend hinterher.

Mit wutverzerrtem Gesicht weiche ich zurück.

Theresa senkt beschämt den Kopf.

»Was habt ihr getan?«, hauche ich, um endlich Gewissheit zu bekommen.

Doch in der Sekunde, in der das letzte Wort dieses Satzes über meine Lippen geflüchtet ist, wird mir klar, was ich eigentlich schon längst hätte tun sollen. Ich will meinen Fehler geradebiegen, mich umdrehen und davonrennen, die Flucht ergreifen, bevor es zu spät ist. Doch vor dem Eingang, den ich von Verzweiflung getrieben ansteuere, wartet bereits die Quittung für meine Dummheit.

Dass die Männer, die urplötzlich vor dem Laden stehen und sich bei meinem Auftauchen in Bewegung setzen, nicht in den äußeren Bezirk gehören, erkenne ich an ihren glatten, sauberen, fast plastisch wirkenden Gesichtern. Hat der eine überhaupt Falten? Seine Haut erweckt den Anschein, als hätte er zeit seines Lebens nicht ein einziges Mal die – vielleicht gar nicht vorhandene? – Gesichtsmuskulatur verwendet.

Abrupt halte ich inne. Während ich überlege, ob ich eine Chance habe, es mit fünf Typen gleichzeitig aufzunehmen, betreten sie den Terri-Markt und gehen bestimmt, aber nicht übermäßig eilig auf mich zu. Ein Blick über die Schulter offenbart mir, dass auch Theresa, Benny und Mister Springer endlich die Konservenabteilung verlassen haben und in Sichtweite der Eingangstür getreten sind.

Zwei Gedanken schießen durch meinen Kopf, die mir einen Aufschrei entlocken wollen. Ich presse die Zähne zusammen und überlege fieberhaft, wie ich unbeschadet aus dieser Scheiße entkomme.

Wäre ich einfach bei Mum und Thya geblieben!

Ich hätte es ahnen müssen!

Unaufhörlich nähern sich mir die Männer mit ihrer fremdartigen Erscheinung. Mich verwundert, dass sie verwaschene, alte Kleidung tragen, wie es jeder in unserem Bezirk tut. Vermutlich soll das ein schwacher Versuch sein, sich anzupassen und nicht aufzufallen. Dass die Herren einfach nur lächerlich aussehen, sollte ihnen mal jemand sagen. Die Waffen, die plötzlich in ihren Händen auftauchen, sind allerdings alles andere als lächerlich.

Ehe ich noch weitere wertvolle Sekunden verschwende, will ich wieder in einem der Seitengänge verschwinden, doch eine raue Stimme hindert mich daran. »Stehen bleiben.« Beim Klang dieses emotionslosen Befehls kriecht mir ein Schauer über den Rücken.

Mein Körper reagiert sofort und verharrt an Ort und Stelle. Ich zweifle nicht eine Sekunde daran, dass das Plastikgesicht die Waffe in seiner Hand auch einsetzen wird.

»Mitchell Thomas Taron« – woher zum Teufel kennt er meinen vollen Namen? – »Sie sind wegen Einbruch, Entführung, körperlicher Gewalt, Diebstahl und dem unerlaubten Betreten der Stadt verhaftet. Ihre Festnahme aufgrund der eben genannten Vergehen tritt augenblicklich in Kraft. Sie haben die Anweisung, zu schweigen und sich widerstandslos abführen zu lassen.«

Wie bitte?

Panisch blicke ich mich zu Benny um. Mein Kumpel scheint an allem mehr interessiert zu sein als an mir.

»Du Verräter«, knurre ich. »Und du brauchst gar nicht so zu gucken«, fahre ich anschließend Theresa an, die anscheinend mit dem flehenden Funkeln in ihren Augen erreichen will, dass ich Verständnis für sie habe. Dann höre ich endlich auf, Zeit zu verlieren, und setze mich ruckartig in Bewegung.

Vielleicht war es naiv, zu hoffen, wegrennen zu können. Das Gefühl, das mich überwältigt, als ich wie ein Stein auf dem Boden aufschlage, ist nicht in Worte zu fassen. Meinen Körper kann ich weder spüren noch bewegen. Ich will den Mund öffnen, um zu schreien, doch meine Lippen und die Zunge sind taub. Wie ein Sack liege ich da, unfähig, mich in irgendeiner Weise zu wehren. Womit haben die mich angeschossen?

»Was machen Sie da?« Zu meiner Verblüffung ist es Mister Springer, der diese panische Frage äußert.

Schritte nähern sich mir, aber da ich mit dem Gesicht vor einem Regal liege, sehe ich keinen der Anwesenden.

Dann schießt wieder diese emotionslose Stimme durch den Laden und hallt in meinem Kopf wider. »Da Sie gegen Ihre Anweisung, widerstandslos mitzukommen, verstoßen haben, ist die Liste Ihrer Straftaten gewachsen. Transportfertig machen!«, bellt er zum Abschluss.

Plötzlich entferne ich mich vom Boden und fliege.

»Benjamin Sulten, Sie sind wegen Einbruchs, Entführung, körperlicher Gewalt und des unerlaubten Betretens der Stadt verhaftet«, fährt der Anführer dieser kleinen Truppe fort.

»Was?«, kreischt Theresa hysterisch.

Auch Benny brüllt los: »Nein, das ist ein Fehler. Sie haben gesagt, Sie nehmen nur ihn mit!«

Doch das Plastikgesicht geht überhaupt nicht auf seine Proteste ein. »Transportfertig machen«, befiehlt er erneut, und wie durch Zauberhand bewege ich mich auf den Ausgang zu.

Natürlich schwebe ich nicht wirklich. Ich spüre nur die Hände nicht, die mich schleppen.

»Warten Sie, was ist mit meinem Bruder?«

Mein Kopf hängt schlaff herunter, doch ich erhasche einen Blick auf Theresas dürre Beine. Sie überholt uns und stellt sich tatsächlich diesen bewaffneten Männern in den Weg.

»Mir wurde gesagt, dass Sie ihn gehen lassen.«

»Falschinformation«,ist die ruppige Antwort.

»Nein«, heult Theresa. Ich sehe förmlich vor mir, wie ihr Gesicht von Tränen überflutet wird und ihr ganzer Körper bebt.

»Nein, so war das nicht abgesprochen. Hören Sie auf, lassen Sie sie gehen.«

Als ein Schlag ertönt, würde ich erstarren, wenn ich könnte. Alternativ gefriert mein Blut in den Adern. Hat sie gerade einen der Männer attackiert?

Es folgt ein zweiter Schlag, dann vernehme ich die Geräusche eines Gerangels, begleitet von Theresas verzweifelten Schreien. »Nein, nein! Wo ist mein Bruder! Sie haben gesagt …« Ein metallisches Klicken schneidet ihr das Wort ab.

»Wenn Sie noch einmal unsere Arbeit behindern, bin ich befugt, Sie zu betäuben oder notfalls lebenserhaltende Organe zu beschädigen.«

Mit purer Willenskraft versuche ich den Kopf zu heben, um zu sehen, was um Himmels willen vor sich geht, doch alles, was ich erblicke, ist der uralte, verdreckte Linoleumboden des Terri-Markts. In meinen Gedanken jedoch sehe ich Theresa. Den Lauf einer Pistole an der Schläfe. Dass ich recht haben könnte, schließe ich aus ihrem Schweigen.

Niemand gibt einen Mucks von sich. Auch Mister Springer nicht. Und wenn ich raten müsste, würde ich davon ausgehen, dass er sich längst vom Acker gemacht hat.

Als wir den Laden verlassen, ist mir bereits schlecht von dem ganzen Geschaukel. Jeglicher Versuch, mich nach Benny umzusehen, misslingt. Meine geöffneten Augen brennen, als stünden sie in Flammen.

Der Asphalt wird bald von dem Hinterteil eines Wagens abgelöst. Bekommt denn niemand mit, dass wir gerade entführt werden? Nicht ein Laut ist zu hören. Es ist, als wäre die gesamte Straße wie leer gefegt, als hätte jedermann beschlossen, diesen Teil des Bezirks heute zu meiden. Waren überhaupt Kunden im Terri-Markt?

Mein Kopf bewegt sich schlaff hin und her, nachdem ich im Inneren des Wagens gelandet bin. Da sind schwarze Wände. Keine Fenster.

»Gute Fahrt«, wünscht das Plastikgesicht, dann versinkt alles in Finsternis.

THYA

Es wird still im Terri-Markt, sobald Mister Springer fertig ist, die vor einer halben Stunde stattgefundenen Ereignisse zu schildern. Mein Herz krampft sich schmerzhaft zusammen. Sie haben Mitchell mitgenommen.

Theresa läuft nicht davon. Sie rennt nicht weg, verteidigt sich auch nicht. Stattdessen steht sie mit hängenden Schultern und gesenktem Kopf neben ein paar Konserven und gibt keinen Laut von sich.

Ich denke an ihren verbissenen Gesichtsausdruck, an ihre seltsame Reaktion, als wir urplötzlich vor ihrer Wohnung standen, nachdem wir Mitchells Zuhause fluchtartig verlassen hatten. Jetzt wird mir klar, dass es Schuld war, die ihren Blick so abweisend und auf eine verdrehte Art traurig färbte.

Sie haben Mitchell verraten. Sie und dieser Benny. Seine Freunde haben ihn wie ein Stück Fleisch für die Freiheit von Theresas Bruder verkaufen wollen. Und für Bennys Leben.

Ich kaue seit mehreren Minuten auf der Innenseite meiner Wange herum. In meinem Mund befindet sich bereits so viel Blut, dass meine Zunge pelzig wird. Der Terri-Markt kommt mir mittlerweile noch grauenhafter vor als bei unserer Ankunft. Dreckig. Ein Ort des Verbrechens.

Fröstelnd reibe ich mir über die Oberarme und mache einen Schritt rückwärts, näher zu Nicole, die wie eine Statue neben einem Regal mit Bohnen steht und unentwegt Theresa anstarrt. Ich kann nicht einmal sagen, ob sie in den letzten Minuten überhaupt geblinzelt hat.

Theresas Verhalten bestätigt uns, dass Mister Springer die Wahrheit sagt und sie selbst vorhin gelogen hat. Mitchell ist weg. Er wurde betäubt und davongeschafft. Einfach mitgenommen, als hätte die EfiA ein Recht auf sein Leben.

Mir wird schlecht, wenn ich daran denke, dass ich, bevor mein Leben auf den Kopf gestellt wurde, immer der Meinung war, die EfiA würde alles ... sicherer machen. Doch vieles hat sich geändert. Allen voran meine Überzeugung. Meine feste, unerschütterliche, naive, dumme Überzeugung, dass es jedem Menschen gut geht und das einzig böse, annähernd bedrohliche in meinem Leben meine von Kontrolle besessene Mutter ist.

Mitchell wurde für ein Verbrechen verhaftet, das keines ist. Er hat mir das Leben gerettet und bezahlt dafür mit seinem eigenen.

»Es ist meine Schuld. Ich hätte dich hartnäckiger davon überzeugen müssen, bei mir unterzutauchen«, zerschneidet Mister Springer die angespannte Stille und sieht betreten zur Seite.

Nicole, an die die Entschuldigung gerichtet war, würdigt den alten Mann jedoch keines Blickes. Es hat den Anschein, als nähme sie ihn gar nicht wahr.

»Erzähl mir alles«, raunt sie bedrohlich. »Ich will alles wissen, jedes kleine Detail, jeden noch so winzigen Gedanken, den du hattest. Ich will wissen, warum ihr dachtet, es wäre eine gute Idee, meinen Sohn zu opfern.«

Mit jedem Wort scheint Theresa zu schrumpfen. Sie wird immer kleiner, lässt die dunkelblonden, strähnigen Haare wie einen Vorhang vor ihr Gesicht fallen. Als würde sie das vor dem Zorn und dem Hass beschützen, der ihr gilt.

Während Nicole langsam auf sie zugeht, halte ich die Luft an. Ich weiß nicht, wieso ich damit rechne, dass sie Theresa schlägt, aber meine Ahnung bewahrheitet sich nicht. Liegt es daran, dass ich *meiner* Mutter eine solche Tat zugetraut hätte?

Die erste Person, die Theresa nach einer gefühlten Ewigkeit endlich ansieht, bin zu meiner eigenen Überraschung ich. Ihre trüben grauen Augen richten sich wie Laser auf mein Gesicht, dann flüstert sie: »Dich wollten sie eigentlich auch.«

Mein Herz bleibt stehen.

»Wahrscheinlich wird gerade meine Wohnung nach dir durchsucht«, fährt sie leise fort.

Während ich versuche, meine Fassung zu erlangen, und darum kämpfe, einzuatmen, stellt sich Nicole genau zwischen uns, sodass ich vor Theresas Blick abgeschirmt bin.

Natürlich sind sie auch hinter mir her. Was habe ich denn erwartet?

»Was hast du ihnen alles erzählt?«, verlangt Nicole zu erfahren. »Wie konntet ihr überhaupt …« Bevor sie ihre Frage beenden kann, zieht Theresa einen glänzenden, winzigen, metallischen Knopf aus ihrem Ohr.

Mister Springers Miene verdüstert sich. Abwechselnd sieht er zu mir und zu Nicole, dann legt er einen Finger auf seine Lippen. Wir sollen leise sein.

Wahrscheinlich würde ich sowieso keinen Ton über die Lippen bringen, selbst wenn ich wollte. Ehe Nicole seiner stummen Aufforderung widerspricht, winkt Mister Springer uns zu sich und geht eilig los.

Ich denke nicht lange darüber nach und folge ihm. Zu meiner Erleichterung setzt sich auch Nicole in Bewegung, allerdings nicht, ohne Theresa vorher einen letzten, vernichtenden Blick zuzuwerfen. Dann hasten wir zum Hintereingang und raus in den dreckigen Bezirk.

Mein Herzschlag donnert mir in den Ohren. Wir hetzen durch Gassen, die nach faulen Eiern riechen, an Hausmauern entlang, die von komischen Pflanzen bewachsen sind und an manchen Stellen seltsame grüne, schimmlige Stellen aufweisen, bis in einen Teil des Bezirks, der weniger deprimierend aussieht.

Entschlossen hält Mister Springer auf ein kleines Haus zu, das etwas verlassen zwischen zwei Plattenbauten steht. In Windeseile hat er die Haustür aufgeschlossen und uns reingelassen.

Der Flur, den wir betreten, ist dunkel. Unbewusst habe ich mich an Nicoles Hand festgeklammert, was sie allerdings nicht mal zu bemerken scheint. Vielleicht ist es ihr auch nur egal.

»Hier lang«, fordert uns Mister Springer auf, schließt gleichzeitig die Tür hinter sich, drückt auf einen Schalter, woraufhin Licht angeht, und hastet zu einer weiteren Tür am Ende des Flurs.

Nicole folgt ihm, ohne zu zögern, doch ich halte jäh inne. Das hier ist ein fremdes Haus und ein fremder Mann. Das letzte Mal, als ich mich blind auf die Hilfe von jemandem verlassen habe, wäre ich fast gestorben.

Meine Hand gleitet aus Nicoles und sie bleibt überrascht stehen. »Thya? Was ist los?«

Mit einem unangenehmen Knistern im Nacken schüttle ich den Kopf. »Wo gehen wir hin?« Ungewollt mache ich zwei Schritte zurück. Ist die Haustür abgeschlossen?

»Ich verstecke euch in meinem Keller, Kind«, mischt sich Mister Springer ein. Die Falten auf seiner Stirn vertiefen sich, bis es aussieht, als wäre sein Gesicht aus einzelnen Hautfetzen zusammengeflickt worden. »Hast du das kleine Ding gesehen, das Theresa aus ihrem Ohr gezogen hat?«, fährt er unruhig fort.

Mein Blick fliegt immer wieder in Richtung Ausgang, während ich vorsichtig nicke.

»Das war von einer Überwachungseinrichtung der Stadt. Sie haben jedes einzelne Wort mitgehört. Theresas Freund hatte vermutlich auch eins von den Dingern.«

Das erklärt, woher die EfiA wusste, dass Mitchell im Terri-Markt war, aber es verrät mir nicht, weshalb ich Mister Springer vertrauen sollte. Woher weiß er das alles überhaupt? Die einzig logische Antwort, die ich darauf finde, ist die, dass er selbst ein Lügner ist.

»Haben Sie auch so eins?«, krächze ich unsicher, den Abstand zwischen uns fest im Blick, doch er macht keine Anstalten, näher zu kommen.

»Nein, ich habe etwas anderes«, gesteht er plötzlich, was mich für ein paar Sekunden aus dem Konzept bringt.

»Wie bitte?« Das ist Nicole. Ungläubig starrt sie den alten Mann an, als hätte er sich direkt vor ihren Augen in einen Vogel verwandelt. »Was soll das heißen, Maikel?«, drängt sie mit zitternder Stimme.

»Ich erkläre euch alles, aber später. Ihr müsst euch verstecken, ehe die auch bei mir auftauchen. Bitte.« Sein Flehen klingt in meinen Ohren weder überzeugend noch echt.

»Warum sollten wir Ihnen glauben?«, fauche ich.

Mechanisch drücke ich meinen zitternden Körper an der Wand entlang, so lange, bis ich mich hinter den Kleiderständer im Flur schieben kann, an dem nur ein einziger Mantel hängt. Es ist nicht gerade ein sehr effektiver Schutzwall, aber besser als gar nichts. In der MeF konnte ich mir auch einreden, eine simple Decke würde mich vor Mitchell beschützen. Mitchell. Bei dem Gedanken an ihn muss ich die Tränen zurückhalten. Es ist meine Schuld, dass er fort ist.

»Ihr habt keinerlei Grund, mir zu vertrauen, aber ihr müsst mir glauben, dass ich euch helfen will«, raunt Mister Springer eindringlich. »Nicole, wir kennen uns seit einer Ewigkeit. Du weißt, ich hätte deinen Sohn niemals ausgeliefert. Ich versuche nur irgendwie, das Richtige zu tun.«

Mein verwirrtes, dummes Herz will mir einreden, dass er die Wahrheit sagt, aber auf meine Intuition ist kein Verlass. Also lasse ich den Mann nicht eine Sekunde aus den Augen, während ich mich an Nicole wende: »Lass uns gehen. Wir verstecken uns in eurer Wohnung.«

Sie zögert. Viel zu lange. Als sie die Augen zusammenkneift, die Fäuste gegen ihre Schläfen presst und mir anschließend einen traurig-entschuldigenden Blick zuwirft, wird mir klar, dass ich verloren habe.

»Bitte«, jammere ich, stampfe wie ein stures Kind mit dem Fuß auf und grabe meine Hände in den müffelnden Stoff, der vor meiner Nase baumelt.

»Wir haben keine Wahl, Thya«, versucht sie mich von etwas zu überzeugen, das ich nicht wahrhaben möchte. Dabei streckt sie die Hände nach mir aus, als wollte sie mich zu sich locken.

»Nein, bitte. Ich kann da nicht runter.« Mein Wimmern wird lauter, bis ich mich nicht mehr davon abhalten kann, zu heulen. »Er lügt. Er wird uns ausliefern«, will ich an ihre Vernunft appellieren, doch die scheint im Augenblick nicht vorhanden zu sein.

Anstatt zu mir zu kommen, bleibt sie wie festgewachsen auf der Stelle stehen. Das schummrige Licht im Flur malt ihr tiefe Schatten unter die Augen. »Das ist vielleicht die einzige Möglichkeit, Mitchell zu retten.« Dann dreht sie sich um und geht geradewegs zur Kellertreppe.

Mister Springer hat die Tür bereits geöffnet. Wie ein Schlund klafft der Keller dahinter auf. Man sieht nur die ersten Stufen, den Rest verschluckt die Dunkelheit.

»Die werden auch im Keller nach uns suchen«, will ich Nicole verzweifelt umstimmen, aber Mister Springer grätscht dazwischen.

»Ich habe einen Luftschutzraum, dessen Tür man nicht entdecken wird, wenn man nicht weiß, wo sie ist. Niemand wird euch da finden.«

›*Und retten können*‹, füge ich im Geiste an.

»Thya, bitte«, flüstert Nicole und sieht mich dabei so eindringlich an, dass ich das Bedürfnis verspüre, ihrem stechenden Blick auszuweichen. Sie hat Mitchells Augen.

Innerlich fluchend gebe ich meine Deckung auf, überbrücke die kurze Distanz, die ich zuvor zwischen uns geschaffen habe, und folge ihr in den Abgrund.

NICOLE

Nicole Taron verdiente ihr Geld damit, die Kleidung fremder Leute zu reparieren, die entweder keine Zeit erübrigen konnten, Löcher zu flicken und Säume zu kürzen, oder schlichtweg keinerlei Talent besaßen, was den Umgang mit Nadel und Faden betraf.

Sie hatte außerdem den Verlust ihrer Mutter zu betrauern, die vor vier Monaten an einer einfachen Grippe gestorben war. Ihre übrig gebliebene mentale Energie verwendete sie darauf, ihrem trauernden Vater eine gute Tochter zu sein. Im Grunde bedeutete das, ihm zu helfen, den Lebensunterhalt zu finanzieren, ihm abends, wenn er aus der Fabrik heimkehrte, eine warme Mahlzeit zu servieren und dankbar für sein Leben zu sein.

Dass Nicole keine wirklichen Freunde vorweisen konnte, war der Tatsache geschuldet, dass sie die meiste Zeit des Tages in ihrem Zimmer saß und nähte. Die Menschen, mit denen sie gelegentlich in Kontakt trat, waren größtenteils Kunden und deren

Kinder. Und auch wenn es ein paar Gelegenheiten gegeben hatte, jemanden näher kennenzulernen, verspürte Nicole nicht den Wunsch danach.

Der Tod ihrer Mutter mochte zu der Zeit ein Grund dafür gewesen sein. Menschen, an die man sich bindet, von denen man vielleicht sogar abhängig sein würde, verschwanden irgendwann wieder und hinterließen nichts als klaffende Wunden voller Schmerz. Dafür konnte man ihnen natürlich keine Schuld geben, aber Nicole war nicht erpicht darauf, dieses Gefühl in nächster Zeit erneut aufleben zu lassen, also verzichtete sie lieber auf soziale Kontakte und bemühte sich, schlichtweg weiterzuleben.

Mit jedem Tag wurden ihre Gefühle stumpfer und die Tage schwammiger. Als würde sie in einer endlosen Schleife der immer gleichen Handlungen feststecken, aus der sie keinen Ausweg fand. Sie schlief, sie aß, sie nähte, sie kochte, sie putzte, sie atmete … und hin und wieder stellte sie sich die Frage, weshalb sie ihr Dasein an diesem trostlosen Ort fristen musste, während nicht unweit entfernt Menschen im Überfluss lebten. Manchmal erwischte sie sich auch dabei, wie sie darüber nachgrübelte, womit sie das alles verdient hatte. Doch die Antwort suchte sie vergebens.

Vielleicht wäre alles anders gekommen, wenn Nicole nicht in dieser augenscheinlich niemals enden wollenden, düsteren Phase ihres Lebens gesteckt hätte. Vielleicht würde sie noch heute jene beneiden, die das Glück hatten, an diesem anderen Ort zu leben. Aber es kam, wie es gekommen ist.

Hätte Nicole damals gewusst, wohin die Begegnung im Frühling vor einundzwanzig Jahren führen würde, sie müsste lügen, wenn sie behauptete, dass sie es nicht gleichermaßen bereuen und dankbar dafür sein würde.

Mein Vater hatte die Wohnung mal wieder mit seinen staubigen Fabrik-Stiefeln durchquert. Ich hatte mir eigentlich vorgenommen, deswegen nicht mehr sauer zu sein, aber mein Zähneknirschen verriet, dass ich mir nur selbst etwas vormachte. Natürlich verstand ich, weshalb er keine Geduld hatte, sich die Schuhe von den Füßen zu streifen, ehe er die Wohnung betrat. Diese Handlung würde ihn unnötige Energie und Kraft kosten, da er sich bücken, die Schnürsenkel lösen und das Schuhwerk mühsam im Stehen von seinen Füßen ziehen müsste. Aber dass er bereits etliche Male den Stuhl ignoriert hatte, den ich ihm deshalb an der Wohnungstür bereitstellte, zermürbte mich.

Stattdessen stiefelte er quer durch unsere Wohnküche, um sich im Schlafzimmer auf sein Bett zu setzen und diesen Prozess dort zu vollziehen, wo er deutlich bequemer zu bewerkstelligen war. Wegen der zu entschuldigenden Faulheit meines Vaters war ich allerdings bereits mehr als einmal in einen Metallspan getreten – Mitbringsel aus der Fabrik, die an seinen Schuhen hängen blieben.

Jedes Mal hatte dieses Missgeschick mit einem blutigen Fuß und gelegentlich einem Besuch bei Tony geendet, der mir die fiesen scharfen Splitter mit einer Pinzette aus der Haut pulen musste. Schmerzhaft und unnötig zeitraubend. Daher konnte mir weder mein Vater noch sonst jemand einen Vorwurf machen, wenn mir langsam, aber sicher das Verständnis zur Neige ging.

Ich stand mit zwei Tellern in der Hand vor unserem Tisch und starrte verärgert die Schlafzimmertür an, durch die Mitch eben verschwunden war. Dann schnellte mein Blick auf den Boden, wo ich mir einbildete, mehrere Metallsplitter ausfindig zu machen, und blieb schlussendlich an meinen Füßen hängen, die lediglich mit löchrigen Socken bekleidet waren.

Na toll. Ich konnte den Schmerz in meinen Fußsohlen bereits spüren. Also stellte ich die Teller ab, holte den Besen aus dem Schrank und fing an, den Weg, den mein Vater genommen hatte, zu fegen.

Kaum hatte ich mich an die Arbeit gemacht, hörte ich ihn zufrieden seufzen, was bedeutete, er hatte sich erschöpft auf seiner Matratze ausgestreckt.

»Mach's dir nicht zu bequem. Das Essen ist schon fertig«, warnte ich und verbarg dabei meinen Ärger, so gut es eben ging. Ich wollte nicht böse auf ihn sein, andererseits wollte ich auch nicht andauernd befürchten müssen, kleine Fremdkörper in meiner Haut stecken zu haben.

Als ich mit dem Besen keinerlei bedrohliche Späne, sondern lediglich ein paar Staubflusen zusammengekehrt hatte, verriet ein Stöhnen, dass sich Mitch wieder auf die Beine hievte. Kurz darauf erschien er im Türrahmen. Seine ergrauten Haare passten zu den fahlen Ringen unter den Augen und die rauen Hände zu den spröden Lippen.

»Hast du heute genug getrunken?«, wollte ich wissen.

Mitch blieb mir eine Antwort schuldig, bis er sich nach quälend langsamen Schritten endlich am Esstisch niedergelassen hatte. »Du weißt, dass dafür kaum Zeit ist«, meinte er. »Und zwei Toilettenpausen in einer Zwölf-Stunden-Schicht sind einfach zu wenig. Von daher …« Statt den Satz zu beenden, zuckte er träge mit den Schultern.

Ich ballte die Hände zu Fäusten. Nicht, weil ich wütend auf ihn war, sondern auf die … Gesamtsituation.

»Pinkel in eine Flasche«, schlug ich vor, doch Mitch winkte ab.

»Können wir jetzt essen? Ich bin am Verhungern.« Das Thema war dann wohl ausdiskutiert.

Mit steifen Schritten ging ich zur Küchenzeile, um den wässrigen Eintopf vom Herd zu nehmen und ihn vor meinen Vater auf den Tisch zu stellen, der mir ein liebevolles Lächeln schenkte, ehe er sich bediente.

Obwohl ich keinen Hunger hatte, zwang ich ebenfalls ein paar Löffel hinunter und begann dann, ohne dass ich es wollte, an meine Mutter zu denken. Wenn sie noch leben würde, hätte sie Mitch einen Klaps auf den Hinterkopf verpasst und ihm eingetrichtert, sich den Gang zur Toilette eben zu verkneifen. So wie richtige Männer das taten.

Ich vermisste sie.

»Nicci?«

Schnell wischte ich mir eine Träne aus dem Augenwinkel und sah meinen Vater an, der sich an der Nase kratzte.

»Das war sehr lecker. Du kochst genauso gut wie deine Mutter.«

Ein schnaubendes Lachen entwich meinem Mund, das in einen krächzenden Laut umschlug. Wie schaffte Mitch es nur, meine Gedanken zu lesen?

Ich räusperte mich und sagte: »Danke.«

Nach dem Essen legte er sich schlafen, während ich den Abwasch erledigte.

Entweder hatten wir später mit dem Essen begonnen oder ich war einfach zu langsam gewesen, denn ich schaffte es nicht, den Topf fertig zu spülen, als auch schon der Wasserstrahl aus dem Hahn versiegte. Zeitgleich gingen die Lichter in der Wohnung aus.

»Verdammt.« Fluchend ließ ich das Geschirr fallen. An meinen Fingern klebte noch immer Seifenschaum, der mit verdünnter Tomatensoße vermischt war. Blind tastete ich nach einem kleinen Handtuch und wischte mir das Zeug von den Händen.

Die Dusche, auf die ich heute Morgen verzichtet hatte, fiel dann wohl auch ins Wasser. Meine Abende würden sich deutlich angenehmer gestalten lassen, wenn der Strom und das Wasser jeden Tag zur selben Uhrzeit abgestellt würden. In dem Fall könnte ich mich nämlich danach richten und müsste mich nicht immer überrumpeln lassen.

Da ich jetzt jedoch nichts an meiner Lage ändern konnte, fand ich mich damit ab, tastete mich bis zu meinem Bett und ließ mich hineinfallen.

Es waren die gedämpften Schreie aus der Nachbarschaft, die in mir die Ahnung heraufbeschworen, dass morgen jemand verschwunden sein würde. Es war meine verbittert-trübsinnige Stimmung, die mich unruhig und immer seltener schlafen ließ. Und es war eine plötzliche Wut, die ich in dem Ausmaß und solcher Intensität nie verspürt hatte, die mich in dieser Nacht aus dem Bett und hinaus in den Bezirk trieb. Ich verfolgte keinen konkreten Plan oder ein überstürztes Vorhaben, ich folgte allein meinem Zorn.

Es war kalt. Die Luft stach wie Nadeln auf der Haut und brachte meinen Körper zum Schlottern. Mit einem Knoten im Magen und einem undefinierbaren Druck im Kopf schlug ich den Weg ein, aus dem ich glaubte, die Schreie gehört zu haben.

Heute Nacht würde jemand verhaftet und verschleppt werden. Wieso und weshalb, konnte man sich meistens nicht erklären, sicher war nur, dass diese Menschen nie wieder auftauchten.

Etwas, womit sich die Mehrheit dieses Bezirks abgefunden hatte, das ich aber nicht länger hinnehmen wollte. Vermutlich hetzte ich deshalb in der Finsternis, völlig schutzlos und außer mir, durch die verdreckten Gassen, direkt auf einen möglicherweise fatalen Fehler zu. Nur hatte sich meine Vernunft augenscheinlich von mir verabschiedet.

Ich hielt an, als ich Schritte hörte. Die Schreie hatten schon vor mehreren Minuten aufgehört, doch ein Kribbeln im Nacken und in den Fingerspitzen ließ mich glauben, dass ich hier richtig war.

Zwischen zwei Häuserblocks schlängelte sich eine gepflasterte Straße hindurch, die – wenn ich das richtig sah – an einer Mauer endete und dort nach links und rechts abzweigte. Der Geruch nach nassem Stein hing im Mauerwerk neben mir, da es heute Nachmittag geregnet hatte, und vermischte sich mit der süßlichen Note nach fauligem Obst, dessen Gestank aus ein paar Tonnen einige Meter weiter quoll.

Ich ignorierte die Abfälle und meine schlotternden Knie, schlich an der Hauswand entlang zu der Abzweigung vor mir. Als ich um die Ecke lugte, nahm ich im ersten Moment an, zu halluzinieren, doch auch nachdem ich mehrmals geblinzelt hatte, löste sich der schwarze, im Mondlicht glänzende Transporter nicht in Luft auf.

Ein Fahrzeug, dessen Anblick ein Loch in die Umgebung riss. Es passte nicht hierher. Und es bestätigte mir, dass ich die Schreie nicht missdeutet hatte.

Aber wo waren die Menschen, zu denen sie gehörten? Bereits für den Abtransport verstaut im Laderaum? Womöglich zusammengeschlagen oder … tot? Und wo waren die Monster, die dafür verantwortlich waren?

Mir wurde schwummrig und ich erinnerte mich daran, dass ich atmen musste. Meine Nägel hatten sich in ein paar Ziegel gekrallt, an denen ich mich festhielt.

Was sollte ich jetzt tun? Umdrehen und so tun, als wäre ich nie hier gewesen? Abwarten, was passierte? Oder … oder nachsehen, ob jemand … ?

Bevor ich mit weiteren Gedanken Zeit vergeudete, verließ ich mit klopfendem Herzen meine Deckung und lief los. Das Gebäude, vor dem der Transporter parkte, behielt ich fest im Blick. Mein Herzschlag wummerte wie das Dröhnen eines Motors in meinen Ohren und die Zunge klebte mir am Gaumen. Doch das war egal, denn ich hatte ohnehin nicht vor, auch nur einen Mucks von mir zu geben.

Je näher ich dem Wagen kam, desto fantastischer wurden meine Theorien für den Grund seiner Anwesenheit. Vielleicht handelte es sich um eine Falle, gestellt für Menschen wie mich, die zu blöd oder zu trotzig waren, um in Sicherheit zu bleiben. Vielleicht war er irrtümlich hier abgestellt worden und die Schreie ein Produkt meiner Fantasie gewesen. Vielleicht wollte jemand, dass ausgerechnet ich ihn fand.

Ich schüttelte den Kopf. Die letzte Vermutung machte am allerwenigsten Sinn. Wer sollte ahnen, dass ich mich nachts nach draußen schleichen und das Fahrzeug hier finden würde?

»Du schnappst völlig über«, flüsterte ich in die bedrohlich wirkende Stille, ungeachtet der Gefahr, in die ich mich dadurch brachte.

Als ich vorsichtig mein Ohr gegen den Transporter drückte, um zu überprüfen, ob sich jemand darin befand, lief ein Frösteln über meinen gesamten Körper.

Das Metall war eiskalt, die Dummheit meiner Aktion beinahe sichtbar.

›Verschwinde sofort‹, riet meine Vernunft, aber der Hass auf die Stadtmenschen war größer. Ich musste bleiben. Ich hatte gar keine andere Wahl.

THEO

Irgendetwas stimmt nicht. Die Stille ist unheimlich. Wie die Ruhe vor dem Sturm. Ein Sturm, der unausweichlich kommen wird. Ganz sicher.

Ich versuche, Zeit totzuschlagen, indem ich selbst koche. Zuerst würfle ich das synthetische Straußenfleisch, brate es anschließend an, rühre ohne Rezept irgendeine Soße zusammen und werfe gleich darauf alles in den Müllschlucker.

Bei der Vorstellung, etwas zu essen, ist mir unwohl. Und bei dem Gedanken an den eingewickelten Hautfetzen in meiner Hosentasche wird mir regelrecht schlecht. Deshalb spüre ich dieses Unbehagen, diese Angst im Nacken. Ich habe es geschafft, den Chip herauszuschneiden, ohne die Meldung auszulösen, die bei gewaltsamer Entfernung sofort an die städtische Verwaltungseinrichtung geschickt wird. Trotzdem fühle ich mich alles andere als erleichtert oder auch nur im Mindesten sicher.

Wahrscheinlich liegt das aber an meinem Vorhaben. Was denke ich mir eigentlich? Ich verlasse freiwillig mein geregeltes, geschütztes und einfaches Leben und wofür?

»Für Susi«, erinnere ich mich. »Für Susi«, wiederhole ich etwas lauter und balle entschlossen die Hände zu Fäusten, während ich tief einatme und die Luft für ein paar Sekunden anhalte.

Meine Entscheidung ist richtig. Ich weiß es einfach. Vor allem, da ich schon vor Jahren mein Leben hier für sie aufgegeben hätte.

Als ich zitternd wieder ausatme, setze ich mich langsam in Bewegung, gehe in mein Schlafzimmer und öffne die mit einem Sensor geschützte Truhe in der untersten Schublade meines Nachtschranks, die allein auf meinen Fingerabdruck reagiert.

Ich will meine zitternden Finger um den darin befindlichen Inhalt schließen, stutze jedoch. Irgendetwas hält mich davon ab, Susis Geschenk mitzunehmen. Ich habe es damals nicht fertiggebracht, ihr die Kette zu geben, was vielleicht daran liegen könnte, dass sie mich vor acht Jahren, als wir ahnungslose Teenager waren, zurückgewiesen hat. Ich sagte ihr, dass ich sie liebe, dass es schon immer so war, und sie wusste nicht, was sie fühlte. Ein paar Wochen später küsste sie mich, aber das muss ich auf die Extremsituation schieben, der wir ausgesetzt waren.

Im Grunde habe ich nie in Erfahrung gebracht, was sie letztendlich wirklich für mich empfindet. Dass es mir nach all den Jahren noch immer keine Ruhe lässt, macht mir Angst.

Ich weiß, dass ich sie liebe. Ich habe nie damit aufgehört. Wenn ich sie also finde, muss ich wissen, ob ich ihr ebenso viel bedeute. Falls ich sie überhaupt finde …

Zögernd starre ich auf die kleinen Kettenglieder, die die Form von Unendlichkeitssymbolen haben, was total kitschig ist. Ich beiße mir auf die Zunge.

Ich sollte den Schmuck nicht mitnehmen. Ich darf mich nicht an eine Hoffnung klammern, die mich womöglich nur unglücklich machen wird. Die Vergangenheit lässt sich nicht ändern. Und wer kann mir schon garantieren, dass Susi nicht jemanden gefunden hat, den sie …

Widerwillig höre ich auf meine Intuition, lasse den Schmuck, wo er ist, und schließe die Truhe. Außerdem hat Susi nie Wert auf Materielles gelegt.

Als ich die Schublade zuschiebe und ihr Geschenk für immer wegschließe, fühlt es sich wie das Ende unserer Freundschaft an. Es tut weh. Aber wem mache ich etwas vor? Die Zeiten, in denen ich von einer gemeinsamen Zukunft geträumt habe, in denen sie denkbar gewesen wäre, sind schon lange vorbei. Dass sie mich im Dunkeln über ihre Entscheidungen lässt, ist der Beweis dafür. Ich habe es nur nicht akzeptieren wollen.

MITCHELL

Ich bin leicht. Mein Kopf ist leer, Gedanken rinnen durch mein Bewusstsein wie feiner Sand. Sie lassen sich nicht fassen, ziehen weiter, kaum dass ich sie entdeckt habe. Es könnte unglaublich frustrierend sein … wenn es mich stören würde. Doch mir ist alles egal.

Ohnmacht habe ich mir immer als alles verschlingende Schwärze vorgestellt. Wie ein Loch, das dich in sich hineinsaugt ohne die Chance auf ein Entkommen. Wie eine dunkle Wolke, die sich über deinen Geist legt, dich lähmt und dir sämtliche Gewalt über deinen Körper entzieht. Doch so ist es nicht.

Ich bin leicht. Wie eine Feder im Wind, die kein Ziel hat, keinen Weg, keine Richtung, weder ihren Anfang noch ihr Ende kennt. Wo komme ich her? Wo will ich hin? Ist das wichtig?

Lange Zeit schwebe ich, lasse mich einfach treiben, nehme meine Existenz als solche an und kümmere mich nicht um mehr.

Mein Dasein ist wie ein Traum. Ein wunderschöner Traum, der hoffentlich niemals endet.

»Aufwachen!«

Noch nicht. Bitte.

»Aufwachen, hab ich gesagt!«

Ein grober Schlag landet auf meinem Hinterkopf, den ich plötzlich wieder spüre. Ich widerstehe dem Drang, die Augen geschlossen zu halten und zu versuchen, erneut in diesen leichten Zustand der angenehmen Orientierungslosigkeit zurückzukehren, und zwinge meinen Geist wieder in meinen Körper.

Ich bin hier. Ich bin am Leben. Kaum atme ich bewusst ein, spüre ich mich wieder. Mein Rücken schmerzt, mein Nacken ist verspannt, mein Gesicht brennt, als hätte ich damit auf heißen Kohlen gelegen, mein Magen scheint sich verdreht zu haben und meine Beine kribbeln, als bohrte mir jemand heiße Nadeln in die Haut. Kurz gesagt: Ich fühle mich schrecklich.

»Aufstehen!«, donnert die Stimme eine Spur aggressiver.

Der Raum, in dem ich mich befinde, ist beklemmend eng. Die Wände sind schwarz, genau wie Boden und Decke. Keine Fenster. Ich liege auf einer harten Unterlage.

Vorsichtig drehe ich mich auf den Rücken und stemme mich anschließend nach oben.

Der Besitzer der drohenden Stimme rückt in mein Sichtfeld. Ein Plastikgesicht. Seine Züge wirken so starr und unnatürlich wie die der Männer im Terri-Markt. Der Terri-Markt!

In einer hastigen Bewegung werfe ich den Kopf herum und atme keuchend ein. Wo bin ich? Wie lange bin ich von zu Hause fort?

Viel zu schnell springe ich von dem Bett, das keines ist. Ich muss hier weg! Doch kaum mache ich zwei Schritte von dem Gestell weg, auf dem ich gelegen habe, werde ich unsanft zurückgerissen. Ungläubig starre ich meine Handgelenke an.

»Geht doch«, sagt das Plastikgesicht mit den blonden Haaren grinsend, die im bläulichen Schein der Deckenlampe seltsam leuchten, und fängt an, auf einem flachen Gerät herumzutippen, das er in den Händen hält.

Mein Blick fliegt zwischen diesem Mann, der ohne Zweifel ein Snob ist, und den glänzenden Ringen um meine Unterarme hin und her. Zwei dünne, grün schimmernde Seile verlaufen von der pechschwarzen Wand bis zu diesen … Handschellen und hindern mich daran, dem Plastikgesicht meine Faust in den Magen oder – was noch befriedigender wäre – ins Gesicht zu rammen.

Endlich finde ich meine Sprache wieder. »Wo bin ich?« Leider klinge ich lange nicht so einschüchternd, wie ich es gern täte. Mein Hals ist vollkommen ausgedörrt. Mühsam versuche ich, den Kloß hinunterzuschlucken, doch er bleibt unbarmherzig stecken.

Das Plastikgesicht beachtet mich nicht mehr. Als wäre ich überhaupt nicht da, tippen seine Finger munter auf dem flachen Gerät herum, dann tritt er ohne Vorwarnung aus dem engen Raum, schenkt mir zum Abschluss noch ein verächtliches Lächeln und ist weg. Er wird buchstäblich von der Dunkelheit verschluckt.

In einer rasanten Geschwindigkeit hat sich eine Tür aus der Wand vor ihm geschoben und mich in vollkommener Finsternis zurückgelassen, da das Licht über unseren Köpfen im selben Moment erlosch.

Erstarrt stehe ich da. Sehe nichts. Vergesse zu atmen. Kann mich nicht rühren. Will nicht verstehen. Was zur Hölle ist mit mir passiert?

Die Sekunden verstreichen, in denen ich mir einbilde, das Ticken einer Uhr zu hören. Aber da ist nichts. Nur völlige Stille. Mein Hirn spielt mir einen Streich. Ich gehe rückwärts, bis ich mit den Unterschenkeln gegen einen Widerstand stoße, dann setze ich mich. Meine Hände gleiten über eine raue Oberfläche. Es ist keine Matratze, denn ich sinke nicht ein.

Langsam kriecht die Panik unter meine Haut. Frisst sich durch meine Eingeweide, die Gliedmaßen bis in die Fingerspitzen. Mir ist kalt. Ich fange an, unkontrolliert zu zittern, zu blinzeln. Die Dunkelheit bleibt. Ich hebe eine Hand vor meine Augen, aber ich sehe nicht das kleinste bisschen. Ich bin blind.

Blut rauscht in meinen Ohren. Noch nie in meinem Leben hatte ich solche Angst.

Ich weiß nicht, wo ich bin.

Ich weiß nicht, was passieren wird.

Ich weiß nicht, ob ich die nächsten Stunden überleben werde.

Ich weiß gar nichts.

Nur, wie sehr ich mich nach Hause wünsche, um Mum zu sagen, dass es mir leidtut. Alles.

»Reiß dich zusammen. Reiß dich zusammen. Denk nach.« Obwohl ich nur flüstere, klingen die Worte in dem winzigen Raum unglaublich laut.

Unruhig gehe ich auf und ab, was allerdings mehr einem Im-Kreis-Drehen gleicht. Für großartige Strecken reicht der Platz nicht. Genau wie die Reichweite meiner Handschellen.

Meine Augen hätten sich mittlerweile an die Finsternis gewöhnen müssen, doch in diese … Zelle dringt nicht der kleinste Lichtstrahl. Was, wenn ich irgendwo unter der Erde bin? Weggesperrt, um elendiglich zu verhungern?

Übelkeit schnürt mir den Hals zu. Ich kämpfe mit aller Macht darum, meine letzte Mahlzeit bei mir zu behalten. Jetzt die Nerven zu verlieren, würde alles nur noch schlimmer machen. Ich muss ruhig bleiben, mir einen Plan ausdenken. Und verdammt noch mal aufhören, so zu zittern! Meine Knie schlottern ununterbrochen und werden nur vom Klappern meiner Zähne in den Schatten gestellt. Das reicht!

Ruckartig setze ich mich auf die harte Pritsche, auf der – wenn ich das recht gespürt habe – nur eine alte, verwaschene Decke verhindert, dass mir der Hintern dort anfriert.

Mit staubtrockenem Mund sitze ich da, umfasse dann eine der Handschellen und versuche hilflos, meine Hand durch den engen Ring zu quetschen. Natürlich ohne Erfolg. Alles, was ich erreiche, ist ein schmerzendes Handgelenk.

»Scheiße«, fluche ich und presse die Kiefer so hart aufeinander, dass ich befürchte, meine Zähne könnten jede Sekunde bersten. Das Brennen hinter meinen Augen trägt nicht gerade zu meiner Zuversicht bei.

Bevor ich die Nerven verliere, stehe ich wieder auf und will die Tür erreichen. Oder zumindest die Stelle, an der ich sie vermute. Doch ehe ich gegen ein Hindernis laufen kann, werden meine Arme mit einem Ruck nach hinten gerissen. Ich steige über eines der Seile und probiere es rückwärts. Und erneut tappe ich nur im Dunkeln. Meine Verzweiflung wächst.

»Hey! Lasst mich raus!« Der Raum schluckt meine Schreie wie ein hungriges Kind. »HILFE!«, brülle ich mir die Seele aus dem Leib und will mir im selben Moment für meine Dummheit eine Ohrfeige verpassen. Hilfe? Was erwarte ich? Dass jemand kommt, sich für alles entschuldigt und mich gehen lässt? »Ja, Mitchell, genau das wird passieren.«

Wenn meine Lage nicht so aussichtslos wäre, hätte ich darüber lachen können. Eingesperrt in einer Dunkelkammer, vermutlich meilenweit von zu Hause entfernt, den Tod vor Augen.

»Jetzt übertreibst du aber«, bremse ich den Pessimisten in mir. »Bist du sicher?«, schnaube ich aufgebracht, sinke zurück auf meine armselige Schlafstätte und vergrabe das Gesicht in den Händen.

Wem möchte ich hier eigentlich etwas vormachen? Meine Chance, hier herauszukommen, ist genauso groß wie die Wahrscheinlichkeit, dass Thya wegen eines Missverständnisses aussortiert werden sollte.

Also verharre ich reglos an Ort und Stelle und überlege, was ich als Nächstes tue. Die naheliegendste Antwort ist sowohl leicht als auch niederschmetternd: nichts.

THYA

Es riecht nach Kalk. Die Luft hier unten ist feucht und kalt. Die Wände bestehen aus groben, großen Steinen, wie ich sie noch nie gesehen habe. Es wäre ein Leichtes, sich hier Handflächen oder Arme aufzuschürfen. Man muss nur stolpern, fallen und dann versuchen, seinen Sturz abzufangen. Schon hat man Wunden voller Dreck und Staub.

Das Licht aus dem Flur oben beleuchtet dieses unterirdische Geschoss nur schwach. Mister Springer, der wieder die Führung übernommen hat, knipst erneut eine Lampe an, die an einem Kabel von der Decke baumelt.

›*Akute Brandgefahr*‹, schießt es mir durch den Kopf. Mit offener Elektrik ist nicht zu spaßen. Seit Tagen ist das der erste Moment, in dem ich mein sicheres, gefahrenfreies Zuhause wieder stärker vermisse. In der Stadt ist es nirgendwo dreckig oder gefährlich und es riecht auch nirgends nach den kuriosesten Dingen. Alles ist eben festgelegt. Sauber. Sicher. Geregelt und ordentlich. Wie es sich gehört.

Bis vor Kurzem habe ich mir niemals Gedanken darüber gemacht, dass ich von Insekten angesprungen oder mir meine Klamotten schmutzig machen könnte. Mir war nicht klar, wie anstrengend es ist, keinen Bot zu haben, der jeden unliebsamen Handgriff übernimmt. Nicole und Mitchell haben in den letzten Tagen selbst gekocht, selbst gewaschen, selbst geputzt, ihr Brot selbst gebacken, ihre Türen selbst verschlossen, ihre Betten selbst gemacht ...

Ein schabendes Geräusch reißt mich aus meinen umherwirbelnden Gedanken. Als ich einen Satz zur Seite mache, schrammt mein Handrücken an der Steinwand entlang. Sofort fängt meine Haut Feuer und brennt wie die Hölle.

»Autsch«, fluche ich und betrachte die Schürfwunde.

Mister Springer hat einen alten Teppich über den Boden gezogen und eine schwer aussehende Falltür aus Metall freigelegt.

»Alles in Ordnung?«, fragt Nicole.

Ich nicke verbissen. Dann versuche ich, meine Hand zu vergessen und mich auf das aktuelle Geschehen zu konzentrieren.

Mister Springer angelt einen Stahlring aus der Falltür und fängt an, mit aller Macht diesen Koloss nach oben zu ziehen.

Ungläubig blinzelnd sehe ich zu, wie sich ein etwa ein Meter breites Loch im Boden auftut. Ich verziehe das Gesicht. Das Letzte, was ich möchte, ist, mich wie eine Assel im Untergrund zu verkriechen und untätig herumzusitzen. Ist das überhaupt nötig? Vielleicht können wir wie vernünftige Menschen mit den Leuten der EfiA reden?

Frustriert über mich selbst schüttle ich den Kopf. Da wären wir wieder beim Thema Naivität.

»Der Bunker lasst sich von innen mit einem Rad verschließen. Wenn die Luft rein ist, komme ich zurück.« Mister Springer tritt eilig zur Seite und lässt Nicole in die Dunkelheit hinabsteigen.

Als ich an der Reihe bin, schaffe ich es nicht, meine Beine zu bewegen.

»Worauf wartest du?«, drängt der alte Mann. Er klingt besorgt, nicht ungeduldig.

Doch jede Zelle meines Körpers sträubt sich dagegen, auch nur den kleinen Zeh in diese Gruft zu setzen.

»Ich kann nicht«, hauche ich mit klappernden Zähnen. Ich hasse mich selbst dafür, so hilflos und klein zu sein, aber mein Widerwille ist wie ein Betäubungsmittel, das man mir direkt in die Venen gespritzt hat. Allein bei dem Gedanken, unter der Erde zu verschwinden und dort festzusitzen … »Ich kann nicht da runter«, krächze ich erneut und schlinge die Arme um meinen zitternden Körper. »Sie werden uns sowieso finden«, suche ich nach einer glaubwürdigen Ausrede, die mir diesen Gang ins Ungewisse ersparen würde.

Mister Springer macht sie allerdings sofort zunichte. »Niemand kommt auf die Idee, in einem Keller nach einem weiteren Keller zu suchen.«

Ich zögere weiterhin, bis Nicoles Stimme zu uns heraufschallt. »Thya, du hast gar keine andere Wahl.« Wie sehr ich mir wünsche, ich hätte eine. »Es ist nur so lange, bis die Luft rein ist.«

Da ich sie nicht sehen kann, ist es fast so, als würde mein Verstand zu mir sprechen. Natürlich hat sie recht. Das weiß ich. Und welche Überwindung muss es sie kosten, die Suche nach Mitchell zu verschieben? Aber mein Körper, der vor Angst wie gelähmt ist, versteht das nicht.

Meine Hände sind mit Angstschweiß benetzt, als ich den rechten Fuß vom Boden hebe und ein paar Zentimeter weiter wieder absetze. Mein Leben ist noch nicht zu Ende, erinnere ich mich. Ein paar Stunden in diesem Keller sind nichts im Vergleich zum sicheren Tod. Und so ein Risiko einzugehen, wo doch Nicoles Sohn mir erst die Möglichkeit verschafft hat, es tatsächlich zu genießen, wäre unverzeihlich.

Mit einem letzten tiefen Atemzug schlucke ich den Knoten hinunter, der mir die Kehle zuschnürt, gehe an Mister Springer vorbei, der mit seinem ausgestreckten Arm auf das Loch deutet, und lasse mir von ihm dabei helfen, hinunterzuklettern.

Das Zukrachen der Falltür hallt im Luftschutzraum wie Donner von den Wänden wider. Schlagartig wird es finster. Als mich etwas am Arm berührt, kreische ich auf.

Ehe ich hysterisch werden kann, redet Nicole beruhigend auf mich ein. »Ich bin es nur. Entschuldige.«

Mein Puls ist in die Höhe geschossen, deshalb dauert es eine Weile, bis das Vibrieren in meinem Körper nachlässt. Das Unbehagen legt sich wie ein nasser, kalter Lappen in meinen Nacken. Mir war nicht bewusst, dass ich zur Klaustrophobie neige, aber die Luft scheint dünner zu werden.

»Ich habe Angst«, flüstere ich in die Dunkelheit hinein. Schniefend ziehe ich die Nase hoch und suche nach Nicoles Hand, die, als hätte sie es gespürt, ihre ebenfalls nach mir ausstreckt.

»Alles wird wieder gut.« Nicht nur mich scheint sie davon überzeugen zu müssen. »Alles wird wieder gut, Thya. Sie werden uns nicht finden. Und wir werden Mitchell zurückholen.«

Ich glaube, dass wir uns manchmal einbilden, Dinge, die beinahe unmöglich sind, schaffen zu können. Wahrscheinlich weil es noch schrecklicher wäre, uns einzugestehen, dass wir nicht die geringste Chance auf Erfolg haben. Nicoles Verhalten nach zu urteilen, würde sie lieber sterben bei dem Versuch, Mitchell zu retten, als ohne ihn weiterzuleben.

Weil ich ebenso verzweifelt bin wie sie, widerspreche ich ihr nicht. Das ist nicht das Ende, rede ich mir ein. Ich bin nicht meiner Aussortierung entgangen, um hier unten zu verenden.

»Maikel ist kein schlechter Mensch. Ich kenne ihn.« Nicole drückt meine klamme Hand, die in ihrer ruht, und streicht mir mit der anderen in einer mütterlichen Geste über den Rücken. »Mal sehen, ob es hier unten Licht gibt«, lenkt sie schließlich vom Thema ab.

Nachdem wir tatsächlich einen Lichtschalter gefunden haben, staune ich nicht schlecht über diesen unterirdischen Raum. Er ist größer, als ich angenommen habe, und dank der geraden, verputzten Mauer nicht halb so gefährlich wie das Exemplar, von dem aus wir hinuntergestiegen sind. An einer Wand befindet sich ein Holzregal und an der daneben ein uraltes grünes Sofa, dessen Inneres sich bereits nach außen stülpt. Ich werfe einen Blick zur Decke, dorthin, wo sich die Luke befindet. Das rostige Rad an dieser Stelle ist wohl so etwas wie ein Schloss.

Nicole zieht mich mit sich, als sie sich auf den Weg macht, um den Inhalt des Regals genauer unter die Lupe zu nehmen.

»Das ist noch essbar«, kommentiert sie erstaunt ein in Folie eingepacktes Brot. »Schau, total weich.« Sie drückt es zusammen und wir sehen völlig gebannt dabei zu, wie es wieder seine alte Form annimmt. »Wasserflaschen, Decken, Besteck«, zählt sie weiter auf und berührt gleichzeitig jedes der genannten Objekte. Bei einem mir unbekannten, bauchigen Gegenstand verleiht sie ihrer Verwunderung durch ein kurzes Auflachen Ausdruck. »Ein Campingkocher?« Die Dinger daneben kenne ich wiederum. »Töpfe?«

»Warum ist das alles hier unten?«, frage ich unsicher. »Wie lange sollen wir uns denn verstecken?«, schiebe ich verängstigt hinterher. Ich habe erneut meinen Platz unter dem Rad und neben der Leiter, über die ich diesen Raum betreten habe, eingenommen. »Findest du es nicht seltsam, dass das ganze Zeug hier ist?«

Nicole legt einen kleinen Topf zurück in das unterste Regalfach, richtet sich auf, stemmt die Hände in die Hüften und meint: »Wenn ich so darüber nachdenke, ist es eigentlich logisch.«

»Wieso?« Die Streben der Leiter sind rostig und eklig, trotzdem klammere ich mich weiter daran fest. Nicole macht keine Anstalten, zu mir zu kommen.

»Ja, überleg doch mal. Er war es, der mich gewarnt hat. Maikel muss die ganzen Sachen hier runtergeschafft haben, als er erfahren hat …«

»Und woher hat er es erfahren?«, unterbreche ich sie. Ich weiß, was sie sagen wollte. Was ich allerdings nicht verstehe, ist, woher meine Wut plötzlich kommt. »Er ist ebenso ein Lügner wie …« Mir fällt der Name nicht mehr ein. »… wie Mitchells angeblicher Freund. Mister Springer hat vorhin selbst zugegeben, dass er Kontakt zur EfiA hat«, erkläre ich aufgeregt. »Er könnte sie in diesem Moment herbringen.«

»Das wird er nicht.« Nicole glaubt wohl fest daran. »Er ist kein Verräter.« Dass dieses Puzzleteil nicht ins Bild passt, muss ihr doch klar sein.

»Wenn er nicht mit ihnen arbeitet, woher wusste er dann, dass sie Mitchell holen würden?«

Daraufhin schweigt sie. Wir wissen beide, ich habe recht.

»Vielleicht stimmt beides?«, schlägt sie nachdenklich vor.

Langsam lasse ich die Leiter los und rümpfe die Nase, als ich sehe, wie viel Rost jetzt an meinen Fingern klebt. Ich wage mich wieder in den Raum hinein. Das Sofa sieht nicht sehr bequem aus und auch Nicole scheint die Motivation zu fehlen, sich auf dieses kaputte Möbelstück zu setzen, deshalb bleiben wir weiter stehen und sehen uns an.

»Wie meinst du das?«, will ich schließlich wissen und werfe einen Blick auf das Brot. Mein Magen fängt hörbar an zu knurren.

»Wenn er für sie arbeitet, kann er trotzdem auf unserer Seite sein.«

Nun bin ich diejenige, die schweigt. Denn darauf weiß ich nichts zu erwidern. Kann er beides? Für und gegen die EfiA arbeiten? Ich bekomme Kopfschmerzen.

»Für eine Entscheidung ist es sowieso zu spät«, beschließe ich letztendlich. »Wir sitzen bereits unter seinem Keller.«

Warum ist man eigentlich andauernd von anderen Menschen und ihren Entscheidungen abhängig? Ist das grundsätzlich immer der Fall oder liegt es an unserer Situation?

»Am besten kümmern wir uns mal um deine Hand.« Erstaunlich, wie schnell Nicole das Thema wechseln kann.

Allerdings bin ich ihr im Augenblick für diese Eigenschaft sehr dankbar. Darüber zu spekulieren, ob wir bald die Nächsten sind, ist meiner Zuversicht nicht gerade zuträglich.

Natürlich hat Mister Springer an alles gedacht. Hinter einer Packung mit trockenen Haferkeksen entdeckt Nicole ein Erste-Hilfe-Set, das aus prähistorischen Zeiten stammen muss. Weiße Verbände, eine stumpfe Schere und Pflaster.

Es enthält weder Heilungsbeschleunigende Enzymsalbe noch Schmerzbetäubende Soforttropfen. Ohne Medizin wird es Tage dauern, bis mein Handrücken wieder gesund wird. Da meine Laune aber ohnehin dauerhaft auf dem Tiefpunkt ist, kann ich mich darüber nicht wirklich ärgern.

»Was glaubst du, was sie ...« Nicole schluckt. »... wo sie Mitchell hingebracht haben?«

Ihre Hände zittern, während sie zuerst meinen Handrücken mit einem in Wasser getränkten Stofffetzen abtupft und anschließend verbindet. Dass ich mir mal wünschen würde, mich mehr für das Rechtssystem der Stadt interessiert zu haben, hätte ich nicht gedacht. Doch wäre die EfiA für mich keine unbedeutende Selbstverständlichkeit gewesen, könnte ich Nicole jetzt womöglich Antworten liefern. Da das aber nicht der Fall ist, muss ich mir eingestehen, nicht die leiseste Ahnung zu haben.

»Ich weiß es nicht«, stelle ich niedergeschlagen fest und lasse den Kopf hängen.

»Okay.« Dieses schlichte Wort bohrt sich wie die Spitze einer langen Nadel in mein Herz und bleibt stecken. Okay. Es ist nicht okay. Gar nichts ist okay!

»Vielleicht …« Nicole wischt sich fahrig über die Augen. »Vielleicht weiß Maikel etwas.«

»Ja, vielleicht.« Als ich gedankenverloren mit meinen Fingern spiele, würde ich mir am liebsten selbst eine reinhauen. Wieso habe ich nicht eher daran gedacht?

Mit einem neuen Funken Hoffnung strecke ich Nicole den rechten Arm entgegen und ziehe den Ärmel meines Pullis nach oben. »Ich habe eine Idee.«

MITCHELL

Kann absolute Stille Lärm verursachen? Rein theoretisch ergibt das keinen Sinn, doch meine Ohren wollen mir unbedingt das Gegenteil beweisen. In ihnen rauscht es seit einer Weile ununterbrochen. Die Abwesenheit des Lichts bereitet mir Kopfschmerzen. Mit zusammengekniffenen Augen presse ich mir die Hände auf die Schläfen, drücke dagegen, doch das bringt alles nichts.

Die Finsternis kriecht in meinen Kopf, die Stille malträtiert mein Trommelfell bis ich das Gefühl habe, jeden Moment den Verstand zu verlieren.

Wie lange sitze ich hier schon? Wann war das Plastikgesicht hier? Weiß Mum bereits, dass ich ihnen in die Falle gegangen bin?

Natürlich wird sie es wissen.

Der Gedanke an meine Mutter ist es schließlich, der mich aus meinem Selbstmitleid befreit. Ich kann doch nicht einfach darauf warten, dass sie mich töten! Seit wann akzeptiere ich mein Schicksal oder das eines anderen, ohne Widerstand zu leisten?

Als Mum krank war, habe ich es nicht getan und bei Thyas Aussortierung auch nicht. Und jetzt werde ich erst recht nicht damit anfangen.

Wild entschlossen taste ich mich an der Wand neben mir entlang. Wenn ich richtigliege, misst der Raum in der Breite keine zwei Meter. Die Handschellen verhindern, dass ich abschätzen kann, wie weit die Tür von meiner Pritsche tatsächlich entfernt ist, allerdings habe ich vorhin kaum mehr als vier Meter wahrgenommen. Mein Zeitgefühl ist mir zwar abhandengekommen, aber das bedeutet nicht, dass ich keine Pläne schmieden oder nicht nachdenken kann.

Dass ich hier wie ein räudiger Hund angekettet bin, ist vermutlich ein gutes Zeichen. Hätten sie mich töten wollen, wäre das schon längst geschehen. An effektiven Waffen wird es den Snobs wohl kaum mangeln. Außerdem ist es unnötig, jemandem eine Zelle und Zeit zu verschaffen, wenn er ohnehin keinem Zweck mehr dienen soll. Oder? Thya wurde immerhin vorsorglich »aufgeräumt«. Ich nicht.

Etwas zurückhaltend nehme ich einen tieferen Atemzug, kann aber kein Chlor oder Ähnliches riechen. Schwindelig ist mir auch nicht.

Alles deutet darauf hin, dass ich leben soll. Die nächste Frage wäre daher: wozu?

Andererseits … warum sollten sie mich töten? Ich wurde verschiedener Verbrechen angeklagt, aber zieht das nicht automatisch nach sich, dass ich eine Anhörung bekomme? Kann es sein, dass ich hier nur temporär festsitze? So lange, bis geklärt ist, was meine Strafe sein wird? Nur weil es die Aussortierung gibt, muss das nicht bedeuten, dass sie jeden töten, der ihnen in die Finger kommt. Oder?

Die Unwissenheit macht mich verrückt. Wenn ich ehrlich bin, muss ich mir eingestehen, dass ich mit den wilden Spekulationen keinen Schritt weiterkomme. Also ist Handeln gefragt.

Ich halte mir ein Handgelenk vor die Augen, bis das kalte Metall der Schelle meine Nase berührt. Doch selbst aus dieser winzigen Entfernung erkenne ich nicht das kleinste bisschen. Es ist stockdunkel.

Was ist mit dem Seil?

Hektisch nehme ich es in die Hand und folge seinem Verlauf, bis es in der Wand verschwindet. Dann fange ich an, zu ziehen. Mit aller Kraft reiße ich an der dünnen Verbindung, die mich an die Wand kettet. Ich zerre, bis meine Arme zittern, stehe auf, stemme mich mit meinem gesamten Gewicht dagegen, ich versuche sogar, es mit den Zähnen durchzubeißen, doch das bewirkt absolut nichts.

Als mir der Schweiß von der Stirn tropft, lasse ich das Seil fallen, stütze die Hände auf meine Oberschenkel und keuche. Was ist das bitte für ein Material?

»So eine Scheiße!«, brülle ich. Wieder saugt diese Kammer mein Geschrei auf wie ein Schwamm das Wasser.

Auch wenn ich mich zuvor ein wenig beruhigen konnte, steigen mein Frust und die Angst erneut an.

Ich kann sie nicht sehen, doch ich könnte schwören, dass die Wände näher kommen. Es wird enger. Die Luft dünner. Ich schnappe nach Sauerstoff … er reicht nicht aus.

Panisch hämmere ich mit den Fäusten gegen das glatte Metall der Wände. »Lasst mich raus! Macht die Scheiß-Tür auf, ihr Arschlöcher! Lasst mich verdammt noch mal gehen!« Wenn ich in der Fabrik eine bessere Bezahlung verlangen würde, wären die Aussichten auf einen Erfolg höher, als hier wie ein Irrer die vermutlich schallisolierten Wände anzubrüllen. Anders ausgedrückt: Ich bin am Arsch.

Die weiche Haut an meinen Handgelenken ist wund. Mittlerweile spüre ich nicht einmal mehr das Brennen, sondern nur eine Wärme, die sich sogar aushalten lässt. Die Handschellen sind eng, aber nicht zu eng. Ich fange an, zu bluten, weil ich seit einer Ewigkeit versuche, diese Dinger loszuwerden. Sie haben weder einen Verschluss noch ein Schloss, das man aufschließen könnte. Mit den Fingerkuppen ertaste ich einen kleinen Spalt, der allerdings so dünn ist, dass er mir erst jetzt auffällt.

»Komm schon«, brumme ich vor mich hin, während ich probiere, die Handschelle dort mit einem Fingernagel aufzuhebeln. Ich scheitere kläglich. »Geh auf, du beschissenes Teil«, fluche ich und trete kräftig gegen die harte Pritsche. Selbst dass ich meine Schlafstätte bedrohe, veranlasst meine Fesseln nicht, nachzugeben.

Ein Seufzer, der tief aus meinem Inneren kommt, bricht sich Bahn und schlüpft nach draußen. Da mich hier vermutlich niemand hört, ist es mir jedoch egal. Müde gebe ich nach, lege mich auf die Decke und schließe die Augen.

An Schlaf ist selbstverständlich nicht zu denken. In meinem Hirn kreisen die Gedanken unaufhaltsam, aber ich bin es leid, sie an mich heranzulassen.

Bald wird jemand kommen, und dann werde ich einen Weg finden, zu fliehen. Sie wollen mich nicht tot sehen und das ist nicht bloß Wunschdenken. Es ist die einzig logische Schlussfolgerung, die meine Lage erklärt. Irgendwas wird passieren, ganz sicher. Es ist nur eine Frage von Zeit und Geduld. Bis es so weit ist, werde ich einfach hier ausharren und alles dafür tun, nicht den Verstand zu verlieren.

Ein scharfer Schmerz an meinen Unterarmen lässt mich ruckartig in die Senkrechte fahren. Ich bin wirklich eingeschlafen. Nicht zu fassen.

Erst glaube ich, mir die Stiche wegen der Fesseln nur eingebildet zu haben, aber als ich ein paarmal tief durchatme und mir sicher bin, nicht mehr zu träumen, muss ich feststellen, dass ich nicht unter Wahnvorstellungen leide.

Meine Handgelenke brennen, als hätte ich in einen Strauch voller Brennnesseln gelangt. Mir treten Tränen in die Augen. Die Seile, die mich an die Wand ketten, fangen an, zu leuchten. Das Grün, das ich vor keine Ahnung wie vielen Minuten oder Stunden wahrgenommen habe, glüht wie fluoreszierendes Licht. Und es bewegt sich. Ich schnappe nach Luft.

Flüssigkeit läuft von der Wand durch das Seil, das – wie ich mit Entsetzen feststelle – gleichzeitig ein Schlauch ist. Es fließt direkt in die Handschellen.

Das war es also. Ich habe mich geirrt. Sie töten mich doch. Die Wartezeit war nur ein perverses Spielchen, um meine Verzweiflung in vollen Zügen auszukosten.

Kurz bevor ich den Mut verliere, erwacht ein unbändiger Zorn in mir. Mein Überlebenswille bäumt sich auf wie ein wildes Tier und übernimmt die Kontrolle.

»Ihr kranken Arschlöcher!«, brülle ich. »Ihr könnt mich nicht töten!«

Um meine Entschlossenheit zu demonstrieren, spanne ich den Schlauch, beiße die Zähne zusammen, so fest ich kann, und trete wie ein Verrückter mit dem Fuß darauf ein. Der enorme Druck auf die Handschelle zerfetzt mir die Haut, Blut sickert unter dem kalten Metallring hervor und tropft auf den Boden.

Ich mache weiter. Immer wieder positioniere ich meinen Arm neu, lasse mein Bein auf das Seil niedersausen und spüre, wie die kleinen Nadeln verrutschen und dabei das umliegende Gewebe meines Unterarms zerstören. Sie müssen zuvor in der daumenbreiten Manschette gesteckt haben.

Anfangs ist der Schmerz kaum auszuhalten, aber bald fühle ich nichts mehr. Ich spanne das Seil, trete danach, spanne es wieder, trete erneut, strecke meinen malträtierten Arm aus, hole mit dem Bein zum nächsten Tritt aus.

Irgendwann wechsle ich die Seite, weil ich meinen linken Arm kaum noch in die Höhe halten kann. Schlaff wie ein lebloser Sack baumelt er an meinem Körper. Ich ignoriere ihn, als wäre er ein austauschbares Anhängsel. Rasend beginne ich die ganze Tortur von vorn. Dieses Mal mit dem rechten Arm. Ich spanne den Schlauch, bis ich das Gefühl habe, wegen der Nadeln ohnmächtig zu werden … und trete zu.

Die Umgebung verschwimmt. Heftig blinzelnd will ich die Benommenheit abschütteln, aber sie ist hartnäckig, krallt sich unbarmherzig an mir fest, bis ich rückwärts taumele und unsanft auf die harte Pritsche krache.

Warum ist mir plötzlich so ... komisch? Alles scheint sich zu drehen. Die ganze Zelle wird von einem giftgrünen Pulsieren durchflutet. Was wollte ich gerade machen? Verwirrt starre ich meine Hände an, die als Einziges in diesem engen Raum rot glänzen. Ist das Blut? Zitternd führe ich eine Hand an meinen Mund und lecke den Daumen ab. Ein metallischer Geschmack breitet sich auf meiner Zunge aus. Eindeutig Blut.

»Wie sel'sam«, murmle ich und wundere mich gleichzeitig über meine schleppende Stimme. Habe ich gerade gelallt? »Was is' nur los mi' mir?«

Meine Ohren werden warm. Mein Hals schwillt an. Allerdings könnte ich mir das auch einbilden, denn ich bekomme problemlos Luft. Doch meine Zunge wird pelzig und klebt schließlich an meinem Gaumen fest.

Habe ich zugenommen? Mein Körper wird schwer, sodass ich gezwungenermaßen zurücksinke und mich hinlege. Die Pritsche unter mir ist weg.

Soll sich der Raum drehen? Habe ich Mum gesagt, dass sie noch Mehl kaufen muss? Die Melonen sind im Angebot.

»Benny, pass auf, sons' 'reffen sie dich noch.« Meine Lider fallen zu, während ich in der Bewusstlosigkeit versinke.

THEO

Ich komme mir vor wie ein Idiot. Was nimmt man mit, wenn man einen Ort verlässt, den man nie wieder zu betreten gedenkt? Ein paar Klamotten? Alle Klamotten? Mehrere Schuhpaare oder doch lieber nur eins? Wie viel Proviant, wie viel Wasser? Wie lange werde ich überhaupt unterwegs sein, bis ich meine Vorräte auffüllen kann? Wo will ich eigentlich hin, wenn ich den Bezirk gefunden habe? Susis Wohnung suchen? Oder lieber erst ihre Freunde? Wo soll ich schlafen? Warum habe ich ihren Freund nicht danach gefragt? Wieso bin ich nicht gleich mit ihm und seiner geretteten blonden Städterin abgehauen, als sie an der Mauer waren?

›Weil du ihnen ansonsten nicht genügend Zeit hättest verschaffen können.‹

Ich war nicht auf ihr Auftauchen vorbereitet.

Weshalb sind sie überhaupt zurückgekommen? Das hat alles nur komplizierter gemacht. Wären sie einfach in ihrem Bezirk geblieben, hätte ich jetzt mehr Zeit, könnte mich besser vorbereiten, hätte die Möglichkeit ... nicht zu gehen.

Ich schäme mich für diesen Gedanken und meine Feigheit, aber wenn dieser Einfaltspinsel nicht so überzeugend gewesen wäre, wenn er nicht in die Stadt gemusst hätte, wenn seine Mutter nicht krank geworden wäre, wenn Susi mich nicht überredet hätte, wenn sie nicht ...

Ich presse die Zähne aufeinander und pfeffere meine halb leere Kaffeetasse in die Spüle. Das braune Gebräu spritzt in hohem Bogen an die marmorgefliesten Wände. Missmutig starre ich das Fleckenmuster an, registriere, wie der Küchen-Bot summend zum Leben erwacht und beginnt, die Sauerei zu entfernen.

Hätte, wäre, könnte ... Ich kann die Vergangenheit nicht ändern, die Ereignisse nicht ungeschehen machen. Was passiert ist, ist nun mal passiert. Meine Aufgabe ist es jetzt, nach vorn zu schauen. Susi zu finden und sie nie wieder zu verlieren.

Erschöpft schlurfe ich ins Schlafzimmer und fange an, wahllos Kleidung in einen Rucksack zu werfen, dann gehe ich ins Bad und fege mit einer einzigen Bewegung alles, was auf dem Regal unter meinem Spiegel steht, hinunter und zu den Klamotten dazu. Unsortiert landen Cremetuben, ein Kamm, der Rasierapparat, Zahnpasta, -bürste und ein paar Arzneimittel in meinem Reisegepäck. Gerade als ich wieder an meinem Plan zweifle, der diese Bezeichnung im Grunde gar nicht verdient, verkündet das dezente Eingangssignal meines neuen Inkoars einen Anruf.

Für eine Sekunde bleibt mein Herz stehen. Es kann unmöglich Susi sein, denn sie hat die Seriennummer dieses neuen Gerätes nicht. Ansonsten gibt es niemanden, der mich kontaktieren müsste. Außer ...

In Zeitlupe hebe ich den Arm und sehe auf das Display. Der Stein, der auf meiner Brust lag, poltert zu Boden. Bevor ich auf den Anruf reagiere, schlucke ich den Kloß in meinem Hals hinunter, räuspere mich kräftig und sage: »Annehmen.« Das Gesicht des blonden Mädchens, das Susis Freund vor der Aussortierung bewahrt hat, erscheint auf meinem Arm.

»Sie sind rangegangen«, ist das Erste, was sie atemlos zwischen den Zähnen hervorstößt.

Am liebsten würde ich etwas Patziges erwidern. Dass ich dazu neige, jeden anzuschnauzen, der sich die Mühe macht, mit mir zu sprechen, liegt wohl an meiner Verbitterung. Ich halte mich jedoch zurück und nicke lediglich. »Ja, natürlich. Du warst es, die die Verbindung heute Mittag so schnell unterbrochen hat.«

»Sie haben Mitchell.«

»Wen?«

»Mein Sohn ist entführt worden«, ertönt eine mir unbekannte Stimme. Kurz darauf schiebt sich das Gesicht einer Frau auf mein Inkoar.

Ich furche die Stirn. »Ist das sein Name? Mitchell?« Plappermaul, Einfaltspinsel oder Genie im ironischen Sinne fand ich irgendwie passender.

»Ja«, antwortet Blondie und lenkt sämtliche Aufmerksamkeit wieder auf sich. »Sie haben ihn mitgenommen. Und wir müssen wissen, wohin.«

Erwartet sie etwa, dass ich ihr das verraten kann?

»Wo seid ihr?«, wechsle ich das Thema. Der gepackte Rucksack zu meinen Füßen sowie das Stück Hand in meiner Hosentasche sind schlagartig vergessen.

»Das ist doch unwichtig«, weicht sie meiner Frage aus.

Ihre vorgeschobene Unterlippe und der starre Ausdruck in ihren Augen sind eindeutig. Sie vertraut mir nicht. Obwohl ich sie gerettet, obwohl ich ihnen geholfen habe. Aber was erwarte ich auch von einem Mädchen, das nicht mal den eigenen Eltern trauen kann?

»Also?«, bohrt sie nach. »Wissen Sie, wo er ist?«

»Nein«, gestehe ich zerknirscht. »Und bitte siez mich nicht. Ich heiße Theo.« Ihr meinen Namen zu nennen, fühlt sich seltsamerweise wie Verrat an. Susi war außerhalb der Stadt der einzige Mensch, der ihn kannte. Jetzt sind es drei.

Anstatt mir nun ihren Namen zu nennen, verdüstert sich ihr Blick. Ihre silbernen Augen verlieren ihren Glanz, werden trüb wie ein nebeliger Tag. Sie schweigt. Die Zeit scheint stillzustehen. Der Moment zieht sich unangenehm in die Länge, bis jedes Wort wie ein Messerschnitt in die angespannte Atmosphäre wäre. Dann verschwindet ihr Gesicht vom Display, woraus ich schließe, dass sie den Arm sinken lässt. Was soll ich jetzt machen?

»Ich könnte es herausfinden«, höre ich mich plötzlich sagen und würde mir am liebsten sofort den Mund zuhalten. Bin ich jetzt vollkommen verrückt geworden?

»Wie meinen Sie das?«

Missmutig knirsche ich mit den Zähnen. Ich hasse es abgrundtief, gesiezt zu werden, aber das sollte mir im Augenblick egal sein.

Ich bin mir nicht sicher, wer von den beiden die Frage gestellt hat, aber es spielt auch keine Rolle. »Ich werde versuchen, herauszubekommen, wohin sie Mitchell gebracht haben.« Und ich schnappe offensichtlich über, wenn ich wirklich meine, was ich sage. Ich will Susi finden und nicht ihren Freund.

»Ist das Ihr Ernst?«, schallt es atemlos aus Richtung meines Arms. Es ist Mitchells Mutter, die gesprochen hat. Ihr schmales Gesicht mit den blutunterlaufenen Augen und eingefallenen Wangen erscheint erneut. »Bitte sagen Sie mir, dass Sie uns nicht an der Nase herumführen.«

Dieses verflixte Helfersyndrom. Wenn ich könnte, würde ich es mir – egal in welchem Hirnlappen es sich befindet – herausreißen, bis zur Unkenntlichkeit verstümmeln und anzünden. Den Aufenthaltsort des Plappermauls zu finden, war nie Teil meines Plans. Bis eben war es mir nicht mal eine Überlegung wert. Ich habe überhaupt keine Zeit, mich um seine Probleme zu kümmern. Meine eigenen reichen mir vollkommen.

»Theo?«, benutzt sie endlich meinen Vornamen.

Ich seufze. »Und? War das wirklich so schwer?« Natürlich erwarte ich keine Antwort darauf. »Verliert das Inkoar nicht. Ich melde mich, wenn ich etwas herausfinde.«

Dann unterbreche ich die Verbindung, ehe einer der beiden anfangen kann zu heulen.

Das wirft meinen gesamten Plan über den Haufen. Ich hätte mich schon längst auf den Weg machen sollen. Verdammt, ich hab mir sogar meine Hand aufgeschnitten, weil ich vorhatte, keinen Tag länger in dieser Stadt, die nur eine größere Irrenanstalt ist, zu verbringen.

»Das ist nur deine Schuld«, knurre ich und beschuldige mal wieder Susi für alles, was in meinem Leben schiefläuft. Sie würde wollen, dass ich diesen … diesen Mitchell rette, also werde ich mich darum bemühen.

»Versprechen kann ich aber nichts«, quatsche ich die Zimmerdecke voll und ignoriere dabei gänzlich, dass ich es nicht nur ihretwegen tue.

THYA

Er beendet das Gespräch so eilig, dass ich nicht einmal die Chance habe, mich zu bedanken.

»Denkst du, er hat gelogen?«

Ich höre auf, den schwarzen Bildschirm an meinem Handgelenk anzustarren, und sehe stattdessen Nicole an, die händeringend hin und her geht. »Ich weiß nicht«, weiche ich einer eindeutigen Antwort aus. Bei unserer ersten Begegnung an – oder besser gesagt in – der Mauer machte dieser Theo so einen unnahbaren Eindruck. Fraglich, ob ihn Mitchells Schicksal überhaupt interessiert.

»Wenn er es nur gesagt hat, um uns loszuwerden?«, sorgt sich Nicole.

Das wäre durchaus möglich. Laut äußere ich allerdings: »Keine Ahnung.«

»In jedem Fall müssen wir uns überlegen, wie wir Mitchell ohne seine Hilfe finden.« Nicole geht zu dem speckigen Sofa, tritt für einen Herzschlag auf der Stelle und setzt sich schließlich.

Die Hände auf ihre Knie gelegt wippt sie nervös mit den Füßen. Die Sorge um ihren Sohn hängt beinahe greifbar im Raum. Wenn ich die Luft anhalte, bilde ich mir sogar ein, sie spüren zu können.

Weil ich weiß, was mein Herz in dieser Situation meinem Hirn vorhalten möchte, verbiete ich mir, an meine Mutter zu denken. Man kann unsere Beziehung wohl kaum mit Nicoles und Mitchells vergleichen. Außerdem bin ich mir nicht mehr sicher, ob man das, was wir hatten, überhaupt als ›Beziehung‹ bezeichnen kann.

Um nicht mehr ratlos herumstehen zu müssen, schlinge ich die Arme um meinen Körper und geselle mich zu Nicole.

Als ich mich setze, steigt eine Staubwolke aus dem Sofa empor, die mich husten lässt. Schnell halte ich einen Arm vor mein Gesicht, doch meine Lunge hat bestimmt etwas abgekriegt. Ich stelle mir vor, wie sich kleine Dreckklumpen in den empfindlichen Lungenbläschen absetzen, und mir wird schlecht.

Und so etwas ist Mitchell jeden Tag ausgeliefert. Immerhin arbeitet er in einer Fabrik und wenn ich an den Terri-Markt, die Wohnungen und überhaupt den ganzen äußeren Bezirk denke, kann ich mir kaum vorstellen, dass es an seinem Arbeitsplatz anders aussieht. Sie leben wie die Tiere im Dreck.

Wo mein schlechtes Gewissen plötzlich herkommt, ist nicht schwer zu erraten.

»Können wir mit dem Inkoar noch jemand anderen außer diesen Theo kontaktieren?«, reißt Nicole mich aus meinen Selbstvorwürfen. Sie greift bereits nach meinem Arm und tippt darauf herum.

Skeptisch ziehe ich die Brauen zusammen. Dafür, dass die Menschen hier kaum mit unserer Technik in Berührung kommen, scheint sie sich ziemlich gut damit auszukennen.

»Wenn du die Nummer eines anderen Geräts hast, theoretisch schon.« Dann wüsste ich allerdings gern, woher sie die kennt. Denn wenn ich eins und eins zusammenzähle, benutzt außerhalb der Stadt niemand Inkoars.

Nicole schnaubt verzweifelt. »Ich habe sie nicht.«

»Sie?« Mit zusammengezogenen Augenbrauen lege ich den Kopf schräg. »Heißt das, du kennst tatsächlich jemanden, den wir kontaktieren könnten?« Gespannt halte ich die Luft an und warte auf eine Antwort.

Ist es eigentlich möglich, hier unten zu ersticken, weil uns der Sauerstoff ausgeht?

»Nein, ich … das ist kompliziert«, stottert Nicole.

Ruckartig erhebt sie sich von unserer dreckigen Sitzgelegenheit und fängt wieder an, rastlos umherzuwandern.

Ich folge ihren nervösen Schritten mit den Augen und versuche, mir einen Reim auf ihre Reaktion zu machen. Die einzige Schlussfolgerung, mit der ich mir ihre Worte erklären kann, ist verwirrend und erfüllt mich mit Hoffnung zugleich: Sie kennt tatsächlich jemanden außer Theo, der uns helfen könnte. »Wer ist es?«

Ungeduldig knibbele ich an meinem Nagelbett herum.

›*Hör sofort damit auf*‹, geistert die Stimme meiner Mutter durch meinen Kopf, doch ich ignoriere sie einfach.

»Nicole, wer ist es?«, wiederhole ich mit Nachdruck, stehe auf und versperre ihr den Weg.

Ein paar Strähnen, die noch feucht von der Dusche sind, die ich in Theresas Wohnung genommen hatte, hängen mir in die Augen. Energisch verbanne ich sie hinter mein Ohr.

Mitchells Mutter lässt niedergeschlagen die Schultern hängen und reibt sich mit beiden Händen über das schmale Gesicht. Dann wirft sie den Kopf in den Nacken, stöhnt gequält auf und tigert weiter, ohne meine Frage zu beantworten.

Ich weiß nicht, was ich tun soll. Meine Hilflosigkeit treibt mir die Tränen in die Augen. Wütend auf mich selbst presse ich die zitternden Lippen aufeinander und brülle: »Bleib stehen!« Überrascht von meiner eigenen Stimme, die von den Wänden widerhallt, zucke ich zusammen.

Auch Nicole hält inne und sieht mich an. Ihre Verwunderung weicht jedoch bald Entsetzen und ich brauche ein paar Sekunden, ehe ich begreife, woher es kommt. Wenn dieser Raum nicht schalldicht ist und Mister Springer in genau diesem Moment ›Besuch‹ hat, dann haben sie mich hundertprozentig gehört.

Wie zur Salzsäule erstarrt, verharren wir an Ort und Stelle, lauschen auf verdächtige Geräusche. Langsam schleicht Nicole an die Wand und schaltet das Licht aus.

Meine Hände frieren ein, mein Hals wird ganz trocken. Ich traue mich nicht mal zu schlucken. Mein Herz schlägt so laut, dass ich befürchte, man kann es bis auf die Straße hören.

Ich bin so ein Dummkopf! Eine hirnverbrannte Idiotin.

Keiner traut sich, auch nur den kleinsten Laut von sich zu geben. Lediglich unser Atem untermalt die Stille und ist ein kleiner Trost. Ich bin noch am Leben. Ich bin nicht allein.

Wir warten eine gefühlte Stunde, bis wir entscheiden, dass uns keine unmittelbare Gefahr droht und sich niemand an der Einstiegsluke zu schaffen macht. Nach wie vor herrscht Totenstille.

»Ich denke, hier sind wir sicher«, teilt Nicole mir leise ihre Gedanken mit. »Wahrscheinlich hört man uns oben nicht. Schreien ist dennoch keine gute Idee.« Der Vorwurf, der in ihren Worten mitschwingt und den sie mit einem scherzenden Ton in ihrer Stimme zu verbergen versucht, entgeht mir keinesfalls.

Zähneknirschend senke ich den Kopf und bin froh darüber, dass sie mich dank der Dunkelheit nicht sehen kann.

Als Nicole sich räuspert, wird mir bewusst, dass nicht nur ich die Situation unangenehm finde. »Das Licht lassen wir besser aus«, schlägt sie vor.

Erst nicke ich, was sie allerdings nicht sieht, dann schiebe ich ein leises »Mhm« hinterher.

Vorsichtig gehe ich rückwärts, taste mich an der Wand entlang, bis ich das Sofa erreiche. Seinen Grad an Verschmutzung nicht wahrnehmen zu können, hilft enorm bei der Überwindung, sich wieder zu setzen. In der nächsten Zeit wage ich es nicht, das Thema um Nicoles Bekanntschaft noch mal anzuschneiden.

»Wie lange will er uns noch hier warten lassen?«, stößt sie frustriert aus. Mittlerweile haben wir das Licht wieder eingeschaltet und ich kann Nicole dabei beobachten, wie sie das Regal durchwühlt. Bald kennt sie den Inhalt sicher auswendig.

Weil ich nicht schon wieder äußern möchte, dass ich recht haben könnte und Mister Springer uns eine Falle gestellt hat, halte ich lieber den Mund. Nicht zuletzt auch wegen der Vermutung, dass ihre Frage rhetorischer Natur ist. Und wenn sich meine Befürchtung bewahrheitet, können wir sowieso nichts mehr ändern.

Also lehne ich mich zurück, ignoriere den muffigen Geruch des Sofas, der in mir den Wunsch hervorruft, nicht atmen zu müssen, und lasse meine Gedanken schweifen.

Natürlich habe ich nicht vor, an meine Eltern zu denken oder Chloe oder die Stadt, aber sie tauchen von ganz allein in meinem Kopf auf. Ich höre die Stimme meiner Mutter, stelle mir vor, wie sie reagiert hat, nachdem sie von meinem Verschwinden erfuhr. Ich sehe meinen Vater unbeteiligt danebenstehen, während er still und leise die Tobsuchtsanfälle seiner Frau ignoriert. Einer Frau, die Erwartungen an andere Menschen stellt und sich selbst nicht daran halten kann. Einer Frau, die ihr Kind töten lassen will. Zu welchem Zweck?

Ich schließe die Augen. Es sieht ihr nicht ähnlich, etwas, das jahrelange Pflege und Hingabe gefordert hat, einfach wegzuwerfen, zu entsorgen, als wäre es nicht von Bedeutung. In gewisser Weise war ich für sie Zeitverschwendung.

Diese Erkenntnis schmerzt mehr, als ich mir eingestehen möchte. Ich liebe meine Mutter nicht mehr, zumindest will ich sie nicht lieben, und ich habe nie erwartet, aufrichtig von ihr geliebt zu werden, aber … dass ich nun heule, ist ein eindeutiges Zeichen für mein Versagen. Ein kleiner Teil in mir hat immer gehofft, sie wäre irgendwann in irgendeiner Weise stolz auf mich.

›*Du bist selbst schuld, wenn du so etwas erwartest.*‹ Leise schluchze ich in mich hinein.

Nicole bekommt meinen Gefühlsausbruch glücklicherweise nicht mit, weil sie vermutlich viel zu sehr mit ihren Sorgen um Mitchell beschäftigt ist. Und mit der Angst um ihn. Nicole liebt ihren Sohn, das ist unübersehbar.

Wütend wische ich die Tränen weg. Reiß dich zusammen. »Vielleicht will er auf Nummer sicher gehen«, sage ich etwas lauter und beantworte damit nun doch bewusst Nicoles Frage.

Sie dreht sich mit einer löchrigen Decke in der Hand zu mir herum. »Er will sichergehen, dass sie hier nicht mehr suchen?«

Ich zwinge mich, sie anzulächeln.

Selbstmitleid ist jetzt fehl am Platz. Meiner Mutter hinterherzutrauern, tut nur unnötig weh und führt zu nichts. Sie hat sich vermutlich niemals wirklich für mich, für den Menschen, der ich bin, interessiert.

Aber hier im Raum steht eine Mutter, die ihr Kind bedingungslos liebt. Ich sollte mich darauf konzentrieren. Nicht auf eine Person, die meine Gedanken an sie überhaupt nicht verdient hat. So weit die Theorie.

»Ja, das ist doch denkbar«, bestätige ich und lege dabei so viel Zuversicht in meine Stimme, dass es für uns beide reichen sollte.

Nicole inspiziert nachdenklich den Stoff in ihrer Hand, kommt dann zu mir, setzt sich neben mich und breitet die Decke über unseren Beinen aus. »Mitchell ist ein guter Junge«, fängt sie an zu erzählen. »Er hat sein Leben für mich riskiert ... Dafür könnte ich ihm immer noch den Kopf abreißen.«

Ich verhake meine Finger ineinander und lausche ihren Worten.

»Vor ein paar Tagen war ich noch sehr krank. Ich wollte ihn nicht beunruhigen, aber ich hab gespürt, dass es … nicht sehr gut um mich stand. Natürlich ist Mitchell nicht blöd.« Sie lächelt. »Eines Nachts hat er mich geweckt und mir Tabletten in die Hand gedrückt.«

Bei der Vorstellung, meine Mutter zu wecken, läuft es mir eiskalt den Rücken hinunter. Das würde kein gutes Ende für mich nehmen.

»Daran erinnere ich mich allerdings nur vage«, fährt sie fort. »Am nächsten Morgen bin ich aufgewacht und …« Sie schüttelt vor Erstaunen den Kopf. »… es ging mir gut. Das Fieber war weg, die Schmerzen. Einfach so.«

»Wie ein Wunder«, bestätige ich die Wirkung unserer Medizin. Was nur eines bedeuten kann: »Er ist also in die Stadt eingebrochen.«

Nicole schnieft, weint und lächelt. Alles gleichzeitig. »Ja. Mein lebensmüder, sturer Junge hat mich gerettet. Egal, was es ihn hätte kosten können … was es … ihn gekostet hat.«

Ich schlucke schwer. Wenn Mitchell seine Mutter nicht so sehr lieben würde, wäre er nicht eingebrochen, er hätte nicht von der Aussortierung erfahren, dann wäre er nicht von der EfiA geholt worden. Wenn er nicht … Nicole wäre vermutlich tot. Und … ich auch. Ich verdanke mein Leben einem Zufall.

Innerlich schüttle ich den Kopf. Nein, keinem Zufall. Ich verdanke es der Liebe zwischen einem Kind und seiner Mutter. Welch Ironie!

»Thya?«

»Ja?«, krächze ich.

»Es ist nicht deine Schuld.« Nicole streicht mir liebevoll über den Rücken. »Das weißt du, oder?«

»Ich … ich weiß.«

»Du weinst«, erklärt sie mir, lächelt zaghaft und streicht ein paar Tränen von meinen Wangen.

»Ich weiß.«

THEO

Ich könnte behaupten, mein Arbeitsplatz sei gehackt worden. Ich könnte mich einfach dumm stellen und so tun, als wüsste ich nichts von den Einbrüchen und dem Systemausfall.

Ich könnte mich auch einfach selbst verraten und von der EfiA verhaften lassen!

Restlos überfordert stehe ich vor meiner Wohnungstür, den herausgeschnittenen Chip in der Hand, und starre ins Leere. Anstatt mir zu überlegen, wie ich das Gesagte zurücknehme, sollte ich mich lieber mit einer Problemlösung beschäftigen, die nicht vollkommen unausführbar ist.

Warum habe ich nicht einfach meine verdammte Klappe gehalten? Wieso habe ich versprochen, nach dem Plappermaul zu suchen?

›Weil du ihn magst und es nicht mehr erträgst, weiterhin Ungerechtigkeiten zu ignorieren.‹

Zum Teil ist das tatsächlich die Wahrheit. Sieben lange Jahre verhalte ich mich in meinem Job bereits still und unauffällig, habe akzeptiert, dass ich machtlos bin, mich nur eingemischt, wenn ich Susi helfen sollte. Und insgesamt acht beschissene Jahre lang war ich ein Feigling, ein Pessimist, ein Versager, habe wissentlich weggesehen. Vielleicht wird es Zeit, das zu ändern.

Unruhig verlagere ich mein Gewicht von einem Bein auf das andere. Im Prinzip ist es ganz einfach. Ich öffne die Tür, gehe hinaus, fahre zu meiner Arbeitsstelle und suche nach Informationen, die ich hier nicht finde. Vorhin habe ich bereits das öffentliche Netzwerk durchsucht, aber nichts gefunden. Damit habe ich natürlich gerechnet, erleichtert hätte es mir die Sache dennoch.

Mir bleibt also nur noch das geschlossene System der städtischen Überwachung. Das ich nur benutzen kann, wenn ich nicht längst auf der Abschussliste stehe.

Wenn ich ehrlich bin, wundert es mich, dass ich noch nicht verhaftet oder wenigstens zu einem Verhör geschickt wurde. Sollte alles mit rechten Dingen zugehen, ist die Unfähigkeit unserer Sicherheitsbeauftragten – zu denen ich genau genommen gehöre – mehr als beunruhigend. Ich kann nur schwer glauben, dass sie mir noch nicht auf die Schliche gekommen sind. Vielleicht habe ich mehr drauf, als mir bewusst ist?

Kurz runzle ich die Stirn, überlege, ob es möglich ist. »Nein«, beschließe ich und schüttele energisch den Kopf. So intelligent bin ich nun auch wieder nicht.

Trotzdem verhält sich die Situation … auffallend unauffällig.

Ich atme tief durch und schultere meinen Rucksack. Ab jetzt gibt es kein Zurück mehr. Alles oder nichts. Mit klopfendem Herzen lege ich meine Hand auf den Sensor und öffne die Tür.

Auf dem Weg in die Tiefgarage rechne ich an jeder Ecke, jeder Abzweigung mit einem Überfall. Ich erwarte Leute von der EfiA, die mich ohne Erklärung einsacken und fortschleppen, dabei habe ich keinen blassen Schimmer, wie eine Verhaftung vonstattengeht. Ich wurde noch nie verhaftet. Und bis auf Susi kenne ich auch niemanden, der jemals mit dem Gesetz in Konflikt geriet.

Das Herz klopft mir bis zum Hals, während ich im Fahrstuhl stehe, anschließend zu meinem Auto haste. Es beruhigt sich erst wieder, als ich in meinem Wagen sitze.

Seufzend lasse ich mich in den weichen Sitz sinken und gönne mir eine kleine Verschnaufpause. Was ich hier mache, ist Wahnsinn. Ich habe keinen Plan, keine Informationen über die Lage, sowohl hier drinnen als auch da draußen, keinerlei Anhaltspunkte, was mich erwartet. Selbst das irre Vorhaben, die Stadt zu verlassen, erscheint mir auf einmal wie die dümmste Idee, die ich je hatte. Mitten in der Nacht, wenn die gesamte Stadt wie betäubt und bewegungsunfähig wirkt, fand ich diesen Plan noch gut, aber am Tag …

»So ist es jetzt eben. Es gibt kein Zurück«, spreche ich mir Mut zu und umklammere den Chip in meiner Faust noch etwas fester.

Im Moment bereue ich, ihn mir herausgeschnitten zu haben. Noch mehr aber bereue ich, dass ich vor acht Jahren nicht dazu fähig war. Muss Susi mich erst gänzlich verlassen, damit ich etwas unternehme?

»Zur Arbeit«, befehle ich dem Auto und schließe müde die Augen.

Während der Fahrt schieben sich Erinnerungen an meine beste Freundin in mein Gedächtnis. Ich sehe uns herumalbern, höre ihr ausgelassenes Lachen, nehme ihre ernste Miene wahr, die sie immer aufsetzte, wenn sie glaubte, unbeobachtet zu sein. Ich rieche ihr nach Limetten duftendes Haar, spüre ihre weiche Haut unter meinen Fingern ... Susi wusste immer, dass ich sie liebe. Sie wusste es, bevor ich es ausgesprochen habe. Vielleicht wusste sie es sogar, bevor ich es wusste.

Die Sehnsucht, die mich packt, ist mir mittlerweile so vertraut, dass ich mich nicht daran erinnern kann, wie es ohne sie war. Susi ist schon immer ein Teil von mir gewesen. Und wenn sie nicht bei mir ist, bin ich unvollständig. Vermutlich wäre mein Leben einfacher, wenn ich mir das Herz aus der Brust reißen und es zusammen mit meiner Angst verbrennen könnte. Ja, ohne Gefühle ginge es uns allen um einiges besser. Aber wozu sollten wir dann noch leben?

Als der Wagen langsamer wird, schlage ich die Augen auf. Die Mauer ragt eine Querstraße weiter wie eine Warnung in den Himmel.

Während meiner Zeit in der Lehreinrichtung haben wir gelernt, dass die ›Sicherheitsgrenze‹, die uns vor den Gefahren der Wildnis beschützt, eigentlich himmelblau angestrichen werden sollte. Wissenschaftler haben nämlich befürchtet, die triste graue Farbe des Metalls könnte den Menschen aufs Gemüt schlagen.

Warum man sich schlussendlich nicht an diesen Plan gehalten hat, ist leicht zu erklären, verklickerte man uns. Blau hat zwar eine beruhigende Wirkung, aber sie strahlt keine Kraft, keinen Schutz, keine Sicherheit aus.

Die Mauer ist vielleicht grau – wenn die Sonne günstig darauf scheint, glitzert sie sogar ein wenig –, aber das führt dazu, dass sie Eindruck hinterlässt. Denn wir sollen uns nicht beruhigt, wir sollen uns beschützt fühlen. Und eine Mauer vermittelt dieses Gefühl nur, wenn sie in ihrer ganzen Pracht mit all ihren Stärken auftreten kann.

Dass das Psychospielchen sind, weiß ich, seit Susi mir berichtete, wie es wirklich dort draußen ist. Und seit ich weiß, dass uns die Gefahr hauptsächlich hier drinnen droht.

Als sich der Wagen dem Verwaltungsgebäude nähert, steigt meine Anspannung. Es sind noch ein paar Stunden bis zu meinem offiziellen Schichtbeginn. Die Ausrede, ich würde ein paar Überstunden machen wollen, kommt mir plötzlich viel zu verdächtig vor. Das werden sie sofort durchschauen.

Bevor ich den Schalter passiere, verstaue ich den Chip in meiner Hosentasche. Die luftdichte Folie knistert dabei und beult meine Tasche aus. Schon wieder etwas, das auffällig ist. Allerdings könnte es auch ein Päckchen … Kaugummis sein.

Ich beruhige mich mit diesem plausibel klingenden Alibi und fahre mit einer Hand durch meine Haare. Stockend halte ich inne. Das Gel … Ich habe vergessen, meine Haare zu frisieren. In all den Jahren, die ich hier bereits arbeite, kam das kein einziges Mal vor.

Mein Herzschlag beschleunigt sich augenblicklich von siebzig zu sicherlich über zweihundert. Ich habe meine Haare vergessen! Panisch durchwühle ich meinen Rucksack, um diesen Fehler zu beheben, doch ich finde das Gel nicht. Scheiße! Wenn mir das mal nicht das Genick bricht.

Das Auto hält. Anders als sonst steige ich aus und ignoriere die Säule, die meine Arbeitszeiten verzeichnet, wenn ich meine Hand auf den Scanner lege. Ich marschiere geradewegs auf die ovale Kuppel zu, in der sich meine Vorgesetzten aufhalten und das Geschehen an und in der Mauer dokumentieren. Mit anderen Worten: Ich laufe direkt und wissentlich in die Höhle des Löwen.

Am Empfang melde ich mich mit meinem Namen an und verlange ein Treffen mit dem nächsten höhergestellten Mitarbeiter. Dabei ziehe ich immer wieder nervös den Jackenärmel über meine verwundete Hand. Die Dame hinter der Glasscheibe mustert mich abschätzig und fragt nach dem Grund meines Terminwunsches.

»Es geht um meine Arbeitszeiten«, trage ich meine vorgefertigte Begründung vor.

Kristina – der Name prangt auf einem funkelnden Namensschild, das an ihrer Bluse befestigt ist – schürzt die Lippen, lässt den Blick langsam über mich gleiten und nickt. Ihre giftgrünen Augen blitzen belustigt, als sie mich freundlich anlächelt. »Mr Jukers hätte Zeit für Sie. Er ist für die Überwachung der Schichtkoordination zuständig.«

Da mir alles recht ist, solange ich keine Schwierigkeiten bekomme, sage ich: »Perfekt.«

Kristina bittet mich, auf einem der weißen Stühle, die gegenüber stehen, Platz zu nehmen. Dann verlässt sie ihren Posten und verschwindet in einem Hinterzimmer.

Unruhig sehe ich mich um. Es ist später Nachmittag und hier ist nichts los. Die Zentrale erweckt nicht den Eindruck, als würde das Opfer eines Entführers gesucht werden. Doch die cremefarbenen Wände wirken auf mich bedrohlich, ebenso wie die Naturbilder, auf denen gemalte Wasserfälle und Wälder zu sehen sind. Die Flure sind leer, sauber und riechen nach Putzmittel.

Mit Nerven gespannt wie Drahtseile gehe ich zu einem der Stühle und setze mich. Den Flur links von mir fest im Blick fange ich an, mit den Beinen zu wippen. Als ich dann auch noch mit den Zähnen knirsche, verpasse ich mir innerlich eine Backpfeife. Genau so verhält sich jemand, der etwas zu verbergen hat.

Ich verbiete mir jegliche Regung, bis ich leblos wie ein Bot dasitze und schweigend auf Kristina warte. Es dauert ganze zwölf Minuten, bis sie wieder an ihren Arbeitsplatz zurückkehrt, mir ein freundliches Lächeln zuwirft und um noch ein wenig Geduld bittet. Ich bemühe mich, ihr lässig zuzunicken, doch mein Bauchgefühl sagt mir, dass ich alles andere als entspannt wirke. Wo ist meine Coolness, wenn ich sie brauche?

»Es dauert nicht mehr lange«, schallt es von der Glasscheibe zu mir herüber. Ihr Blick ist … seltsam.

Ohne darüber nachzudenken, recke ich den Daumen meiner unversehrten Hand in die Höhe. Kristina schmunzelt belustigt und erwidert meine Geste auf eine Art, die mehr herablassend als nett gemeint ist. Doch ich bin zu angespannt, um darauf zu reagieren.

Nach weiteren endlosen Minuten höre ich Schritte. Gleich darauf erscheint ein Mann in einem beigefarbenen Anzug. Seine Haare sind dunkelbraun und ordentlich gescheitelt, die Krawatte, die er trägt, schimmert in einem blassen Rotton und seine Schuhe sind eindeutig aus dem teuersten Zuchtkrokodilleder, das ich je gesehen habe. Wenn das mein nächster Vorgesetzter ist, verdiene ich unverschämt wenig. Und dabei bin ich mit meinem Gehalt mehr als zufrieden.

Ich beobachte seinen erhabenen Gang, bis er vor meinem Stuhl zum Stehen kommt.

»Mr Groth?«, äußert er freundlich und streckt mir die Hand entgegen.

Mechanisch greife ich danach, schüttle sie und stehe auf, als ich den Höhenunterschied zwischen uns bemerke. »Ja«, erwidere ich erzwungen selbstbewusst und schlucke unauffällig.

»Mr Jukers hat augenblicklich keine Zeit für Sie, also springe ich für ihn ein, wenn das in Ordnung ist.«

»Ja«, wiederhole ich mich wie ein wortkarger Trottel und versuche meine plötzliche Panik zu verdrängen. Ich habe schließlich um dieses Treffen gebeten.

»Wie wäre es, wenn wir erst einmal in mein Büro gehen?«, schlägt der Mann vor, der mir seinen Namen nicht genannt hat. Ich überlege, ob ich ihn danach fragen soll, doch bevor ich eine Entscheidung treffen kann, fährt er fort: »Trinken Sie Kaffee?« Mit der Hand deutet er in die Richtung, aus der er eben kam, wartet, bis ich mich in Bewegung setze, und ruft dann: »Einen schönen Feierabend, Kristina.«

Wir folgen dem Verlauf des Flurs, biegen kein einziges Mal ab und halten vor der letzten Tür des Gebäudes. Natürlich ist sein Büro hier hinten.

Nervös ziehe ich den Ärmel über meine Fingerspitzen. Ich lasse Krokodilschuh den Vortritt und warte, bis er sich über den Sensor am Beschlag Zugang verschafft hat. Lächelnd hält er mir die Tür auf, sodass ich eintreten kann. Als das Klicken des Schlosses verrät, dass er mir gefolgt ist, kriecht ein Schauer über meinen Nacken.

»Außerdem …«, scheint er den Faden von vorhin aufzunehmen, »gibt es noch etwas anderes, worüber ich mit Ihnen sprechen möchte.«

NICOLE

Ich fühlte mich provoziert. Provoziert von einem Fahrzeug.

Niemanden schien zu stören, dass ein Transporter mitten in der Nacht in unserem Bezirk aufgetaucht war und ganz offensichtlich nicht hierhergehörte. Es mochte daran liegen, dass ich eben die Erste war, die ihn entdeckt hatte, aber ich konnte unmöglich die Einzige sein, die die Schreie gehört hatte. Auf der anderen Seite war ich zuvor auch niemals versucht gewesen, herauszufinden, was da wirklich vor sich ging. Bisher hatte meine Angst die Wut immer überwogen. Nur heute nicht.

Im Innern des Wagens war es vollkommen still, was natürlich nicht bedeuten musste, dass sich niemand darin befand. Dennoch schlich ich weiter, an der Seite des Transporters vorbei, die zur Gasse zeigte, bis zum Hinterteil und ging dort in die Hocke.

Die Tür zum Gebäude, aus dem ich die Schreie vermutet hatte, war mir nun direkt gegenüber. Sobald jemand ins Freie treten oder auch nur den Knauf herumdrehen würde, würde ich es sehen. Mit einer Hand auf der Karosserie blickte ich stur geradeaus und wartete mit grimmiger Miene auf das Beste und gleichzeitig das Schlimmste, was mir je passieren sollte. Nur wusste ich das damals noch nicht.

MITCHELL

Ich bin wieder in einer Blase. In einer Blase aus Ruhe und Zufriedenheit. Es ist angenehm still, ich liege bequem – soweit ich das beurteilen kann – und mein Kopf befindet sich in einer Art unerschütterlicher Gleichgültigkeit. Es wäre alles gut, wenn nicht diese Vorahnung unter meiner Haut brennen würde. Mein Zustand wird nicht lange anhalten. Das ist so sicher, wie ich atme.

Atme ich noch? Ich suche die Verbindung zu meinem Körper, die Gewissheit, dass Sauerstoff in meine Lunge hinein- und wieder herausströmt. Es dauert zwar ein bisschen, aber ich finde sie.

Ich bin am Leben. Immer noch.

Die Frage ist nur: Wo bin ich? In der Zelle, wo es finster und still ist wie in einem Grab? Oder wurde ich woandershin verschleppt?

Ich versuche zu lauschen, die Ohren zu spitzen, um ein Geräusch zu vernehmen, das mir mehr über meine Lage verraten könnte, doch ich höre absolut nichts. Was entweder bedeutet, ich liege noch auf der harten Pritsche und habe die Nadeln der Schläuche im Arm oder ich schlafe mit der einen Hälfte meines Bewusstseins noch und wäre ohnehin nicht imstande, einen Reiz mit meinen Sinnen aufzunehmen.

Dass ich ganz offensichtlich und erneut den Plastikgesichtern hilflos ausgeliefert bin, lässt mich panisch werden. Was bezwecken sie damit? Was soll es für einen Sinn haben, mich wehrlos zu machen und diesen Zustand dann nicht auszunutzen. Oder nutzen sie ihn aus? Vielleicht passiert etwas, während ich hier in einer künstlich erschaffenen Traumblase liege, und ich bekomme es nur nicht mit. Aber was? Müsste ich dann nicht etwas spüren?

»Sind Sie sicher, dass die Anweisung korrekt ist?«

Ich atme japsend ein, als eine unbekannte Stimme an mein Ohr dringt. Da spricht jemand. Und ich bin mir fast sicher, dass ich mir das nicht einbilde.

»Fragen Sie nicht mich danach. Machen Sie Ihre Arbeit.«

»Na schön.«

Dann rumpelt es. Ich nehme wahr, wie mein Kopf hin und her schaukelt. Werde ich gerade verladen?

»Aber hier steht …«

»Halten Sie endlich Ihre Klappe. Was da steht, geht Sie absolut nichts an. Tun Sie es einfach.«

Die Unterlage, auf der ich liege, bewegt sich. Ich bilde mir ein, dass etwas meine Hand streift, und zucke innerlich zusammen, was durch die Betäubung allerdings keine Auswirkung auf meinen Körper hat. Mit größter Kraftanstrengung versuche ich, die

Augen zu öffnen, wenigstens zu blinzeln, doch es gelingt mir nicht.

»Und jetzt leiten Sie das weiter und löschen das Protokoll.«

Schritte entfernen sich. Ich warte angespannt auf den weiteren Verlauf der Unterhaltung, aber offenbar ist sie zu Ende.

Auf einmal kratzt eine neue Ohnmacht an mir. Keuchend will ich sie wegdrängen, will sie nicht die Oberhand gewinnen lassen, aber ich schaffe es nicht. Meine Gedanken entgleiten mir.

Ich bin weg. Schon wieder.

THYA

Was war das?« Ich wirble herum und suche nach der Quelle des seltsamen Geräuschs. Ein leises Schaben oder Knacken.

Nicole, die ein paar Brote mit Käse belegt, hält ebenfalls mitten in der Bewegung inne. Gemeinsam lauschen wir in die Stille hinein.

Da ist es wieder. Als würde jemand Metall aneinanderreiben. Plötzlich folgt ein Knall.

Ich zucke erschrocken zusammen und lasse dabei die Flasche aus meiner unversehrten Hand fallen. Zum Glück ist sie nicht aus Glas. Sie prallt auf den kalten Steinboden, rollt ein paar Zentimeter weit und bleibt dort liegen. Ich höre den Puls in meinen Ohren rauschen. »Nicole«, krächze ich heiser und schiebe mich zitternd an ihre Seite.

Sie wirft eine Käsescheibe zurück in die Verpackung und richtet sich auf.

Es knallt erneut. Oder klopft. Ich halte den Atem an.

»Ist das ...?« Als Nicole einen Schritt in Richtung der Leiter macht, die zur Falltür in der Decke führt, würde ich am liebsten verzweifelt aufschreien. Doch dazu kommt es nicht.

»Thya, das ist bestimmt Maikel«, haucht Nicole und macht sich im selben Atemzug an dem Rad zu schaffen, das die Tür verschlossen hält.

Ich denke nicht lange nach, überwinde die geringe Distanz zwischen uns und reiße sie von der Leiter weg.

»Was soll das?«, beschwert sich Nicole.

»Woher willst du wissen, dass es Mister Springer ist?« Ich denke gar nicht daran, meine Hände von ihrem Oberarm zu lösen, und sehe sie eindringlich an. »Es könnte auch jemand anderes sein«, schiebe ich flüsternd hinterher. Jemand, der von der EfiA geschickt wurde.

Dass meine Einwände gerechtfertigt sind, muss sich auch Nicole eingestehen, doch die Sorge um Mitchell ist eindeutig stärker.

Sie presst die Lippen aufeinander, windet sich aus meinem Griff und meint: »Ich kann nicht noch länger warten.« Dann ignoriert sie meine Proteste und fängt an, die Luke zu öffnen. Das Metall quietscht und kreischt, als sie hektisch an dem Rad dreht.

Ich widerstehe dem Drang, sie erneut von dem einzigen Hindernis fortzuzerren, das uns noch vor dem möglichen Unheil über unseren Köpfen beschützt. Stattdessen schlinge ich die Arme um meinen zitternden Körper und trete auf der Stelle. Meine Zähne klappern im Akkord, während ich Nicoles abgehackte Bewegungen beobachte. Ihr Atem geht keuchend.

Dann scheppert es und das Schloss ist geöffnet. Wenn wir jetzt die Luke aufdrücken, laufen wir entweder direkt in unser Verderben oder …

»Die Luft ist rein.« Ein Schuh und ein braunes Hosenbein tauchen an der Kante der Falltür auf. Die Tür zum Luftschutzraum wird vollends aufgeworfen und entblößt Mister Springer, der Nicole seine schrumpelige Hand entgegenstreckt. »Sie sind weg«, offenbart er uns.

Ein riesiger Stein rollt von meinem Brustkorb und lässt mich wieder freier atmen. Nicole hatte recht.

Vor Erleichterung entwindet sich ein seltsamer Laut meiner Kehle. Mir ist irgendwie nach Weinen und Lachen zumute, aber am liebsten würde ich einfach alles Schlimme vergessen und … und ich will … mein Leben wiederhaben. Ich will Chloe sehen und meine Freundinnen, Marcel, der keine Ahnung hat, dass ich auf ihn stand, ich will meinen Vater anschreien und ihn umarmen.

Der Wunsch, da weiterzumachen, wo ich vor mehreren Tagen unterbrochen wurde, ist auf einmal übermächtig. Ich will dieses Leben nicht, ich will zurückhaben, was ich hatte. Ich will aus diesem stinkenden Loch klettern und in die Stadt rennen. Und zwar, ohne Angst haben zu müssen, ohne mich sorgen zu müssen, was mit mir geschieht, wenn ich nach Hause gehe.

Verdammt, es ist mein Zuhause! Es darf gar nicht sein, dass man nicht in den geborgenen Schoß kriechen kann, in die Wiege aus Sicherheit und Liebe, wo man hingehört. Jeder hat das Recht, nach Hause zu gehen. Das muss einfach wahr sein!

»Ich habe versucht, etwas in Erfahrung zu bringen«, lenkt mich der alte Mann von meinem Selbstmitleid ab. »Aber ich war nicht erfolgreich. Es tut mir leid.«

Nicole, die vor mir in den Keller klettert, klammert sich an Mister Springers Arm fest und schluchzt. »Was ist mit Theresa? Und ihrem Bruder?«

Mister Springer zuckt mit den Schultern.

Keuchend erklimme ich die letzten Sprossen und lege mich bäuchlings auf den eiskalten Kellerboden. Dann stemme ich mich schwerfällig nach oben, schwanke etwas und versuche meine Augen an das Licht zu gewöhnen, das viel wärmer als das im Luftschutzraum ist.

»Du ...«, beginnt Nicole mit zitternder Stimme, während sie sich mit einer Hand an der rauen Wand abstützt, »du schuldest uns ein paar Erklärungen.«

Der alte Mann wuchtet die schwere Stahltür zurück in ihren Rahmen. Eine Ader an seiner Stirn tritt dabei deutlich hervor und die Haut in seinem Gesicht nimmt einen gefährlich dunklen Rotton an.

Als das laute Krachen mir endlich den Anblick des Lochs in der Erde erspart, stoße ich geräuschvoll eine Ladung Luft aus meinen Lungen. Ich hasse Luftschutzräume.

Die Ungeduld klebt wie eine zweite Haut an Nicole.

Mister Springer hat uns in sein Wohnzimmer gebracht, an einen hellbraunen Tisch setzen lassen und ist in die Küche verschwunden, um Tee zu kochen und etwas zu holen, das ihm wohl sein Geständnis und dazugehörige Erklärungen erleichtern soll.

Das rhythmische Trommeln von Nicoles Finger auf dem Holz macht mich nervös. Steif wie ein Brett sitze ich auf dem knarzenden Stuhl und lasse meinen Blick durch den Raum schweifen.

Dieses Haus unterscheidet sich im Grunde kaum von den beiden Wohnungen in dem äußeren Bezirk, in denen ich mich bisher aufgehalten habe. Die Möbel sind alt und gammelig, die Wände, Böden und Decken staubig bis schmutzig und es riecht nach altem Käse und fauligen Früchten. Mir wird schon wieder schlecht, allerdings kann das auch an dem ranzigen Brot liegen, das ich vorhin gegessen habe.

Als Mister Springer mit zwei Tassen zurückkehrt, kann ich mir kaum vorstellen, auch nur einen Schluck von dem grünlichen Zeug, das nach Heu riecht, hinunterzubekommen. Unschlüssig starre ich mein Getränk an. Und wenn er uns vergiften will?

»Erzähl mir endlich, woher du davon wusstest!«, fordert Nicole, schiebt ihre Tasse weit von sich, sodass sie unangenehm über das Holz schabt. Sie scheint mit ihrem eindringlichen Blick sämtliche Geheimnisse aus dem alten Mann quetschen zu wollen.

Ich halte es im Moment für klüger, still zu sein und ebenfalls auf meinen Tee zu verzichten.

Während ich mir verbiete, Heimweh zu haben, fängt Mister Springer an, zu berichten.

»Mir war nicht bewusst, dass Theresa mit deinem Sohn befreundet ist. Sie redet nicht sehr viel. Und mit mir schon gar nicht. Ich bin nur …«

»Deine verräterische Angestellte interessiert mich nicht«, unterbricht Nicole den Terri-Markt-Besitzer, »erzähl mir, woher du wusstest, dass diese Monster nach Mitchell gesucht haben!«

»Gut.« Unbehaglich rückt Mister Springer den Stuhl zurecht, auf dem er sitzt, räuspert sich. »Der Terri-Markt sichert mir meinen Lebensunterhalt. Die Ware ist nicht immer frisch, aber ich kann mehr unterschiedliche Obst- und Gemüsesorten auftreiben als irgendjemand sonst im westlichen Bezirk. Außerdem ...«

»Maikel!«

»Schau mich nicht so an, Nicole. Es ist wichtig, dass ich euch davon erzähle.«

Meine innere Unruhe und Ungeduld wachsen mit jedem Wort, das dieser Mann von sich gibt. Ich kann mir also kaum vorstellen, wie es Nicole gehen muss. Jede Minute, die verstreicht, entfernt sie weiter von ihrem Sohn. Meiner Mutter würde das natürlich nichts ausmachen.

Ich schüttle energisch den Kopf, um das Bild meiner Eltern loszuwerden. Ich habe es satt.

»Dann rede wenigstens etwas schneller«, drängt Nicole. Ihre schmalen Finger greifen nun doch fahrig nach dem Getränk, das sie zuvor abgelehnt hat.

»Dieser Laden ist Fluch und Segen zugleich. Du musst verstehen, dass ich nicht freiwillig ihren Spitzel spiele!«

»Wie Theo gesagt hat«, murmle ich gedankenversunken vor mich hin.

»Wer hat was gesagt?« Mister Springer sieht zum ersten Mal mich an.

Weil ich nicht länger als ein paar Sekunden in sein faltiges Gesicht blicken kann, wende ich mich an Nicole. »Theo hat uns vor Menschen wie ihm gewarnt. Er hat gesagt, dass die Stadt Leute bezahlt, damit sie in den Bezirken spionieren.« Auf einmal kann ich mir auch denken, weshalb er uns von seinem Laden erzählt hat. »Nur deshalb bekommen Sie die besten Sachen zum Verkaufen.«

»So einfach ist das nicht«, weicht er meiner Anschuldigung aus. Seine kleinen grauen Augen verdunkeln sich und er fährt sich mit der Hand durch die kaum noch vorhandenen Haare. Einen Menschen mit Glatze habe ich in meinem Leben bisher einmal gesehen. Aber damals war der haarlose Kopf beabsichtigt und keine Folge des … Alterns.

»Dann klär uns endlich auf«, verlangt Nicole. Sie schiebt energisch ihren Stuhl zurück und geht unruhig im Zimmer umher. Die Dielen knarzen bei jedem ihrer Schritte. Ich ziehe unwillkürlich den Kopf ein.

»Könnt ihr euch vorstellen, wie es ist, ständig beobachtet zu werden? Die verlangen tägliche Berichte. Sie wollen wissen, wer wann, was und wie viel einkauft, fordern genaue Angaben meiner Finanzen an, erwarten von mir Meldung über auffällige Gespräche zu erhalten, die in meinem Laden geführt werden.«

Nicole hält die Luft an. »Der Terri-Markt ist verwanzt«, stößt sie schockiert aus und hält mitten in der Bewegung inne. Der grün angemalte Schrank, vor dem sie zum Stehen gekommen ist, bringt ihre blasse Haut kränklich zur Geltung.

»Die gesamten Bezirke werden überwacht, Nicole. Die Fabrik, die Ölplantagen, die Läden, die Wohnhäuser, außer …«

»Außer was?«, dränge ich und fange an, auf meinen Nägeln zu kauen.

»Dieses Haus.« Mister Springer macht eine Geste, die das Gebäude, in dem wir uns zurzeit befinden, einschließt. »Mein Haus ist wohl der einzige Ort außerhalb der Stadt, in dem sie nicht spionieren. Ich habe keine Nachbarn, mein Strom wird niemals abgestellt und das Wasser fließt vierundzwanzig Stunden am Tag. Deshalb …«

Nicole steht da und starrt Mister Springer an. Ihr Kinn ist beinahe bis auf ihr Brustbein geklappt, der Schock über das Gesagte ist deutlich in ihren Augen zu lesen. Es ist zu viel auf einmal.

»Unsere Wohnung wird überwacht?«, haucht sie letztendlich bestürzt und taumelt zurück zu ihrem Stuhl.

Der alte Mann steht auf und greift nach ihrem Unterarm. Er stützt sie, bis sie sich auf das raue Holz gesetzt hat. »Nicht direkt. Soweit ich weiß, sind davon nur die Treppenhäuser betroffen«, versucht er die Lage etwas zu beruhigen, was meiner Ansicht nach kaum möglich ist.

Was er uns erzählt, gibt Nicole allen Grund, fassungslos und bis ins Mark erschüttert zu sein.

»Und wie …«, stottert sie weiter, »wie … Du … Wie kontaktierst du sie?«

Kommentarlos steht der Besitzer des Terri-Markts auf, geht zu einer Kommode, die neben einer vertrockneten Topfpflanze steht, und zieht die oberste Schublade auf.

Was er hervorholt, ist mir nicht unbekannt. Mister Springer besitzt ein Pad.

»Das glaube ich einfach nicht«, keucht Nicole und fasst sich an die Stirn. »Das glaube ich nicht.«

Wir sehen dabei zu, wie er näher kommt und im ersten Moment zögert, sich wieder zu uns zu setzen, bevor er es tut. Das Pad legt er in die Mitte des Tisches.

»Du bist ein Verräter, Maikel«, flüstert Nicole, während sie das glänzende Metall betrachtet, als würde es toxisches Gas versprühen. »Du bist einer von denen.«

Der alte Mann hat die Hände vor sich auf der Tischplatte abgelegt und den Kopf gesenkt. »Das ist nicht wahr«, verteidigt er sich halbherzig. »Ich tue lediglich, was nötig ist, um die … Schäden so gering wie möglich zu halten.«

»Glaubst du das tatsächlich?«, haucht Nicole fassungslos. »Und ist das Verschwinden meines Sohnes auch nur ein … Schaden?«

»Nicole, es tut mir so leid. Wenn ich vor acht Jahren gewusst hätte …«

»Was?« Nicole erstarrt.

Die Miene des Mannes wird von einem Schock überfallen, der augenscheinlich sämtliche seiner Gesichtsmuskeln lähmt. Das hatte er offensichtlich nicht sagen wollen. Es ist ihm herausgerutscht.

Mein Blick huscht von einem zum anderen, während ich wahrnehme, wie die Raumtemperatur sinkt. Eine Gänsehaut überzieht meinen Körper.

»Was?«, wispert Nicole erneut und beginnt, unkontrolliert zu zittern. »Was meinst du damit?« Mit der flachen Hand schlägt sie auf den Tisch, als sie nicht sofort eine Antwort erhält. »Maikel?«

Er senkt bedauernd die Lider, schluckt. »Ich … Es tut mir so unendlich leid. Ich habe schon ganz vergessen, was damals gewesen ist, das musst du mir glauben.«

»Wovon sprichst du?«, donnert Nicoles Stimme durch das Zimmer.

Die Hysterie gilt nicht mir. Die Wut ebenso wenig. Dennoch ziehe ich den Kopf ein, mache mich unwillkürlich kleiner. War das schon immer meine Art? Mich … unsichtbar zu wünschen, Konflikte zu vermeiden, indem ich mich passiv verhalte? Wahrscheinlich.

Mister Springer fängt an, mit Daumen und Zeigefinger an der Haut unterhalb seines Kiefers zu zupfen, die seltsam schlaff herunterhängt. »Es ist nichts Schlimmes. Zumindest glaube ich das. Meiner Meinung nach war es auch nicht direkt wegen Mitchell … Es kam mir eher so vor, als wäre es eine … ich weiß nicht, Botschaft oder so etwas für sie.«

Ich kenne diese Menschen kaum, daher wundert es mich nicht, dass ich keinerlei Ahnung habe, von wem er spricht, aber auch Nicole scheint mit dieser Aussage überfordert zu sein.

»Sie?«, hakt sie ungeduldig nach. »Von wem zum Teufel sprichst du? Wer ist für was bestraft worden? Und warum soll mein Sohn was damit zu tun haben?«

Seufzen. »Nicole, ich weiß es doch selbst nicht. Ich bin weder allwissend, noch habe ich die Kontrolle über irgendetwas. Mir wird gesagt, was ich tun soll, und dann tue ich es.«

»Wer ist *sie?*«, brüllt Nicole nun und donnert ihre Handfläche auf die Tischplatte, sodass ich unwillkürlich zusammenzucke.

»Susi.«

THEO

Es ist abgeschlossen. Das Klicken der Tür hallt wie ein Echo in mir nach. Eingesperrt.

»Kaffee?«

Ich starre auf die Krawatte meines Gegenübers und nicke. Der Mann betätigt einen Knopf und kurz darauf wird mir eine herb duftende Tasse serviert. Der Bot zieht sich anschließend sofort zurück.

»Also, Mr Groth, was ist der Grund Ihres Besuches?«, beginnt er beinahe beiläufig, so als wäre das hier ein ungezwungenes Treffen unter alten Bekannten. Seine lockere Körperhaltung strahlt diese Atmosphäre aus, ganz im Gegensatz zu dem breiten Schreibtisch, der unsere Rollen eindeutig verteilt. Mein Vorgesetzter – welchen Rangs auch immer – sitzt auf einem Angeber-Chefsessel, während ich mich mit einem einfachen Lederstuhl zufriedengeben muss. Das Material knarzt unangenehm, als ich nervös darauf herumrutsche.

Was ist der Grund meines Besuches? Ich grabe in meinen Gedanken danach, versuche mich zu erinnern, doch es ist, als wäre in meinem Hirn der Reset-Knopf gedrückt worden.

Um Zeit zu schinden, greife ich nach der dampfenden Tasse und führe sie an den Mund. Ihr Inhalt ist heiß und rinnt brennend meine Speiseröhre hinab. Kurz verziehe ich das Gesicht, fange mich jedoch schnell wieder. »Heiß«, erkläre ich und kleistere mir ein höfliches Lächeln ins Gesicht. Dann räuspere ich mich und beginne. »Also im Grunde …«

»Ja?« Der Blick von Krokodilschuh beschert mir ein ekelhaftes Gefühl in der Magengegend. Seine glatten Züge, diese stechenden Augen, das kalte Grinsen in seinem Gesicht … alles vermittelt mir den Eindruck, als wüsste er längst, weshalb ich hier bin. Als wüsste er … den wahren Grund.

Mein Blut stockt, friert ein und bildet Eiskristalle, die meinen Körper jede Sekunde auseinanderreißen könnten. Kann er wissen, weshalb ich hier bin? Dass ich herausfinden muss, wo Gefangene der EfiA untergebracht werden? Dass ich der Verräter in den eigenen Reihen bin? Dass ich dabei geholfen habe, eine Städterin zu entführen?

Ich starre dem namenlosen Mann entgegen und überlege, was er von mir zu hören gedenkt, welche Informationen sich bereits in seinem Hirn befinden. In den hintersten Ecken meiner Erinnerung suche ich nach seinem Gesicht, ob ich ihn schon einmal irgendwo gesehen habe, doch das ist nicht der Fall.

»Wer sind Sie?«, rutscht es mir heraus.

Der Mann blinzelt, streicht sich mit den Fingern über das Kinn, lehnt sich anschließend in seinem Sessel zurück und mustert mich unverhohlen. Ich bin es nicht gewohnt, die verunsicherte Partei in einem Gespräch zu geben. Auf einmal fehlt mir das Plappermaul. Er hat mir ein Gefühl von Überlegenheit vermittelt. In der Nähe dieses unterkühlten Mannes fühle ich mich unbedeutend und … klein. Dabei bin ich einige Zentimeter größer, wie ich auf dem Weg in dieses Büro feststellen konnte. Wenn dieser karg eingerichtete Raum überhaupt ein Büro ist. Mal ehrlich … wenn ich mich so umsehe, erinnert er eher an ein Verhörzimmer.

»Mr Groth«, lenkt Krokodilschuh meine Aufmerksamkeit wieder auf sich, »ich habe Ihnen zuerst eine Frage gestellt. Es ist daher wohl gerechtfertigt, dass ich meine Antwort hinauszögere, bis ich die Ihre erhalten habe. Stimmen Sie mir zu?« Bei der kleinsten Regung sondert seine rote Krawatte schimmernde Lichtreflexe ab.

Wie gebannt beobachte ich das Farbenspektakel. Zwischendurch schnellt mein Blick zu den braunrot glühenden Augen, die auf mich gerichtet sind.

»Stimmen Sie mir zu?«, wiederholt er die Frage, dieses Mal weniger freundlich.

Die unterschwellige Drohung in seiner Stimme lässt mir die Nackenhaare zu Berge stehen. Wo hat er gelernt, eine solch angsteinflößende Wirkung auf andere zu haben?

Ich schlucke, während mein Kopf vor und zurück wippt.

»Also?«

»Ich wollte fragen, ob ich eine frühere Schicht an der Mauer übernehmen kann … weil … wegen meines Schlafrhythmus«, kratze ich die wenigen, einigermaßen verständlichen Fetzen meiner ursprünglichen Lüge zusammen, die ich in meinem Kopf finden kann, und lege meine Hände auf den Seitenlehnen des unbequemen Stuhls ab. Die Wunde an meinem Daumen fängt an zu jucken.

Krokodilschuh starrt mich noch immer an, als wäre ich eine seltene neuartige Lebensform, und streicht nebenbei seine Krawatte glatt.

Warum bin ich hergekommen? Das war einer der dümmsten Einfälle, die ich je hatte.

»Wegen Ihres Schlafrhythmus«, wiederholt er meine gestammelten Worte. »Mr Groth« – weshalb erwähnt er andauernd meinen Namen? – »ich muss Ihnen wohl nicht sagen, dass diese Ausrede alles andere als gut ist.«

Irgendetwas schnürt mir die Luft ab. Ich bin mir absolut sicher, dass ich gleich ersticke.

»Sie wissen nicht, wer ich bin.« Offensichtlich. »Aber wir wissen beide, warum Sie hier sind.«

Mein Blick huscht zur Tür.

»Sie würden nicht sehr weit kommen. Daher schlage ich vor, wir unterhalten uns wie zivilisierte Menschen und Sie verraten mir alles, was ich noch nicht in Erfahrung bringen konnte.« Mit diesen Worten lehnt er sich nach vorn, legt seine ineinander verschränkten Hände auf dem kalten, grauen Tisch vor uns ab und ergänzt vielsagend: »Oder bin ich bereits voll im Bilde?«

Die Aussicht auf ein Loch, das sich zeitnah im Boden auftut und mich verschluckt, würde mir womöglich meine Angst nehmen. Leider kann ich mich nicht darauf verlassen, dass ein solch außergewöhnlicher Zufall mir den Allerwertesten rettet. Denn momentan sieht es mit einer Fluchtmöglichkeit eher mau aus.

Ich widerstehe dem Drang, mich nach der Tür in meinem Rücken umzudrehen. Sie ist verschlossen und selbst wenn ich auf magische Weise in den Flur gelangen würde, müsste ich das gesamte Gebäude durchqueren, um nach draußen zu gelangen. Also bleibe ich, wo ich bin. Mit schweißnassen Händen und wild klopfendem Herzen.

Der namenlose Mann legt seine Handflächen auf den glatt polierten Tisch, stemmt sich nach oben und geht ein paar Schritte nach rechts. Mit Argusaugen verfolge ich jede seiner Bewegungen. Das gescheitelte Haar glänzt im weißen Licht der Deckenbeleuchtung und auf einmal bin ich froh, mir heute die Haare nicht gegelt zu haben. Ich will nicht das geringste bisschen mit diesem Kerl gemein haben.

»Wie lange arbeiten Sie bereits für die städtische Sicherheit?« Seine Stimme hallt wie ein Donnergrollen durch den Raum.

Ich muss aufhören, mir solche Angst einjagen zu lassen. Er ist auch nur ein Mensch. Und soweit ich sehe, trägt er keine Waffe bei sich. ›*Wozu auch?*‹, verpasse ich mir eine geistige Kopfnuss.

»Seit ungefähr sieben Jahren«, beantworte ich seine Frage.

Krokodilschuh bleibt stehen, verhakt seine Finger auf dem Rücken und schürzt die Lippen. Nachdenklich starrt er an die Decke. »Und wie lange im Grenzbereich?«

Mir gefällt nicht, dass ich nicht erahnen kann, in welche Richtung dieses Verhör geht. »Nicht ganz dieselbe Zeit«, gebe ich zögerlich zu.

»Interessant«, sagt er und klingt dabei nicht im Mindesten überrascht. »Dann wollten Sie schon immer an der Mauer arbeiten? Gab es einen besonderen Grund dafür?« Unvermittelt bleibt er stehen und dreht den Kopf zu mir.

Eigentlich hatte ich nach Susis Rauswurf nie vorgehabt, hierzubleiben, nie vorgehabt, weiterhin hier arbeiten zu müssen, aber da mein Antrag abgelehnt wurde …

Ich schlucke angestrengt, ignoriere das Unbehagen, das wie ein Insekt über meinen Körper krabbelt. Wie sehr ich mir wünsche, mich in Luft aufzulösen. Wieso bin ich bloß hergekommen? ›*Das ist deine Schuld*‹, verfluche ich insgeheim das Plappermaul und presse die Zähne aufeinander.

»Wie Sie sicherlich mitbekommen haben, gab es vor Kurzem einige Vorfälle an Ihrem Arbeitsplatz. Personen, die unbefugt die Grenze übertreten haben, Eigentum, das aus der Medizinischen Forschungseinrichtung gestohlen wurde … Wissen Sie etwas darüber?« Seine steinerne Miene flößt mir Respekt ein und dafür verachte ich mich. Doch ich zweifle nicht daran, dass er die Rolle, die ich bei den genannten Vergehen gespielt habe, längst kennt. Darum schweige ich und erspare mir eine schlechte Lüge.

Krokodilschuh nickt wissend und setzt sich wieder. »Ich gehe davon aus, dass Ihnen unser Strafgesetz nicht unbekannt ist.«

»Nein, Sir«, erwidere ich.

Für einen kurzen Augenblick huscht ein Schatten von ehrlichem Erstaunen über sein Gesicht. Dann kehrt das berechnende, kalte Lächeln zurück. »Ich hätte noch ein paar Fragen, wenn Sie nichts dagegen haben.«

Als hätte ich eine Wahl! Seine falsche Höflichkeit bringt mein Blut zum Kochen. Wir wissen beide, dass ich keinerlei Kontrolle besitze, dass er am längeren Hebel sitzt. Und es ist unübersehbar, wie sehr er seine Macht genießt. Doch ich unterdrücke die Wut, die unter meiner Haut brodelt, und gehe auf sein Spielchen ein. »Keinesfalls.«

»Sehr schön.« Blitzschnell tippt er auf das Inkoar, das um sein Handgelenk geschlungen ist und zu seinem emotionslosen Verhalten passt, als wäre es ein Körperteil von ihm. Es projiziert ein Bild auf die weiße Wand neben uns. In meinen Ohren fängt es an zu rauschen.

»Kennen Sie diesen jungen Mann?«

Ja!

»Nein.«

Sein bohrender Blick ist beinahe schmerzhaft. Ich versuche, seine Gedanken zu erraten, an seiner Haltung einen Hinweis auf seine Motivation abzulesen, eine simple Emotion, doch ich scheitere kläglich. Dieser Mann ist wie ein seelenloser Bot. Undurchschaubar. Kühl. Berechnend.

»Sehen Sie ganz genau hin«, fordert er mich auf, das Bild des braunhaarigen Mannes genauer zu betrachten.

Das kräftige Kinn, die dichten Brauen, den leichten Bartschatten. Ich kneife die Augen zusammen. Er hat eine kleine Narbe am Kiefer, seine Augen sind geschlossen. Die Haut wirkt blass, beinahe durchscheinend, weil sich kleine rote Äderchen wie Fäden unter seinen Augen ausbreiten. Wer weiß, was sie mit ihm gemacht haben? Schließlich halte ich es nicht mehr aus und sehe weg.

»Kommt er Ihnen nun bekannt vor?«, drängt Krokodilschuh weiter. Seine Mundwinkel verziehen sich.

Er weiß, was ich weiß.

Ich presse meine verletzte Hand auf die ausgebeulte Hosentasche und schüttle den Kopf. »Nie zuvor gesehen.«

Belustigung blitzt in den rotbraunen Augen auf. »Na schön. Wie ist es mit diesem Foto? Das Mädchen war eine Patientin in der MeF. Haben Sie davon gewusst? Sie ist seit über achtundvierzig Stunden verschwunden.«

Ich wage es kaum, das Foto anzusehen. Als ich es doch tue, scheint mir Thyas Porzellanhaut entgegen. Ihre Haare leuchten wie flüssiges Gold. Ihr Mund ist leicht geöffnet, ihre Augen sind geschlossen. Es sieht aus, als schliefe sie, aber ich kann mir denken, dass sie, als das Bild geschossen wurde, keine Wahl hatte.

»Sie kennen sie.« Keine Vermutung, eine Feststellung.

Ich widerspreche nicht.

»Dann nehme ich an, dass Sie mit dem jungen Mann von gerade eben auch vertraut sind«, bemerkt Krokodilschuh und schaltet sein Inkoar aus.

Mitchell. Ich wünschte, ich hätte seinen Namen nie erfahren. »Wieso fragen Sie, wenn Sie die Antwort bereits zu kennen glauben?«

Jetzt lacht er ganz offenherzig, lehnt sich wieder hochnäsig in seinem Sessel zurück und verschränkt die Finger ineinander, sodass er herablassend darüber hinwegsehen kann. Seine Augen sind wie zwei Laser, die sich durch meinen Schädel brennen. »Erstaunlich, wie verzweifelt Sie versuchen, die Herrschaft über die Lage in Ihre Gewalt zu bringen. Ich bewundere Menschen mit einem starken Charakter, Mr Groth. Das tue ich wirklich. Aber Sie können mir glauben, wenn ich Ihnen sage, dass Sie sich im Moment nur schaden. Ich kann die Hinweise zu einem Bild zusammensetzen, das einigermaßen stimmig ist, aber ich würde die Wahrheit gerne aus Ihrem Mund hören. So einfach ist das. Und jetzt …« Er steht auf. »… begeben wir uns am besten in mein … richtiges Büro, wo Sie mir in aller Ruhe Ihre Geschichte erzählen können.«

Ich starre auf die Tasse vor meiner Nase, deren Inhalt mittlerweile kalt ist. Mein Magen hat sich zu einem dicken Knoten verheddert, der jegliche Nahrungs- oder Flüssigkeitsaufnahme verweigern wird.

Der namenlose Mann schreitet erhaben zur Tür. Dort angekommen, dreht er sich zu mir herum und fragt: »Oder haben Sie etwas anderes zu tun?«

Die Antwort bleibe ich ihm schuldig.

THYA

Es dauert eine Weile, bis mir wieder einfällt, dass ich den Hebel rechts am Kasten hinunterdrücken muss, um die Spülung zu betätigen. Zuhause musste ich mir um solche Kleinigkeiten keine Gedanken machen. Alles funktionierte von selbst.

Ich wasche mir die Hände und vermeide einen Blick in den schmutzigen Spiegel, der über dem Waschbecken hängt. Am liebsten würde ich jetzt aus diesem Albtraum aufwachen, in meinem Zimmer, eingewickelt in eine kuschelige Decke, und alles vergessen. Ich schließe die Augen, atme tief ein, dann wieder aus und stelle mir vor, dass ich dort bin.

Bin ich nicht.

Nicole und Mister Springer sitzen noch am Esstisch im Wohnzimmer, als ich zurückkomme. Beide haben ihre Haltung nicht verändert und beide schweigen.

»Wie geht es weiter?«, ergreife ich die Initiative und erinnere mich gleichzeitig daran, dass ich nicht mehr das hilflose Mädchen sein will.

Nicole hebt müde den Kopf und sieht mich an. Ihre Augen sind vom Weinen gerötet. »Wir müssen …« Doch bevor sie weiterspricht, hält sie inne und wirft Mister Springer einen Blick zu, den ich nicht deuten kann.

Unschlüssig bleibe ich im Türrahmen stehen.

»Maikel, würdest du uns allein lassen?«, bittet sie in wütendem, vorwurfsvollem Ton.

Der alte Mann ignoriert ihre unhöfliche Art – die in Anbetracht der Situation völlig nachvollziehbar ist –, nickt und verlässt kommentarlos das Zimmer. Zögerlich sehe ich ihm nach, dann gehe ich zurück an den Tisch.

»Hat sich Theo vielleicht gemeldet?«

Nicole zuliebe kontrolliere ich das Inkoar, doch ich weiß bereits, bevor ich es überprüfe, dass er sich in den wenigen Minuten, die ich auf der Toilette war, nicht gemeldet hat. Leider liege ich richtig und schüttle den Kopf. »Nein.«

Nicole atmet aus und streicht sich hektisch die Haare hinter die Ohren. »Na schön, wir können uns sowieso nicht darauf verlassen, dass dieser Fremde Mitchell findet. Ich habe einen Plan.«

Ein winziger Teil in mir würde ihr am liebsten sagen, wie egal mir ihr Sohn und ihre Probleme sind, wie gleichgültig es mir ist, was aus ihr wird, und dass mich nur mein eigenes zerstörtes Leben interessiert. Und dafür schäme ich mich zutiefst. Ich schäme mich wie noch nie zuvor in meinem Leben. Ich bin egoistisch, verwöhnt und undankbar. Mitchell hat ungefragt und selbstlos mein Leben gerettet, hat alles für mich riskiert, und was mache ich?

»… kann er uns vielleicht helfen.«

Verwirrt schüttle ich den Kopf und sehe Nicole an. »Was?« Jetzt waren meine Gedanken nicht nur furchtbar, sondern haben mich auch noch davon abgehalten, der Frau zuzuhören, die wesentlich zu meiner Rettung beigetragen hat. War ich schon immer so ein … schlechter Mensch?

»Ich sagte, wenn ich ihn irgendwie erreiche, könnte er uns vielleicht helfen, Mitchell zu finden«, wiederholt Nicole und trommelt ungeduldig mit ihren Fingern auf der Tischplatte.

Ich muss den ersten Teil ihres Vorschlages auch überhört haben, denn ich habe nicht den blassesten Schimmer, von wem sie spricht. »Wen meinst du?«

Unsere Blicke treffen sich. Nicole hält dem etwa eine Sekunde stand, dann wendet sie den Kopf ab. »Mitchells Vater.«

Mitchells Vater. Was? »Mitchells Vater ist tot«, entfährt es mir.

Ich erinnere mich daran, wie Mitchell noch heute Morgen das Inkoar seines Vaters in der Hand hielt und seinen Tod erwähnte. Er ist tot.

Als Nicole mit gequältem Gesichtsausdruck, beinahe schmerzverzerrter Miene ihre Nägel mustert, macht es in meinem Hirn klick.

»Er lebt«, hauche ich mit weit aufgerissenen Augen. »Aber warum … oh.« Ich schlucke. »Du hast ihn angelogen.«

Ihr Nicken ist die logische Konsequenz, dennoch überrascht es mich, als sie stumm ihre Lüge gesteht. Sie hat ihrem Sohn weisgemacht, sein Vater sei nicht mehr am Leben.

»Wieso?«

»Das ist kompliziert.« Müde reibt sie sich mit den zitternden Händen über das Gesicht.

In diesem Moment wirkt sie unglaublich niedergeschlagen und irgendwie kränklich auf mich. Ihre Haut ist blass und hat einen leichten grauen Schimmer. Ich atme seufzend aus und lasse mich mit dem Rücken gegen die harte Holzlehne sinken.

Draußen geht die Sonne bereits unter. Der Tag neigt sich dem Ende.

Nicole räuspert sich. »Gut.« Ein schneller Blick Richtung Tür. »Wir müssen ihn irgendwie kontaktieren. Über sein Inkoar«, überlegt sie laut und massiert ihre Schläfen. »Aber ich bin mir nicht sicher, wo es ist.«

»Bei Theresa«, fällt mir ein. »Mitchell hat es dort gelassen. Wenn sie eure Sachen nicht weggeworfen hat ...«

»Dann schnell.« Nicole ist bereits aufgesprungen und stürzt in den Flur.

Sie will sofort zu Theresas Wohnung, durch den ganzen Bezirk. Ich sollte ihr hinterher, doch mein Körper ist wie festgewachsen.

Derselben Meinung scheint Mister Springer zu sein, denn er stürzt aus dem Nebenzimmer an mir vorbei und Nicole hinterher, während er »Warte!« schreit. Zweifellos hat er unser Gespräch belauscht.

Weil ich nicht einfach hier sitzen bleiben will, als ginge mich die ganze Sache nichts an, folge ich den beiden. Im Flur werfe ich dem Kleiderständer einen sehnsüchtigen Blick zu. Warum kann ich mich nicht einfach in diesen Mantel einwickeln und aufhören, zu existieren?

›Dann hätten sie dich auch gleich aussortieren können!‹

»Nicole, du darfst nicht einfach das Haus verlassen«, dringt Mister Springers flehende Stimme an mein Ohr.

Ich schlinge die Arme um meinen Körper und sehe die beiden an, die sich wie zwei Duellanten gegenüberstehen.

»Du hast mir nicht vorzuschreiben, was ich tun und lassen darf«, faucht sie.

Der alte Mann senkt bedauernd die Lider. Seine Züge werden weich. »Du bist blind vor Sorge um Mitchell. Ihr seid dort draußen nicht sicher, hast du mir vorhin denn nicht zugehört?«, versucht er an ihre Vernunft zu appellieren. Erfolglos.

»Mein Sohn wurde entführt, verschleppt, wird vielleicht in diesem Augenblick irgendwo ...« Sie stockt, schluchzt, schafft es nicht, den Satz zu beenden. »Ich werde erst wieder vorsichtig sein, wenn er in Sicherheit ist. Außerdem ...« – sie wirft mir einen entschuldigenden Blick zu – »suchen sie gar nicht nach mir.« Damit dreht sie sich um und stürmt aus der Tür.

Die Sekunden verstreichen, während ich einfach nur dastehe und die Stelle anstarre, an der Nicole aus dem Haus gerannt ist.

Sie hat recht. Sie hat recht! Ich weiß es und trotzdem tut die Wahrheit weh. Sie suchen nach mir, nicht nach ihr. Ich bin nur ein belastendes Anhängsel.

Aber dafür kann ich niemandem außer meinen Eltern die Schuld geben, also wäre es an der Zeit, ihr nachzulaufen, damit ich sie noch einholen kann, damit ich ihr helfen kann, aber meine Beine wollen sich nicht in Bewegung setzen. Ich habe Angst.

»Ich werde versuchen, sie aufzuhalten«, informiert mich Mister Springer, dann ist auch er weg.

Wie eine Welle schlagt das gesamte Ausmaß der Situation über mir zusammen. Tränen steigen mir in die Augen, verschleiern meine Sicht. Das Kribbeln in meinen Beinen warnt mich vor dem, was als Nächstes geschieht. Mein Herz drückt schmerzhaft gegen meine Rippen. Der Kloß in meinem Hals schnürt mir die Luft zum Atmen ab …

Ich will nach Hause.

THEO

Mein Auto ist weg. Ich habe den Wagen weder angewiesen, in die Tiefgarage zu fahren, noch sonst wohin, dennoch ist er verschwunden.

Obwohl es sinnlos ist, suche ich mit den Augen das Gelände danach ab. Vermutlich haben sie ihn entfernt, um mir eine leichte Flucht zu verbauen. Aber wie sollte ich bitte fliehen?

Nach unserem ›Gespräch‹ bekam Krokodilschuh Verstärkung von zwei stummen Begleitern, die mich seit ihrem Auftauchen wie eine Leibgarde begleiten. Die Waffen in ihren Gürteln tragen sie wohl absichtlich auf eine so … offensichtliche Weise. Sie sind eine unausgesprochene Warnung. Sollte ich rennen, würde mit Sicherheit keiner der beiden zögern, mich niederzuschießen.

Wir haben das städtische Verwaltungsgebäude verlassen und steuern einen langen verchromten Wagen an, der am

Straßenrand auf uns wartet. Als wir vorhin den Empfang passierten, war Kristina wie vom Erdboden verschluckt.

Ich habe keine Ahnung, wohin ich gebracht werde, und wenn ich ehrlich bin, will ich es wahrscheinlich gar nicht wissen. Ein gleichgültiger Teil von mir freut sich sogar, dass das Versteckspiel, die Heimlichtuerei und der damit verbundene Stress endlich vorbei sind.

Ich bin es schon lange leid, Geheimnisse mit mir herumzuschleppen. Das ist anstrengend. Ich hasse es, mit der ständigen Angst leben zu müssen, jederzeit enttarnt zu werden, aufzufliegen. Nun ist es eben passiert. Und ich muss nicht mehr darauf warten. Das Zittern und Bangen hat ein Ende.

Teilnahmslos starre ich auf den hellgrauen Asphalt zu meinen Füßen. Das Geräusch unserer Schritte verflüchtigt sich schnell. Vielleicht werde ich gerade zu meiner Aussortierung eskortiert? Dann wäre wirklich alles … vorbei.

»Ein herrlicher Tag, nicht wahr?« Der namenlose Mann streicht seine Krawatte glatt und hält sein aalglattes Gesicht in die Sonne, die bereits tief am Horizont hängt.

Ich hoffe, er stolpert über seine Füße und zertrümmert sich den Schädel oder entstellt mit einem Sturz seine Visage. Zähneknirschend trotte ich neben meinen Begleitern her und ignoriere die Bemerkung meines Vorgesetzten.

Als wir bei dem Fahrzeug ankommen und die Wagentür aufschwingt, stemme ich die Fersen in den Boden.

»Gibt es ein Problem?«, erkundigt sich der namenlose Mann und lächelt mir auf eine so abscheulich kranke Weise zu, dass mir schlecht wird.

Gibt es ein Problem? Nein, gar nicht. Ich schlucke das Blut hinunter, das durch einen Biss auf meine Zunge geflossen ist, und schüttle den Kopf.

»Na dann.« Er deutet ins Wageninnere und sieht mir dabei zu, wie ich Anstalten mache, einzusteigen. »Eine Sekunde noch«, unterbricht er plötzlich mein Vorhaben und ich stoße mir den Kopf am Rahmen.

»Verdammt«, fluche ich.

»Das werden Sie nicht mehr brauchen.« Schneller, als ich reagieren kann, ist er an meiner Seite und zieht die Tüte mit dem Chip aus meiner Hosentasche. Geschockt und unfähig, mich zu bewegen, sehe ich dabei zu, wie sie in der Tasche einer der stummen Begleiter verschwindet.

Mein Herz donnert in meinem Brustkorb umher. Seit wann weiß er, dass ich mich selbst verstümmelt habe? Ich versuche, meine Fassung zurückzugewinnen, doch das grenzt an Unmöglichkeit. Schließlich werde ich von groben Händen auf den Rücksitz geschoben.

Krokodilschuh steigt auf der anderen Seite ein, dann fährt der Wagen los.

In meinem Kopf herrscht Leere. Jeglicher Gedanke löst sich in nichts auf, kaum dass er entstanden ist. Die zerschnittene Hautfalte an meiner Hand pocht unangenehm.

»Wohin fahren wir?«, will ich nach längerem Schweigen wissen. Dass das mit seinem Büro eine Lüge war, dürfte uns beiden bewusst sein.

Krokodilschuh stiert selbstgefällig aus der Frontscheibe und antwortet: »Das werden Sie früh genug sehen.« Nachdem er mir den Kopf zugewandt hat, fährt er fort: »Es freut mich, Mr Groth, dass Sie sich freiwillig gestellt haben. Das hat uns eine Menge Aufwand erspart.« Wieder fährt er mit der Hand über seine bescheuerte Krawatte. Kann er das Teil nicht eine Sekunde lang in Ruhe lassen?

»Ich habe nicht … von freiwillig kann kaum die Rede sein«, erwidere ich mit unterdrückter Wut in der Stimme. Mein Kiefer mahlt unaufhörlich.

Was, wenn ich ihn hier und jetzt angreife? Seinen Schädel zwischen der Tür zerquetsche wie eine Frucht? Immerhin sind wir allein. Die Eskorte von vorhin hat sich nach unserer Abfahrt wieder verzogen und sollte wahrscheinlich nur als reibungsloses Geleit zum Auto dienen.

Wenn ich ihm hier und jetzt den Garaus mache, schaffe ich es vielleicht, die Stadt zu verlassen, bevor ich geschnappt werde. Ein riskanter Plan, aber im Augenblick gefällt er mir besser, als bei diesem Theater brav mitzuspielen.

»Ich kann mir vorstellen, was Ihnen gerade durch den Kopf geht, Mr Groth. Und ich bewundere Ihre Selbstbeherrschung.« Sind bei dem noch alle Latten am Zaun? »Dennoch sind Sie nun hier und deshalb möchte ich Ihnen auch ein Stück entgegenkommen. Ich möchte Ihnen ein Angebot unterbreiten«, offenbart er lächelnd.

Im ersten Moment bin ich vollkommen perplex und kann ihn nur blinzelnd anstarren. Was für ein Angebot? Sämtliche Alarmglocken in mir beginnen gleichzeitig zu schrillen.

Das ist ein Trick! Allein die Art, wie sich dieser Mann aufführt, verrät mir, dass jeder Schritt, jeder Satz, ja jede einzelne

Gefühlsregung strategisch durchdacht ist. Egal, was ich jetzt sage, egal, welche Emotion ich ungewollt über meine Körpersprache preisgebe, ich habe das Gefühl, als kenne er meine Reaktion bereits.

»Wissen Sie, Mr Groth, Sie sind mir äußerst sympathisch. Schweigen sagt oftmals viel mehr über einen Menschen aus, als zu sprechen.«

Mein Herz bleibt stehen, klopft anschließend stolpernd weiter und pumpt Eis durch meine Adern, als er mir seine Hand auf die Schulter legt. Die Geste könnte fast vertraut wirken, wenn mir vor Ekel und Widerwille nicht schlecht werden würde. Seinen Gesichtsausdruck möchte ich sehen, wenn ich ihm auf seine feinen schwarzen Hosen kotze.

Mit einer schnellen Bewegung schlage ich seinen Arm beiseite. »Fassen Sie mich nicht an.«

Anstatt mit Groll oder Wut zu reagieren, fängt er an, zu lachen. Er lacht, schüttelt amüsiert den Kopf und lehnt sich wieder in seinen Bereich des Wagens zurück.

Dass er so gelassen ist, bringt mich nur noch mehr in Rage. »An Ihrer Stelle würde ich das Maul nicht so weit aufreißen. Ich könnte Sie in kleine Stücke reißen, Ihre Überreste auf einer Wiese vor der Mauer verscharren, und keiner würde Sie vermissen.« Dass ich maßlos übertreibe, um meine Angst zu überspielen, ist mehr als offensichtlich. Doch das hindert mich nicht daran, genau das zu tun.

»Wie kommen Sie darauf, dass mich niemand vermissen würde?«, fragt er belustigt und ignoriert dabei lässig meine

Androhung von Gewalt, die mich bei jedem anderen Vorgesetzten vermutlich Kopf und Kragen gekostet hätte.

Ich schnaufe heftig. Das kann nicht sein Ernst sein. Ich provoziere ihn mit der Beschreibung, wie ich ihn umbringe, und das ist das Einzige, was er gehört hat, das Einzige, worauf er reagiert? Ich öffne den Mund, um dagegen zu feuern, doch seine Unberechenbarkeit lässt mich einen Großteil meiner Schlagfertigkeit einbüßen. Mir fällt nichts ein.

»Wir sind gleich da«, wechselt er einfach das Thema und ignoriert meine lächerliche Drohung vollkommen.

Aus dem Konzept gebracht, kann ich nichts weiter tun, als mich meinem Schicksal zu ergeben.

»Haben Sie vor, mich bei meiner Arbeit zu beobachten?«

Der Wagen hat auf dem nördlichen Autopark der städtischen Überwachungseinrichtung gehalten. Die Mauer ragt hoheitsvoll vor uns in den abendlichen Himmel. Krokodilschuh ist bereits ausgestiegen und steuert schnurstracks die unauffällige Eingangspforte an, die lediglich durch ein Terminal zu erkennen ist und ansonsten mit der Innenseite der Mauer verschmilzt. Was will er hier? Bin ich umsonst davon ausgegangen, dass ich automatisch gefeuert bin? Ist das sein Angebot? Über meine Verbrechen hinwegzusehen und … Was?

Bevor ich überhaupt eine Flucht in Erwägung ziehe, bin ich schon dabei, ihn einzuholen. »Was soll das?«, versuche ich ihn aufzuhalten, doch er winkt mich nur lächelnd zu sich und lässt den Chip in seiner Hand scannen. Das Tor gleitet geräuschlos auf und gewährt uns Zutritt ins Labyrinth der Mauer.

»Ich möchte Ihnen etwas zeigen, Mr Groth. Allerdings ist das nur eine Zwischenstation auf unserer Tour.«

»Und wo endet diese Tour?«, frage ich. Eine dunkle Vorahnung legt sich auf meine Brust und erschwert mir das Atmen.

»Nun, das hängt ganz von Ihnen ab, Mr Groth.« Drei Schritte und er wird von dem glimmenden Licht verschluckt.

›*Renn weg!*‹, schreit eine Stimme in meinem Kopf. ›*Hau ab, das ist die passende Gelegenheit.*‹ Regungslos stehe ich da.

Dann gehe ich ihm hinterher und kann mir nicht erklären, wieso. Mein irrationales Verhalten wird Konsequenzen nach sich ziehen. Keine der guten Sorte, das weiß ich ganz genau, und trotzdem kann ich mich nicht davon abhalten, die vertraute Metallwand zu passieren.

»Sie sind wahrhaftig ein schlaues Kerlchen, Mr Groth«, hallt die fröhliche Stimme des namenlosen Mannes durch die schmalen Gänge. »Susanna Bleek war wohl nicht umsonst Ihre Freundin.«

Mit diesem Satz killt er mich. Ich möchte schreien, möchte auf die Wände einschlagen, ihm das Genick brechen und gleichzeitig die Zeit zurückdrehen, um Susi …

Wieso hat er sie erwähnt? Weiß er, warum sie sich nicht mehr meldet, warum ich sie nicht erreiche? Ist etwa er der Grund dafür? Oder blufft er womöglich?

Egal, was davon der Wahrheit entspricht, ich darf auf keinen Fall den Fehler machen, auf seine Bemerkung einzugehen. Nicht ein Wort.

Gefangen in meinem Schockzustand und dem Gefühl, bei lebendigem Leib zu verbrennen, bleibe ich still und folge ihm.

Wir laufen die Organe der Mauer ab, kommen an mehreren Überwachungszellen vorbei und hier und da wird Krokodilschuh mit einem respektvollen »Guten Abend, Sir« begrüßt. Obwohl ich diese Gänge zu kennen glaubte wie mein Apartment, verliere ich bald die Orientierung.

»In diesen Teilen der Mauer waren Sie sicherlich noch nicht«, bemerkt er grinsend, legt seine Hand auf die Metallwand neben sich und lässt mir den Vortritt, als sich eine unscheinbare Tür öffnet. »Hier entlang.«

Mit kalten Händen und klopfendem Herzen biege ich um eine dunkle Ecke. Ich weiß nicht, was ich dahinter erwartet habe, aber das sicher nicht.

»Einsteigen bitte.«

Ich verspüre den Drang, meine Finger um seinen Hals zu legen und zuzudrücken, während ich aktiv die Gedanken an Susi von mir fernhalte. Seine Ausgelassenheit verpestet die Umgebung wie toxisches Gas.

Wir stehen vor einem Aufzug. Einem stinknormalen Aufzug wie man ihn in jeder Wohneinheit findet. Unscheinbar, banal.

»Nach Ihnen, Mr Groth«, flötet der Mann neben mir, streicht sich zuerst seine Krawatte glatt, die in dem schummrigen Glimmen der Wände mehr orange als rot wirkt, und bedeutet mir anschließend, den quadratischen Raum zu betreten.

Wir bewegen uns rasant nach oben. Die Geschwindigkeit liegt schwer in meinem Magen, es fühlt sich an, als würden meine Beine die Wirbelsäule nach oben stauchen. Dann hält das Beförderungsmittel abrupt. Ich stolpere ein paar Schritte zur Seite, finde mein Gleichgewicht jedoch schnell wieder.

»Wir sind da«, kommentiert Krokodilschuh.

Die Luft schmeckt süßlich. Das ist das Erste, was mir auffällt, als die glänzenden Türen zur Seite fahren und uns den Weg freigeben. Ich blinzle, versuche, etwas in der Dunkelheit, die vor uns liegt, zu erkennen, doch es gelingt mir nicht.

»Einen Moment«, kommt es von dem Verrückten neben mir. Dass sein geistiger Zustand alles andere als unversehrt ist, davon bin ich mittlerweile überzeugt.

Er tritt so weit aus dem Fahrstuhl, dass ich seine schrillen Schuhe kaum noch sehen kann. Ein Piepen dringt an meine Ohren und gleich darauf erhellt das mir bekannte Glimmen aus dem vertrauten Teil der Mauer die Umgebung.

Der Gang vor uns ist leer. »Was soll das?«, knurre ich.

»Geduld«, bittet er gleichmütig und schreitet voran. Dass ich aufgefordert bin, ihm zu folgen, muss er nicht extra erwähnen.

Ich kann nicht sagen, womit ich rechne. Mir war nicht bewusst, dass es über meinem Arbeitsplatz noch weitere Gänge gibt. Beim Durchstreifen der unteren Ebene ist mir auch nie ein Aufzug untergekommen. Und dass sich mehr Türen in den Wänden befinden, als ich angenommen habe, hinterlässt einen sauren Geschmack in meinem Mund. Es war arrogant anzunehmen, ich wäre über die … Hintergrundaktivitäten der EfiA einigermaßen informiert. Wenn ich ehrlich bin, habe ich vermutlich nicht mal die oberste Lackschicht abgekratzt.

Unentschlossen sehe ich mir dabei zu, wie ich dem Spinner vor mir hinterhertrotte.

Menschen können äußerst kreativ werden, wenn es darum geht, ihren Lebensstil zu verbessern. Und sie finden die skurrilsten

Entschuldigungen für ihr Verhalten. Das kann ich so einfach behaupten, da ich leider aus Erfahrung spreche.

Ich will nicht sagen, dass ich ein besserer Mensch als Krokodilschuh bin, aber ich wünsche es mir von ganzem Herzen.

Der Mauertrakt, in den er mich geführt hat, ist ein Verbrechen. Anders kann ich es nicht beschreiben. Während wir den glimmenden Gang entlanggehen und immer wieder stehen bleiben, um Bildschirme zu betrachten, die an seltsamen Türen angebracht sind, wird mir von Sekunde zu Sekunde schlechter. Es fühlt sich an, als wollte mein Körper sich umstülpen, sein Innerstes von der Scheußlichkeit reinigen, mit der er konfrontiert wird. Was ich sehe, verdirbt meine Seele.

Der Mann, der mich in den dunkelsten Abgrund unserer Gesellschaft führt, ist ein Ungeheuer. Es würde mich nicht überraschen, wenn er sich in den sprichwörtlichen Teufel verwandeln würde. Machthaber einer Hölle ist er ja bereits.

»Ihr Gesichtsausdruck verrät mir, dass ich richtiglag.«

Ich schlucke, schaffe es nicht, nachzufragen, wovon er spricht. Allerdings gelingt es ihm mal wieder, meine Gedanken zu lesen.

»Sie hatten keine Ahnung, dass dieser Ort existiert«, stellt er nüchtern fest. »Sie glauben, alles zu wissen, aber Sie sind nur ein kleiner Grenzwächter, dessen Horizont so begrenzt ist wie sein Wissen über das Leben.« Die Pause, die er an dieser Stelle einlegt, soll mich verunsichern. Er will, dass ich einknicke, dass ich mir selbst nicht mehr vertraue. »Aber es ist nicht Ihre Schuld, Mr Groth«, fährt er lächelnd fort. Seine Art offenbart mir, dass er sich für alles andere als beschränkt, sondern fast schon für weise hält. »Der Mensch ist so beschaffen, dass er mit sich selbst leben kann. Sie sind schwach. Was auch der Grund ist, weshalb ich Sie hergebracht habe.«

Als ich meine Sprache wiederfinde, muss ich mich mit aller Macht davon abhalten, erschüttert zu klingen. »Wieso zeigen Sie mir das? Haben Sie keine Angst, dass ich Ihre perversen Spielchen auffliegen lasse?«

Das offene Lachen, das er daraufhin ausstößt, bringt mein Blut nur noch mehr zum Kochen. »Wissen Sie, Mr Groth, welche Frage ich mir beim Studium Ihrer prall gefüllten Vergangenheit immer wieder gestellt habe?«

Die Frage ist ganz klar provokanter Natur. Er erwartet keine Antwort von mir.

»Ich habe mich gefragt, weshalb Sie, wenn Sie von dem Prinzip der Aussortierung und gewissen Sachverhalten der EfiA Bescheid wissen, nie versucht haben, etwas daran zu ändern oder jemanden darüber in Kenntnis zu setzen. Trotz Ihrer Schweigepflicht.« Er macht eine bedeutungsvolle Pause. »Wissen Sie, zu welchem Ergebnis ich gekommen bin?« Sein Blick gleitet ins Leere und schließlich beantwortet er seine Grübelei selbst. »Weil Ihnen nur allzu bewusst ist, dass es niemanden interessiert.«

NICOLE

In dieser Nacht sah ich sie zum ersten Mal in meinem Leben. Überirdisch schöne Menschen mit ausdruckslosen Mienen, perfekten Körpern und im Mondlicht makellos schimmernder Haut, die wirkten, als glitte sämtlicher Schmutz einfach von ihnen ab.

Sie waren glatt. Ein passenderes Wort fand ich nicht, doch in meinen Augen gab es auch kein besseres. Sie waren glatt, ohne Ecken und Kanten, nicht greifbar. Unnatürlich. Mit ihnen in diesem Bezirk verhielt es sich wie mit dem Versuch, Wasser und Öl zu vermischen. Es funktionierte nicht.

Vier waren es an der Zahl. Drei Männer und eine Frau.

Im ersten Moment war ich so gebannt von ihrem Anblick, dass mir die fünfte Person erst auf den zweiten Blick ins Auge stach. Ein junger Mann.

Als vor wenigen Sekunden tatsächlich die Tür aufgegangen war, die ich so fanatisch angestarrt hatte, musste ich mich von dem Transporter entfernen und eilte zu einem Schrotthaufen, wo ich mich zwischen einen ausgeweideten Sessel und ein paar abgerissene Stuhlbeine quetschte. Von hier aus hatte ich noch immer alles im Blick und konnte nun die Aliens dabei beobachten, wie sie den fünften Mann, der augenscheinlich tot oder bewusstlos war, in den Transporter luden.

Zu wissen, dass Menschen verschwanden, war eine Sache. Zu sehen, wie *sie verschwanden …*

Ich hielt die Luft an, obwohl keiner der vier in meine Richtung sah.

Was sollte ich jetzt tun? Abwarten? Mich einmischen? Würden sie mich auch verschleppen, wenn ich mich zu erkennen gab?

Die Angst brannte in meinem Bauch, doch sie war nicht allein. Ich war immer noch wütend. Wütend, weil meine Mutter hatte sterben müssen, wütend, weil mein Vater zu erschöpft war, um sich die Schuhe vor dem Betreten der Wohnung auszuziehen, wütend, weil man uns ohne Vorwarnung jede Nacht Wasser und Strom abstellte, und wütend, weil die Aliens glaubten, sie dürften uns einfach unsere Freunde, Geliebten, Verwandten wegnehmen.

Mit dem Wissen im Hinterkopf, dass ich einen Fehler beging, trat ich ein paar Holzlatten zur Seite und lief mit schweren Schritten so selbstsicher wie möglich – was bei dem schwachen Mondlicht gar nicht so leicht war – auf die Gruppe Eindringlinge zu. Die machten sich daran, in den Transporter zu klettern.

Natürlich hörten sie mich. Etwas anderes zu hoffen, wäre naiv gewesen. Obwohl mein Herz mit dem Rest von mir davongaloppieren wollte, blieb ich stehen.

Wie ein Fels stand ich da und zwang mich, jedem Einzelnen von ihnen nacheinander in die Augen zu sehen. Dabei stolperte ich über Farben, die an dieser Stelle nichts zu suchen hatten und die ich selbst in der Dunkelheit erkennen konnte, weil die Augen der Frau und zweier Männer leuchteten, als brenne dahinter, in ihren Schädeln, Licht.

Nur das Gesicht des Vierten lag im Schatten, was an der Entfernung zwischen uns lag und daran, dass seine Augen sich nicht abnormal verhielten.

Der Moment, in dem ich diesen Leuten gegenüberstand, trug anfangs eine schützende Hülle des Schweigens, eine stille Übereinkunft, beinahe eine Art Bann, der uns davon abhielt, den Mund aufzumachen, doch das blieb nicht lange so.

Vielleicht wäre ich ungeschoren davongekommen, wenn ich die Klappe gehalten hätte und wieder gegangen wäre, vielleicht hätten sie mir belustigt hinterhergesehen – einem dummen Mädchen, das sich erdreistete, sie bei ihrer Arbeit zu behindern. Vielleicht hätten sie eine Warnung ausgesprochen oder mich halbherzig weggescheucht wie ein streunendes Tier.

Aber nichts davon geschah, weil ich mich weigerte, die Rolle des Opfers, des hilflosen Kindes zu spielen. Ich war diejenige, die das Schweigen brach und sich damit in Schwierigkeiten brachte.

Meine Stimme zitterte nicht einmal, als ich sagte: »Was hat der Mann getan?!« Die Worte klangen wie eine Beleidigung. Zu gern hätte ich ihnen auch noch vor die Füße gespuckt.

Mein Mut – den sie wohl eher als Dummheit bezeichnen würden – rief allgemeines Erstaunen hervor. Keiner schien recht zu wissen, was sie von mir halten oder wie sie reagieren sollten. Dann durchbrach ein Lachen die Nacht.

Ich zog die Stirn in Falten, während ich nach der Quelle des unpassenden Geräusches suchte. Der Mann mit den im Dunkeln liegenden Augen trat nach vorn. »Du traust dich ja was.«

Er war es gewesen, der gelacht hatte. Nein, er hatte mich ausgelacht. Für ihn war mein Einmischen ein armseliger Versuch, etwas Unvermeidbares zu verhindern. Zumindest dachte ich das zu dem Zeitpunkt.

Manchmal, wenn man seiner Wut Luft verschafft, wird sie nicht schwächer, sondern stärker. Für dieses Verhalten hatte sich meine Wut damals den denkbar schlechtesten Zeitpunkt ausgesucht, aber ich konnte gar nichts dagegen machen, als ich mich für den Angriff entschied. Angriff … Als befänden wir uns an der Front eines Krieges. Doch es herrschte wirklich Krieg. Vielleicht war er nicht sichtbar, aber spüren konnte ihn jeder. Wir kämpften jeden Tag gegen eine Ungerechtigkeit an, die die Stadt mit Leichtigkeit aufrechterhielt.

Und als ich mich in dieser Nacht weigerte, diese Tatsache weiterhin stillschweigend hinzunehmen, brachte ich einen Stein ins Rollen, von dem ich erst später merken sollte, wie groß er war.

Der Mann, der gelacht hatte und auf den ich kurze Zeit später losging, sollte in meinem Leben eine größere Rolle spielen, als mir lieb war.

Ich denke oft daran, dass ich mich niemals einem Menschen gegenüber zerrissener gefühlt habe. Dieser Mann hat mein Leben auf eine Weise bereichert, für die ich ihm ewig dankbar sein werde, und gleichzeitig hat er mir das Schlimmste angetan, was ich je ertragen musste.

THEO

»Sie haben meine Frage nicht beantwortet.« Ich kämpfe die Übelkeit hinunter und versuche, ihn anzusehen.

»Das ist nicht ganz richtig, Mr Groth.« Mit der rechten Hand umschließt er seine scheußliche Krawatte und lässt sie wie ein Stück Seide durch seine Finger gleiten. »Ich habe Ihre Frage teilweise nicht beantwortet. Aber ich verstehe, dass Sie auf das Angebot hinauswollen, von dem ich gesprochen habe.«

Neben mir befindet sich ein Bildschirm, auf dem zu sehen ist, was in der Kammer dahinter vor sich geht. Ich gestehe mir ungern ein, dass ich tatsächlich schwach bin, aber ich kann nicht hinsehen. Stattdessen fällt mein Blick auf den Schriftzug, der in roten Buchstaben darüber leuchtet: *Mike A. 4 1/2 – Zustand: stabil.*

»Warum zeigen Sie mir das?«, wiederhole ich meine Frage und bin mir ziemlich sicher, dass er sie nicht einmal teilweise beantwortet hat.

Was bezweckt er damit, mir etwas zu zeigen, von dem – und da bin ich mir absolut sicher – unsere Gesellschaft nichts weiß?

Egal wie angestrengt ich nach einer plausiblen Erklärung für sein widersprüchliches Verhalten suche, ich finde keine. Auch deshalb muss er mir antworten.

Mit vor dem Oberkörper verschränkten Armen wende ich mich von dem Schriftzug und dem Bildschirm ab und zwinge mich mit aller Macht, die Augen offen zu halten. Das hier ist kein schlechter Traum und ich bin kein kleiner Junge, der sich vor dem bösen Monster unter dem Bett verstecken kann, indem er die Augen zusammenkneift. Sich jetzt vor der Wahrheit zu verschließen, würde Verrat gleichkommen. Ich würde Susi verleugnen, ich würde alles als Hirngespinst und Humbug abstempeln, was wir in den letzten acht Jahren an Informationen gesammelt haben. Ich würde das Schicksal, das dem blonden Mädchen bestimmt war, gutheißen … Ich würde hinnehmen, was mit Susis Bruder passiert ist.

Das wäre unverzeihlich.

»Mr Groth, wissen Sie, was das hier ist?«

Ich balle die Hände zu Fäusten, bis sich die Fingernägel in meine Haut bohren. Ohne Zweifel bin ich auf einmal davon überzeugt, dass der süßliche Geruch, der diesen Gang einnimmt, aus den Wänden kommt. Genauer gesagt durch die Türen kriecht, die uns von den Menschen trennen, die auf den Bildschirmen zu sehen sind. Sie lassen mich an einen Abend denken, der vor knapp drei Jahren stattgefunden hat.

Susi traf mich an meinem Arbeitsplatz in der Mauer und ich erzählte ihr von einer Person, die nicht im städtischen Netzwerk registriert war, dafür im Intranet der EfiA auftauchte. Zwei Tage später verschwand sie, als wäre ihre Akte nur ein Systemfehler gewesen. Nun bin ich mir sicher, dass sie wirklich existiert hat. Und sie war kein Einzelfall. Bei Weitem nicht.

Ich schlucke den bitteren Geschmack auf meiner Zunge hinunter und drücke meine Zähne in die Unterlippe, bis ich Blut schmecke. Der Schmerz lässt mich das Pochen in meinem Schädel vergessen.

Auch wenn ich es nicht möchte, antworte ich: »Sie entführen Menschen aus den Bezirken und sperren sie hier ein, in Ihr krankes Gefängnis.«

Der namenlose Mann sieht mich so hartnäckig an, als wollte er mir allein mit seinem Blick die Augäpfel aus den Höhlen schälen, und wartet geduldig darauf, dass ich sein Starren erwidere. Unser stiller Kampf dauert mehrere Sekunden, in denen ich auf eine innere Eingebung hoffe, die in der Lage wäre, mich aus diesem Albtraum zu befreien.

Vielleicht sollte ich doch noch versuchen, wegzulaufen. Mein Chip ist raus. Wenn ich mich geschickt anstelle, könnte es Ewigkeiten dauern, bis sie mich finden. Doch wie wahrscheinlich ist es, dass ich die Mauer verlassen kann, ohne erwischt zu werden? Sollte ich mich einfach hier drinnen irgendwo verstecken? Ohne Zugang zu Nahrung oder Wasser vermutlich eine ziemlich bescheuerte Idee. Weil ich mir meine diversen Chancen, auf dem Weg hierher abzuhauen, selbst verbaut habe, sehe ich schließlich ein, dass ich keine Wahl habe.

Widerwillig wende ich mich ihm zu.

In Krokodilschuhs Gesicht breitet sich ein zufriedenes Grinsen aus, während er ganz langsam die Zähne bleckt. »Ändern Sie

Ihre Sichtweise, Mr Groth. Sehen Sie hin.« Mit ausgestreckter Hand deutet er auf das Display.

Gegen das, was er verlangt, sträubt sich jede Faser meines Seins. Ich kann nicht.

»Schauen Sie hin, Mr Groth«, wiederholt er etwas leiser, aber eindringlicher. Ich bilde mir ein, seinen Atem im Nacken zu spüren, dabei steht er vor mir. »Sagen Sie mir, was Sie dort sehen«, grollt seine Stimme durch den glimmenden Gang.

»Nein«, knurre ich und möchte ihn k. o. schlagen, doch es fühlt sich an, als wäre ich in meinem Körper gefangen.

Wie sehr ich mir auch vorstelle, meine Fingerknöchel gegen seinen Unterkiefer zu rammen, es gelingt mir nicht, meine Gedanken in Taten zu verwandeln. Etwas hält mich davon ab, Gewalt anzuwenden. Entweder mein Verstand oder mein verzweifelter Wunsch, aus dem Geschehen eine Illusion zu machen, die zerstört werden könnte, wenn ich handle. Das hier muss ein Albtraum sein. Anders will ich nicht damit umgehen.

»Verraten Sie mir, wovor Sie sich fürchten, Mr Groth.« Er macht einen Schritt an mir vorbei, sodass er mit seiner Vorderseite direkt vor der Tür zum Stehen kommt, und hebt den Kopf, um die digitale Anzeige darüber zu betrachten. »Haben Sie Angst davor, sich selbst zu hassen, weil Sie nichts für diese Menschen tun können? Oder befürchten Sie, dass Ihre Ignoranz der letzten Jahre zusammenbricht, weil mit dem Wissen auch die Verantwortung einhergeht? Wollen Sie verhindern, Ihre Familie und die Menschen, einschließlich sich selbst, in dieser Stadt für ihr Glück zu verachten, indem Sie die Augen vor der Wahrheit verschließen? Soll ich Ihnen die Wahrheit verraten?«

Ich weiß, er sieht mich nicht an, weil er mir den Rücken zugewandt hat, aber ebenso sicher kann ich sagen, dass er sich meiner vollen Aufmerksamkeit bewusst ist. Wie ein Schwächling stehe ich hier. Zu feige, um wegzurennen, und zu feige, um hinzuschauen.

Krokodilschuh atmet hörbar aus. »Lassen Sie mich einen Teil Ihrer Sorgen vernichten, in Ordnung, Mr Groth?«

Mehr als ein frustriertes Zähneknirschen wird er nicht von mir bekommen.

»Sie sind kein schlechter Mensch, weil Sie nicht hinsehen wollen. Niemand möchte das, niemand möchte sich für die unerfreuliche Seite unserer Gesellschaft interessieren. Das ist eine Tatsache. Aber diese Menschen, die Sie als Opfer betrachten, als unschuldige Wesen, die unserer Gewalt hilflos ausgeliefert sind – was glauben Sie, weshalb wir sie herbringen?«

Ich schweige.

»Ändern Sie Ihre Sichtweise, Mr Groth«, verlangt er erneut, während ich versuche meinen Körper dazu zu überreden, ihn zu überwältigen und die Kurve zu kratzen.

Es funktioniert nicht.

»Lösen Sie sich eine Sekunde von der Vorstellung, dass Gut und Böse unabhängig voneinander existieren, und sehen Sie beides stattdessen als Ganzes, das untrennbar miteinander verbunden ist. In jedem Menschen steckt die Neigung zur Liebe und Sanftmütigkeit, ebenso wie der Hang zu Gewalt und Zerstörungswut. Keiner von uns besitzt nur eine dieser Eigenschaften, obwohl manche durchaus davon überzeugt sind.«

Ich weiß, dass er mit seinem wirren Gerede eine Erwiderung provozieren möchte und dass ich ihm diese verwehren will. Ebenso sicher weiß ich aber, dass ich nicht verstehe, worauf er hinausmöchte. Wie kann er plötzlich sprechen, als wollte er mir nur eine Weisheit mit auf den Weg geben, wo er gerade eben noch die Rolle des Psychopathen bekleidet hat?

»Können Sie mir folgen, Mr Groth?«

»Sie wollen sich für Ihr psychotisches Verhalten entschuldigen?«, spucke ich gegen seinen Hinterkopf.

Langsam wendet er sich von der Tür ab und streicht sich über die rote Krawatte, während er eine Augenbraue hochzieht. »Nichts liegt mir ferner, als mich bei Ihnen in irgendeiner Weise beliebt zu machen. Mr Groth, verstehen Sie wirklich nicht, was ich versuche, Ihnen zu verdeutlichen?«

Meine Oberlippe zuckt.

Dieses Mal fordert seine Haltung Einsicht. Und zwar von mir.

Er lehnt sich näher in meine Richtung und neigt den Kopf, sodass er mich von unten her mit seinem eindringlichen Blick durchbohren kann. »Nehmen Sie Abstand von der Annahme, dass alles, was die EfiA und zum Teil auch die städtische Regierung tun, nicht zum Schutz des Allgemeinwohls geschieht. Nehmen Sie Abstand von dem Irrglauben, dass man es jedem Individuum einer Gemeinschaft recht machen kann.«

»Sie sprechen wie jemand, der für alles eine Entschuldigung findet.«

»Und Sie wie jemand, für den Notwendigkeit ein Fremdwort ist. Diese Menschen …«, kehrt er zu seinem Einstiegsthema zurück und macht einen Schritt zur Seite, damit er nicht länger den

Bildschirm verdeckt, vor dem ich mich am liebsten verstecken würde. Jetzt muss ich hinsehen, weil ich ihm die Genugtuung, meine Schwäche offen zu zeigen, nicht gönnen will. »… sind nicht die unschuldigen Opfer, für die Sie sie halten, Mr Groth. Nehmen wir diesen Mann.«

Ich starre den von Schläuchen durchbohrten Kerl an, der in einer engen Kammer festsitzt und in einem seltsamen Gerät steckt. Seine Hände und Füße festgeschnallt tritt er in die Luft und bewegt dadurch vier große Räder, deren Verbindungen in der Wand verschwinden.

»Er hat regelmäßig einer jungen Familie Schaden zugefügt«, fährt Krokodilschuh ungerührt fort.

Ich schweige. Das Gesicht des Mannes ist mit Schweiß bedeckt. Selbst bei der schwachen Beleuchtung sehe ich, wie sich sein Brustkorb angestrengt hebt und senkt. Seine Augen sind weit aufgerissen und starren ins Leere, als hätte sein Geist den Körper längst verlassen. Er trägt einen seltsamen Anzug, der an den Gelenken verstärkt ist.

»Dieser Mann ist ein Mörder, Mr Groth. Er hat die Mutter seiner Tochter getötet.«

Es folgt eine Pause, in der ich das Gesagte verarbeiten soll. Dabei kann ich nur weiter den Bildschirm anstarren und mich fragen, ob das vielleicht ein Trick ist. Eine Animation, die mich verunsichern soll. Wozu auch immer.

»Würden Sie für eine solche Person Partei ergreifen wollen?«, fragt Krokodilschuh nun liebevoll.

Ich spüre, wie meine letzte Mahlzeit die Speiseröhre hinaufklettern will. »Woher weiß ich, dass Sie nicht lügen?«

Ein Lächeln. Mein Einwand überrascht ihn nicht. Wie könnte er auch? »Das wissen Sie vermutlich nicht, aber es spielt auch keine Rolle. Es geht mir nicht darum, Ihr Vertrauen zu gewinnen.« Er neigt den Kopf zur Seite, als wollte er mich aus einem anderen Blickwinkel betrachten. »Das wäre ein vollkommen utopisches Ziel, Mr Groth. Ihre Abneigung gegen diese Einrichtung konnte zu lange wachsen, als dass ich dazu in der Lage wäre, sie mit ein paar wenigen Worten zu vernichten. Ich neige nicht zur Überschätzung meiner eigenen Fähigkeiten«, fügt er noch als Erklärung hinzu. »Aber sehen Sie: Uns als Unmenschen zu bezeichnen oder überzeugt davon zu sein, wir wären die ›Bösen‹« – er malt Anführungszeichen in die Luft, die ihn für einen kurzen Moment tatsächlich normal erscheinen lassen – »wäre ebenso falsch wie die Annahme, dass es möglich ist, in einer perfekten Welt zu leben. Unsere Gesellschaft ist nicht perfekt. Sie wissen davon, ich weiß davon. Aber es gibt keinen Grund, aus weiteren Unwissenden gegen deren Willen Wissende zu machen. Dadurch würde sich nichts ändern. Im Gegenteil. Es hätte vermutlich negative Auswirkungen auf das gesamte System.« Mit einem schnellen Wisch über das Display verschwindet der Anblick des Mannes hinter der Tür. Der Schriftzug darüber erlischt.

Ich merke erst, dass sich mein gesamter Körper verkrampft hat, als ich ausatme und damit einen Teil der Anspannung aus meinen Muskeln vertreibe. »Warum zeigen Sie mir das alles?«

Er hat viel geredet, aber nicht wirklich Licht ins Dunkel gebracht. Ich bin genauso schlau wie vorher. Wenn sein einziges Ziel darin bestand, Verwirrung zu stiften, dann muss ich leider zugeben, dass er erfolgreich war.

In sein Lächeln mischt sich ein kleiner Hauch Aggression, die er unter seiner routinierten Geste, seine Krawatte durch die Finger gleiten zu lassen, zu verstecken versucht. »Mir drängt sich der Verdacht auf, dass Sie nicht die Absicht hegen, Ihren Verstand einzuschalten.«

Ich spüre wieder die Wunde an meiner Hand.

»Dann lassen Sie es mich klar und deutlich formulieren, Mr Groth«, raunt er. »Beenden Sie Ihre Selbstgeißelung. Sie sind nicht schlecht, weil Sie sich schwach fühlen. Sie und ich und alle Bewohner dieser Stadt sind nicht böse, weil es dort draußen Menschen gibt, die es nicht so gut haben wie wir. Ebenso wenig sind alle Menschen dort draußen gut, weil sie nicht hier drinnen leben. Verstehen Sie das?«

Nein. Weil es keinen Sinn ergibt. »Wenn es stimmen soll, was Sie behaupten, dann erklären Sie mir, wie die Aussortierung in Ihr hübsches Weltbild passt!«

Er seufzt ergeben. »Gut, ich sehe ein, dass wir auf diese Weise nicht weiterkommen. Dann wird es wohl Zeit, Ihnen das Angebot zu unterbreiten, das ich vorhin erwähnt habe.«

»Wechseln Sie jetzt das Thema, weil Ihnen die schlauen Sprüche ausgehen?«

Statt zu antworten, ignoriert er mich und geht.

»He!« Von plötzlicher Selbstsicherheit gepackt, hetze ich ihm hinterher und grabe meine Finger in seine Schulter.

Durch meinen Angriff wird er nach hinten gerissen. Als er stolpernd sein Gleichgewicht zurückerlangt, keuche ich erschrocken auf.

»Sehr lange haben Sie Ihre Emotionen ja nicht unter Kontrolle behalten«, kommentiert Krokodilschuh tadelnd, während er gemächlich seine Hand von meinem Hals zurückzieht.

Meine Finger schnellen nach oben. Verwirrt drücke ich sie gegen den stechenden Schmerz, der sich in ein dumpfes Pochen verwandelt und meine Sinne flutet. Mir wird schwindelig. »Was haben Sie getan?«

Stumm sieht er mich an und wartet. Als mir schwarz vor Augen wird, ich gegen die Wand taumle, wird mir auch klar, worauf. Und kurz bevor meine Lichter ausgehen, sagt er etwas, von dem ich mir ziemlich sicher bin, dass ich es nicht mehr hören sollte.

»Sie können von Glück reden, dass ich Sie noch lebend brauche.«

MITCHELL

Wenn ich nicht bald wieder die Kontrolle über meinen Körper erlange, drehe ich durch.

Dieses Mal fühlt es sich anders an. Dieses Mal spüre ich meine Fingerspitzen, bevor ich das Bewusstsein erlange. Wie ein träger Fluss fließt das Leben zurück in meine Gliedmaßen, in den Bauch, die Brust bis hinauf zu meinem Kopf.

Ich atme kräftig ein und schlage die Augen auf.

Das grelle Licht blendet mich. Ich muss blinzeln und dennoch tanzt ein Lichtfleck hinter meinen geschlossenen Lidern weiter.

Es dauert eine Weile, ehe ich wieder normal sehen kann. Mein Hals ist trocken, kratzt.

Ich denke an Thya, an den Tag, als sie völlig orientierungslos bei uns in der Wohnung aufgewacht ist. So in etwa muss sie sich gefühlt haben. Furchtbar.

Vorsichtig spreize ich die Finger und befühle den Untergrund, auf dem ich liege. Zu meiner Verblüffung ist er weich. Als ich mich ein Stück bewege, wird mein Körper sanft hin und her geschaukelt. Ist das Wasser?

Stirnrunzelnd kneife ich die Augen zusammen und drücke mich dann langsam in die Senkrechte, was sich wegen der eingeschlossenen Flüssigkeit unter mir etwas umständlich gestaltet.

Ich bin nicht mehr in meiner Zelle. Das ist sie nicht einmal annähernd. Was ich sehe, lässt mich daran zweifeln, ob ich mich nicht irre und noch immer bewusstlos bin. Vielleicht halluziniere ich auch, stecke in einem Traum fest oder in einer Wahnvorstellung?

Wo zum Teufel bin ich?

Die Wände sind in einem schillernden Hellblau gestrichen, da stehen weiße Möbel an den Wänden. Ein Schrank aus … weißem Glas? Es riecht dezent nach Zitrone und Minze.

Als ich den Kopf drehe, den Blick durch das Zimmer schweifen lasse, verschlucke ich mich beinahe an meiner eigenen Spucke beim Anblick des Fensters. Ein Fenster? Zumindest erinnert das, was ich sehe, ein wenig daran. Einen Rahmen kann ich nicht entdecken. Es sieht aus, als hätte man ein Stück Außenmauer herausgeschnitten und durch eine Scheibe ersetzt.

Wo zur Hölle bin ich hier gelandet? Und worauf zum Teufel liege ich da eigentlich?

Hektisch werfe ich den Kopf herum, starre die Matratze, das Bettgestell und den Baldachin über mir an. Aus dem schockartigen Zustand komme ich überhaupt nicht mehr heraus.

Haben die Snobs mich als ihren neuen König auserkoren? Bin ich in einem Palast? Haben die hier so etwas überhaupt?

Während mein Mund auf- und zuklappt, machen sich meine Beine selbstständig. Sie strampeln die warme, mit kleinen blauen Kringeln verzierte Decke von mir und stellen sich auf den spiegelglatten Boden, der kalt aussieht, es aber nicht ist. Eine angenehme Wärme dringt durch meine Fußsohlen in meine Beine bis hinauf zu meinem Bauch. Sollte das alles hier ein Trugbild sein, wäre ich zwar nicht überrascht, aber etwas enttäuscht.

Dieses Zimmer ist der pure Luxus.

Schlagartig wird mir bewusst, was ich eigentlich mache. Wie ein verliebter Junge lasse ich mich von dem ganzen Schrott verzaubern.

Was ist los mit mir? Das hier ist nur eine Masche der Snobs. Ein Plan, den sie verfolgen und von dem ich nicht verstehe, was er bezwecken soll, aber das ist auch alles andere als wichtig.

Konzentriert begutachte ich die Kleidung, die ich trage. Eine Stoffhose und ein einfarbiges Shirt. Beides gehört nicht mir, doch diesen Umstand verdränge ich ganz bewusst.

Dann suche ich nach dem wichtigsten Bestandteil dieses Raums. Der Tür.

Wie ein Verbrecher schleiche ich an dem Bett und den hübschen Schränken vorbei, bestaune kurzzeitig den Tisch aus schwarzem … Stein und schiebe mich langsam an das Rechteck heran, von dem ich annehme, dass es eine Tür ist. Die silberne Stange soll wohl der Knauf sein und das Feld daneben … Okay, ich habe keine Ahnung, was das ist. Aber es ist mir auch egal.

Ich strecke meine zittrigen Finger nach der ›Klinke‹ aus und überlege schon einmal, ob ich drücken oder ziehen muss. Eine Entscheidung erweist sich als hinfällig.

»Scheiße«, keuche ich, als ich merke, dass sich dieses Teil nicht einen Millimeter bewegen lässt.

Es ist abgeschlossen.

»Denk nach«, beschwöre ich mich und balle die Hände zu Fäusten.

Erst war ich in einer Zelle, angekettet wie ein räudiger Köter, und nun … Moment! Verblüfft hebe ich meine Unterarme und starre sie an. An meinen Handgelenken ist nur noch ein schwacher rötlicher Schimmer zu erkennen. An der Stelle, an der ich geblutet habe, als hätte meine letzte Stunde geschlagen.

Wo sind überhaupt die Fesseln? Wo die Schläuche? Warum bin ich nicht an die Wand gekettet?

Weil es unnötig ist, du Idiot! Du bist eingesperrt.

Stimmt.

Hektisch drehe ich mich im Kreis, suche nach einem Ausweg.

Das Fenster! Ich hetze darauf zu und presse die Fingerkuppen darauf. Das Glas beschlägt schon bald von meinem keuchenden Atem.

Wie lässt sich dieses verdammte Teil bloß öffnen?

Ich fahre an den Rändern entlang, taste nach Knöpfen, Erhebungen, wenigstens einer kleinen Kurbel, aber da ist nichts.

»Geh auf«, knurre ich verzweifelt.

Doch meine kalten Hände sind völlig nutzlos. Und auch nicht mehr nötig, denn plötzlich setzt sich das Glas sanft in Bewegung und gleitet in die Wand. Sofort erfasst eine frische Brise mein Gesicht, ich atme tief ein.

Wie habe ich das bewerkstelligt? Als mein Blick aus dem geöffneten Fenster schweift, ist die Frage allerdings wie weggeblasen.

Ich schaffe es nicht, meinen Mund zu schließen. Was ich sehe, hindert sämtliche Synapsen in meinem Hirn daran, ihre Arbeit fehlerfrei zu verrichten. Das kann nicht sein!

Ungläubig starre ich einem Auto hinterher, das wie poliertes Besteck in der Sonne glitzert. Die Bäume, die den sauberen Gehweg säumen, die strahlend weiße Häuserfront gegenüber, sogar die Luft hier … alles ist so … rein. Und noch strahlender als bei Nacht, wenn ich an meinen Einbruch denke.

Mit einem Mal fällt es mir wie Schuppen von den Augen. Ich bin wirklich in der Stadt. Anders kann es nicht sein. Ich bin in der Stadt, und zwar nicht in einem Gefängnis, sondern in einem stinknormalen Wohnhaus. Mir wird schwindelig und ich trete hastig von dem Fenster weg.

Ich bin in der Stadt.

Wieso bin ich in der Stadt?!

Panik legt sich wie eine Eisenkette um meinen Brustkorb. Keuchend laufe ich rückwärts, strauchle und falle wie erschossen auf das Bett.

Ich bin in der Stadt. Warum? In meinem Kopf dreht sich alles, das Zimmer scheint ins Wanken zu geraten. Ich bin in der Stadt. Diese Tatsache will mir einfach nicht in den Schädel.

Ich kneife die Lider so fest zusammen, dass es wehtut. Ein scharfer Schmerz schießt meinen Kiefer hinauf bis in die Schläfen.

Wieso bin ich hier?

Langsam entkrampfe ich meine Hände, die zu Fäusten geballt sind, und starre meine Handflächen an. Die Zeit verlangsamt sich, kommt schließlich zum Erliegen. Es ist still. Nur mein Herzschlag dröhnt in meinen Ohren.

Was zur Hölle mache ich hier?

»Mitchell?«

Ich schieße so rasant in die Höhe, dass mir schwarz vor Augen wird. Taumelnd drehe ich mich um und stoße mir dabei das Schienbein am Bettgestell. Der Schmerz lässt mich die Zähne zusammenbeißen, denn um zu fluchen, fehlen mir schlicht und ergreifend die Worte.

Als meine Sicht wieder klarer wird und mein Bein nur noch dumpf pocht, sehe ich den Mann, der neben der Tür steht. Einfach so. Zack. Als hätte er sich aus dem Nichts materialisiert.

Blinzelnd starre ich ihn an, rechne jede Sekunde damit, dass er nur ein Produkt meiner Einbildung ist und sich gleich wieder in Luft auflöst. Aber er verschwindet nicht. Stattdessen starrt er zurück und macht sogar einen zaghaften Schritt in meine Richtung.

Ich kann meine Sprache immer noch nicht finden und verharre wie angewurzelt auf der Stelle.

»Mitchell.«

Mein Name. Wieso kennt er meinen Namen? Und woher? Warum zum Teufel kennt dieser wildfremde Mann meinen Namen?

»Du hast bestimmt ein paar Fragen.« Seine Mundwinkel heben sich.

Wenn mir diese Situation nicht ohnehin vollkommen surreal erscheinen würde, würde ich mich darüber wundern, dass sein Blick etwas … Liebevolles an sich hat. Das hellbraune Hemd, das er trägt, ist nicht bis ganz oben zugeknöpft und die Ärmel hat er über seine Ellenbogen geschoben. Zusammen mit der schwarzen Hose und den braunen Haaren macht er einen – was ich nur höchst widerwillig zugebe – sympathischen Eindruck.

Meine Intuition rät mir jedoch, vorsichtig zu sein. Vor allem, da ich es hier mit einem Snob zu tun habe.

Mich innerlich anfeuernd straffe ich die Schultern. »Wer sind Sie?« Um meiner geheuchelten Selbstsicherheit mehr Authentizität zu verleihen, setze ich einen drohenden, finsteren Blick auf.

»Wenn du erlaubst, würde ich gerade diese Frage gern später beantworten«, bittet er höflich und verschränkt die Finger vor seinem Körper. Es sieht aus, als wollte er jeden Augenblick auf die Knie fallen und beten.

Mein gesamter Körper ist angespannt. Ich bin jederzeit bereit, mich zu wehren, wenn es nötig sein sollte. »Nein, sagen Sie mir, wer Sie sind und was ich hier mache«, fordere ich und werfe einen Blick zurück zu dem geöffneten Fenster.

»Ich würde dir raten, nicht zu springen«, scherzt er. »Wir befinden uns im elften Stock. Die Landung wäre ziemlich schmerzhaft, wenn du nicht sofort ohnmächtig werden würdest. Wir könnten dich in der MeF wieder hinbekommen, aber das würde ein paar Tage dauern.«

Dieses eine abscheuliche Wort lässt einen kalten Schauer über meinen Rücken krabbeln. Thyas lebloser Anblick taucht vor meinem geistigen Auge auf. Der Keller in dieser kranken Einrichtung.

»Wer sind Sie?«, knurre ich unheilvoll.

Er macht einen weiteren Schritt in meine Richtung. Dass sich der Abstand zwischen uns verringert, gefällt mir ganz und gar nicht. Selbst wenn immer noch das gigantische Bett zwischen uns steht.

»Du wirst keine Ruhe geben, ehe du es weißt, habe ich recht?«, lässt er mich an seinen Gedanken teilhaben und wartet geduldig auf meine Antwort.

Mein Kiefer knackt, so stark knirsche ich mit den Zähnen. »Nein«, spucke ich ihm vor die Füße.

Ergeben seufzt er und legt den Kopf schräg. »Okay, dann bleibt mir wohl nichts anderes übrig, als dich damit zu überfallen.«

Ich warte. Lange. Bis er nach seiner bedeutungsschweren Pause erneut den Mund aufmacht.

»Ich bin dein leiblicher Vater.«

Ich taste ihn mit den Augen ab. Jeden Mikrometer von ihm. Die braunen, zotteligen Haare, die den Eindruck erwecken, als wäre er eben erst aus der Dusche gestiegen und hätte sich die Mühe gespart, sie nach dem Abtrocknen einmal durchzukämmen. Die aalglatte Haut in seinem Gesicht und an den Unterarmen, deren makellose Unversehrtheit einen unbeschreiblichen Ekel in mir hervorruft. Die aufmerksamen Augen, die geduldig auf mich gerichtet sind, warten, bis ich seine Äußerung verarbeitet habe. Die unsichere Haltung, während er meine Reaktion fürchtet, aber gleichzeitig auf etwas hofft.

»Nein«, bringe ich endlich über die Lippen. »Mein Vater ist tot. Er starb, bevor ich geboren wurde.«

Und das ist nichts als die Wahrheit. Ich weiß es. Ich weiß es, weil Mum mich niemals anlügen würde und weil ich diesen Mann vor mir nicht kenne. Er kann mir zwar alles Mögliche erzählen, jedoch nicht erwarten, dass ich dumm genug bin, ihm zu glauben.

Es verleiht mir Selbstsicherheit, dass ich nicht eine Sekunde an der Falschheit seiner Worte zweifle. Unbewegt, ruhiger als zuvor, sehe ich ihn an und frage mich, was ihn zu seiner Behauptung veranlasst hat.

»Das ist nicht wahr, Mitchell. Ich lebe. Und du bist mein Sohn.«

Die Inbrunst, mit der er spricht, ist beinahe rührend. Ein Lächeln stiehlt sich auf mein Gesicht, das so fehl am Platz ist wie meine Wenigkeit in dieser Stadt, und ich kann nichts anderes tun, als amüsiert den Kopf zu schütteln. »Nein.«

»Nein?« Ein Schatten legt sich über den Mann, der mein Vater sein möchte, und verfinstert seine Züge. Der hoffende Ausdruck in seiner Miene wird von Verärgerung abgelöst. »Welchen Grund sollte ich sonst haben, dich hierherzubringen? In mein eigenes Apartment.« Er macht einen Schritt auf mich zu, energisch, als könnte er mich dadurch überzeugen, dabei hat diese Aktion einen gegenteiligen Effekt.

»Sagen Sie es mir!«, feuere ich dagegen. »Was mache ich hier?«

Soweit ich mich erinnere, war ich zuletzt in einer Zelle angekettet und dazu gezwungen, mich mit meiner Handlungsunfähigkeit abzufinden, ein Ausweg undenkbar. Zugegeben, die Tatsache, dass ich plötzlich nicht mehr dort bin, ergibt augenscheinlich keinen Sinn, aber seine Erklärung ebenso wenig.

Ein Muskel an seinem Kiefer zuckt, während seine Hände nach oben schnellen und die obersten Knöpfe seines Hemds zuknöpfen.

Ich beobachte ihn dabei, wie er mit seinen Emotionen ringt, nicht sicher, welche davon sein größter Feind ist.

Entweder muss er sich vor Verzweiflung davon abhalten, mich an den Schultern zu packen und kräftig zu schütteln, weil ich ihm nicht glaube, oder aber – was sehr viel wahrscheinlicher ist – er würde mir am liebsten an die Gurgel gehen, weil ich seine Lüge nicht schlucke und damit seine Pläne – welcher Art auch immer – durchkreuze.

Nachdem er den letzten Knopf geschlossen hat, atmet er hörbar aus und hebt den Kopf, um mich wieder anzusehen. Ein liebevolles Lächeln liegt auf seinen Lippen. »Ich kann verstehen, dass das alles etwas viel für dich sein muss, Mitchell. Man trifft nicht jeden Tag auf seinen tot geglaubten Vater.« Erneut will er sich mir nähern, besinnt sich bei meinem finsteren Blick jedoch eines Besseren. »Aber du hast Zeit, das zu verarbeiten. So viel du brauchst.«

»Glauben Sie ernsthaft, dass ich bleibe?« Bei dem sind doch ein paar Schrauben locker.

»Wieso nicht?« Er hebt einladend die Arme. »Hier bist du in Sicherheit. Du bist offiziell ein Einwohner dieser Stadt.« Sein breites Grinsen entblößt ein paar strahlend weiße Zähne.

Ich weiche zurück, bis ich mit der Wand in meinem Rücken kollidiere. Meine Augen huschen zu dem Fenster neben mir, dass den Blick auf den Ort freigibt, wo Thya sterben sollte und der zwei meiner besten Freunde verschluckt hat.

Dann schaue ich auf meine Hand herab. Auf der Falte zwischen Daumen und Zeigefinger ist ein winziger, roter Punkt zu erkennen.

Keuchend atme ich aus, fixiere den Verrückten, der wie ein Aufseher in diesem Zimmer steht. »Was haben Sie getan?«

THYA

Wenn jemand fragen würde, wie ich mich in dieser Situation richtig verhalte, wüsste ich die Antwort.

Ich müsste Nicole nachlaufen und ihr dabei helfen, Mitchell zu finden. Ich müsste zu Theresas Wohnung und sie darin unterstützen, das Inkoar seines Vaters zu suchen. Ich müsste einen Weg finden, es aufzuladen.

Stattdessen sitze ich wie festgewachsen auf dem dreckigen Boden eines fremden Hauses und kann mich nicht bewegen. Zum einen, weil meine Beine mir nicht mehr gehorchen wollen, und zum anderen, weil ich mir einbilde, dass das hier nicht real ist, es aber wird, wenn ich nur den kleinen Finger krümme.

Die Zeit steht still.

Was habe ich zu verlieren, wenn ich einfach hier sitzen bleibe? Was wäre so schlimm daran, wieder in das Loch zu kriechen, aus dem wir vorhin gestiegen sind, das mir nun so verlockend erscheint, und mich dort bis an mein Lebensende zu verstecken?

Ich müsste keine Angst haben, entdeckt zu werden, mir keine Sorgen machen, wo ich die nächste Nacht verbringen soll. Ich könnte versuchen, das Leben, das ich hatte, zu vergessen, könnte einfach aufgeben und akzeptieren, dass mir alles weggenommen wurde. Die Menschen hier draußen müssen sich schließlich auch jeden Tag mit ihrem Leben abfinden.

Schniefend fange ich an, mit den Fingern über meine Beine zu reiben, bis endlich das Kribbeln einsetzt und ich bald darauf meine Zehen wieder bewegen kann.

Dann stemme ich mich vorsichtig nach oben, wobei sich Staubkörner in meine Handflächen bohren, und scheitere an dem Vorhaben, meinen Ekel zu ignorieren. Selbst aus diesem Haus möchte ich schreiend fliehen, mir eine Dusche suchen, unter der ich mich mit Desinfektionslösung abschrubben kann, und anschließend in einen sterilen Raum verschwinden, den es hier nirgendwo gibt.

Die Sehnsucht nach meinem sauberen Zuhause ist plötzlich so groß, dass ich mein unkontrolliertes Zittern nicht in den Griff bekomme. Mein Körper fängt an sich zu schütteln, als wollte er die Haut von seinen Muskeln und Sehnen werfen. Allerdings wäre mir im Moment ein körperloses Dasein mehr als recht.

Ein Knacken vor der Tür lässt mich meine Sorgen schlagartig vergessen.

Was war das? Mister Springer? Oder Nicole?

Noch wackelig auf den Beinen fixiere ich die Haustür, als könnte sie selbst zur Bedrohung werden, während ich langsam in den hinteren Bereich des Flurs zurückweiche.

Es klopft.

Mister Springer würde nicht klopfen. Oder? Aber was ist mit Nicole?

Ich möchte den Mund öffnen, um zu fragen, wer da ist, als es wieder gegen das alte Holz pocht. Lauter dieses Mal. Und energischer.

Mein Herz sucht verzweifelt einen Weg aus meiner Brust, während ich meine gesamte Konzentration darauf verwende, die Tür nicht aus den Augen zu lassen und mich gleichzeitig in das Zimmer, in dem wir uns vorhin mit Mister Springer unterhalten haben, zu schieben.

Das nächste Klopfen lässt den Fußboden erzittern. Der Kleiderständer neben der Tür schwankt wie ein Bot, dessen Gleichgewichtssensor Störungen aufweist.

Ich halte die Luft an. Das ist ganz sicher nicht Mister Springer! Und Nicole würde mir keine Angst machen wollen, also … Ich wirble herum und renne instinktiv in den Keller. Panisch zerre ich an dem Teppich, der die Falltür versteckt. Er ist viel schwerer, als ich vermutet habe.

Ich kralle meine Finger hinein, egal wie schmutzig er ist, und werfe mich mit meinem gesamten Gewicht nach hinten, als oben ein gewaltiges Krachen das gesamte Haus erzittern lässt.

Sie haben die Tür eingetreten. Polternde Schritte ertönen.

Und plötzlich weiß ich, dass sie hier sind, um mich zu holen.

Als ich noch kleiner war, hat mein Vater öfter ein Spiel mit mir gespielt, wenn meine Mutter nicht zu Hause war. Er hat sich in die Ecke eines Zimmers gestellt, das Gesicht in den Händen vergraben und angefangen, laut zu zählen. Dann lief ich los und suchte mir ein Versteck in unserem Apartment, wo er mich nicht finden würde. Das Innere eines Schranks, die Unterseite eines Bettes, den Winkel einer geöffneten Tür. Ich presste mir die Hand auf den Mund und verschluckte mein Lachen, damit ich mich nicht verriet.

Mir zuliebe stellte sich mein Vater bei der Suche immer besonders ungeschickt an. Wenn er mich kichern hörte, änderte er die Richtung, stieß er gegen meine Füße, kratzte er sich am Kopf und wunderte sich lautstark darüber, was das wohl gewesen sein könnte. Einmal übersah er mich absichtlich, als ich mich in der Küche neben den Bot gezwängt hatte, obwohl seine Augen mich längst entdeckt hatten. Ich wusste, dass es ihm keine Schwierigkeiten bereitete, meine Verstecke ausfindig zu machen, doch es gefiel mir, dass er sich so viel Mühe dabei gab, sie zu übersehen.

Dieses Spiel ist unser Geheimnis gewesen und ich habe jede Sekunde davon geliebt. Es war ein Geheimnis, von dem meine Mutter nie etwas erfahren sollte. Vermutlich hätte sie sich vor Zorn die Fingernägel ausgerissen, wenn sie mit ansehen müsste, wie sich ihr Mann auf die Entwicklungsstufe eines Kindes herabließ, anstatt das Kind auf seine zu befördern.

Jetzt gerade fühlt es sich an, als hätte sie davon erfahren.

Jetzt gerade fühlt es sich an, als wäre sie diejenige, die dieses Spiel mit mir spielt.

Betäubt von meiner Angst und dem gescheiterten Versuch, die Falltür zu öffnen, drücke ich mich an die rauen Steine der Wand und atme so flach, wie meine Panik es mir erlaubt. Im oberen Stock sind eilige Schritte zu hören. Im Moment scheinen sie ziellos umherzuirren, aber ich rechne jeden Augenblick damit, dass sich das ändert. Und wenn es so weit ist, werde ich ein besseres Versteck brauchen.

Gedanklich gehe ich das obere Stockwerk durch. Von dem Flur zweigen drei Türen ab. Eine davon in den Wohnraum, in den uns Mister Springer geführt hat, und die anderen beiden vielleicht in ein Bade- und Schlafzimmer. Das zu überprüfen, dürfte nicht sehr lange dauern.

Um mich innerlich zu beruhigen, fange ich an, mich auf meine Atmung zu konzentrieren, bis mir bewusst wird, dass ich damit unnötig Zeit verschwende. Die einzige Möglichkeit, die ich habe, ist die Falltür. Denn aus dem Haus zu schleichen, würde einer Selbstauslieferung gleichkommen.

Ich habe also überhaupt keine andere Wahl.

Lautlos zähle ich bis drei, dann drücke ich mich mit den flachen, verschwitzten Händen von der Wand ab und mache drei große Schritte auf den Fußballen. Oben ertönt ein lautes Krachen, als hätte jemand ein großes Möbelstück umgestoßen. Ich kneife die Augen zusammen. Wahrscheinlich durchkämmen sie die Einrichtung, um auch ja keinen Winkel auszulassen, in dem ich mich verstecken könnte. Aber das hier ist kein Spiel.

Ich sehe zum oberen Ende der Treppe. Die Tür zum Keller, die ich vorhin hinter mir zugeworfen habe, ist noch verschlossen. Also gehen sie vermutlich systematisch vor, arbeiten sich von vorne nach hinten. Allzu viel Zeit bleibt mir trotzdem nicht.

Keuchend nestle ich den Metallring aus der Falltür und ziehe, als hinge nicht nur mein Leben davon ab.

Sie geht nicht auf.

Panisch reiße ich an dem Ring, zerre, bis meine Finger weiß werden, weil ihre Blutzufuhr unterbrochen wird. Mein Schädel vibriert vor lauter Anstrengung.

Erst als ich Schritte nahe der Kellertür höre, schießt eine riesige Ladung Adrenalin durch meine Venen, die es mir ermöglicht, die Falltür anzuheben. Schnell schiebe ich einen Fuß in die schmale Öffnung, dann eine Hand und drücke sie von unten auf. Krachend landet das Teil auf dem Boden. Mein Kopf schnellt herum, als eine weitere Tür aufgestoßen wird.

Ich erwarte Schreie und Gebrüll, dass Informationen bezüglich meines Aufenthaltsortes ausgetauscht werden, doch plötzlich stehen drei Männer vor mir im Keller, als hätten sie sich per Telepathie mitgeteilt, wo sie sich einzufinden haben. Ihre Gesichter hinter schwarzen Masken versteckt, richten sie drei längliche Rohre auf mich.

Und auf einmal spüre ich eine Blase in mir aufsteigen. Ein Gefühl, das mir alle Gedanken aussaugt, meine Angst verschwinden lässt, das bewusste Erleben dieses Augenblicks unmöglich macht und meine Verbindung zur Vergangenheit blockiert.

Ich vergesse meinen Namen, ich vergesse, wer ich bin, während ich den Blick auf meine Hände senke, auf das Inkoar, das dieser Theo Mitchell und mir überlassen hat und dessen Besitz für uns letzten Endes völlig sinnlos gewesen ist. Es hat nichts verändert. Seine Existenz hatte keinerlei Sinn, keine Bedeutung.

Eine Träne löst sich aus meinem Auge, rinnt zu meinem Kinn hinab und fällt auf den kalten Boden.

Bevor mich der Schmerz in meiner Brust in die Dunkelheit katapultiert, wird mir klar, dass nicht nur das Inkoar keinen Nutzen hatte.

Man sagt, wenn sich eine Tür schließt, geht irgendwo eine andere auf.

Was, wenn es stimmt?

Was, wenn es stimmt, aber die Öffnung für eine andere Person bestimmt ist?

Was, wenn die eine Person vor der verschlossenen Tür steht, weil sie sich für eine andere geöffnet hat?

SANNI

Das Triumphgefühl ist überwältigend, doch die Erinnerung beinahe schmerzhaft, weil sie mich mit einer Wucht überrollt, die mir kurzzeitig den Atem verschlägt.

Die letzten Tage waren die pure Hölle, aber jede einzelne Sekunde davon ist es wert gewesen. Denn ich habe gefunden, wonach ich gesucht habe. Ich habe *ihn* gefunden.

Mein verwahrloster Zustand zaubert mir nun sogar ein Lächeln ins Gesicht.

Vor etwa acht Jahren muss ich einen ganz ähnlichen Anblick geboten haben. Verstrubbelte, fettige Haare, Dreck unter den Fingernägeln und in jeder Pore, spröde Lippen, müder, erschöpfter Blick, dunkle Augenringe, Kleidung, die dringend gewechselt werden sollte – was mir nicht möglich ist, da ich keine sauberen Sachen mehr übrig habe – und ein knurrender Magen, der allerdings nicht sichtbar, dafür umso deutlicher hörbar ist.

Einzig und allein der mentale Zustand, in dem ich mich aktuell befinde, gleicht nicht mal ansatzweise dem, der mich vor acht Jahren in den östlichen Bezirk begleitet hat. Damals, als ich Theo verlassen und dem Zuhause, das ich bis dahin kannte, den Rücken kehren musste. Damals, als ich die Stadt verlassen habe und Sanni acht Jahre lang in mir begrub. Und obwohl ich sie wiedergefunden habe, bin ich nicht mehr dieselbe. Heute spüre ich das mehr denn je.

Den ganzen Tag bin ich ihm gefolgt, habe ihn beobachtet und auf eine passende Gelegenheit gewartet. Jetzt ist es Abend, die Dämmerung hat bereits eingesetzt, und er schüttet keine zehn Schritte von mir entfernt Abfall in eine Tonne.

Ich suche sein Gesicht nach Narben, getrocknetem Blut oder blauen Flecken ab, kann aber wegen der Dämmerung nichts davon erkennen. Vielleicht hat er zurzeit auch einfach keine Blessuren.

Als er fertig ist und den Eimer sinken lässt, trete ich aus dem tiefschwarzen Schatten des Hauses in meinem Rücken und gebe mich zu erkennen. »Willy.«

Er wirbelt so hastig herum, dass ich kichern muss. Ein Geräusch, das aus meinem Mund fremd klingt. Der Eimer landet dumpf auf dem erdigen Boden, den man anstelle des Pflastersteins, wie er im westlichen Bezirk existiert, hier findet.

»Was zum …?« Er neigt den Kopf, die Augen weit aufgerissen. »Susi? Was willst du denn hier?«

Willy wirkt geschockt, überrumpelt … vielleicht ein bisschen freudig-überrascht? Wobei ich mir Letzteres wahrscheinlich einbilde. Sein Kinn ist nach unten geklappt.

Versteinert starrt er mich an.

Dass er noch weiß, wer ich bin, lässt mich innerlich aufatmen. Immerhin hätte er unsere Begegnung auch aus seinem Gedächtnis löschen können. Das würde zu dem Willy passen, den ich vor einigen Jahren flüchtig kennengelernt habe und der mich damals möglichst schnell wieder loswerden wollte, damit ich nicht mehr das Problem seiner Familie bin. Deswegen mache ich ihm natürlich keinen Vorwurf.

»Ich finde es auch schön, dich zu sehen«, erwidere ich lächelnd und trete näher.

Willy neigt den Kopf und weicht zurück. Eine Narbe, die seine rechte Augenbraue unterbricht, wird dadurch sichtbar. Sie hebt sich hell vom Rest seiner Haut ab. Aber sie ist nicht frisch.

»Was willst du hier?«, fragt er erneut. Misstrauisch. Auch diese Reaktion nehme ich ihm nicht übel.

»Vielleicht wollte ich mich einfach bei dir bedanken, dass du mir damals geholfen hast?«, halte ich meine wahren Beweggründe zurück und versuche dadurch, unser Gespräch am Erliegen zu hindern. Ihn zu überrumpeln, ist keine gute Idee, also eins nach dem anderen.

Willy entspannt sich endlich etwas, verschränkt allerdings die Arme vor dem Oberkörper und mustert mich weiterhin wie ein Insekt, von dem er nicht weiß, ob es gefährlich sein könnte. »Nach acht Jahren?«

Mein Herz macht einen aufgeregten Hüpfer. »Du hast mitgezählt.« Was bedeutet, meine Chancen, ihn zu einem Teil meines Vorhabens zu machen, stehen nicht so schlecht, wie ich befürchtet habe.

Er schnaubt ertappt, winkt dann ab und bückt sich nach seinem Abfalleimer. Seine Haare sind etwas zu lang und fallen ihm in die Stirn. Irgendwo in der Ferne bellt ein Hund.

Ich wage einen weiteren Schritt, pule ein Staubkorn aus meinem Augenwinkel. »Wie geht es Marie und deiner Schwester?«

Er stockt kurz, während er sich aufrichtet und unwirsch brummt: »Was willst du, Susi?«

Mit Small Talk beiße ich also auf Granit. Wobei ich ihm zum wiederholten Male keinen Vorwurf machen kann. Unsere letzte Begegnung ist zu lange her, als dass ich glaubhaft interessiert nach seiner Familie fragen könnte. Das abzustreiten, würde aus mir eine Heuchlerin machen. Daher habe ich keine andere Wahl, als es mit der Wahrheit zu versuchen.

»Ich brauche, nein, ich möchte deine Hilfe«, gestehe ich entschlossen und sehe ihm direkt in die Augen.

Das scheint ihm nicht zu behagen. Willy wirft einen Blick zu der mit Kratzern übersäten Haustür, die mich an Holzscheite und Verzweiflung erinnert. Aber auch an Selbstlosigkeit und Güte.

Unruhig verlagert er sein Gewicht auf das andere Bein und atmet hörbar aus. »Susi ...«

Bevor er meine Hoffnungen zerschlägt, ziehe ich das Ass aus dem Ärmel, das ich bis zum Schluss – ganze acht Jahre! – sicher vor ihm und fast allen anderen aufbewahrt habe.

»Und außerdem schulde ich dir eine Geschichte.«

Er legt den Kopf in den Nacken. Sein Brustkorb hebt sich schwerfällig, woran ich erkenne, dass er mich jeden Moment mit einem erschöpften Seufzen strafen wird. Schon klar! Ich tauche überraschend hier auf und nerve ihn. Vermutlich wäre ich auch nicht begeistert.

Als er mich endlich wieder ansieht, schnalzt er mit der Zunge. »Du schuldest mir gar nichts, okay?« Der Eimer schlägt scheppernd gegen seinen Oberschenkel. Er macht Anstalten, mich stehen zu lassen, doch das kann ich nicht zulassen.

Eilig schneide ich ihm den Weg zur Haustür ab und hebe beschwichtigend die Hände. »Bitte hör mir wenigstens kurz zu, okay?«

»Ich hab keine Zeit für so was.« Genervt drückt er sich mit der Schulter an mir vorbei.

Im ersten Moment hindere ich ihn nicht daran, wieder ein Fremder zu werden, doch dann schnellt meine Hand nach vorn und hält sich an seinem Shirt fest.

Im Dunkeln ist es schwer auszumachen, mit welchem Grad an Aggression er sich zu mir herumdreht, aber dass ich eine Grenze überschritten habe, wird mir in der Sekunde bewusst, als ich sehe, wie straff sich der Kragen seines Oberteils an seinen Hals schmiegt. Augenblicklich lasse ich den Stoff los.

Der Ausdruck in seinem Gesicht, mit dem er mich mustert, ist alles andere als freundlich. Die Schatten, die die Nacht auf seine Haut zeichnet, unterstreichen die feindselige Haltung. »Hast du mich gerade ernsthaft festgehalten?«

Ich erinnere mich an die Bitterkeit, mit der sich Willy umgeben hat, als ich ihn vor acht Jahren das erste Mal traf. Vielleicht hätte ich mir früher überlegen sollen, wie sehr sich ein Mensch in dieser langen Zeit und mit einer solchen Fülle an negativen

Emotionen verändern kann. Ob ihm sein Mitgefühl abhandengekommen ist?

Aber eines ist sicher: Ich werde keine Angst vor ihm haben. Das hat er nicht verdient.

»Ja. Weil du dich wie ein Arsch aufführst.« Selbstbewusst recke ich das Kinn in die Höhe.

Willy stößt ein kaltes Lachen aus. »Du traust dich vielleicht was. Tauchst hier auf und wirfst mir Beleidigungen an den Kopf. Hast du noch immer nicht gelernt, dass Menschen wie du weder unsere Hilfe noch unser Mitleid verdient haben?«

Seine Erwiderung ist wie ein Schlag in die Magengrube.

Daher weht also der Wind. Ich bin für ihn noch immer nichts weiter als eine privilegierte Zicke, die sich einbildet, alles zu verdienen, was sie will. Vieles verdiene ich nicht, das ist wahr, aber ich weiß auch, dass niemand das Recht besitzt, andere in eine Schublade zu stecken. Nicht einmal Willy.

»Und hast du noch immer nicht geschnallt, dass Menschen mehr sind als ihre Herkunft? Ich gehöre schon lange nicht mehr in die Stadt. Und wahrscheinlich habe ich dort auch nie hingehört.« Letzteres ist eine Erkenntnis, die ich schon vor Ewigkeiten gewonnen habe. »Wenn du glaubst, bestimmen zu dürfen, wer ich bin, dann bist du nicht besser als sie, Willy.«

Jetzt wirft er den Eimer von sich und kommt mir so nah, dass sich unsere Nasenspitzen fast berühren. Mit aufeinandergepressten Lippen und aufgeblähten Nasenflügeln bohrt sich sein Blick in meinen Schädel.

Ich weiche nicht zurück, schlucke aber nervös. Unwillkürlich taucht das Bild einer Schlägerei in meinem Kopf auf, an der er beteiligt war. Zwar als ›der Gute‹, der seine Familie beschützen wollte, aber dennoch …

»Es interessiert mich einen feuchten Dreck …« Spucke landet auf meiner Wange. »… wer du bist und wo du herkommst. Ich habe dir einmal geholfen, weil ich dich loswerden wollte.« Es gefällt mir nicht, dass er einige Zentimeter größer ist. Dadurch fühle ich mich im Nachteil. »Und das ist auch schon der einzige Grund. Aber ich bin nicht mal ein winziges bisschen« – seine Zahnreihen fahren knirschend übereinander – »wie diese Monster. Ich könnte dich hier und jetzt zusammenschlagen, bis du nur noch ein Haufen Haut und Knochen wärst, und meine Weste wäre noch immer reiner als eure.«

Fast erwarte ich eine Ohrfeige oder einen Fausthieb, doch Willy bläst mir lediglich seinen warmen Atem ins Gesicht, ehe er sich zurückzieht und im Dunkeln nach seinem Eimer sucht.

Mit einer Hand wische ich mir die feuchte Spucke von der Wange, die andere lege ich auf meine Brust und warte darauf, dass sich mein Herzschlag beruhigt und sich die Furcht aus meinem Kopf verabschiedet.

Es dauert etwas, aber schließlich ist es mein Verstand, der mich davon überzeugt, dass Willy nicht gefährlich ist. Er könnte mir keine Gewalt antun, es wirkt mehr, als wäre er … verletzt. Als hätte mein Auftauchen eine alte Wunde aufgerissen. Eine Wunde, die ihn zu einem Arsch macht.

Überrascht stelle ich fest, dass ich in den letzten Jahren verständnisvoller geworden bin. Meine Vergangenheit hat mich gelehrt, anderen gegenüber nachsichtiger zu sein, denn ich kann nie wissen, was Menschen zu denen gemacht hat, die sie sind.

Auch Willy kann nicht wissen, wie sehr mich meine Vergangenheit geprägt hat, also beschließe ich, ihm wegen seines Ausbruchs keine Vorwürfe zu machen. Er kennt mich nicht. Und ich kenne ihn nicht. Keiner von uns beiden weiß, wie tief die Wunden des anderen sind. Allerdings hoffe ich, dass ich mit meiner Einschätzung richtigliege.

Statt wieder im Haus zu verschwinden, steht Willy noch immer in der Gasse neben ein paar rostigen Töpfen, die jemand hier ›entsorgt‹ hat, und gräbt mit der Schuhspitze ein kleines Loch in den erdigen Untergrund.

»Schon gut«, nehme ich ihm eine Entschuldigung ab.

Er räuspert sich verlegen, fährt sich mit der Hand über das Gesicht und nickt anschließend knapp.

Weil es nicht den Anschein macht, als wollte er in nächster Zeit verschwinden, frage ich vorsichtig: »Willst du darüber reden?«

»Worüber denn, Susi?«

»Sag du es mir.«

Niedergeschlagen zuckt er mit den Schultern. »Das bringt doch nichts.«

»Mir hat es geholfen, mich jemandem anzuvertrauen.«

Genau jetzt kehrt der Verlust von Fletcher mit voller Wucht in meine Brust zurück, erwacht wie ein schlafendes Ungeheuer, das sich mit seinen Krallen an meinem Herzen festhält, um mir zu zeigen, dass es noch immer da ist.

Aber ich kenne diesen Schmerz. Der Gedanke an meinen Bruder wurde ebenfalls zu einem solchen Ungeheuer, daher weiß ich, es wird sich auch eines Tages in ein handzahmes Haustier verwandeln, das ich jederzeit zur Ordnung rufen kann, wenn es droht, verrücktzuspielen. Je länger ich es bei mir hatte, desto besser konnte ich es kontrollieren. Und so wird es wieder sein, falls ich Fletcher für immer verliere. Fletcher, der mir den Halt gegeben hat, den ich jetzt Willy anbiete, wenn er ihn braucht.

Entschlossen überbrücke ich die Distanz zwischen uns und lege sanft meine Hand auf seine Schulter. »Wir können viel mehr ertragen, als uns bewusst ist.«

»Das glaubst du dir doch selbst nicht.« Zu meiner Freude schüttelt Willy meine Berührung nicht ab. Leider kommt er mir aber auch nicht entgegen.

Mit einem leichten Druck meiner Hand zwinge ich ihn, mich anzusehen. »Nein, das glaube ich nicht. Ich weiß es.«

Daraufhin mustert er mich lange, so als wüsste er nicht, wie er mich jetzt noch loswerden kann, bis er meine Weisheit mit einem Schnauben abtut.

»Wir ertragen es nicht, wir schieben es weg. So weit, dass wir es nicht mehr … fühlen müssen.« Sein Kehlkopf hüpft nervös auf und ab. »Man kann sich vieles schönreden. Nichts anderes tust du, was auch immer es bei dir schönzureden gibt.«

Es ist unmöglich, ihn innerhalb der nächsten Minuten vom Gegenteil zu überzeugen, also lasse ich das Thema auf sich beruhen und widme mich wieder meinem Vorhaben. »Vielleicht liegst du richtig, aber würdest du dir trotzdem anhören, was ich zu sagen habe?«

Wieder seufzt er schwer. »Habe ich überhaupt eine Wahl?«

Und da ist endlich der Strohhalm, an dem ich mich festhalten kann.

MITCHELL

Nüchtern stelle ich fest, dass mir meine Augen einen Streich spielen. Es ist beinahe beängstigend, wie fest mein Kopf davon überzeugt ist, dass er sich irrt. Was ich sehe, ist ein Trugbild. Etwas anderes kann es nicht sein, etwas anderes akzeptiere ich nicht. Dieser rote Punkt ist sicherlich ein Überbleibsel der waghalsigen Aktion, Medikamente für Mum zu besorgen. Eine nachglimmende Erinnerung an das gefälschte Chipimplantat, das Susi mir bei meinem ersten Einbruch in die Stadt als Notfallrücklage verpasst hat. Wäre ich kontrolliert worden, hätte mir das Teil einen kleinen Vorteil verschafft. Doch Susi hat ihn wieder entfernt. Vielleicht ist die Stelle doch noch nicht vollständig verheilt?

»Du solltest dich freuen, Mitchell.«

Ruckartig hebe ich den Kopf, um meinen Möchtegern-Vater zu fixieren, den ich völlig ausgeblendet hatte, obwohl er noch immer im Zimmer steht. Ich beiße die Zähne mit einer solchen Kraft zusammen, dass mein Kiefer schmerzt.

Oder es ist ein neuer Chip. Ein echter dieses Mal.

»Sind Sie noch ganz dicht?«, fauche ich und verkneife mir einen herannahenden Wutausbruch. Egal wie sehr ich diesem Mann wehtun möchte, ich darf nicht vergessen, dass ich mich in seinem Revier und dadurch unbestreitbar im Nachteil befinde. »Erwarten Sie wirklich, dass ich dankbar bin?«

Er runzelt für eine winzige Sekunde die Stirn, ehe er hektisch blinzelt, als wäre ihm der Anflug von Unsicherheit, der ihn gerade überrannt hat, peinlich. Dann stemmt er die Hände in die Seiten und lächelt. »Du brauchst einfach ein bisschen Zeit.«

Schwer zu sagen, wem er dieses Argument andrehen will. Mich überzeugt er damit nicht.

»Was ich brauche, ist, dass Sie mir die Wahrheit erzählen und mich gehen lassen«, korrigiere ich seine Aussage.

Noch besser wäre es, wenn er mich gleich durch die Mauer schleust, damit ich so schnell wie möglich diesen grauenvollen Ort verlassen kann.

Wenn Mum meinetwegen nicht längst am Durchdrehen ist, wird es nicht mehr lange dauern. Ich muss zu ihr und sie davon abhalten, etwas Blödes zu tun.

Was, wenn sie versucht, mich zu retten? Was, wenn sie versucht, in die Stadt zu gelangen?

Ich habe selbst miterlebt, was passiert, wenn man sich dem Metallungetüm auf ein paar Meter nähert. Seit ich Thya hier rausgeholt habe, ist es unmöglich geworden, die Mauer unbemerkt zu passieren. Ganz abgesehen davon, dass ich jedes Mal Hilfe hatte.

Weil ich weiß, dass meine Mutter ihr Leben für mich aufs Spiel setzen würde, muss ich dringend dafür sorgen, dass es nicht nötig ist. Ansonsten verliere ich sie.

Ich sehe an ihm vorbei. Die Tür ist noch immer offen, lediglich ein Snob steht im Weg.

»Du kannst gehen, wohin du willst, Mitchell«, reißt er mich aus meinen Gedanken. Seine Worte präsentiert er wie ein Geschenk, dessen Wert unbezahlbar ist. »Du kannst dich innerhalb der Sicherheitsgrenzen frei bewegen.« Mit einem Kopfnicken deutet er auf meine Hand. »Du gehörst nun hierher.«

Wenn ich könnte, würde ich ihm die Lippen ausreißen und ihm sein abscheuliches Lächeln in den Hals stopfen. Ich lasse meinen Kopf sinken, sehe die Klamotten an, die nicht meine sind, den Chip unter meiner Haut, der nicht bestimmen kann, wer ich bin, und spüre den beheizten Boden unter meinen nackten Zehen, der mir Wärme vorgaukelt, obwohl es nirgends kälter sein kann als an diesem Ort.

Dann sammele ich allen Hass ein, den ich jemals gegenüber anderen empfunden habe, verschnüre diese geballte Ladung Zorn zu einem einzigen festen Knäuel und würge es hinaus, schleudere es direkt in seine wächserne, glatt polierte Visage. »Ich weiß, wohin ich gehöre. Und ich weiß, dass Sie niemals mein Vater sein könnten.«

Getrieben von meinem plötzlichen Übermaß an Selbstsicherheit stolpere ich nach vorn. Beinahe automatisch heben sich meine Arme. Ich will ihm die Kehle zudrücken, meine Finger um seinen Hals legen und gleichzeitig die Wahrheit aus seinem Rachen fischen, als wäre er ein Eimer mit frischen Äpfeln. In Windeseile habe ich das Bett umrundet, das uns trennt.

Instinktiv weicht der Mann vor mir zurück. »Halte einen Moment inne und denk nach, Mitchell«, bittet er.

Ich bin schnell. Und taub. Im Geiste sehe ich bereits sein Gesicht blau anlaufen, weil ich seine Luftzufuhr behindere.

Kurz bevor meine Fingerspitzen seine makellos glatte Haut berühren, beugt er seinen Oberkörper nach vorn, macht eine schnelle Drehung und hat mir den Arm auf den Rücken gedreht, ehe ich überhaupt erfassen kann, was gerade passiert. Ein Laut verzweifelter Wut dringt aus meiner Kehle.

»Lassen Sie mich los«, knurre ich und will nach ihm treten.

Doch er vollführt nur eine weitere Drehung und weicht mir so geschickt aus, dass ich mir wie ein tollpatschiger Depp vorkomme. Ehe ich ihn ein drittes Mal attackieren kann, wirbelt er mich herum.

Ich stolpere fast über meine eigenen Beine und taumele nach vorn, als er mich schubst. Zwei Schritte, Straucheln und schließlich finde ich mein Gleichgewicht wieder. Perplex richte ich mich auf und starre das komische Fenster an.

»Ich bin nicht dein Feind.«

Hastig drehe ich mich zu ihm zurück und versuche den Frust darüber, dass er mich gerade mit spielerischer Leichtigkeit abgewehrt hat, loszulassen.

»Wenn du nur einen Augenblick überlegen würdest …« Er schiebt die Ärmel ein Stück über seine Ellenbogen, weil sie während unseres Gerangels nach unten gerutscht sind. Dann hält er seine Arme wie ein Friedensangebot in die Höhe.

Tief einatmend, balle ich meine gechipte Hand zur Faust. Mein Blick fällt auf die makellos helle Innenseite seiner Unterarme, die er mir präsentiert. Ich kneife die Augen zusammen.

Was nun? Was zur Hölle mache ich jetzt?

Er neigt den Kopf zur Seite und presst die Lippen aufeinander. »Mitchell.«

»Sagen Sie nicht meinen Namen«, verlange ich keuchend. »Sie dürften ihn gar nicht kennen. Sie sind einer von denen.«

Alles, was ich ausspreche, stimmt. Dennoch muss irgendwo zwischen dem, was ich glaube zu wissen, und dem, was Wirklichkeit ist, ein Fehler vorliegen. Irgendwo muss es ein Verbindungsstück geben, von dem ich nichts weiß.

Trotz meiner brodelnden Verzweiflung, die aus mir hervorbrechen und sich in Gewalt verwandeln will, bleibe ich äußerlich ruhig. An dem Druck auf meinem Brustkorb vorbei, der mir das Atmen erschwert, stoße ich aus: »Wer sind Sie wirklich? Wie haben Sie mich hierher geschafft? Ich war …«

Die Erinnerung kehrt mit einer Wucht zurück, die den Boden unter mir erzittern lässt. Hektisch strecke ich die Arme aus, auf der Suche nach Halt, doch alles, was ich finde, ist ein tiefschwarzer Raum. Wände, die ich nicht sehen, aber spüren kann. Schmerzen in den Handgelenken. Gedanken, die aus mir fließen, weil sie sich nicht festhalten lassen. Kontrolle, die mir entzogen wird. Die Aussicht auf den Tod. Die überwältigende Angst, meine Mutter niemals wiederzusehen.

»Mitchell, du bist in Sicherheit.«

Ich will die Hand, die nach mir greift, abschütteln. Stattdessen lasse ich mich von ihr halten. Jemand stützt mich unter den Achseln, bis meine Beine gegen einen Widerstand stoßen.

»Setz dich hier auf das Bett.«

Ich tue es, weil ich nicht weiß, was ich sonst tun soll.

»Bei mir bist du sicher. Versprochen.«

Wie in Trance nicke ich, stimme ihm stumm zu, ignoriere wissentlich die Tatsache, dass ich es besser weiß.

Manchmal ist es eben leichter zu glauben, was man gern wahrhaben würde, als sich mit der Realität auseinanderzusetzen. Vor allem, wenn man seine Verbindung zur Gegenwart verliert.

Vielleicht beginnt man, sich eine eigene Wahrheit zu erschaffen, wenn die Realität aus zu vielen Lücken und Ungereimtheiten besteht.

Ich liege auf Wasser und lasse meine Gedanken treiben. Nicht weil mich mein angeblicher Vater darum gebeten hat, sondern weil ich müde bin. Eigentlich habe ich mich immer für robust und stark gehalten, doch im Moment bin ich heillos überfordert. Zu viel hängt in der Luft, zu viele Menschen stehen an Abgründen, von denen ich sie wegziehen möchte, aber ich komme einfach nicht an sie heran.

Meine Mum. Womöglich Thya. Ich hoffe, dass sie noch zusammen sind. Fletcher, der sprichwörtlich vom Erdboden verschluckt wurde, und Susi. Susi, der ich diesen ganzen Schlamassel überhaupt zu verdanken habe.

Stöhnend lege ich mir den Unterarm über die Augen und presse die Lippen aufeinander.

Das ist nicht fair von mir. Susi hat mich gewarnt. Und ich habe entschieden, das Risiko einzugehen. Außerdem waren es Theresa und Benny, die mich an die Snobs verraten haben. Wenn ich jedoch gewusst hätte, was passieren würde … wahrscheinlich hätte ich Thya dennoch geholt und wäre wie ein dummer Junge davon überzeugt gewesen, dass ich es beim zweiten Mal besser mache.

Als es hinter meinen Augen brennt, kneife ich die Lider zusammen. Ich brauche einen Plan. Hier herumzuliegen, wird keinem von ihnen helfen. Also zwinge ich mich, das seltsame Bett zu verlassen und meine grauen Zellen anzustrengen.

Während ich mich erneut im Zimmer umsehe, gibt mein Magen ein hörbares Knurren von sich. Als wäre das sein Stichwort, geht die Tür auf und mein tot geglaubter ›Vater‹ steckt seinen Kopf herein.

»Gut, du bist wach. Ich wollte gerade fragen, ob du etwas essen möchtest? Du bist doch sicherlich ganz ausgehungert«, äußert er fröhlich und wartet mit einem schiefen Lächeln im Gesicht auf meine Antwort.

Das nervöse Zwicken in meinem Hirn ignoriere ich und lasse äußerst langsam den Kopf vor und zurück wippen. Nicht weil ich seinen Fraß zu mir nehmen möchte, sondern weil ich dadurch hoffentlich diesen Raum verlassen kann. Tatsächlich stößt er auf meine Zustimmung hin die Tür ganz auf und winkt mich zu sich.

Misstrauisch folge ich ihm in einen breiten Flur, dessen Wände über und über mit Bildern von übertrieben schick gekleideten Männern und Frauen bedeckt sind. Auf jedem einzelnen davon erkenne ich den Mann, der keine drei Schritte vor mir geht, zusammen mit einer weiteren Person. Die Abgebildeten blicken mir mal ernst, mal fröhlich entgegen, die männliche Fraktion trägt Krawatte, Anzug und Hemd und die weibliche meist eng sitzende, gewagt ausgeschnittene Kleider in allen möglichen Farben.

Am Ende des Flurs hängt ein beinahe ein Meter großes Bild, das mich anhalten lässt. Ich ziehe die Brauen nach unten und betrachte meinen ›Vater‹ und den Mann, der Arm in Arm mit ihm in die Kamera lächelt. Seine Haare sind hellblond, fast weiß. Seine Haut wirkt, als hätte man sie mit Kalkstaub überzogen.

Ich lege den Kopf schräg und versuche die Übelkeit einzuordnen, die mich bei seinem Anblick überfällt, doch ich bin mir ziemlich sicher, dass ich diesem Menschen nie zuvor begegnet bin.

»Ein tolles Foto, nicht wahr?«

Die Worte lassen mich ertappt zusammenzucken. Ich drehe mich zu meinem selbst ernannten Gastgeber um.

»Das wurde am Tag meiner offiziellen Amtseinweihung geschossen.« Er kommt näher und legt seine Hand auf meine Schulter, bis wir nebeneinanderstehend das Bild betrachten. »Mein bester Freund und ich.«

Ich stelle mir vor, wie sich von unserem Berührungspunkt aus beginnend eine toxische Schicht auf meinem Körper ausbreitet, die meine Nervenenden zum Schmelzen bringt, bis ich taub bin.

Unwillkürlich winde ich mich unter dem Gewicht seiner Hand, mache einen Schritt zur Seite und funkle ihn angewidert an.

Er lässt es kommentarlos geschehen und betrachtet einfach weiterhin seinen Albinofreund. »Weißt du, Mitchell, manchmal sind es gerade die Menschen, von denen wir es am wenigsten erwarten, denen wir wirklich etwas bedeuten.«

Von der Seite her starre ich auf sein Profil. »Sie sind nicht mein Vater.« Ich beiße mir auf die Zunge.

Warum habe ich das gesagt? Jetzt weiß er, dass ich darüber nachdenke. Aber im Grunde kann es gar nicht sein. Wie soll das auch funktioniert haben? Ist meine Mum etwa … ist sie …? Schockiert ziehe ich Luft zwischen meine Zähne. Ist es möglich, dass Mum …?

Ich schüttle apathisch den Kopf. Nein! Nein, das ergibt keinen Sinn. Ich kenne doch meine eigene Mutter. Sie kann nichts vor mir verbergen. Erst recht nicht ein Geheimnis solchen Ausmaßes. Sie ist nicht von hier. Ganz sicher nicht. Immerhin altert sie. Also kann es nicht sein. Oder?

Überfordert lege ich meine Hände um den Kopf und drücke zu. Fest. Als würde der Schmerz ausreichen, um zu verstehen, was hier keinen Sinn ergibt.

Weil ich auf den Boden starre, der mit einer weiß polierten Schicht überzogen ist, bemerke ich erst, dass er näher kommt, als die Spitzen seiner Schuhe in mein Sichtfeld rücken. Sie haben ein komisches Muster.

»Wie kannst du dir so sicher sein, wenn du dir nicht einmal meine Version der Geschichte angehört hast?«, fragt er liebevoll.

Irgendetwas in seiner Stimme packt mich im Nacken und drückt gewaltsam zu.

»Es gibt keine Geschichte«, erkläre ich verzweifelt. »Mein Vater ist tot. Er starb vor meiner Geburt in der Fabrik, in der ich heute arbeite, weil wir sonst verhungern müssten.« Für mein unverständliches Nuscheln könnte ich mir die Haare ausreißen.

»Niemand muss verhungern, Mitchell. Und wenn jemand in dieser Fabrik gestorben sein sollte, war es zweifellos nicht dein Vater. Willst du die Wahrheit wissen?«

»Ich kenne die Wahrheit.« Mit einem zittrigen Atemstoß löse ich mich schließlich aus meiner verkrampften Haltung und zwinge mich, ihm in die Augen zu sehen.

»Dann beantworte mir eine Frage. Warum hätte ich dich vor meinen eigenen Leuten retten sollen?« Er blinzelt nicht. »Warum hätte ich dich in mein eigenes Apartment bringen sollen, obwohl du ein Verbrecher bist?«

»Ich bin kein …«

»Hast du einer Frau in der MeF Gewalt angetan?«

Ich schweige, knirsche mit den Zähnen.

»Hast du ein Mädchen entführt?«, hakt er nach.

»Ihr wolltet sie umbringen«, zische ich.

Als wäre das nicht von Bedeutung, fährt er ungerührt fort: »Bist du in eine Einrichtung eingedrungen, zu der du keinen erlaubten Zutritt hattest?«

»Das passt alles wunderbar, nicht wahr?« Ich lache auf und verschränke die Arme vor der Brust, bevor ich handgreiflich werden kann. »Ich bin nur ein Krimineller, der grundlos Leute zusammenschlägt und Menschen entführt.«

Seine Miene verändert sich nicht. Nach wie vor liegt dieses unscheinbare Lächeln auf seinen Lippen, das mich sehr bald meine

Selbstbeherrschung kosten wird. »Ich sage nicht, dass du verrückt bist, Mitchell. Du hast unsere Regeln gebrochen, das ist eine Tatsache, aber ich unterstelle dir nicht, dass dein Handeln keine Berechtigung gehabt hätte. Ich verstehe doch, du wolltest nur das Richtige tun. Nichts anderes kannst du mir vorwerfen.« Er verlagert sein Gewicht auf das linke Bein und legt dabei den Kopf schräg. Seine Hand greift nach seinem Hemdkragen und zupft daran herum, während er sich räuspert. »Dich hergeholt zu haben, kann mich meinen Job und meine Freiheit kosten«, gesteht er.

»Warum sollte ich Ihnen glauben?«

Ich registriere, wie er erneut eine Hand hebt. Eine Sekunde zögert er, bevor er sie auf meiner Schulter ablegt und den Daumen sanft in meine Haut drückt. »Hast du dich nie gefragt, warum du mit zweitem Vornamen ausgerechnet Thomas heißt?«

NICOLE

Sein Name war Thomas. In der Nacht, in der meine Emotionen übersprudelten wie der Inhalt eines leckenden Fasses, bewahrte er mich vor einem Fehler, der mich garantiert meine eingeschränkte Freiheit gekostet hätte.

Sein spöttisches Lachen war nicht Ausdruck seiner Belustigung über meine unüberlegte Aktion, sondern Teil eines Schauspiels gewesen, das ihm dabei helfen sollte, seine Glaubwürdigkeit zu bewahren. Es stellte sich heraus, dass Thomas sehr viel jünger war, als ich in dieser Nacht hatte erkennen können.

Er wehrte meine Schläge ab und drehte mir beide Arme auf den Rücken, während er seinen Kollegen erklärte, er würde sich um das Problem – mich – kümmern. Dabei kamen wir uns so nah, dass ich die weiche Haut an seinen Handgelenken und seinen Atem an meinem Hals spürte.

Wie eine Irre wehrte ich mich, versuchte ihn von mir zu stoßen, loszukommen, ihn zu treten. Er war stark. Es kostete ihn nicht einmal *sonderlich viel Anstrengung, mich im Zaum zu halten. Eine Hand sicherte meine Arme, die andere verhinderte, dass ich den Mund aufmachen konnte.*

Wenn ich gewusst hätte, wie heikel die Situation war, wie schnell alles aus dem Ruder hätte laufen können, dann wäre mein Widerstand wesentlich geringer ausgefallen. Thomas rettete mir gewissermaßen den Arsch, auch wenn es mir nicht gefiel.

Ich war so beschäftigt damit, in Panik auszubrechen, dass ich seine geflüsterten Worte anfangs nicht hörte.

Er hatte sich mit mir zusammen von dem Transporter entfernt und mich in eine Seitengasse gezerrt. Erst dort beruhigte ich mich so weit, dass ich verstand, was er mir ins Ohr raunte: »Du musst still sein, sonst werden sie dich wegen Behinderung städtischer Angelegenheiten festnehmen. Egal wie genervt sie davon sind.«

Mein Herz schlug schnell, hämmerte aufgeregt gegen meine Rippen. Nicht nur wegen des Inhalts seiner Worte, sondern auch wegen des Klangs seiner Stimme.

Weil er merkte, dass meine Gegenwehr nachließ, lockerte er seinen Griff um meine Unterarme, bis er mich schließlich ganz losließ.

Ich stolperte zwei Schritte zur Seite und warf ihm einen Blick zu, der nach meinem Geschmack viel feindseliger hätte ausfallen müssen.

»Was soll das?«, flüsterte ich und überlegte, ob ich diesen seltsamen Mann vor mir ignorieren, zurück zum Transporter gehen und versuchen sollte, meinem Mitmenschen zu helfen.

Er las offenbar meine Gedanken. »An deiner Stelle würde ich es gut sein lassen. Wenn du jetzt verschwindest, ist nie etwas passiert.«

Das hörte sich fast wie ein Versprechen an.

Er machte einen energischen Schritt in meine Richtung. Ich gönnte ihm die Genugtuung nicht, vor ihm zurückzuweichen. Stattdessen starrte ich trotzig in sein wunderschönes, leider beinahe gänzlich im Schatten liegendes Gesicht und rang mit mir selbst. Ein Teil von mir wollte mit aller Macht erfahren, welche Farbe seine Augen besaßen.

Dieser Mann gab sich ganz und gar nicht wie einer von dort. Seine Bewegungen waren natürlich, fließend, aber sein Körper wirkte nicht glatt oder starr, sondern greifbar. Was ich mir vielleicht einbildete, weil er mit mir gesprochen, mich berührt und dadurch eine Verbindung geschaffen hatte. Er war nicht mehr nur ein Feind. Er war ein Feind, der sich dazu herabgelassen hatte, Menschlichkeit zu zeigen.

»Warum sollte ich dir vertrauen?«, fauchte ich.

Ich schlang die Arme um meinen Oberkörper, wandte mich leicht von ihm ab und rümpfte die Nase, während ich unruhig mit den Zähnen knirschte. Dabei wollte ein irrational denkender Teil von mir nichts weiter, als wieder von ihm berührt zu werden. Ich konnte es mir nicht erklären.

»Habe ich das verlangt?« Seine Zähne leuchteten mir weiß entgegen. Er lächelte. »Ich will dich nur davon abhalten, eine Dummheit zu begehen.«

Seine Nettigkeit hinterließ einen bitteren Nachgeschmack auf meiner Zunge. »Wieso?«

Er streckte mir seine Handflächen offen entgegen, als könnte er mir seine Beweggründe darauf präsentieren. Als wollte er, dass ich danach griff. »Weil ich es nicht leiden kann, wenn man Unvermeidbares nicht vermeidet.«

Er sagte es trocken und ohne jegliche Ironie in der Stimme, die offenbart hätte, dass er mich gerade zum Narren hielt. Meinte er das ernst?

Das Lachen, das aus mir herausbrach, war hysterischer Natur und spiegelte perfekt meinen derzeitigen Zustand wider. »Eine doppelte Verneinung«, kommentierte ich möglichst bissig und warf den Kopf herum, als wollte ich überprüfen, ob das außer mir noch jemand gehört hatte.

Die Situation überforderte mich maßlos, was auch erklären würde, weshalb ich nicht schon längst die Flucht ergriffen hatte. Ich war einfach nicht mehr in der Lage, einen klaren Gedanken zu fassen, geschweige denn meinen Beinen zu befehlen, sich vorwärts zu bewegen. Irgendetwas hinderte mich daran, diesen Typen vor mir abgrundtief zu hassen.

Später schob ich es auf meine Hormone. Ich war jung, gerade erst achtzehn, und noch nie ernsthaft verliebt gewesen. Außerdem war erst kürzlich meine Mutter gestorben. Vielleicht hatte ich mich nach einer Zeit voller Dunkelheit nach etwas Licht gesehnt, das die Wärme in meine Brust zurückbrachte.

Ja, mag sein, dass ich mich innerhalb weniger Sekunden in einen Fremden verknallt hatte. Liebe ist es jedenfalls nicht gewesen.

Ich war so fasziniert von dem Licht, das Thomas damals ausstrahlte, dass ich eines vergaß … Wer zu lange in die Sonne starrt, läuft Gefahr, zu erblinden.

THEO

Das Erste, woran ich denke, sind die Füße eines Krokodils. War ich vor Kurzem im Erlebnisgarten und hab mir die Viecher angeschaut?

Mein Bauch sagt ›Nein‹, ehe mein Kopf ein paar Sekunden später beschließt, dass er derselben Meinung ist. Die Füße aus meiner Erinnerung haben nichts mit einem Tier zu tun.

Stöhnend kneife ich die Augen zusammen und fasse mir an die Stirn.

Das Bild einer roten Krawatte taucht in meinem Kopf auf. Ein paar Schuhe aus Reptilleder.

Als ich mich in die Senkrechte hieven will, schießt ein greller Schmerz durch meinen Schädel, der mir kurzzeitig den Atem verschlägt. Vor meinen geschlossenen Lidern tanzen Sterne, während ich nach dem Hindernis taste, an dem ich mir den Kopf angeschlagen habe.

Ich presse die Zähne aufeinander und atme stoßweise aus. Einige Augenblicke später wollen meine Hände mir weismachen, dass ich in einer Kiste liege.

Was zum …?

Blinzelnd öffne ich die Augen. Es ist stockdunkel.

Fahrig strecke ich die Arme nach allen Seiten aus, stoße in jeder Richtung gegen ein kaltes Hindernis.

Was? Ich bin in einer Kiste! Ich bin in einer verfluchten Kiste oder einem Kasten, vielleicht auch in einer Einbuchtung in der Wand, dem Metall nach zu urteilen.

Ich spüre, wie sich eine Beule auf meiner Stirn formt, doch die pochende Stelle ist mir so gleichgültig wie die Wunde an meiner Hand. Wo zum Teufel ich bin, ist im Augenblick viel wichtiger.

Ich strenge meinen Verstand an, bis die vollständige Erinnerung an die letzten Minuten wieder in mein Gedächtnis zurückkehrt. Während die Panik von den viel zu nahen Wänden springt und sich wie eine Horde Klammeraffen an mir festkrallt, spiele ich die Begegnung mit meinem Vorgesetzten in Gedanken durch.

Wir waren in einem kahlen Raum. Er hat mir Bilder von Mitchell und dem Mädchen gezeigt. Er wollte, dass ich zugebe, was er längst zu wissen schien. Er weiß, dass ich die Sicherheitsvorkehrungen an der Mauer manipuliert habe. Er weiß, dass ich abhauen wollte. Er hat meinen Chip. Er … er hat … Susanna erwähnt.

Warum hat er das getan?

Mein lauter Atem wird in diesem winzigen Kasten zu einem Echo, das bald mein Trommelfell zum Platzen bringen wird.

Ich rekonstruiere unser Gespräch bis zu dem Moment, in dem er mich aus der Zentrale eskortieren ließ. Wir sind zur Mauer gefahren und dort in einen Bereich vorgedrungen, von dem ich bis heute nichts wusste.

›*Menschen verschwinden*‹, höre ich meine eigenen Worte aus der Vergangenheit. Sie entstammen einer Unterhaltung mit Susi. Einer Nacht, in der sie mich seit ewigen Zeiten an meinem Arbeitsplatz besuchen kam. Nur ihretwegen wollte ich Grenzwächter werden. Damit wir uns …

Ich halte die Luft an. Ist das die Verbindung? Ist das der Grund, weshalb dieser Verrückte sie erwähnt hat? Aber ich bin mir ziemlich sicher, dass ich die Überwachungseinrichtung bei ihren Besuchen an meiner Zelle manipuliert habe. Er kann gar nicht davon erfahren haben. Nein, er muss sie aus einem anderen Grund erwähnt haben. Er muss … Scheiße, ich weiß nicht, was er will. Ich kenne den Typen ja nicht einmal. Sein Verhalten ergibt keinen Sinn, seine Beweggründe sind so undurchsichtig wie eine dreckige Glasscheibe.

Eines weiß ich jedoch: Sollte ich dieser Freakshow irgendwie entkommen, muss ich Susi finden und sichergehen, dass es ihr gut geht.

Ein Knall lässt mich zusammenzucken. Mein rechtes Knie schlägt gegen die Metallwand. Ich fluche unterdrückt und presse die Zähne zusammen.

Plötzlich geht ein Ruck durch mein winziges Gefängnis, sodass ich Arme und Beine gegen die Wände stemme, als ich mich in Bewegung setze. Licht dringt aus einem Spalt zu mir herein. Es flutet Sekunden später mein Blickfeld, bis meine Augen tränen, ehe ich mich an seine Intensität gewöhnt habe. Der Kasten inklusive mir bewegt sich vorwärts. Dann ein Windstoß, der mir ins Gesicht bläst.

Und plötzlich starre ich in den stahlblauen Himmel.

Theodore Groth, Sie sind hiermit von jeglichen Privilegien des städtischen Lebens befreit. Ihr Verzicht tritt ab sofort in Kraft. Bitte verlassen Sie nun die Kapsel.

Einen schier endlosen Herzschlag lang bin ich einfach nur erleichtert. Ich versuche, dieses Gefühl festzuhalten, zu konservieren, aber mit dem nächsten Atemzug ist es verschwunden und wird von einem neuen ersetzt. Was zum Teufel ist hier los?

Bitte verlassen Sie nun die Kapsel, drängt die Computerstimme erneut.

Ich suche den Zugang zu meinen Gliedmaßen, bin jedoch wie erstarrt. Was ist zwischen meiner Begegnung mit dem gruseligen Vorgesetzten und diesem Moment geschehen? Warum lässt er mich gehen?

Verzweifelt darum bemüht, einen Sinn im Sinnlosen zu finden, richte ich mich schließlich auf und steige aus dem Kasten. Sobald ich meine Hände von dem kühlen Metall genommen habe, fährt das Teil zurück in die Mauer, und ich lege den Kopf in den Nacken, um die ehemalige Grenze zwischen Susi und mir zu betrachten.

Sie ist gigantisch. Wie eine zur Materie gewordene Drohung ragt sie meterhoch in die Luft. Von hier draußen betrachtet, kann man sich kaum vorstellen, dass dahinter ein scheinbar perfektes Leben liegt. Vorausgesetzt, man ist gewillt, es anzunehmen und zu akzeptieren, dass nicht jeder … glücklich sein darf. Und damit meine ich nicht nur die Menschen da draußen, von denen ich durch Susi erfahren habe.

Langsam und bewusst atme ich die trockene Luft ein, die meine Lungen bläht und in meinem Hals kratzt. Ein weiterer Windstoß zerrt an meinem Oberteil und sticht kleine kalte Nadeln in meine Haut.

Ich ignoriere den Schauer, der über meinen Körper kriecht, und drehe mich zögerlich um.

Freiwillig. Ein seltsames Wort. Bin ich frei, wenn ich meinem Willen gehorche? Oder bedeutet einen eigenen Willen zu haben, frei zu sein? Bin ich Sklave meines Willens oder werde ich durch ihn erst zu mir selbst, werde ich durch ihn definiert? Wenn ich mir aussuchen könnte, was ich will, würde ich dann einen Menschen lieben, der augenscheinlich unerreichbar geworden ist? Warum sollte ich auf jegliche Annehmlichkeiten verzichten wollen? Weil es jemanden gibt, den ich vermisse?

Ich gehe nicht freiwillig, ich lasse nicht mein gesamtes Leben freiwillig hinter mir. Ich tue es, weil die Umstände es erfordern und weil ich nicht anders kann. Oder?

Während die gigantische Weite einer Landschaft vor meinen Augen mit dem Horizont verschwimmt, versuche ich das Gefühl des Fallens auf meine Einbildung zu schieben. Mir ist schwindelig.

Der Anblick dieser schier endlosen Felder aus Gräsern und Sträuchern sollte mir keine Angst machen, immerhin hat er sich mir schon oft geboten. Allerdings nur bei Nacht und niemals mit dem Wissen im Hinterkopf, dass es kein Zurück für mich gibt.

Das hier ist echt. Endgültig. Mein altes Leben liegt so unwiederbringlich hinter mir wie ein verbranntes Stück Holz. Asche lässt sich nicht in seinen ursprünglichen Zustand zurückversetzen, denn Feuer kann nur zerstören, nicht erschaffen.

Um ruhig zu bleiben, mache ich eine sachliche Bestandsaufnahme. Ich trage noch immer meine eigenen Klamotten. Mein Chip ist nun in Krokodilschuhs Besitz, was jedoch bedeutet, dass er mich nicht verfolgen kann. Mein Reisegepäck liegt in meinem Auto, das die EfiA wahrscheinlich beschlagnahmt hat, und mein Inkoar – ich hebe den Arm, sehe auf das leere Handgelenk – ist weg.

Wunderbar!

Zitternd taste ich meinen Körper ab, um immerhin festzustellen, dass ich noch alle Gliedmaßen besitze. Dabei fällt mir auf, dass meine verwundete Hand nicht schmerzt. Überrascht stelle ich fest, dass dort, wo ich mir den Chip herausgeschnitten habe, eine saubere, bereits heilende Naht verläuft. Das fehlende Stück wurde durch organisches Füllmaterial ersetzt. Es wird sich meinem Körper anpassen und mit ihm verwachsen, bis ich nicht mehr merke, dass es nicht mein eigenes Fleisch ist. Die Hand tut nicht mehr weh. Nur mein Schädel brummt.

Im Grunde sind es nun ich und das Nichts. Tolle Voraussetzungen. Vor acht Jahren hatte Susi wenigstens Proviant und Wasser, als sie sich in derselben Lage befand.

Susi. Allein der Gedanke an sie erfüllt mich mit Hoffnung. Auch wenn ich sie nicht mehr erreichen konnte und auch wenn sie womöglich genau das wollte – einen Bruch zwischen ihr und mir, ihrer Vergangenheit –, tief in mir drinnen bin ich davon überzeugt, dass sie mich auf irgendeine Weise immer noch liebt. Sie braucht mich und ich brauche sie.

Also gehe ich los, denn eines habe ich Susi immerhin voraus: Anders als sie damals weiß ich, was mich erwartet.

SANNI

Willys Wohnung hat sich optisch kaum verändert, was man von ihrer Einrichtung nicht behaupten kann. Der Vorhang, hinter dem Willy damals geschlafen hat und der einen Teil des Wohnzimmers in einen separaten Bereich abteilte, ist weg. Am Tisch fehlen bis auf zwei instabil aussehende Exemplare alle Stühle. Ich stelle fest, dass die Küche ein einziges Chaos ist, als ich beim Vorbeigehen einen Blick hineinwerfe. Überall haben sich Staub und Dreck breitgemacht.

Auf dem Weg zum Sofa bohrt sich ein kleiner Stein in die abgenutzte Sohle meines Schuhs, der mich fluchen lässt.

»Tja, mit Besuch habe ich nicht gerechnet«, äußert Willy, was weniger wie eine Entschuldigung für die Unordnung und mehr wie ein Vorwurf klingt.

Weil ich es für klüger halte, lasse ich seine Worte unkommentiert.

»Schmeiß dein Zeug irgendwohin. Ist eigentlich egal.« Damit verschwindet er in die Küche.

Langsam lasse ich den Rucksack von meinen Schultern gleiten und stelle ihn neben mir auf dem Sofa ab, als ich mich setze. Durch die ganze Situation fühle ich mich in die Vergangenheit zurückversetzt. Kaum zu glauben, dass ich wieder hier bin. Noch vor Jahren, ach, allein vor wenigen Monaten, hätte ich niemals damit gerechnet, irgendwann wieder hier zu landen. Allerdings fehlt etwas.

»Wo sind eigentlich Ma…« Ich verstumme, als Willy zurück ins Wohnzimmer kommt.

Mit grimmiger Miene drückt er mir ein Glas Saft in die Hand, über das ich mich nicht wirklich freuen kann.

Räuspernd setzt er sich ans andere Ende des Sofas.

Erneut sehe ich mich in der Wohnung um, dieses Mal aufmerksamer. Ich suche nach den Klamotten einer Frau oder denen eines jungen Mädchens, die über Stuhllehnen, auf Kommoden oder Tischen hängen oder liegen sollten. Nach dem Beweis, dass mehrere Personen diese Räumlichkeiten bewohnen, nach so was wie selbst gebautem Spielzeug aus Holz, Kuscheltieren, mit denen gespielt wurde, bis die Nähte aufplatzten, gebrauchten Dosen, die bemalt und als Zielscheibe für irgendwelche Wurfspiele benutzt wurden.

Doch nichts. Es ist so leer, als lebte nicht einmal Willy hier, sondern allein die Abwesenheit zweier Menschen, die mit ihrem Echo den längst eingetretenen Verfall der Persönlichkeit dieser Wohnung zu verhindern versuchen. Marie und Liana sind nicht hier. Die kleine, süße Marie und ihre Mutter Liana, Willys Schwester.

Ich lasse den Saft unangetastet und werfe Willy aus dem Augenwinkel einen traurigen Blick zu. »Was ist passiert?«

Er starrt intensiv auf eine Tür schräg gegenüber.

Da die Sonne fast untergegangen ist und der Strom sicherlich schon abgestellt wurde, wird es immer schwerer, etwas zu erkennen. Doch in diesem Augenblick ist es überhaupt nicht nötig, Willy zu sehen, da ich hören kann, wie er mit den Tränen zu kämpfen hat. Er wendet sein Gesicht von mir ab und schluckt hörbar.

Nach mehreren Sekunden des Schweigens gebe ich bereits die Hoffnung auf eine Antwort auf, als er plötzlich spricht. »Es ist schon eine Weile her«, beginnt er mit zitternder Stimme. »Vielleicht ein Jahr nach deinem … Besuch.«

Ich wage es nicht, ihn zu unterbrechen oder seine Pause mit bedeutungslosen Floskeln zu füllen, daher warte ich einfach ab.

Willy schwenkt das Saftglas in seiner Hand. Die orangene Flüssigkeit darin wiegt sacht hin und her und verursacht ein plätscherndes Geräusch.

Ich senke den Blick auf mein eigenes Exemplar, als er weitererzählt: »Die Kurzfassung ist: Marie geriet unter die Schaufelräder eines Maispfluges.«

»Oh mein Gott«, entfährt es mir unwillkürlich. Schnell schlage ich die Hand vor den Mund. Marie wurde …? »Wie konnte das passieren?«

In Willys Zügen liegt eine solche Bitterkeit, dass mich der Wunsch überkommt, ihn in die Arme zu nehmen und ihm zu versichern, dass ich die Vergangenheit ungeschehen machen kann. Doch ich will nicht lügen. Wäre ich dazu in der Lage, würde mein kleiner Bruder jetzt neben mir sitzen.

»Wie konnte das passieren?«, wiederholt er meine Frage und schickt ihr ein bitteres Lachen hinterher. »Du solltest wohl eher fragen, warum sich keiner dafür verantwortlich fühlte.« Mit verkniffener Miene starrt er auf seine Hände oder den Boden. Schwer zu sagen. Dann schüttelt er vehement den Kopf, als wollte er die Erinnerung davonscheuchen. »Aber darauf kann ich dir auch keine Antwort geben«, raunt er bedrohlich und knirscht mit den Zähnen. Dieses Mal bin ich jedoch sicher, dass er dadurch versucht, seine Emotionen im Zaum zu halten. Das Thema ist für ihn beendet.

Krampfhaft darum bemüht, nicht an das kleine quirlige Mädchen zu denken, das allein durch den östlichen Bezirk streifte, dessen Lieblingsort ein verlassener Schuppen am Rande eines Feldes war und das mich damals zu Willy gebracht hat, führe ich nun doch das Glas an meine Lippen. Kaum zwei Schlucke zwinge ich nach unten, ehe ich aufgebe.

»Also …«, reißt Willy ein Loch in die Stille. »Warum bist du hier?«

Ich kann nachvollziehen, dass er nicht mehr über seine Familie reden möchte, aber da sind noch zwei Menschen, von denen ich wissen muss, wo sie sind. Vor allem, weil es für mein Vorhaben relevant ist.

»Dafür muss ich dir eine Menge erzählen. Sind wir hier …«, druckse ich herum. »Ich meine ist dieser … Mann von damals …« Ich kann mich nicht mehr an seinen Namen erinnern, dafür sehr wohl an das, was er getan hat. Daran, wie er betrunken in die Wohnung torkelte und gewalttätig wurde. Und an das, was ich anschließend verbockt habe, obwohl ich nur helfen wollte.

»Mike ist kein Problem mehr«, erwidert Willy nüchtern.

Mike. Stimmt. Mir läuft ein Schauer über den Rücken. »Deswegen hast du auch keine frischen Verletzungen«, stelle ich fest und merke erst eine Sekunde später, was ich da eben gesagt habe.

Es war unhöflich, doch Willy nimmt es überraschenderweise gelassen.

Er zuckt träge mit den Schultern und wagt es endlich wieder, mir in die Augen zu sehen. »Kann schon sein. Der Bastard ist seit einer Ewigkeit nicht mehr aufgetaucht. Keine Ahnung, was aus ihm geworden ist.« Willy redet über ihn, wie es jemand tut, der froh ist, eine nervige Angelegenheit losgeworden zu sein. »Und bevor du nach Liana fragen kannst …«, fährt er rasch fort und wischt gleichzeitig seine Trauer mit einer schnellen Handbewegung aus seinen Augen. »Sie ist weg. Es gibt nur noch mich.«

Ein leises »Oh« flüchtet aus meinem Mund, obwohl ich es festhalten wollte.

Willy wirkt nicht wie der Typ, der etwas mit Mitleid anfangen kann. Und auch nicht besonders gesprächig, wenn es um seine Vergangenheit oder allgemein um sein Leben geht.

Andererseits bin ich auch nicht hier, um einen neuen Freund zu finden. Ganz im Gegenteil. Es ist sogar besser für uns beide, wenn unser Kontakt sachlich, oberflächlich und was die emotionale Abhängigkeit voneinander angeht, so dürftig wie möglich ausfällt. Überhaupt ist der Grund, weshalb ich hier bin, die

Menschen zu beschützen, die mir etwas bedeuten. Daher ist für Willy kein Platz mehr in dieser Kategorie.

Trotzdem kann ich nicht verhindern, einen flüchtigen Hauch seines Schmerzes zu spüren. Ihn mit meinem eigenen zu vermischen, was ihn umso schwerer ertragbar macht. Ich weiß, was es bedeutet, einen Menschen zu verlieren, den man liebt. Ich weiß auch, was es heißt, loslassen zu müssen.

»Wenn du dann fertig bist, mich zu bemitleiden, kannst du mal zur Sache kommen«, verlangt Willy schnaubend und steht vom Sofa auf.

Seine Bewegungen sind abgehackt, seine Haltung signalisiert eine klare Botschaft. Er wird kein Wort mehr sagen. Ich bin nun an der Reihe mit Sprechen.

Während ich überlege, wo ich am besten anfangen soll, nimmt Willy mir das Glas aus der Hand. In einem Zug kippt er sich den Inhalt, den ich kaum angetastet habe, in den Rachen und meint: »Wieso siehst du eigentlich so scheiße aus?«

Immerhin, der direkte und gefühlskalte Willy sollte es mir relativ leicht machen, ihn nicht an mich heranzulassen.

Mit den Händen streiche ich über meine Klamotten. Die Jeans ist bereits ganz starr vor Dreck und macht ein knarzendes Geräusch, wenn ich mich bewege. Meine dünne Jacke hat ein riesiges Loch am Ellenbogen. Die Stelle, an der ich mich auf dem Weg hierher in einem Gestrüpp verfangen und sehr schnell die Geduld verloren habe.

Statt Zeit zu verlieren, entschied ich mich, ein Kleidungsstück zu zerstören. Und auf meinem Körper liegt eine Schmutzschicht, die man sicherlich nur mit genügend Seife und einem Spachtel wieder abbekommt.

Ich schnalze mit der Zunge und sehe wieder Willy an. »Es war keine Zeit, mich fein rauszuputzen. Ich bin teilweise zu Fuß den ganzen Weg vom westlichen Bezirk hierhergelaufen.« Erschöpft lasse ich mich tiefer in das stinkende Sofa sinken. Als ich meine Beine ausstrecke, seufze ich erleichtert. Meine Bauchmuskeln freuen sich über die Entlastung.

Anstatt etwas zu erwidern oder meine Sitzposition zu kritisieren, sieht er mich einfach nur an, macht dann kehrt und verschwindet in der Küche. Als er wieder zurückkommt, läuft mir das Wasser im Mund zusammen.

Das Brot segelt durch die Luft und landet trotz der Dunkelheit in meinem Schoß. Wie ein wildes Tier schlage ich meine Finger hinein, reiße ein hartes Stück heraus und schiebe es mir zwischen die Zähne.

Mir war gar nicht bewusst, wie hungrig ich bin. Mein Kopf ist wohl zu beschäftigt gewesen, um ans Essen zu denken.

Kauend lasse ich den Kopf nach hinten sinken und beschließe, dass es in Ordnung ist, mir eine Verschnaufpause zu gönnen. Willy hat mir gerade so etwas wie eine Erlaubnis dafür gegeben, sein Sofa zu diesem Zweck zu nutzen.

»So wie ich das sehe, wirst du mir heute wohl nicht mehr sonderlich viel erzählen, oder?«

Ich rolle den Kopf auf der Sofalehne herum und blinzle ein paar Mal, bis ich Willy in der mittlerweile in Nacht getauchte Wohnung ausfindig mache. Er lehnt im Türrahmen zur Küche und hat die Arme vor dem Oberkörper verschränkt.

Eigentlich wollte ich nicht bis morgen warten, ihm alles zu erzählen, aber … »Vielleicht finde ich heraus, wo ich anfangen soll, wenn ich eine Runde geschlafen habe.« Meine Äußerung ist ein Vorschlag, dem Willy mit einem Grunzen zustimmt. Und mein lautes Gähnen ist eine Art Dankeschön.

Mit hastigen Schritten durchquert er das Zimmer. Gegenüber ist ein Raum, der noch vor ein paar Jahren Liana und Marie beherbergt hat. Jetzt verschwindet Willy darin und murmelt leise »Gute Nacht«, bevor er mit dem Klicken des Schlosses eine Grenze zwischen uns errichtet.

Obwohl ich augenscheinlich keinerlei Grund dazu habe, stiehlt sich am nächsten Morgen ein Lächeln in mein Gesicht. Ausnahmsweise schaffe ich es, Fletcher und meine Sorgen um ihn in eine Ecke meines Hirns zu verbannen, die ich eine Zeit lang ignorieren kann, und öffne blinzelnd die Augen.

Vorsichtig fahre ich mit den Fingern über meine Wangen, nur um überrascht festzustellen, dass meine Haut weder feucht noch mit getrockneten Tränen bedeckt ist. Die Nacht war traumlos. Und friedlich.

Ich richte mich auf dem Sofa auf und wische mir den Schlaf aus den Augen. Im Badezimmer läuft das Wasser, was bedeutet, dass ich später vielleicht duschen kann. Vorausgesetzt, Willy lässt mich sein Wasser verschwenden. Erneut.

Während ich darauf warte, dass sich mein Gastgeber zu mir gesellt, mache ich mich auf die Suche nach dem Saft von gestern, der mir den unangenehmen Geschmack von zu wenig Nahrung und zu viel Durst aus dem Mund spülen kann.

In der Küche finde ich das benutzte Glas und auf der Theke eine Flasche, an deren Boden mir ein letzter Rest Orangensaft entgegenlächelt.

Ich kippe das Zeug gerade hinunter, als Willy auftaucht. »Auch endlich wach«, bemerkt er trocken und schiebt mich tonlos zur Seite.

Die Botschaft ist eindeutig: Ich stehe im Weg. Mit dem Glas in der Hand und einer Erwiderung auf den Lippen entferne ich mich von der Küchenzeile und sehe ihm dabei zu, wie er einen Beutel Haferflocken zutage fördert. Er holt einen Topf aus der Spüle, schüttet ein bisschen von dem Getreide hinein und gießt die hellbraune Masse anschließend mit Wasser aus dem Hahn auf.

»Du hast den ganzen Tag verschlafen.« Sobald sich der Topf auf der Herdplatte befindet, schenkt er mir seine volle Aufmerksamkeit. »Eigentlich wollte ich dich wecken, als ich zur Arbeit bin, aber du hast zerschlagen ausgesehen, also …«

Ein Wassertropfen von seinen nassen Haaren landet auf dem locker sitzenden Shirt. Willy zuckt mit den Schultern. Bei Tageslicht sind die Narben an seinem Körper deutlicher zu sehen. Hell heben sie sich an Armen und im Gesicht von seiner gebräunten Haut ab. Am auffälligsten sind jedoch seine Augen.

Ich weiß, dass sie eine Farbe besitzen müssten, aber ich sehe sie nicht. Als könnte ich sie nicht finden. Die Iris ist trüb und blass.

»Danke.« Ich schlucke die Befangenheit hinunter, bevor es peinlich wird. »Und danke, dass du mich nicht davonjagst.«

Willy fängt an, frech zu grinsen, doch diese Mimik ist sichtbar aufgesetzt und erreicht nur die eine Hälfte seiner Lippen. »Das mache ich vielleicht noch, wenn mir nicht gefällt, was du zu erzählen hast.«

»Dann gebe ich mir wohl besser Mühe«, witzle ich gezwungen und tue so, als würde ich trinken, obwohl sich am Boden des Glases nur noch Tropfen befinden.

Willy beobachtet mich stumm, bevor er sich wieder seinem Haferschleim widmet. »Geh duschen, solange das Essen noch nicht fertig ist. Du stinkst.«

Ich stelle das Glas auf der Küchenzeile ab. »Okay.« Dankbar für die Unterbrechung dieser Unterhaltung flüchte ich mich ins Badezimmer.

Während ich mit einem winzigen Stück Seife, die auf dem Badewannenrand liegt, und lauwarmem Wasser versuche, mir den Dreck vom Körper zu schrubben, denke ich darüber nach, ob es klug war, herzukommen.

Ich habe Willy acht Jahre lang nicht gesehen, noch dazu beschränkte sich unsere Bekanntschaft auf einen Gefallen, den er mir gezwungenermaßen erwiesen hat. Wenn er nun kein Interesse daran hat, mir zu helfen? Was, wenn er meinen lückenhaften Plan für hirnrissig erklärt und mich wieder wegschickt? Mir wird klar, dass ich eine Idiotin bin.

Ich habe mein altes Leben hinter mir gelassen, alles zerstört, was eine Bedeutung hatte, und wofür? Für die unwahrscheinliche Möglichkeit, dass ich in der Lage bin, etwas zu verändern.

Als ich mit der groben Seife über einen Kratzer an meinem Arm fahre, springt die Kruste auf. Blut quillt aus dem dünnen

Schnitt in meiner Haut und tropft vermischt mit Seifenschaum auf den Boden der Wanne. Für einen Augenblick lasse ich die Arme sinken und sehe dabei zu, wie das rote Rinnsal im Abfluss verschwindet.

Bin ich nicht gegangen, um alles auf eine Karte zu setzen? Bin ich nicht gegangen, um es jetzt oder nie zu tun? Bin ich nicht gegangen, um eine Idiotin zu sein? Im übertragenen Sinn.

Wenn Willy mir nicht helfen will, werde ich andere finden, die dazu bereit sind.

Entschlossen drehe ich den Hahn zu und greife nach einem der Handtücher, die auf einem Brett liegen, das an die Wand genagelt wurde.

Weil ich keine sauberen Sachen mehr habe, ziehe ich einfach meine dreckigen wieder an. Mit einem Haargummi binde ich die nassen Haare auf meinem Kopf zusammen und gehe zu Willy, der im Wohnzimmer den Tisch mit zwei Schüsseln und Löffeln gedeckt hat.

»Essen ist fertig.« Er sieht mich nicht an, sondern setzt sich nur und schaufelt sich Haferschleim auf sein Geschirr. »Es wird kalt, wenn du weiter rumstehen willst.«

Statt auf seine indirekte Einladung einzugehen, frage ich: »Wenn dir jemand anbieten würde, dich zu rächen, was würdest du erwidern?« Der Einstieg ist nicht perfekt, aber er hat die gewünschte Wirkung.

Willy lässt den Löffel sinken. Mit einem leisen Klirren schlägt das Metall gegen die Schüssel und beinahe gleichzeitig schießen seine Brauen in die Höhe, als er den Kopf hebt und mich ansieht. Über die räumliche Entfernung hinweg meine ich, seine

Gedanken spüren zu können. Sie sind wirr und chaotisch, bunt und dann wieder dunkel wie ein starkes Gewitter, das sich am Horizont zusammenbraut. Emotionen wandern so schnell über sein Gesicht, das mir ein wenig übel wird.

»Susi, wenn …«

»Sanni.«

»Was?« Jetzt runzelt er die Stirn. Endlich eine eingefrorene Empfindung, die ich deuten kann. Verwirrung.

»Mein richtiger Name ist Sanni«, erkläre ich und nähere mich dem Esstisch.

»Aha.«

Mein Blick wandert zum Fenster, nach draußen, wo der Himmel bereits orange glüht und damit die Abenddämmerung einläutet. Ich habe wirklich den ganzen Tag verschlafen.

»Gehört das zu der Geschichte, die du mir schuldest?«

Ich nicke und nehme ihm gegenüber Platz.

Es wird Zeit für eine Reise in meine Vergangenheit.

THYA

Ich war ungefähr sieben, als ich verstand, dass es Lügen gibt, die alle Beteiligten glücklich machen können und die keine negative Seite besitzen, weil ihretwegen niemand zu Schaden kommt. Im Gegenteil. In gewissen Situationen ist es sogar empfehlenswert, die Wahrheit zu verschweigen. Etwa, wenn ein Freund die Meinung zu einem hässlichen Kleidungsstück hören will, das er sich gekauft hat, oder man allgemein – in welcher Situation auch immer – falsche Begeisterung heucheln muss. Solche kleinen Lügen kosten nicht viel Anstrengung und verhindern unnötige Konflikte und Stress.

Eine Zeit lang logen mein Vater und ich ziemlich häufig. Allerdings wurde mir das erst im Nachhinein bewusst.

Immer, wenn er nicht mehr zu arbeiten und ich meine Lerneinheiten absolviert hatte, erzählten wir meiner Mutter, dass wir eine sinnvolle Unternehmung machen würden.

Doch statt im Erlebnisgarten etwas über die Natur zu lernen, sahen wir uns die süßen Neuzüchtungen an und fachsimpelten darüber, welches Tierbaby das niedlichste von allen war.

Statt im Schwimmpark etwas für unseren Körper zu tun, planschten wir ausgelassen im Wasser, ohne dabei einen besonderen Trainingseffekt erzielen zu wollen.

Wenn meine Mutter glaubte, wir würden einen langen Spaziergang im Zentralpark unternehmen und die besonders saubere Luft dort atmen, gingen wir stattdessen in ein Spezialitätengeschäft, wo uns mein Vater Eiscreme kaufte. Das machten wir ganz besonders oft, weil ich mir geschworen hatte, alle Sorten einmal zu probieren.

Rückblickend war diese Zeit die schönste in meinem Leben. Und zwar nicht, weil ich etwas Besonderes erreicht oder eine besondere Leistung erbracht hatte, sondern einfach, weil ich glücklich war.

Die Erkenntnis, dass mein Vater seine Frau aktiv belogen hatte, kam erst, als mir auffiel, dass wir in der Nähe des Zentralparks parkten und zu Fuß Eis essen gingen. Erst mit sieben fragte ich mich, warum er uns für eine Führung im Erlebnisgarten anmeldete, die wir überhaupt nicht besuchten. Und wieso es immer etwas länger dauerte, wenn ein Mitarbeiter im Schwimmpark die Werte unserer Fitnesstracker auslas.

Ich bereue immer noch, dass ich ihn fragte, warum er das tat. Denn alles, was ich davon hatte, war das Ende unserer besonderen Freizeit. Mein Vater hörte auf, seine Frau zu belügen, und ich hörte irgendwie auf, sein kleines Mädchen zu sein.

Wenn ich die Zeit zurückdrehen könnte, würde ich es anders machen. Ich würde einfach dankbar sein und ich würde meine

Mutter mit Freuden anlügen, weil ich heute weiß, was ich ihr bedeutet habe.

»Nämlich gar nichts«, hauche ich in die Stille und schlucke das gegen mein Herz drückende Schluchzen wieder hinunter.

Manche Menschen haben es nicht verdient, dass man ihretwegen Schwäche zeigt.

Als ich mich gegen alles gewappnet fühle, hebe ich vorsichtig die Lider. Drei fassungslose Augenpaare und die dazu passenden weit geöffneten Münder starren mir entgegen.

Mit hektisch umherzuckendem Blick erfasse ich die Lage.

Ich befinde mich in einem Fahrzeug. Links die Innenverkleidung des Wagens, rechts drei Männer, die jeweils auf einem Sitz thronen und mit schwarzen Gurten gesichert sind. Als ich den Kopf anhebe, um nach vorn zu spähen, klappt mir beinahe die Kinnlade auf die Brust. Da sitzt jemand am Steuer. Dieses Auto fährt nicht autonom.

»Wie konntest du dir sicher sein? Schau sie dir doch an!«

Meine Augen schnellen zu den Männern zurück, die jetzt die Köpfe zusammenstecken und lautstark tuscheln.

»Aber wenn ich es dir doch sage«, beschwört der eine seine Kollegen.

Sie alle tragen schwarze Uniformen. Die Haare kurz gehalten. Keine Bärte im Gesicht.

»Sieht sie etwa aus, als wäre sie tot?«

»Ich weiß, was ich gesehen und gefühlt habe. Kein Puls, kein Atem. Sie war tot.«

»Du …«

Offenbar scheinen die drei erst jetzt zu registrieren, dass ich nun diejenige bin, die sie mit offenem Mund anstarrt. Einer der Köpfe zuckt deutend in meine Richtung, woraufhin das Gespräch verstummt.

Meine Zunge klebt am Gaumen fest. Schmatzend schaffe ich es, sie zu lösen. Als ich die Arme heben will, werde ich von etwas daran gehindert. Ich schiele an meinem Körper hinab. Ein breites Stahlband ist über meinen Brustkorb und die Arme gespannt. Ein zweites fixiert meine Hände und die Hüfte und ein drittes und viertes meine Beine.

Ich versuche angestrengt, nicht in Panik auszubrechen. Eine Herausforderung, da ich bereits dabei bin, zu hyperventilieren. Und mich mit drei uniformierten Männern in einem Wagen befinde. Bald blinzle ich so heftig, dass meine Lider schmerzen.

»Verdammt«, flucht einer der Männer und schnalzt mit der Zunge. »Halt mal an, Ronald.« Es ist der, der dem Fahrer am nächsten sitzt. Mit der Faust hämmert er zwei Mal gegen die Innenverkleidung.

Kurz darauf halten wir. In Windeseile schnallt er sich ab.

Schockiert stelle ich fest, dass seine gesamte Aufmerksamkeit plötzlich auf mich gerichtet ist.

Unfähig, davonzulaufen oder mich überhaupt zu bewegen, muss ich dabei zusehen, wie er den einen Meter Distanz in dem Fahrzeug zwischen uns überwindet und sich neben mich stellt.

Während sich sein Blick wie kaltes Wasser über mich ergießt, verschwindet die Entschlossenheit aus seiner Haltung. Vorsichtig streckt er die Hand aus. Kurz hält er inne, bevor seine Fingerkuppen auf die empfindliche Haut an meinem Hals stoßen.

Er drückt seine rauen Finger in die Kuhle unterhalb meines Kiefers, bis ich spüre, wie mein hektischer Puls dagegen pocht. Die Frage, die er mir plötzlich stellt, irritiert mich. »Wie fühlst du dich?«

Meine Augen zucken zu seinen Kollegen, die uns gespannt beobachten. Auch der Fahrer hat sich zu uns herumgedreht, wie ich feststelle. Da wir uns nicht mehr fortbewegen, ist es unangenehm still geworden. Ich schlucke.

»Ich …« Meine Stimme bricht. Als ich ein zweites Mal ansetze, zu antworten, kommt nur ein warmer Lufthauch aus mir heraus.

»Kannst du dich daran erinnern, was passiert ist?«

Kann ich. Bis ins kleinste Detail. Ich sehe die verzweifelte Nicole und den alten Mann mit der Glatze, die mich allein gelassen haben. Ich weiß, dass Mitchell von seinen Freunden verraten wurde und dass ich, wenn es nach meiner Mutter ginge, längst tot wäre.

Doch keines dieser Ereignisse verlässt die schützende Hülle meines Gedächtnisses.

Ich schweige.

»Okay«, überlegt der Uniformierte laut, »gehen wir es anders an. Wenn du mich hören und auch verstehen kannst, dann nicke mit dem Kopf.«

Beinahe reflexartig mache ich, was er sagt.

»Gut. Kannst du deine Finger bewegen?« Er hat den Satz noch nicht zu Ende gesprochen, als sein Blick auch schon nach meinen Händen tastet.

Ich krümme nacheinander jeden einzelnen Finger meiner rechten Hand.

Der Mann sieht erfreut aus. »Sehr schön. Was ist mit den Zehen?«

Dieses Mal ignoriere ich seine Aufforderung und sehe einen der anderen Männer an, von dem ich denke, dass er derjenige war, der behauptete, ich sei tot gewesen.

Er muss sich geirrt haben. Denn ganz offensichtlich bin ich es nicht.

Anders als sein Kollege sieht dieser Uniformierte nicht zufrieden, sondern fassungslos aus. Mit weit aufgerissenen Augen starrt er mich an, als wäre ich eine wahr gewordene Unmöglichkeit.

»Wir müssen weiter«, schaltet sich nun der Fahrer ein und sieht dabei auf den Mann, der noch immer über mir aufragt wie ein Fels. »Sediert sie nach Vorschrift und dann …«

»Nein«, schneidet ihm jemand das Wort ab.

Ich bin mir unsicher, wer, denn ich habe beschlossen, die Augen zu schließen und so zu tun, als wäre das alles nur ein böser Traum.

»Nachher hat das negative Auswirkungen.«

»Aber wir müssen …«

»Wir müssen sie nur in die MeF bringen. Sie bleibt wach.«

Zustimmendes Gebrumme.

Ich halte die Tränen zurück, die hinter meinen Lidern brennen.

In die MeF.

Eine eiserne Faust packt meine Kehle und drückt zu.

MITCHELL

Kann man sich in einer Situation so sehr überfordert fühlen, dass der Kopf beschließt, in eine Art automatisierten Not-Modus zu verfallen? Ich weiß, dass ich gemeinsam mit einem Snob am Tisch sitze, doch ich kann mich nicht angemessen darüber aufregen, geschweige denn den angebrachten Hass an den Tag legen, wie ich es zu Hause schaffe.

Vielleicht liegt es daran, dass dieser Mann unter Umständen, womöglich, ganz vielleicht wirklich mein Vater sein könnte. Allein der Gedanke verursacht mir jedoch Kopfschmerzen. Denn wenn sich das als wahr herausstellen sollte, wer ist dann eigentlich die Frau, die mich mein ganzes Leben über angelogen hat?

»Du kannst ruhig anfangen. Wir erwarten niemanden mehr«, bestärkt mich Thomas und deutet mit einem Nicken auf das saftige, dicke Stück Fleisch, das vor meiner Nase neben ein paar Kartoffelscheiben liegt. Filigrane Muster zieren die Teller.

Thomas – so heißt der Mann, der mir gegenübersitzt. Auch mein Vater hieß so, deshalb hat Mum mir aus einem bestimmten Grund diesen zweiten Vornamen gegeben.

Die seltsame Maschine, die unser Essen zubereitet und hierhergebracht hat, ist wieder in das andere Zimmer verschwunden, in dem ich so etwas wie eine Küche vermute. Ich sehe mich in diesem weitläufigen Raum mit gigantischen Fenstern und schlichter Möblierung um.

Das hier, diesen luxuriösen Protz, als Wohnung zu bezeichnen, wäre schlicht falsch. Die Türen und Fenster machen auf Befehl, was man von ihnen möchte. Roboter oder Maschinen oder wie auch immer man diese Metallmenschen nennen mag, bedienen einen von vorne bis hinten, wenn ich ihren Zweck richtig deute. Alles hier zielt anscheinend darauf ab, den Bewohner von jeglichem Handgriff zu befreien.

Da kann man sich auch gleich an die Wand stellen oder auf den Boden legen und aufhören, zu leben. Denn mal ehrlich: Lebt der Snob dieses Palastes sein Leben oder macht der Palast das für den Snob?

Während mein Blick durch den Raum fliegt und die dezente Dekoration ins Visier nimmt, gibt mein Magen wieder ein hörbares Knurren von sich, als mir der Geruch des gebratenen Steaks in die Nase steigt. Mir läuft automatisch das Wasser im Mund zusammen, bevor ich das Messer überhaupt in das zarte Stück versenken kann.

Ich überlege, wann ich das letzte Mal Fleisch gegessen habe, aber … ich kann mich beim besten Willen nicht daran erinnern, überhaupt jemals Protein in dieser Menge zur Verfügung gehabt zu haben.

Auf der einen Seite kann ich es kaum erwarten, endlich zu essen, und auf der anderen Seite wird mir allein von der Vorstellung regelrecht schlecht.

Aus Mangel an Alternativen rühre ich mich also nicht.

Thomas, der bereits eifrig kaut, sieht mich über den Tisch hinweg irritiert an. »Alles in Ordnung?«, fragt er, nachdem er seinen Bissen hinuntergeschluckt hat.

Ich schweige.

Er legt sein Besteck beiseite. »Du machst dir Sorgen um deine Mutter, nicht wahr?«

Wie gern würde ich behaupten können, sein Theater zu durchschauen. Mit absoluter Sicherheit zu wissen, dass seine mitfühlende Art aufgesetzt ist. Aber ein Teil von mir wägt tatsächlich ab, ob seine Anteilnahme einen Funken Echtheit besitzt. Irgendetwas hat er an sich. Etwas, das mir Angst macht und gleichzeitig ein Gefühl vermittelt – wie ein Kribbeln unter meiner Haut –, das ich nicht deuten kann.

Ich schaue meine Hand mit dem roten Punkt an und beiße auf die Innenseite meiner Wange. »Woher wollen Sie das wissen? Vielleicht ist meine Mutter längst tot. Oder abgehauen?« Nur weil er ins Blaue rät, muss er ja nicht erfahren, dass er mit seiner Vermutung direkt ins Schwarze trifft.

Verstohlen werfe ich einen Blick zur Tür, als er seufzend die Finger ineinander verschränkt, die Ellenbogen auf dem Tisch abstützt und ins Nichts starrt.

Wenn ich Glück habe, wird die Tür mir gehorchen, so wie das bei dem Fenster der Fall war. Und wenn ich noch ein bisschen mehr Glück habe, werde ich es weit genug schaffen, um …

»Ich weiß, dass Nicole noch lebt.«

Für den Bruchteil einer Sekunde gerät mein Herz aus dem Takt. Es lässt einfach einen ganzen Schlag aus, sodass ich in kurz andauernder Panik die Hände zu Fäusten balle, bis meine Knöchel knacken. Ich schnappe nach Luft. Erst als ich sicher bin, keinen Infarkt zu erleiden, wende ich Thomas mein Gesicht zu. Der Schock sitzt tief und zeichnet sich zweifelsfrei in meiner Miene ab. »Woher …?«

Er lächelt nachsichtig, greift nach einer Stoffserviette und tupft damit seine Mundwinkel ab. »Mitchell, ich bin dein Vater.«

Ich will widersprechen, doch er lässt mir überhaupt keine Zeit für einen Einwand.

»Ich bin dein Vater und ich war immer nur an deinem Wohlergehen interessiert. Was glaubst du, wie euer Stümperarzt im Bezirk, dieser Tore oder Tobi …«

»Tony«, korrigiere ich automatisch. Fassungslos.

»Ja, Tony«, fährt er zustimmend fort und legt die Serviette beiseite. »Was glaubst du wohl, wer dafür gesorgt hat, dass er an die richtigen Medikamente kam, als du mit sieben in einen rostigen Nagel gefallen bist?« Erwartungsvoll sieht er mich an, ehe er überzeugt erklärt: »An der Blutvergiftung wärst du ohne meine Hilfe gestorben.«

Mein Kinn klappt nach unten. »Blu… Blutvergiftung?«

»Und wie bist du deiner Meinung nach so einfach an diese Stelle in der Fabrik gekommen?«

»Wie …?«

Eilig plappert er weiter: »Hast du dich je gefragt, weshalb du niemals krank wurdest, Mitchell? Hast du auch nur jemals eine

Grippe oder Erkältung, meinetwegen eine leichte Virusinfektion gehabt?«

Ich möchte die Frage mit einem Beweis abschmettern, aber er hat recht. Benny war öfter krank, bekam sogar Windpocken, genau wie seine Schwester. Auch Fletcher lag manchmal tagelang im Bett mit Fieber, Schweißausbrüchen, Schmerzen … und ich? Ich bin immer davon ausgegangen, einfach Glück zu haben. Was aber, wenn das nichts mit Glück, sondern etwas mit Genen zu tun hatte?

»Und«, reißt mich Thomas aus meiner Überlegung, »soll ich dir auch verraten, warum du ganze drei Mal die Mauer passieren, warum du einen Menschen entführen konntest, ohne dabei erwischt zu werden? Natürlich bevor dich deine Freunde verraten haben?«

Dieses Gespräch kann unmöglich stattfinden. Meine Stimme zittert. »Was?«

Thomas zupft den Kragen seines Hemds zurecht, als er mich verlegen ansieht. »Ein einfacher Grenzwächter hätte euch niemals in diesem Ausmaß decken können, Mitchell. Wer hat ihm wohl, ohne sein Wissen, geholfen? Wer hat gefälschte Berichte abgenickt und verschwinden lassen? Wer hat bewerkstelligt, dass du trotz der Gefahr, in die du dich begeben hast, sicher warst?«

Es fühlt sich an, als würde sämtliche Energie aus meinen Muskeln gepumpt. Kraftlos sacke ich auf dem weich gepolsterten Stuhl zusammen, versuche, mich zusammenzureißen, doch das hysterische Lachen bricht sich Bahn und platzt wie ein Schuss aus mir heraus.

»Niemals«, krächze ich. »Das können Sie alles gar nicht wissen.«

Wie sollte er auch davon erfahren haben? Von meinem Leben, von meinen Freunden, von Snobby, von … Mum.

Mum!

»Haben Sie … haben Sie Kontakt zu meiner Mutter?« Das elektrische Armband, das sie mir vor wenigen Tagen, die sich bereits wie Monate anfühlen, gegeben hat, taucht vor meinem geistigen Auge auf. Mit einem solchen Ding kann man kommunizieren. Thya hat das bestätigt. Ist es möglich, dass Mum gelogen hat und jahrelang hinter meinem Rücken … Ich will den Gedanken nicht mal zu Ende denken, so verletzt bin ich allein bei der Vorstellung.

Thomas schüttelt bedauernd den Kopf. »Nein, leider nicht.« Er leckt sich über die Lippen. »Aber ich habe aus der Ferne auf dich aufgepasst. Ich habe Schwierigkeiten von dir ferngehalten. Und als sich deine Freunde eingemischt haben, dachte ich …« Er atmet tief ein. Seine Augenbrauen hüpfen kurz in die Höhe, ehe er sich durch die Haare fährt. »Ich dachte, ich würde dich verlieren, bevor ich überhaupt die Chance hatte, dich richtig kennenzulernen. Aber das Schicksal meinte es gut mit mir.« Er lächelt wieder, strahlt förmlich von einem Ohr zum anderen. »Das Schicksal meinte es gut mit uns *beiden*, Mitchell.«

»Sie lügen«, flüstere ich. Doch ich höre mich lang nicht so überzeugt an, wie ich es gern täte.

Misstrauisch presse ich die Zähne zusammen und überlege hoffnungslos, was ich von alledem halten soll.

Wie kann ich nicht an seinen Worten zweifeln? Wie kann ich an seinen Worten zweifeln? Wie soll ich jemals herausfinden, ob sie wahr sind? Und wenn das, was er behauptet, tatsächlich stimmen sollte, wie um Himmels willen soll ich damit umgehen? Was kann ich Mum dann noch glauben? Was wird es für mich bedeuten? Was würde diese Wahrheit verändern?

Thomas legt seine geöffnete Hand auf die Tischplatte, als wollte er, dass ich meine hineinlege, und lehnt sich nach vorn zu mir. »Jetzt kann ich dir alle Fragen beantworten, die du dir vielleicht schon immer gestellt hast. Du bist in Sicherheit und ich werde sicherstellen, dass das für immer so bleibt, mein Sohn.«

Ich ignoriere sein Angebot, vergrabe den Kopf zwischen meinen Händen und wünsche mir zum ersten Mal in meinem Leben, dass mein Vater tot sein möge.

Die Hälfte meiner Mahlzeit schaffe ich. Dann lege ich das Besteck beiseite, weil mein Magen mit der ungewöhnlich großen Menge überfordert ist. Theoretisch weiß ich, dass ich nie etwas Köstlicheres gegessen habe, praktisch schmeckte jeder Bissen nach nichts.

Wir haben die letzten Minuten schweigend verbracht, auch wenn Thomas immer wieder versucht hat, ein Gespräch in Gang zu bringen. Aber ich fühlte mich einfach nicht imstande, mich mit weiteren Behauptungen auseinanderzusetzen.

Die Vorstellung, mein Vater könnte tatsächlich leben, ist für sich schon unglaublich. Aber dann soll er ausgerechnet ein Snob sein?

Überfordert schiebe ich das scharfe Messer neben meinem Teller hin und her, bis es klirrend gegen das Wasserglas stößt und ich die Hand vom Tisch nehme.

»Ich kann mir vorstellen, dass das viel für dich ist«, beginnt Thomas schon wieder, während dieser Blick auf mir ruht.

Ein ekelhafter Schauer krabbelt über meinen Nacken. Es ist beinahe, als läse er meine Gedanken.

»Und dein altes Leben hinter dir zu lassen, ist mit Sicherheit nicht leicht, aber …«

»Einen Scheißdreck werde ich!«, fahre ich ihm grob über den Mund und richte mich gleichzeitig kerzengerade auf.

Wenn er glaubt, ich würde auch nur in Erwägung ziehen, hier bei ihm zu bleiben, ist es mir ein Rätsel, wie er jahrelang auf mich achtgeben konnte, wo er doch so begriffsstutzig ist.

Energisch schiebe ich den Stuhl nach hinten und stehe auf. »Sie können unmöglich erwarten …«

»Könntest du bitte aufhören, mich wie einen Fremden anzusprechen?«, wechselt er einfach das Thema.

Dieses gottverdammte Flehen in seiner Visage geht mir langsam gehörig auf den Zeiger.

»Sie sind ein Fremder.« Und hoffentlich auch ein Schwindler.

Als einer der Metallmenschen in den Raum rollt und sich an das Abräumen des Tisches macht, nehme ich das als Zeichen, diesem Zirkus ein für alle Mal zu entfliehen. Doch Thomas stellt sich mir entschlossen in den Weg, als ich die Tür zum Flur ansteuere. »Kannst du dir«, raunt er eindringlich, »auch nur im Entferntesten vorstellen, wie es ist, ein Kind zu haben und gleichzeitig zu wissen, dass du es niemals kennenlernen wirst?« Ich sehe, wie sein Kehlkopf nervös auf und ab hüpft. Er schiebt die Ärmel seines Hemdes wieder ein Stück nach oben, zupft seinen Kragen zurecht. »Kannst du dich, auch wenn es nur für eine winzige Sekunde ist, in meine Lage versetzen? Ich habe eine Chance bekommen, von der ich dachte, ich würde sie niemals erhalten. Und dennoch stehst du jetzt vor mir. Mein eigen Fleisch und Blut. Und ich …«

»Hören Sie auf«, zische ich aufgewühlt, als ich den Glanz in seinen Augen bemerke. »Hören Sie sofort auf damit.« Ich weiche vor ihm zurück, als könnte ich mich verbrennen, wenn er mir zu nahe kommt.

Thomas rührt sich nicht. »Womit soll ich aufhören? Dein Vater zu sein?«

»Sie sind nicht mein Vater!«, brülle ich, so laut ich kann. In meinem Kopf beginnt es schmerzhaft zu hämmern.

Ich presse mir die Hände gegen den Schädel. Mir ist so übel. Wenn ich nicht gleich meine Gedanken zum Stillstand kriege, kotze ich den Palast dieses Wahnsinnigen voll.

Überfordert stolpere ich rückwärts, schüttle den Kopf, als würde es irgendwie helfen. Mir ist so unglaublich schwindelig.

Thomas folgt mir, streckt die Arme nach mir aus. »Ich werde es dir beweisen, Mitchell.« Seine Hand schnellt nach vorn, als ich beinahe gegen die Wand krache, und umschließt mein Handgelenk. »Du wirst mir glauben können.«

Apathisch starre ich ihn an.

»Das wirst du ganz sicher.«

NICOLE

Ich ärgerte mich darüber, dass er es geschafft hatte, mich zum Gehen zu überreden. Ich ärgerte mich, weil ich nichts für den Mann, den sie geholt hatten, tun konnte. Und ich ärgerte mich, ihn nicht nach seinem Namen gefragt zu haben.

Zu Hause schlief mein Vater noch immer wie ein Stein. Als ich mir die löchrigen Schuhe von den Füßen streifte, schnarchte er so laut, dass ich zusammenzuckte. Vermutlich hätte ich mir nicht einmal viel Mühe geben müssen, leise zu sein, aber trotzdem schloss ich die Tür besonders behutsam und schlich auf Zehenspitzen zu meinem Bett.

Während ich an die dunkle Zimmerdecke starrte und dem lauten Atem von Mitch lauschte, suchte ich nach einer Erklärung für mein Verhalten und für das, was wenige Minuten zuvor passiert war. Jetzt, da die unbegreiflichen Ereignisse in der Vergangenheit lagen, konnte ich mir sehr gut vorstellen, alles nur geträumt zu haben.

Wenn ich daran dachte, dass mich einer von denen berührt hatte, zog sich mein Magen vor Ekel zusammen. Auch die Vorstellung, den Atem einer dieser Aliens auf der Haut gehabt zu haben, rief in mir einen Schauer der Abneigung hervor. Allein der Gedanke, ihnen zu nahe gekommen zu sein, machte das Warten auf eine Dusche schier unerträglich.

Doch wenn ich eine bestimmte Person aus der Gruppe der Feinde trennte und als einzelnen Menschen betrachtete, unabhängig von seiner Herkunft, vollführten meine Gefühle eine Kehrtwende, die sicherlich dazu in der Lage wäre, mich aus dem Bett zu werfen.

Ich konzentrierte mich auf seine Hände, auf den Klang seiner Stimme, auf die Schatten, die abwechselnd mit dem Mondlicht über seinen Körper getanzt waren. Auf den sauberen, sterilen und dennoch auf eine seltsame Weise angenehmen Geruch, der mir in die Nase gestiegen war. Ich rief die Erinnerung an unsere Begegnung so oft in mein Gedächtnis, bis ich anfing, mir Details auszumalen, die nichts mehr mit der Realität zu tun hatten.

Zum Beispiel verpasste ich ihm ein paar blonde, lockige Strähnen, obwohl er dunkle Haare gehabt hatte. Statt der schwarzen Uniform trug er bald zerschlissene Jeans, ein verwaschenes Hemd und seine Füße steckten in Schuhen, die ebenso reparaturbedürftig waren wie meine. Ich hörte ihn ausgelassen lachen, malte mir aus, wie er nach meiner Hand griff, wie er meine Wange berührte, meine Lippen. Ich bildete mir ein, er würde einen Arm um meine Schultern legen und mich an sich drücken. Es war absurd.

Ich projizierte alles auf ihn, wonach ich mich in diesem Augenblick sehnte, und verwandelte den Feind in einen Tagtraum, der mir fortan am Morgen half, aufzustehen, und sich jeden Abend in den letzten Gedanken verwandelte, den ich vor dem Einschlafen heraufbeschwor.

Bis zu jenem Zeitpunkt hatte ich keinen nennenswerten Fehler in meinem Leben gemacht, weil ich niemals eine Entscheidung getroffen, niemals etwas in meiner Macht gelegen hatte. Doch man konnte Fehler auch begehen, wenn man gar nichts tat. Indem man Gedanken einfach zuließ.

Wenn ich an die Nacht unserer ersten Begegnung zurückdenke, überkommt mich ein Gefühl der Schwermut und der Melancholie.

Thomas wurde mein erster Fehltritt. Ich verwandelte ihn in eine Fantasiegestalt, von der ich mir sehr bald einbildete, sie zu kennen. Ein Hirngespinst, das aus Verzweiflung und Dummheit – vielleicht auch aus Trostlosigkeit – zu meiner Realität wurde.

Das allein wäre vermutlich nicht einmal schlimm gewesen und hätte aus mir nur eine gedankenverlorene Träumerin gemacht. Das Problem meiner Fantasiegestalt war, dass sie eines Tages mit seinem Ursprung kollidierte.

Wenn mein Vater tagsüber in der Fabrik arbeitete, verbrachte ich meine Zeit damit, genähte Kleidung zu ihren Besitzern zurückzubringen. Ich schnürte die Klamotten mit einem großen Tuch zu einem Sack zusammen, den ich über der Schulter durch den Bezirk trug.

Während ich unterwegs war, rutschten meine Gedanken aus dem Hier und Jetzt und zu der Nacht, die bereits drei Wochen zurücklag. Meine Tagträume halfen mir, die Umgebung völlig auszublenden, bis ich ebenso gut blind die Gassen hätte entlanggehen können. Ich sah die Menschen nicht, die erschöpft und unendlich müde an mir vorüberschlurften, ich schenkte den Müllbergen keinerlei Beachtung, die von Fliegen und Gestank umhüllt wurden, und ich stolperte beinahe über einen Mann, der am Boden lag, ein Schild neben sich, dessen Aufschrift bis zur Unleserlichkeit verblasst war. Ich roch weder den Smog der Fabrik, noch spürte ich den steinharten Boden unter mir.

Wie in Trance schweifte mein Blick jedoch zu dunklen Ecken, abgeschiedenen Orten, an denen man sich im Schatten halten und vor mir hätte verstecken können. Ich wartete darauf, dass ich jemanden sah, der nicht hierhergehörte.

Bald war meine Runde beendet, der letzte gestopfte Pullover zu seinem Eigentümer zurückgekehrt. Mit dem Leinensack in der Hand blieb ich mitten auf der Straße stehen und sah in den Himmel, den die untergehende Sonne in orange-violette Schlieren tauchte.

Es war Zeit, nach Hause zu gehen und etwas für meinen Vater zu kochen. Er würde bald in voller Montur durch unsere kleine Wohnung torkeln und sich aufs Bett fallen lassen, um seine Schuhe auszuziehen, und ich würde verärgert den Besen hervorholen, um seine gefährlichen Mitbringsel zu beseitigen.

Nach dem Essen würde ich das Geschirr abspülen, bis der Hahn kein Wasser mehr ausspuckte, und mich wieder ungewaschen im Dunkeln zu meinem Bett tasten. Ich würde die Augen schließen, eine weitere Nacht von einem Mann träumen, den ich zu kennen glaubte, und am nächsten Morgen würde alles von vorn beginnen.

Nähen. Ausliefern. Essen. Schlafen. Träumen.

So wie es die letzten drei Wochen gewesen war.

So wie es an diesem Abend nicht sein würde.

Ich ging nicht nach Hause. Ich machte einen Abstecher zum Terri-Markt, um das Geld, das ich heute verdient hatte, für Lebensmittel auszugeben. Es zu sparen, wäre sinnlos gewesen, da man nie sicher sein konnte, wann und wie viel es an Wert verlieren würde. Natürlich könnte ich auch per Fingerabdruck mit dem virtuellen Konto meines

Vaters bezahlen. Diese immaterielle Währung war wenigstens stabil, da sie von der Stadt gesteuert wurde, aber da ich gerade nun mal im Besitz von ein paar Münzen war, würde ich sie auch ausgeben. Dafür arbeitete ich schließlich.

Mister Springer hatte erst kürzlich das Schild über dem Laden frisch gestrichen, sodass der Schriftzug wieder in einem kräftigen Grün leuchtete. Für einen Moment hielt ich inne und betrachtete das große 'T' und die anderen vier Buchstaben. Die Frau, die diesen Namen einst getragen hatte, starb, als ich noch klein war.

Ich konnte mich nicht an sie erinnern, aber Mister Springer erzählte oft von ihr. Von ihrer Stimme, hell und klar wie fallender Schnee, von einem Lachen, das süchtig machte und einen alles Furchtbare in der Welt vergessen ließ. Er schwärmte von ihrer Geduld, mit der sie alles ertrug, was sich ihr Mann leistete. Wutausbrüche, Streit, Meinungsverschiedenheiten. Mister Springer beteuerte seit ihrem Tod, dass Terri immer recht gehabt habe. Wenn er einen Streit gewonnen hatte, sei dies nicht aus Gerechtigkeit, sondern aus Liebe geschehen. Seine Frau hatte ihn mehr geliebt als ihren Stolz. Zumindest behauptete er das gern.

Ich stieß die Doppeltür auf und erfasste mit einem raschen Blick die Lage. Kein frisches Obst, dafür eine neue Kiste mit Karotten und eine mit Pastinaken, die gestern noch nicht auf den Tischen mit den verderblichen Waren gestanden hatten. Für einen Donnerstagnachmittag war es wie immer relativ ruhig im Laden. Da ich nur den Leinensack bei mir trug, beschränkte ich meinen Einkauf auf das Gemüse und zwei Zwiebeln.

An der Kasse bezahlte ich mit den Münzen, die mir meine Näharbeiten eingebracht hatten, und verließ das Geschäft beladen mit Wurzelgemüse auf dem Rücken.

Auf dem Heimweg befiel ein seltsames Jucken meinen Hinterkopf. Ich packte den Knoten meines Gepäcks etwas fester und konzentrierte mich auf die Straße.

Doch das Jucken grub sich langsam in meine Haut, wanderte meine Wirbelsäule hinab und kitzelte meine Nerven, bis ich eine Gänsehaut bekam. Kurz vor der Abzweigung in meine Straße hielt ich inne und jagte meine Selbstzweifel zum Teufel.

Irgendjemand beobachtete mich, folgte mir vielleicht sogar. Mein Bauchgefühl schrie es mir förmlich ins Gesicht. Das war keine Einbildung und ich war auch nicht paranoid.

Unschlüssig, wie ich mich verhalten sollte, blieb ich eine Weile stehen.

Und wenn ich es mir doch einbildete? Dass meine Fantasie mit mir durchgehen konnte, hatte ich mir schließlich selbst bewiesen.

Langsam setzte ich mich wieder in Bewegung, doch das Gefühl, beobachtet zu werden, blockierte bald alle meine Sinne inklusive meiner Fähigkeit, rationale Entscheidungen zu treffen, bis ich es nicht mehr ertragen konnte.

»Okay, mir reicht's«, verkündete ich einer struppigen Katze, die bei meinen Worten die Flucht ergriff, und einem einsamen Schuh, den wohl jemand verloren haben musste. Der blieb natürlich, wo er war. »Ich weiß, dass du hier bist.«

Zwei Lügen. Die erste war, meinen Verfolger anzusprechen, als wüsste ich genau, wer er war, und die zweite bestand aus der angenommenen Voraussetzung, jemand wäre wirklich hier.

Doch zu meiner eigenen Verblüffung lag ich mit der zweiten Lüge vollkommen richtig.

Thomas, dessen Namen ich zu diesem Zeitpunkt noch nicht kannte, trat aus dem Schatten eines Hauseingangs heraus, den Blick unverwandt auf mich gerichtet.

Kleine Schauer krabbelten über meinen Rücken, während ich ihn mit offenem Mund anstarrte. Im Grunde hatte ich ihn sofort erkannt, dennoch malte sich mein Hirn in allen Einzelheiten aus, warum es nicht der Mann vom Transporter sein konnte, an den ich seit drei Wochen beinahe ununterbrochen dachte.

Doch er war es. Ich merkte es an seinem Körperumriss, an der Art, wie er auf mich zuging … an seiner Stimme.

»Ich bin wohl lange nicht so unauffällig, wie ich dachte.«

Obwohl die Worte in meinen Ohren scherzhaft klangen, zweifelte ich bei seinem Gesichtsausdruck an seiner Absicht, sie auch so zu meinen. Es war schwer, ihn einzuschätzen, was vor allem an der Unvereinbarkeit mit meiner Fantasiegestalt lag.

In meinen Gedanken sah ich ihn lachen, weil er sich freute, mich zu sehen, doch in der Realität war ich nicht einmal in der Lage, eine Gefühlsregung an ihm wahrzunehmen.

Wie ein Fels stand er da und rührte sich nicht mehr. Als hätte er vor zwei Sekunden nicht einmal gesprochen. Seine Lippen waren versiegelt. Seine Miene verschlossen. Die dunkelbraunen (nicht blonden!) Haare regungslos wie Stein. Vielleicht würde er einfach verschwinden, wenn ich blinzelte.

»Weißt du, wer ich bin?«

Da. Hatte er den Mund bewegt?

Ich starrte ihn weiterhin an.

»Entweder weißt du es, willst es aber nicht preisgeben, oder du weißt es nicht.«

Keine Drohung. Eine monotone Aneinanderreihung von Buchstaben, die keinerlei Bedeutung hatten, weil sie keine Emotionen in mir weckten.

Unsicher schlang ich meine kalten Finger um das Ende des Sacks, der noch immer über meiner Schulter hing, und blickte die Straße hinauf. Sollte ich einfach weitergehen und so tun, als fände diese Unterhaltung, die genau genommen nicht einmal eine war, überhaupt nicht statt? Mit Ignoranz konnte man manchen Situationen schließlich auch entfliehen.

Er machte einen Schritt auf mich zu. Mein Blick zuckte zu ihm zurück, als ich seine Bewegung aus dem Augenwinkel wahrnahm.

»Hast du Angst?«

Ich wusste es nicht.

Rückblickend wäre es vermutlich klug gewesen, mich zu fürchten, allerdings würde ich das, was ich in jenem Moment gefühlt habe, eher als … Aufregung bezeichnen. Ich hörte das Blut in meinen Ohren rauschen. Ich schmeckte die staubige Bezirksluft auf meiner Zunge, als ich kurzzeitig vergaß, wie man richtig Luft holte, und durch den Mund einatmete. Und ich kämpfte mit aller Macht gegen den Drang an, auf ihn zuzugehen.

Als ich noch klein gewesen war, hatte mir meine Mutter manchmal Geschichten erzählt, wenn ich nicht einschlafen konnte. Sie handelten von Männern – meist hoch zu Ross –, die Herzen von Frauen stahlen, indem sie einfach nur anwesend waren und dabei gut aussahen.

Es reichte ein Wort, ein Blick, ein simples Augenzwinkern und die Frauen in den Geschichten schmolzen wie Eiswürfel in der Sonne. Sie verliebten sich entgegen aller Vernunft. Sie verliebten sich, obwohl sie die fremden Männer nicht kannten. Sie verliebten sich wie naive, dumme Gänse. Gänse, die mit reichlich Glück gesegnet waren, denn die Männer entpuppten sich im Nachhinein immer als Helden oder als Prinzen. Keiner von ihnen wurde jemals der Böse in der Geschichte.

Als ich klein war, träumte ich auch von einem solchen Fremden, der in mir ungekannte Gefühle weckte. Ich glaubte daran, dass man sich auf den ersten Blick verlieben konnte.

Was ich heute begriffen habe, ist, dass es einen kleinen, aber entscheidenden Unterschied zwischen der ›Liebe auf den ersten Blick‹ in Geschichten und der im wahren Leben gibt.

Man verliebt sich nicht in den Menschen, dem man gegenübersteht. Man verliebt sich in seine eigene Vorstellung von ihm.

THEO

Ich werde verhungern.

Nein, vorher werde ich verdursten.

Zuerst werde ich jedoch meinen Verstand verlieren.

Als ich stehen bleibe und mich umdrehe, ist die Mauer noch immer in Sichtweite. Ich laufe seit gefühlten Stunden und habe die Stadt noch immer im Rücken wie eine unheilverkündende Prophezeiung. Wie das feste Versprechen, niemals die einzige Sache zu bekommen, die ich mir mein Leben lang gewünscht habe.

Tief einatmend wische ich mir den Schweiß von der Stirn. Ich versuche, meine Kehle mit etwas Spucke zu befeuchten, doch mein Mund ist wie ausgedörrt. Kopfschmerzen habe ich auch. Es fühlt sich an, als würde ein hirngroßes Männchen in meinem Kopf sitzen und mit ausgestreckten Armen von innen gegen meine Schädeldecke drücken.

Mit zusammengekniffenen Augen wende ich mich wieder gen Horizont und spähe in die Ferne. Ohne Anhaltspunkt weiterzugehen, erscheint mir nicht sonderlich klug. Ich brauche wenigstens etwas, das ich als vorläufiges Ziel missbrauchen kann. Einen Hinweis auf Zivilisation. Wenn ich einen Bezirk erreiche, kann ich von dort aus mit meiner Suche beginnen.

Die Sonne hängt knapp über dem Horizont, geht dort unter, was bedeutet, dass ich, wenn ich weiter geradeaus gehe, auf dem Weg nach Westen bin.

Dort, wo Susi die letzten acht Jahre ihres Lebens verbracht hat. Ich muss es nur schaffen, den Bezirk zu erreichen, bevor ich verdurste, und dann jeden Winkel nach ihr durchkämmen. Das kann doch nicht allzu schwer sein, oder?

Stöhnend sammele ich allen Optimismus ein, der sich noch in meinem Kopf finden lässt, und laufe weiter.

Am Ende ist es der Gedanke an sie, der mir Mut verleiht.

Susi ist wahrscheinlich kilometerweit von mir entfernt, dennoch fühle ich mich ihr in diesem Augenblick, dieser Situation, in der sie sich ebenfalls vor langer Zeit befunden hat, näher als je zuvor.

Alles, was jetzt noch zählt, ist, sie zu finden. Denn auch wenn ich an allem anderen zweifle, eines weiß ich mit absoluter Sicherheit: An meinen Gefühlen für sie hat sich bis heute nichts geändert.

SANNI

Mir ist nie aufgefallen, dass ich den Blicken meines Gegenübers ausweiche, wenn ich über meine Vergangenheit spreche. Doch so ist es. Ich kann Willy nicht in die Augen sehen, während ich Geoffreys Schicksal vor ihm ausbreite.

Meinen kleinen Bruder für ein paar Minuten wieder zum Leben zu erwecken, fühlt sich seltsam an. Die Erinnerung an ihn ist wie das Echo eines anderen Lebens, das verklingt, sobald ich eine Person in meine Gedanken lasse, die ihn nicht gekannt hat. Rey ist ein verblasstes Stück Papier, das jederzeit zwischen meinen Fingern zu Staub zerfallen kann. Bereits jetzt hat es Risse und abgeriebene Stellen, so fein, dass selbst ich Mühe habe, es nicht aus Versehen zu zerstören. Dabei ist es der wertvollste Besitz, den ich in meinem Herzen trage.

Ich sehe Willy nicht an, als ich erkläre, dass ich nie erfahren habe, was mit meinem Bruder passiert ist.

Fletcher konnte ich während des Erzählens auch nicht ansehen, wie mir gerade klar wird. Unbewusst habe ich damals an seinem Kopf vorbeigestarrt, ebenso wie ich es jetzt tue. Angestrengt konzentriere ich mich auf ein helles Rechteck an der Wand, wo vielleicht früher einmal ein Bild hing. Womöglich ein letztes Überbleibsel der Menschen, die er verloren hat.

Während ich spreche, rührt keiner von uns die Schüssel vor sich an. Der Haferschleim ist sicherlich schon kalt und klumpig. Doch nach diesem Gespräch werde ich ohnehin keinen Bissen hinunterbekommen, obwohl mein Magen bei diesem Gedanken aufgebracht protestiert.

Willy unterbricht mich kein einziges Mal. Er hört einfach zu, sitzt völlig starr auf seinem Stuhl. Dass er überhaupt nicht reagiert, nicht einmal nickt oder sich Mitgefühl in seinem Gesicht abzeichnet, nehme ich nur aus dem Augenwinkel wahr. Wie zwei leblose Gegenstände hat er seine Arme auf dem Tisch abgelegt.

Natürlich verhält er sich bestimmt nicht aus Gefälligkeit so passiv, das ist mir bewusst, aber es macht es mir leichter, zu erzählen. Wenn ich die Augen schließe, könnte ich auch so tun, als würden die Worte nicht meinen Mund verlassen, sondern sich lediglich in meinem Kopf formen. Es hilft mir, die Wahrheit laut auszusprechen. Die ganze Wahrheit. Angefangen bei meiner Familie bis hin zu Mitchell, Theresa, Benny und … Fletcher.

Nachdem ich meinen Bericht beendet habe, hole ich tief Luft. Dann warte ich auf Willys Reaktion.

Erst passiert absolut nichts.

Dann geht das Licht aus.

Ich zucke zusammen, als hätte mir jemand eine Ohrfeige verpasst, ehe ich meine finster gewordene Umgebung loslasse und endlich Willy ansehe.

Sein Gesicht liegt nun im Dunkeln. Wo seine Augen sein sollten, sind nur zwei schwarze Schatten zu erkennen. Von draußen dringt das letzte Tageslicht in die Wohnung. Es dauert ein paar Sekunden, bis sich meine Augen an die schwachen Lichtverhältnisse gewöhnt haben.

Ohne Vorwarnung, ganz behutsam, nimmt Willy den Löffel vom Tisch. »Wir hätten essen sollen, bevor es kalt geworden ist.« Energisch schiebt er sich den ersten Bissen in den Mund.

Ich kann nur dasitzen und dabei zusehen, wie er anfängt zu essen. Einfach so.

Überrumpelt fixiere ich seinen Unterkiefer, der sich im schwachen Licht auf und ab bewegt, die Nahrung in seiner Mundhöhle zu Brei verarbeitet, auch wenn es kaum noch nötig ist, dann seinen Hals, der zuckt, als er sein Abendessen hinunterschluckt.

Graue und schwarze Schatten huschen über sein Gesicht, seine Hände, die Unterarme, seinen Oberkörper, da er mit dem Rücken zum dreckigen Fenster sitzt. Er schaufelt erneut einen Brocken Haferschleim auf seinen Löffel, schiebt ihn sich in den Mund, kaut, schluckt.

Vielleicht habe ich mit einer spöttischen Bemerkung gerechnet. Vielleicht habe ich insgeheim auf ein paar tröstende Worte gehofft. Vielleicht dachte ich auch schlicht, Willy würde sich von einer liebenswürdigeren Seite zeigen, wenn er erfährt, was ich durchgemacht habe, aber offensichtlich hätte ich besser daran getan, mit einer kalten Schulter zu rechnen.

Weil ich absolut ratlos bin und mein Körper in eine Art ungläubige Starre verfallen ist, schweige ich und starre ihn regungslos an.

Als seine Schüssel leer ist, wischt er sich über den Mund und lehnt sich in seinem Stuhl zurück.

»Sanni«, sagt er nach einer Ewigkeit, in der ich mir schon einzureden versuchte, meine Aussprache hätte nie stattgefunden. Meinen wahren Namen betont er wie einen Witz, bevor seine Miene ernst wird. »Was erwartest du von mir?«

Ich öffne den Mund, um seinen Vorwurf zu verurteilen, als mir klar wird, dass er seine Frage tatsächlich ernst meint. Er verspottet mich nicht. Er weiß wirklich nicht, was ich hören will, und ich weiß es ja nicht einmal selbst. »Ich ...«, setze ich verunsichert an, stocke aber.

Langsam reibt er seine Lippen übereinander und verschränkt die Arme vor dem Oberkörper. Seine Narben leuchten wie kleine Halbmonde. Ich bilde mir ein, sie lachen zu hören.

Erwarte ich gerade Mitleid von einem Menschen, der regelmäßig vom Vater seiner Nichte verprügelt wurde? Einem Menschen, dessen Nichte von einem Gerät getötet wurde, mit dessen Hilfe die Bewohner der Stadt versorgt werden? Erwarte ich, dass ein Junge mein Schicksal betrauert, der seine Familie verloren hat? Ein Mann, der ganz allein ist?

»Es ist sicher schlimm, was mit deinem Bruder passiert oder auch nicht passiert ist. Es ist unfair. Aber wenn du willst, dass ich dir jetzt dein Händchen tätschele und verspreche, dass wir diese Schweine für alles bezahlen lassen, dann bist du bei mir an der falschen Adresse.« Damit schiebt er ruckartig den Stuhl zurück und trägt sein Geschirr in die Küche.

Blinzelnd sehe ich dabei zu, wie er verschwindet.

Ich bin die Sache falsch angegangen. Es war dumm, ihm zuerst von meinem Bruder zu erzählen. Natürlich hört es sich für ihn so an, als würde ich meinen persönlichen Rachefeldzug starten und mir zu diesem Zweck sein Mitgefühl und seinen Zuspruch sichern wollen. Ich würde an seiner Stelle dasselbe denken.

Aber so ist es nicht.

Behutsam nehme ich die noch immer volle Schüssel in meine kalten Finger und stakse in die Küche, wo Willy einen Eimer mit Seifenwasser in die Spüle kippt, den er vorsorglich gefüllt haben muss. Lieblos wirft er anschließend das dreckige Geschirr hinein und fängt an, zu schrubben. Ich bleibe im Türrahmen stehen.

»Willst du wissen, was ich denke?«, fragt er, ohne sich zu mir umzudrehen.

»Ja, will ich«, antworte ich mit fester Stimme und wage einen Schritt in den Raum hinein.

Wenn ihn meine ruhige Erwiderung auf seinen barschen Tonfall überrascht, lässt er es sich nicht anmerken.

»Ich denke, du bist so verzweifelt auf der Suche nach einem Weg, deine Schuldgefühle und dein schlechtes Gewissen loszuwerden, dass du den Bezug zur Realität verloren hast.«

Ich werde wütend. »Du weißt doch gar nicht …«, setze ich an, doch er unterbricht mich sofort.

»Ich weiß genau, was du vorhast, *Sanni.*« Wieder spricht er meinen Namen wie einen Scherz aus. Wie etwas Lächerliches. »Nach acht Jahren, in denen du offensichtlich genug Mut und Zorn angesammelt hast, bist du jetzt der Meinung, etwas unternehmen zu müssen.« Schnaubend wirft er seine Schüssel in das dreckige Seifenwasser und wirbelt zu mir herum, sein Gesicht ist zu einer spöttischen Grimasse verzogen. »Acht Jahre«, betont er. »Lass dir mal auf der Zunge zergehen, wie lange das ist. Und wenn du dir darüber im Klaren bist, dann beantworte mir bitte diese Frage: Warum jetzt? Warum nicht damals? Warum nicht vor drei oder vier, warum nicht vor fünf Jahren?« Er macht eine kleine Pause. »Willst du auch noch wissen, was ich *darüber* denke?«

Dieses Mal warte ich stumm darauf, dass er von allein fortfährt. Seine Augen funkeln beinahe amüsiert, während er sich in einer überheblichen Geste gegen die Arbeitsplatte lehnt und den Kopf provokativ in Schräglage versetzt. Es ärgert mich, dass ich noch immer mit der Schüssel in den Händen dastehe und mich von einem Fremden zusammenstauchen lasse. Ich fühle mich wie Susanna, von der ich angenommen habe, dass sie längst nicht mehr existiert.

»Ich denke, du hast Angst.«

Da liegt er richtig.

»Nein, nicht diese Art von Angst«, bemerkt er bei meiner zustimmenden Miene düster. »Nicht die selbstlose. Nicht die um andere. Ich denke, du hast Angst, nie wieder in den Spiegel sehen zu können, wenn du zulässt, dass sie dir nach deinem Bruder auch noch Fletcher wegnehmen. Du hast Angst, am Ende ganz allein zu bleiben. Du hast Angst, dich irgendwann selbst zu hassen. Und du hast Angst, genau so zu sein wie sie. Denn seien wir ehrlich, Sanni. Wenn ich das, was du mir über dich erzählt hast, Revue passieren lasse, stelle ich fest, dass du immer nur davongelaufen bist.« Ein Anflug von Bitterkeit zieht an seinen Lippen. »Also mach lieber das, was du am besten kannst, und lauf noch ein bisschen weiter. Denn ich werde dich ganz sicher nicht davon abhalten.«

Ich starre Willy an. Ich starre ihn einfach so lange an, bis ich dieses widerliche, schwere Gefühl auf meiner Brust wegatmen kann und zu einer Erkenntnis komme. Ich erkenne, dass ich vielleicht tief in meinem Herzen verzweifelt bin, aber ich bin nicht zerbrochen.

»Mit allem, was du gesagt hast, hättest du auch dich selbst meinen können«, sage ich laut.

Stille, in der man eine Stecknadel würde fallen hören.

Auf wackligen Beinen laufe ich zu ihm, stelle mein Abendessen auf der Theke ab. Ich sehe ihn ein letztes Mal von der Seite an, zufrieden, weil seine Maske zu bröckeln beginnt, Schock in seine Mundwinkel und die Augen gekrochen ist. Dann gehe ich.

Denn ich habe noch Hoffnung.

Ich bin nicht zerbrochen.

Nicht so wie Willy.

THYA

Ich will nicht sehen, wie wir uns der Mauer nähern.

Ich will nicht spüren, wie wir sie passieren.

Ich will nicht hören, was im Transporter und außerhalb geredet wird, als wir anhalten.

Ich will nicht akzeptieren, dass ich völlig machtlos bin.

Doch das bin ich. Die Fesseln sind meine Zeugen.

Bald muss ich mich selbst beschwören, meine Lider geschlossen zu halten, denn der Drang, sie zu öffnen, um das Unheil wenigstens nahen zu sehen, ist beinahe unerträglich.

Als sich der Transporter nach einem kurzen Stopp wieder in Bewegung setzt, scheint mein Körper die Veränderung der Umgebung zu spüren. Wahrscheinlich ist es aber nur das verstummende Echo des Wagens, das uns während der kurzen Fahrt in der Mauer begleitet hat. Es verrät mir, dass wir uns nun wieder in der Stadt befinden müssen.

Die Geräuschkulisse ist hier eine gänzlich andere. Draußen konnte ich den Wind tosen hören, spüren, wie die Räder über rauen Asphalt und Erde rollten. Es fühlte sich an, als hätte die endlose Weite meinen Kopf freigespült, doch hier drinnen ist alles erdrückend.

Als hätte ich nicht genügend Luft zum Atmen, als hätte ich nicht genügend Platz zum Denken. Nicht genügend Platz zum Leben. Dabei wollte ich so dringend wieder zurück, nachdem Mitchell mich entführt hatte.

Was hat sich geändert?

Einfach alles.

Ich wusste nicht, wie sich Freiheit anfühlt, und es war mir auch nicht wichtig. Aber seit ich dort draußen gewesen bin, seit ich Mitchell und seine Mutter kenne, ist es, als wäre ich jahrelang gefangen gewesen. Nicht in der Stadt, sondern in meinem eigenen Körper.

Alles an mir, mein komplettes Äußeres, mein Körper gehört auf eine seltsame Art jemand anderem.

Nichts davon ist meines. Nichts an mir ist nach meinen Wünschen gestaltet worden.

Ich bin der erschaffene Wunsch meiner Mutter. Und dagegen habe ich nie etwas unternommen, weil ich mich zu sehr vor den Konsequenzen fürchtete. Vollkommen zu Recht, wie sich herausgestellt hat.

Als wir erneut halten, öffne ich endlich die Augen. Die uniformierten Männer neben mir machen sich an der Tür zu schaffen, und als sie aussteigen, kann ich einen Blick auf die Tiefgarage erhaschen, in der wir uns befinden.

Der Fahrer verlässt ebenfalls das Fahrzeug und schlägt die Tür mit einem lauten Knall zu, sodass ich die nachhallende Vibration in meinen Knochen spüre. Draußen beginnen sie zu diskutieren.

»Was jetzt? Sollen wir sie vorschriftsmäßig in die …« Er stockt kurz, ehe er fortfährt: »… Abteilung bringen?«

»Nein«, antwortet derjenige, der seine Finger an meinen Hals gedrückt hat. »Wir werden erst neue Anordnungen einholen.«

»Warum?«

»Warum?«, erwidert er abfällig. »Weil sich die Umstände geändert haben.«

»Aber das bedeutet ja nicht …«

Die Stimmen werden leiser, bis ich nur noch ein undeutliches Murmeln vernehme. Ich hebe angestrengt den Kopf, obwohl ich weiß, dass ich dadurch auch nicht besser hören kann, wie das Gespräch weiter verläuft, doch einem irrationalen Teil in mir ist das nicht bewusst oder schlichtweg gleichgültig.

Schließlich fühlt es sich so an, als wäre ich allein. Es ist still. Aber nicht auf eine friedliche Weise, sondern als würde jeden Augenblick der Himmel einstürzen und die Welt im Chaos versinken. Als würde *meine* Welt – erneut! – aus den Fugen geraten. Nur zu gern würde ich darauf verzichten.

Plötzlich vernehme ich Schritte. Das Geräusch hallt von den dicken Wänden der Garage wider und verschafft mir eine Gänsehaut. Aus einem Reflex heraus winde ich mich unter den Metallschnallen, bewirke dadurch jedoch nichts.

Ich hebe den Kopf an, bis ich Nackenschmerzen bekomme. In der Panik fällt mein Blick auf den Verband, den Nicole mir um meine verletzte Hand gewickelt hat.

Ein Kloß bildet sich in meinem Hals.

Ich hätte mit ihr gehen, ihr folgen müssen. Dann wäre ich jetzt nicht hier, sondern in Theresas Wohnung, auf der Suche nach dem Inkoar von Mitchells Vater.

Oder sie hätten außer mir auch noch Nicole geschnappt, wenn es stimmt, was Mister Springer uns über die Überwachung der Bezirke erzählt hat. Wenn ich an den Chip denke, den ich vor einer gefühlten Ewigkeit in meiner Daumenfalte getragen habe und mit dem man mich jederzeit orten konnte, erscheint mir das jedoch denkbar. Irgendjemandem in der städtischen Verwaltung oder in der EfiA scheint es wohl Freude zu bereiten, die volle Kontrolle zu besitzen.

Die Tür des Wagens wird geöffnet und ein bekanntes Gesicht taucht an meinem Fußende auf. In meinem Blut bilden sich augenblicklich Eiskristalle, die den Fluss zu meinem Herzen blockieren, anders kann ich mir dessen Aussetzen nicht erklären.

»Ich habe gehört, du hast eine ziemliche Tortur hinter dir, Thya.« Dr. Feres lächelt freundlich. »Dann wollen wir mal dafür sorgen, dass du ein bisschen zur Ruhe kommst.«

Es fällt mir schwer, zu begreifen, was gerade geschieht. Und noch schwerer fällt es mir, zu akzeptieren, dass ich den nächsten Tag vielleicht nicht erleben werde.

Wieder in der MeF zu landen, war das Letzte, was ich gewollt habe. Vor allem, da ich nun weiß, was mir hier blüht.

Während ich auf diese dämliche Liege geschnallt durch einen breiten Flur gefahren werde, trottet Dr. Feres neben mir her und ist in ein Pad vertieft, das er bei sich trägt. Bestimmt sieht er sich meine Akte an.

Wäre es möglich, dass er in den Tagen, die ich verschwunden war, vergessen hat, was mit mir passieren sollte?

Ich schieße meine Hoffnung in den Wind, bevor sie mich verletzen kann.

Selbst wenn es so wäre, weiß dennoch das System Bescheid.

Über mir sausen an der Decke Duftregulierer und Lichter vorbei. Der ganze Trakt ist erhellt, was meine derzeitige Lage noch unangenehmer macht. Vor einem Zimmer lässt Dr. Feres die Liege mit einem Wisch über das Display anhalten. Ihn nur aus dieser seltsamen Perspektive sehen zu können, beschert mir kleine Schauer auf der Haut.

»Ich gehe mal davon aus, dass du es ebenfalls für eine schlechte Idee hältst, dein ursprüngliches Zimmer zu beziehen.«

Seine Haare wirken heller als bei unserer letzten Begegnung. Ich starre die fast schon weißen Strähnen an und fühle, wie das kalte Metall in meine Haut schneidet, als ich zum wiederholten Male versuche, mich zu bewegen.

Dr. Feres wartet geduldig, bis ich meine vergeblichen Fluchtbemühungen einstelle, und nimmt sich die Zeit, mir eine Panikattacke zu erlauben. Dass er um diese Uhrzeit bei der Arbeit ist, lässt sich nur mit meiner Festnahme erklären.

Angestrengt versuche ich, meine Umgebung auszublenden, zu ignorieren, dass ich bewegungsunfähig bin, darüber hinwegzusehen, dass ich angestarrt werde wie ein Ausstellungsstück oder ein Tier im Erlebnisgarten.

»Thya«, sagt Dr. Feres. »Heute Nacht wirst du schlafen können und dich ein wenig ausruhen, so gut es geht. Denn morgen« – er macht eine kleine Pause, in der mir Tränen in die Augen steigen – »werden wir einiges zu tun haben.«

MITCHELL

In dieser Nacht träume ich.

Erst wirr und zusammenhanglos. Von Mum und Thya, die sich in Vögel verwandeln und davonfliegen. Von einem Metallmenschen, der einen von ihnen abschießt. Federn flattern in alle Richtungen davon. Wirbeln durch die Luft, auf mich zu und kleben plötzlich an mir wie nasse Tücher. Ich will sie von mir schälen, als ich merke, dass ich gleich ersticke. Panisch würge ich, krümme meinen Oberkörper und spucke schließlich eine Feder aus, die sich, sobald sie den staubigen Boden zu meinen Füßen berührt, in eine Blutlache verwandelt.

Dann ändert sich der Traum. Ich liege in unserer Wohnung auf dem Boden. Die Decke ist eingestürzt. Ich kann den Himmel und die Sterne sehen. Als ich aufstehen will, drückt mich etwas nach unten. Thomas ragt über mir auf.

»Mitchell«, sagt er, »es tut mir so leid, dass ich dir nie erzählt habe, wer deine Mutter ist.«

Ich runzle die Stirn, will ihm erklären, dass ich weiß, wer meine Mutter ist, doch er schüttelt traurig den Kopf. »Wir beide sind eben aus demselben Holz geschnitzt.« Er lächelt liebevoll, bevor er eine Waffe zückt und mich erschießt.

Ich schreie auf, doch als ich an mir hinuntersehe, finde ich keine Schusswunde. Auch der Schmerz bleibt aus. Mit der Hand taste ich fahrig über meinen Körper. Ich öffne fassungslos den Mund, hebe den Kopf.

Und da steht Susi mit einem Messer in der Hand.

Die Laken sind nass von meinem Schweiß, der mir in Strömen über das Gesicht läuft, als ich keuchend die Augen aufschlage. Im Zimmer ist es dunkel, daher dauert es ein paar Sekunden, ehe ich mich daran erinnere, wo ich bin. In der Wohnung meines Vaters. Mein Vater, der eigentlich – laut der Aussage meiner Mutter – tot sein sollte.

Orientierungslos wische ich mir das salzige Wasser von der Stirn und taste nach dem Schalter einer Lampe, finde jedoch keinen. Schließlich gebe ich auf und lasse mich erschöpft in die Kissen zurücksinken, um mich einfach eine Weile auf meinen schweren Atem zu konzentrieren.

Meine Hände zittern noch immer, während ich an die Decke starre und Sehnsucht nach unserer Bruchbude habe.

»Das alles ist einfach nicht wahr«, rede ich mir ein.

Wie konnte ich nur hier landen? Ich wollte doch niemals irgendjemandem schaden. Weder der Frau in der MeF, die ich zu Boden geschlagen habe, noch Thya oder meinen Freunden. Und schon gar nicht meiner Mutter, die ich doch von Anfang an einfach nur ein bisschen länger bei mir behalten wollte.

In meinem Magen läuft das Steak Amok, das ich nicht hätte essen sollen. Allein die Vorstellung, wie Mum wegen meines Verschwindens leidet, treibt mir ein Messer ins Herz. Sie wird nichts unversucht lassen, bis sie eine Chance sieht, mich zu finden. Und sie wird ganz sicher nicht eher ruhen, bis sie erfolgreich ist. Dass ich in die Stadt gebracht wurde, sollte nicht allzu schwierig zu erraten sein.

Allerdings weiß ich nicht, ob ich mich anfangs tatsächlich innerhalb dieser Mauern befunden habe. Diese dunkle, enge Kammer war vielleicht …

Mein Körper fängt an, sich zu schütteln, ich atme hektisch ein, spüre, wie das Kribbeln in meinen Fingern einsetzt. ›*Nicht durchdrehen*‹, versuche ich mich zu beruhigen, doch die Angst ist längst unter meine Haut gekrochen.

Panisch richte ich mich auf, suche wieder nach einer Lampe, doch ich taste nur wie ein Irrer das riesige Bett aus Wasser ab.

»Wo zum Teufel ist hier das verdammte Licht?«, fluche ich verzweifelt und will aus dem Bett krabbeln, als es plötzlich hell wird.

Ich bin so überrascht, dass ich mitten in der Bewegung innehalte. Der Anblick der luxuriösen Einrichtung trifft mich wieder völlig unvorbereitet. Aber immerhin ist es keine dunkle Zelle, von der ich dachte, sie wäre mein Grab.

Langsam lasse ich mich auf den Boden gleiten. Eine angenehme Wärme dringt durch meine Haut bis zu den Knochen vor. Etwas unbeholfen robbe ich an die Wand und lasse mich dagegen sinken, lege den Kopf in den Nacken.

»Licht aus«, murmele ich testweise und schließe die Augen, als es dunkel wird. »Licht an«, schiebe ich anschließend hinterher, weil ich es nicht länger ertrage, in der Finsternis zu sitzen.

Stöhnend vergrabe ich die Hände in den Haaren.

Das darf einfach nicht wahr sein. Ich muss hier weg, ich muss irgendeinen Weg nach Hause finden. Mum wird etwas Dummes tun. Und ich werde sie verlieren, wenn ich es nicht verhindere.

Und wenn wir alle wieder in Sicherheit sind, muss sie mir die Wahrheit sagen. Sie muss mir erzählen, ob mein Vater wirklich tot ist. Sie muss mir verraten, woher sie dieses elektrische Armband hatte.

Blinzelnd lasse ich die Arme sinken.

Das Armband!

Für einen kurzen Moment halte ich den Atem an und lasse mir eine Möglichkeit durch den Kopf gehen. Angenommen, dieser Thomas sagt die Wahrheit, angenommen, er ist wirklich mein leiblicher Vater, dann frage ich mich, ob er ihr das Teil geschenkt hat.

Und wenn das der Fall ist, muss er doch einen Grund gehabt haben. Wollte er womöglich den Kontakt aufrechterhalten? Oder *hatten* die beiden Kontakt zueinander und haben diesbezüglich gelogen?

Ich versuche, die Euphorie, die meinen Körper flutet, im Zaum zu halten, doch das ist beinahe unmöglich, da mir soeben vielleicht ein Weg eingefallen sein könnte, Mum zu erreichen und ihr zu sagen, dass es mir gut geht.

So schnell wie möglich rapple ich mich auf und stürze zur Tür.

Wenn ich dieses Armband finde, könnte ich es benutzen, um meine Mum oder Thya zu kontaktieren. Immerhin sind die beiden im Besitz von Snobbys funktionstüchtigem Band.

Vorsichtig drücke ich die Klinke nach unten, doch die Tür bleibt verschlossen. Dieses Mal verliere ich jedoch nicht die Nerven. Stattdessen murmele ich leise: »Geh auf«, und wundere mich nicht darüber, dass es tatsächlich funktioniert.

In dieser Wohnung kommt man mit körperlicher Energie eben nicht sehr weit. Dafür jedoch mit dem Verstand.

Darauf bedacht, keine Geräusche zu verursachen, schleiche ich auf Zehenspitzen in den Flur. Es ist totenstill. Als reine Vorsichtsmaßnahme lasse ich die Tür in meinem Rücken geöffnet.

Ich will schon ins Wohnzimmer huschen, als mir klar wird, welche Chance sich mir hier bietet. Ohne länger darüber nachzudenken, verbanne ich das bescheuerte Armband, wegen dem ich überhaupt erst in diesem ganzen Unglück stecke, aus meinem Kopf und gehe in die entgegengesetzte Richtung. Dort muss es einen Ausgang geben.

Dann werde ich an der Mauer nach Snobby suchen und vergessen, dass ich jemals hier war. Doch der Plan ist zum Scheitern verurteilt, denn als ich die breite Tür – aus keine Ahnung welchem Material – überreden will, mich passieren zu lassen, weigert sie sich. Alles Zerren und Fluchen hilft nichts. Ich sitze in diesem Palast fest. Mit einem Snob.

Irgendwie gelingt es mir, nicht auszurasten und mich stattdessen wieder an den ursprünglichen Plan zu halten: das Armband finden. Leise laufe ich zurück und steuere nun doch den

Wohnraum an. Als ich sehe, dass Licht durch den Türspalt dringt, bleibe ich unschlüssig stehen.

Thomas ist wach.

Jetzt kann ich umdrehen und die ganze restliche Nacht schlaflos daliegen, während ich versuche den Überfluss an Emotionen, der meinen Körper überfordert, zu kontrollieren. Oder ich kann das tun, was mein ›Vater‹ vorhin angeboten hat: Fragen stellen. Außerdem könnte ich Beweise verlangen. Ein winziger Teil in mir beschäftigt sich schließlich ununterbrochen mit dem unwahrscheinlichen Fall, dass ich doch mit diesem Snob verwandt bin.

Kurz zuckt mein Blick zu meinem Zimmer zurück, doch mein Bauchgefühl treibt mich vorwärts. Also gebe ich diesem Impuls nach und klopfe.

»Komm rein«, schallt es fröhlich von drinnen, als hätte er nur darauf gewartet, dass ich auftauche.

Die Tür schwingt einladend auf und ich betrete das Zimmer, bevor ich es mir anders überlegen kann.

Thomas sitzt auf einem gigantischen weißen Sofa, ein Glas mit roter Flüssigkeit in der Hand, und starrt an die Wand.

Als ich langsam näher komme, bemerke ich den Bildschirm, der sich fast über die gesamte Wandbreite erstreckt. Ein kleiner Ausschnitt in der Mitte davon zeigt ein paar Menschen in seltsamen Anzügen, bevor Thomas einen Befehl murmelt und die Szenerie erlischt.

Mein Herz klopft nervös gegen meine Rippen, sobald sein Blick an meinem Gesicht hängen bleibt.

»Kannst du auch nicht schlafen?«, durchbricht er das Schweigen.

Ich erwarte eine auffordernde Geste, doch Thomas macht nicht den Anschein, als wollte er mich zu irgendetwas zwingen. Mit Ausnahme meiner Anwesenheit hier in der Wohnung.

Ich beobachte, wie er auf seinem Hintern herumrutscht und die Ärmel seines Hemdes gerade zupft, das er immer noch trägt.

Was jetzt? Soll ich mich einfach setzen oder weiter stehen bleiben? Ratlos kaue ich auf der Innenseite meiner Wange herum. Was genau hatte ich noch mal vor?

»Was hast du auf dem Herzen, Mitchell?«

Erst nach ein paar Sekunden, in denen ich nicht antworte, wird mir bewusst, dass ich seine Augenbrauen angestarrt habe. Sie sind so perfekt geformt, als hätte sie ein talentierter Künstler auf seine Haut gemalt. Alles an ihm wirkt akkurat. Mein Blick wandert über seine Erscheinung und bleibt letztendlich an dem Ding hängen, das er am Handgelenk trägt.

»Was ist das?« Ich deute auf das Armband, das genauso aussieht wie das, welches uns Snobby gegeben hat.

»Das?« Thomas hebt die Hand. »Das ist ein Inkoar. Ein Informations- und Kommunikationsarmband.«

Ich warte auf weitere Erklärungen, doch die kommen nicht.

Schweigend sehen wir aneinander vorbei. Ich stehe dumm im Raum herum und Thomas hält das langstielige Glas in der Hand, das er schließlich auf dem niedrigen Tisch vor sich abstellt.

Dann deutet er neben sich. »Du siehst aus, als würdest du gern über etwas reden wollen. Du weißt hoffentlich, dass du nur fragen musst.«

Na schön.

Zähneknirschend komme ich seiner Einladung nach und setze mich – mit gebührendem Abstand zwischen uns – neben ihn. Das Material des Sofas ist sehr viel weicher, als es wirkt, und ich sinke ein Stück ein, als ich es mir so bequem mache, wie es mir in der Anwesenheit eines Snobs möglich ist. »Wie haben Sie« – mit aller Macht verkneife ich mir den sarkastischen Tonfall – »meine Mutter kennengelernt?«

Thomas schmunzelt. Seine Augen bekommen einen Glanz, der mich stutzig werden lässt. Was, wenn seine Wahrheit eine Lüge ist, von der er denkt, sie wäre keine, weil unsere Verwandtschaft aus einem Missverständnis resultiert, das ihn zu einer falschen Annahme verleitet hat? Es könnte ja sein, dass er wirklich glaubt, mein Vater zu sein, es aber nicht ist.

Innerlich schüttle ich den Kopf. Wie um Himmels willen sollte ein solches Missverständnis zustande gekommen sein?

Thomas scheint meine Frage zu freuen, denn er lehnt sich entspannt zurück und schlägt die Beine übereinander, ehe er zu sprechen beginnt. »Ich kann dir gar nicht sagen, wie erleichternd es ist, endlich offen über Nicole reden zu können. Deine Mutter ist ein wunderbarer Mensch, Mitchell.«

Das braucht gerade er mir nicht zu erzählen. Ich weiß das besser als jeder andere.

Verkrampft halte ich eine patzige Erwiderung zurück und warte einfach ab, bis er endlich fortfährt: »Ich war noch sehr jung, neunzehn, um genau zu sein, und für meine Karriere habe ich eine Zeit lang im Außendienst der EfiA gearbeitet. Eine Erfahrung, die ich machen musste, um auf meine eigentliche

Aufgabe vorbereitet zu werden. Jedenfalls befanden wir uns eines Nachts auf einem Einsatz. Normalerweise verlaufen diese relativ ruhig.«

Ich überlege, ob ich nachhaken soll, was es mit der EfiA und diesen Einsätzen auf sich hat, doch ich habe das bedrückende Gefühl, dass ich es gar nicht wissen will.

»In dieser Nacht war das jedoch nicht der Fall«, informiert mich Thomas und räuspert sich.

Ich spüre, dass er mich ansieht, doch ich starre einfach auf den edlen Tisch und die Pflanze darauf, die ich noch nie zuvor gesehen habe. Es ist schwer genug, ihm zuzuhören, da will ich nicht zusätzlich seine glatte Visage ertragen müssen.

»Eine junge Frau tauchte auf und wenn ich nicht eingegriffen hätte … na ja, vermutlich würdest du in dem Fall jetzt nicht neben mir sitzen.«

Ich nehme sein Lächeln wahr, ohne es sehen zu müssen.

»Ich hatte eigentlich nur einen unnötigen Konflikt vermeiden wollen, doch diese Frau, sie ging mir nicht mehr aus dem Kopf«, schwelgt er seufzend in Erinnerung, sodass das Steak von gestern Abend nicht nur meinen Bauch massakriert, sondern auch noch den Versuch unternimmt, meine Speiseröhre hinaufzuklettern.

Ob die Metallmenschen wohl eine nächtliche Putzaktion starten, wenn ich eine Sauerei veranstalte?

»Mitchell, ist alles in Ordnung?«

In der Sekunde, in der seine Hand auf meiner Schulter landet, springe ich auf. »Fassen Sie mich nicht an«, knurre ich und gehe steif zu der riesigen Glasfront, die mir den Ausblick auf einen

Teil der Stadt beschert. Auf ruhige, saubere Wege, eine breite Straße, Grünflächen mit Bäumen, in denen Lichter die Nacht erhellen, hübsche Gebäude, die gleichermaßen Hass und Sehnsucht in mir wecken.

Ich balle die Hände zu Fäusten. »Erzählen Sie weiter«, fordere ich Thomas auf, den Blick stur nach dort draußen gerichtet.

»Okay«, lenkt er ein. »Wie du dir sicherlich denken kannst, sind wir uns wieder begegnet.«

Ich kenne die Antwort bereits, dennoch frage ich: »Zufällig?«

In meinem Rücken ist Thomas eine Weile still, dann gesteht er: »Nein. Ich habe die zweite Begegnung gewissermaßen herbeigeführt. Aber es geschah aus Verzweiflung. Ich habe alles getan, um Nicole aus meinem Kopf zu verbannen, doch ich konnte einfach nicht aufhören, an sie zu denken. Sie war so außergewöhnlich. Mutig und stark, gleichzeitig jedoch zerbrechlich und wunderschön. Sie hätte auch eine Städterin sein können.«

In der Absicht, ihn für diese Bemerkung zu verfluchen, wirble ich herum, doch die Beleidigung bleibt mir im Hals stecken, als mein Blick auf das Bild fällt, das urplötzlich auf dem breiten Display klebt.

Mum. Sie ist es unverkennbar. Arm in Arm mit dem Mann, der nun keine drei Meter entfernt von mir auf dem Sofa sitzt.

»Das ist das einzige Foto, das ich von uns beiden besitze.« Seine Stimme dringt wie aus weiter Ferne zu mir durch und verschwimmt zu einem Rauschen in meinen Ohren.

Mum.

Fassungslos gehe ich auf sie zu, kann meine Augen nicht von dem breiten Lächeln abwenden, das ihr Gesicht erhellt. Doch es gilt nicht dem Betrachter des Bildes, sondern … Thomas.

Meine Mutter hat ihre Arme um seinen Hals geschlungen und himmelt ihn an, als wäre er … als wäre er … die Liebe ihres Lebens.

Die Konturen des Fotos werden trüb. Ich fange an zu blinzeln, doch die Farben verschwimmen einfach. Da ist nur noch meine wunderschöne Mutter.

Meine Mutter und ihre lebendig gewordene Lüge.

NICOLE

Ganz klar und ohne Vorurteile betrachtet schien es keinen Grund zu geben, weshalb ich mich schämen sollte. Ich war nur eine junge Erwachsene, kaum achtzehn, die sich für einen Kerl interessierte, der seinerseits Interesse bekundete. So einfach war das in der Theorie. Mehr gab es nicht zu berücksichtigen. Mehr sollte auch keine Rolle spielen.

Weder, dass er zu den Stadtmenschen gehörte, die für unser … bescheidenes Leben verantwortlich waren, noch, dass ich eigentlich Abscheu empfinden sollte.

Aber so einfach war es nun mal nicht. Der leichte Weg ist nicht immer der richtige. Und der schwere Weg kann trotz dieser Wahrheit manchmal der falsche sein. Mit anderen Worten: Es gab für mich keinen Wegweiser, der mir deutlich zeigte, in welche Richtung ich gehen sollte. Ich sprang einen Abhang hinunter, in der Hoffnung, dass unten kein harter Fels, sondern weiches Wasser auf mich wartete.

Thomas behauptete, er wäre hergekommen, weil man ihn zur Kontrolle geschickt hatte. Angeblich sollte er sicherstellen, dass der

Zwischenfall in jener Nacht keine negativen Auswirkungen auf die Mentalität des Bezirks hatte. Kurz: Er vergewisserte sich, dass ich die Klappe hielt und keinen Hass verbreitete.

Ich sagte ihm nicht, dass mein Zutun für derartige Gefühle völlig überflüssig wäre. Vermutlich war er sich dessen auch bewusst. Der Hass lauerte an jeder Ecke, in jeder Wohnung, in allen Winkeln dieses Ortes. Er hatte sich in den Köpfen der Menschen manifestiert, sodass er oftmals sogar vergessen wurde. Vielleicht war er so sehr Teil unseres Lebens, dass wir uns nicht vorstellen konnten, wie es ohne ihn wäre.

Ich weiß nicht, warum (eine Lüge, wie ich erst später einsah), aber als ich ihm in unserer Straße gegenüberstand, die Karotten und Pastinaken auf dem Rücken, da lief ich nicht fort. Ich blieb. Ich hörte mir an, was er zu sagen hatte. Ich antwortete.

Unser Gespräch zog wie ein wirrer Traum an mir vorbei – was aber wahrscheinlich daran liegt, dass ich mich nicht mehr genau daran erinnern kann – und endete damit, dass ich lächelte. Irgendwas muss er gesagt oder getan haben, das in mir dieses warme Gefühl hervorrief. Ein Prickeln wie ein heißer Tee, den man an einem regnerischen Tag trinkt. Ein Stück Geborgenheit. Wie eine Umarmung. Für einen Moment fühlte ich etwas Ähnliches wie Glück.

Thomas mochte Talente haben, von denen ich niemals erfuhr. Eines wusste ich jedoch mit Sicherheit: Er hatte ein unglaubliches Gespür dafür, zur richtigen Zeit am richtigen Ort zu sein. Er gab mir etwas, das ich bis zu diesem Zeitpunkt in meinem Leben schon eine ganze Weile sehnlichst vermisst hatte. Augenblicke, für die es sich zu leben lohnte.

Er kam wieder. Eine Woche später. Thomas dachte sich die fantastischsten Gründe für seine Anwesenheit im westlichen Bezirk aus.

Kontrollen, Sicherheitsangelegenheiten und seine beliebteste Ausrede war die ›Geheimmission‹. Wie passend, dass er mir in diesen Fällen keine Geschichte auftischen musste, da sein Auftrag ›vertraulicher‹ Natur war.

Aber ich nahm es ihm nicht übel. Ich wollte ja, dass er mich besuchte. Es kam mir sogar entgegen, dass er die Gründe für unsere Treffen lieferte. Denn auf diese Weise konnte ich mir einreden, dass die Verbindung zwischen uns sein Verdienst war.

Dass allein er die abhängige Partei in unserer Beziehung spielte und ich die Macht besaß, sie jederzeit beenden zu können. Der Beweis für diesen Trugschluss ist ebenso banal wie offensichtlich: Wenn ich tatsächlich diese Macht besessen hätte, wären mir Thomas und meine Gefühle für ihn gleichgültig gewesen. Dann hätte ich das, was sich zwischen uns entwickelte, zerstört, bevor es mein Leben veränderte. Wenn ich wahrhaftig diese Macht besessen hätte, hätte ich ihn damals zum Teufel gejagt.

Nichts anderes wäre vernünftig gewesen.

Aber ich tat es nicht.

MITCHELL

Ich bin zwölf oder dreizehn Jahre alt. Ich sehe Mum am Herd stehen. Sie rührt mit einem Holzlöffel in einem Topf, den uns meine ältere Freundin Susi geschenkt hat. Ohne Anlass. Sie brauchte ihn einfach nicht mehr.

Mum unterbricht kurz ihre Bewegung und dreht sich zu mir um. Ihre Lippen bewegen sich, doch ich höre nicht, was sie sagt. Verwirrt kneife ich die Augen zusammen, als würde es etwas bringen.

Dann schüttle ich den Kopf. Mum redet lautlos weiter. Und ich erinnere mich nicht daran, wann sie anfing, mich zu belügen.

Regungslos stehe ich in der Wohnung eines Snobs und muss ein Bild betrachten, das mich zu einem von ihnen macht.

Fassungslos starre ich das Indiz an, das ich nicht haben wollte. Die Wahrscheinlichkeit, dass die Frau auf dem Bild nicht meine Mutter ist, lag in der Sekunde bei null, in der ich sie ansah.

Das ist Mum. Ohne Zweifel ist sie es. Doch andererseits bin ich mir nicht sicher, ob das dieselbe Person ist, die mir mit Tränen in den Augen erzahlte, mein Vater sei noch vor meiner Geburt gestorben.

Warum hat sie das getan? Warum hat sie mir nie die Wahrheit gesagt? Dachte sie, es wäre besser, ich würde glauben, mein Vater sei tot, als zu erfahren, wer er wirklich ist? Oder wollte sie vermeiden, dass ich ihn hasse? War sie vielleicht der Meinung, sie täte mir mit ihrer Lüge einen Gefallen?

Ich stocke. Und wenn es so ist?

Langsam wandert mein Blick zu Thomas, der verklärt das Foto von sich und meiner Mutter mustert. Ich versuche, eine markante Ähnlichkeit zwischen uns zu finden, doch wir sind äußerlich so verschieden wie Tag und Nacht. Unsere Gesichtszüge sind nicht dieselben, wir sind auch nicht gleich groß oder ähneln uns in der Art, wie wir uns geben. Thomas könnte mein Vater sein. Aber ebenso gut könnte er es nicht sein.

Je länger ich darüber nachdenke, desto klarer wird die Sache. Dieses Foto ist lediglich der Beweis dafür, dass die beiden sich kennen, doch dieser Umstand bedeutet noch lange nicht, dass wir miteinander verwandt sind.

»Deine Mutter war die erste Frau, die ich je geliebt habe«, verkündet Thomas ganz plötzlich. Er entknotet seine Beine und lehnt sich seufzend nach vorn. »Sie nicht mehr zu sehen, hat mich fast um den Verstand gebracht.«

Ich bin mir nicht sicher, ob er eine Erwiderung erwartet. Wir schweigen eine ganze Weile, in der ich abwäge, ob seine Worte ehrlich oder ein manipulativer Schwindel sind.

Irgendwann stößt er ein trauriges Lachen aus und sieht mich an. »Kannst du dir das vorstellen, Mitchell?« Der Ausdruck in seinem Gesicht signalisiert mir tatsächlich ernsthaftes, offenes Interesse.

Dass er auf einmal so verletzlich wirkt, verunsichert mich.

»Warst du schon mal verliebt?«

Geht ihn das etwas an? Wohl kaum. Ich schnalze mit der Zunge. »Das gehört nicht gerade zu den Themen, die ich mit einem Fremden besprechen würde.« Damit richte ich meinen Blick wieder auf Mum.

Es raschelt ganz sacht, als sich Thomas auf dem Sofa bewegt. »Ich bin kein Fremder für dich, Mitchell. Ich bin dein Vater.« Ein schwaches, haltloses Argument. »Dein ganzes Leben lang passe ich bereits auf dich auf. Ich kenne dich.«

Keine Ahnung, wieso, aber auf einmal ist der Wunsch, mit Mum zu sprechen und von ihr zu verlangen, die Sache endlich klarzustellen, übermächtig. Nicht zu wissen, was ich glauben darf, macht es mir immer schwieriger, die Fassung zu bewahren. Am liebsten würde ich schreien.

Nach einem zittrigen Atemzug äußere ich jedoch ganz ruhig: »Selbst wenn das stimmen sollte, sind Sie für mich ein Fremder. Ich bin Ihnen nie zuvor begegnet. Meine Mutter hat Ihre Existenz mit keinem Wort erwähnt. Sollten Sie mein Vater sein, waren Sie trotzdem zwanzig Jahre lang ein unbekannter Toter. Das kann ich nicht einfach vergessen.«

Ihn scheint diese Offenbarung tatsächlich zu verletzen. Er senkt die Lider und schluckt angestrengt, ehe er mit einem Räuspern das Bild von der Wand verschwinden lässt.

Wo eine Sekunde zuvor zwei Menschen zu sehen waren, die sich gegenseitig unbestreitbar etwas bedeutet haben, ist nun wieder eine schlichte weiße Wand.

Thomas erhebt sich und fährt sich unbehaglich mit der Hand durch die Haare. »Vielleicht sollten wir morgen weiterreden. Es ist mitten in der Nacht und ich muss in ein paar Stunden schon wieder zur Arbeit.« Er macht Anstalten, das Zimmer zu verlassen.

Beinahe hektisch gehe ich einen Schritt in seine Richtung. »Warum haben Sie uns verlassen?«

Etwas überrascht hält er inne und schenkt mir wieder seine volle Aufmerksamkeit. »Wie bitte?«

Ich atme tief ein und kratze all meine Selbstbeherrschung zusammen. »Wenn Sie mein Vater sind, warum haben Sie uns dann allein gelassen? Sind wir nicht gut genug für Sie gewesen?«

Wenn er mein Zähneknirschen nicht hört, dann sieht er mindestens meinen angespannten Kiefer.

Könnte ich genau diese Szene von außen betrachten – zwei Männer, die sich steif gegenüberstehen – würde ich jede Sekunde damit rechnen, dass einer der beiden gleich die Beherrschung verliert. Höchstwahrscheinlich wäre dieses Verhalten meiner Wenigkeit zuzutrauen.

Thomas schenkt mir ein schwaches Lächeln, bevor er seinen akkuraten Kragen richtet. »Du fragst dich, ob ich dich nicht gewollt habe. Stimmt's? Du willst wissen, wessen Entscheidung es war, dich ohne mich aufwachsen zu lassen.«

»Nein«, stelle ich klar. »Ich meine die Frage schon so, wie ich sie gestellt habe. Wessen Entscheidung es war, kann ich mir denken.«

Vor allem, da wir über eine hypothetische Wahrheit sprechen.

Für den Bruchteil einer Millisekunde fällt Thomas das Flehen aus den Augen, das er schon die ganze Zeit über wie eine Verkleidung trägt. Seine Gesichtszüge entgleiten ihm wie ein glitschiger Stein und ich bekomme die Chance, einen Blick auf den Menschen zu werfen, der sich dahinter versteckt. Doch der Moment ist so schnell vorbei, Thomas gewinnt so schnell die Kontrolle über seine Gefühle zurück, dass ich nur kurz darauf sicher bin, mir seine Blöße lediglich eingebildet zu haben.

Thomas teilt mir bedauernd mit: »Das kannst du gar nicht wissen, denn diese Entscheidung haben weder Nicole noch ich getroffen.«

Das wird ja immer besser. Schnaubend verdrehe ich die Augen. »Lassen Sie mich raten. Wenn es nach Ihnen gegangen wäre, hätten Sie uns niemals verlassen.«

»Ich weiß, dass du noch immer an mir zweifelst.« Er legt mitfühlend den Kopf schräg und verzieht die Lippen zu einem nachsichtigen Lächeln, das nichts als Ekel in mir hervorruft. »Wir könnten einen Vaterschaftstest machen. Ein guter Freund von mir arbeitet im medizinischen Bereich.«

Sein Vorschlag ist offensichtlich nur dazu da, um mein Misstrauen zu beseitigen. Aber ich bin nicht blöd. Als würde ich darauf vertrauen, dass er am Ende mit den Ergebnissen ehrlich ist. Nein, wenn ich es wissen will, gibt es nur einen Weg.

»Ich werde Ihnen nur glauben, falls Ihr hübsches Märchen von meiner Mutter bestätigt wird.« Weil er sich darüber zu freuen scheint, schiebe ich eilig hinterher: »Aus freien Stücken.«

Thomas reibt die Hände aneinander und stemmt sie anschließend in die Seiten. »Darüber lässt sich bestimmt reden. Aber ich würde diese Entscheidung erst einmal vertagen. Es ist wirklich spät.«

Ich habe keine Zeit, um tagelang zu warten. »Meine Mutter hat keine Ahnung, wo ich bin«, appelliere ich an sein Gewissen, wenn es denn vorhanden ist. »Sie wird sich in Gefahr begeben und dann …«

»Lass das mal meine Sorge sein«, unterbricht er mich.

Ich verziehe skeptisch das Gesicht.

Thomas lächelt zufrieden. »Glaub mir, ich kann dafür sorgen, dass sie in Sicherheit ist.«

So sicher, wie wir verwandt sind?

Als ich tatsächlich wieder in dem viel zu großen Bett im Dunkeln liege, zerbreche ich mir den Kopf darüber, was wahrscheinlicher ist. Dass einer von beiden lügt oder beide womöglich die Wahrheit sagen?

Aber Mum würde mich nicht anlügen.

Ich grabe mich in der nach Blüten duftenden Bettdecke ein, wälze mich herum und denke: ›*Und wenn sie es doch getan hat?*‹

NICOLE

Wenn ich einen Schritt zur Seite trat, meinen Blickwinkel veränderte, konnte ich Dinge völlig anders wahrnehmen. Es fühlte sich an, als würde ich sie verändern, obwohl sie bereits immer eine Eigenschaft besessen haben, von der ich nur niemals Notiz genommen hatte. Zum Beispiel konnte mit dem richtigen Gefühl im Herzen, der richtigen Stimmung im Kopf und genügend Abstand zur Realität mein Bezirk ein schöner Ort sein.

Thomas saß neben mir an einen Baum gelehnt, die Arme hinter dem Kopf verschränkt, und starrte auf die untergehende Sonne, die sich als Feuerball zwischen dem Bezirk und dem Waldrand auf den Horizont senkte. Rotlila Farbe breitete sich wie Nebel am Himmel aus, bis ich glaubte, die Erde würde in Flammen stehen.

Ich blinzelte in die Ferne und zog die Füße unter meinen Po, damit ich mich zu Thomas umdrehen konnte. Er hatte mittlerweile die Augen geschlossen. Das letzte Tageslicht tanzte auf seinen Wangen, warf die Schatten seiner Wimpern über sein Gesicht.

Schwarze Linien, die über seine makellose Haut huschten. Er war schön. Alles an ihm. Seine Lippen, der Schwung seiner Augenbrauen, die Kontur seines Kiefers, die Form seines Körpers.

Da er ein T-Shirt trug, konnte ich die definierten Muskeln seiner Oberarme sehen, die feinen Sehnen, die sich unter seiner Haut wölbten. Ich wollte ihm durch das Haar streichen, seine Strähnen zwischen meine Finger gleiten lassen.

»Thomas«, flüsterte ich, aus Angst, den friedlichen Moment zu zerstören.

Er brummte leise. »Hm?«

Dass er keine Anstalten machte, die Augen zu öffnen, erleichterte es mir, die Frage zu stellen, die wie ein glühender Ball in meiner Brust brannte. Und das bereits seit mehreren Tagen.

Ich öffnete den Mund, um sie endlich loszuwerden, doch dann zögerte ich.

Meine nicht geäußerten Worte verwandelten sich in ein Räuspern, das Thomas nun doch blinzeln ließ. Träge schlug er die Augen auf und linste in meine Richtung. Als er sah, dass ich mit mir selbst rang, verschwand das Lächeln aus seinem Gesicht.

Er setzte sich aufrecht hin, rutschte näher zu mir, griff nach meiner Hand. »Nicci? Was ist denn?«

Seine Sorge rief ein schlechtes Gewissen in mir hervor. Ich senkte den Blick und wollte ihm meine Hand entwinden, doch er hielt sie nur fester, als er merkte, dass ich mich entfernte.

»Was ist los?« Seine Pupillen zuckten hin und her. Er war auf der Suche nach einer Erklärung für meinen Stimmungsumschwung.

»Wenn …« Ich stockte, drückte Daumen und Zeigefinger in meine Schläfe. »Wenn du irgendwann nicht wiederkommst, was soll ich dann denken?«

»Was? Wie soll ich das bitte verstehen?« Furchen entstellten seine flache Stirn. Ein Anblick, der so verkehrt wirkte wie die Tatsache, dass ich mit einem von ihnen hier saß und es auch noch genoss.

»Ich meine …«, stotterte ich, »wie soll das mit uns weitergehen? Was ist das überhaupt? Wir sehen uns zwei-, dreimal die Woche, wenn du einen Grund findest, herzukommen. Aber was … Wie lange wird das noch funktionieren?« Endlich befreite ich meine Hand aus seiner und schlang beide Arme um meinen Körper. Mir wurde kalt, obwohl es Sommer war, obwohl die letzten Sonnenstrahlen meine Haut wärmten.

Hundert Meter weiter leuchtete der Bezirk. Der Rauch, der aus den Schornsteinen der Fabrik aufstieg, war von Sonnenstrahlen durchsetzt. Ich fragte mich, wie etwas aus der Nähe hässlich und von Weitem so wunderschön sein konnte.

Thomas' Miene wurde weich. Sachte fasste er mich an den Ellenbogen, zog mich in seine Arme. Er strich mir liebevoll ein paar Strähnen hinters Ohr, anschließend legte er seine Hand unter mein Kinn, hob es an und sah mir entschlossen in die Augen. In meinem Bauch erhob sich ein Schwarm Schmetterlinge. Kitschig, aber wahr. Und ich wusste, dass ich ihn liebte.

Als er den Kopf senkte und federleicht mit seinen Lippen über meine fuhr, bevor er den Kuss vertiefte, wurde mir klar, es würde niemals einen Menschen in meinem Leben geben, der mir mehr bedeutete. Mein Herz gehörte Thomas.

Er presste seinen Körper an meinen und ich krallte meine Finger in seinen Nacken. Lachend fielen wir in das hohe Gras am Waldrand. Die Welt blieb für eine halbe Ewigkeit stehen und ich war einfach glücklich. Ein Gefühl, so rein und klar, wie es nur die wahre Liebe sein konnte.

Ja, in diesem Moment, in dem ich einem von ihnen alles schenkte, was eine Frau einem Mann nur schenken konnte, war ich fest davon überzeugt, dass unsere Liebe stark war, dass sie alles überstehen, alles verzeihen und wenn es nötig werden sollte, auch Berge versetzen könnte. Ich glaubte unerschütterlich daran, das hier wäre für immer. Eine Naturgewalt. Unaufhaltsam.

Wie naiv zu glauben, ein Mensch wäre mehr als die sich ständig verändernden Ströme in seinem Hirn.

Wie naiv zu hoffen, man wäre die große Ausnahme.

Wir lagen eng umschlungen auf der Erde. Der Nachmittag neigte sich seinem Ende, was bedeutete, dass Thomas bald gehen musste. Das war der einzige Aspekt unserer Treffen, den ich immer zutiefst verabscheute. Ich hasste es, dass er mich immer wieder verließ, dass er nicht bleiben konnte. Oder dass er es nicht wollte.

So wie jedes Mal rafften wir unsere Sachen zusammen und brachen auf in Richtung Fabrik. Zu der Stelle, an der Thomas den Transporter abgestellt hatte.

Als wir uns kurz vor dem Bezirk zum Abschied küssten, drückte er mich für ein paar endlose Sekunden an sich, bevor er einen Schritt zurücktrat. »Nicci?« Er hielt mich eine Armlänge von sich entfernt an den Schultern fest, seine Augen fanden meine. Wie ein verknalltes Mädchen verlor ich mich in der Intensität, mit der er mich musterte. »Erinnerst du dich an die Frage, die du mir gestellt hast? An deine Sorge, was du denken sollst, falls ich irgendwann nicht wiederkomme?«

Ich musste zuerst die Verbindung zu meinem Verstand finden, bevor ich seine Frage verarbeiten und daraufhin nicken konnte.

Menschen mögen Dinge sagen und sie im selben Moment auch so meinen. Sie können sich einbilden, ganz genau zu wissen, wer sie sind. Ich habe mir diese Lüge selbst oft genug eingeredet. Und das nicht nur auf mich bezogen, sondern auch auf andere Menschen.

Ich war so unerschütterlich, naiv, stur, felsenfest davon überzeugt, ich würde Thomas kennen, ich war mir so sicher, dass ein Irrtum überhaupt nicht infrage kam. Ich war verliebt.

Und Thomas gab mir, was ich hören wollte.

»Nicci, wenn ich irgendwann nicht wiederkomme, dann bin ich tot.« Liebevoll wischte er mir die Tränen des Abschieds von den Wangen und küsste mich ein zweites Mal.

Ich hatte nie ein schöneres, nie ein romantischeres Versprechen erhalten. Und ich war verliebt genug, um ihm zu glauben.

THEO

Es ist tiefste Nacht, als ich einen Fuß auf den mit Kies bedeckten Boden zwischen den Hochhäusern und einer großen Fabrik des westlichen Bezirks setze. Meine Augen kann ich kaum noch offen halten, meine Zunge ist zu einem ausgetrockneten Lappen verkümmert und für eine belebende Dusche würde ich im Moment alles tun. Aber ich habe es geschafft.

Wie verwitterte Säulen ragen die Häuser in die Luft. Das fahle Mondlicht malt schattenhafte Bilder auf die Fassaden. Ich frage mich unwillkürlich, wie es wohl sein muss, hinter diesen von Efeu überwucherten und von Rissen und abgebrochenen Stücken überzogenen Mauern zu leben.

Susi hat mir beschrieben, wie es hier draußen aussieht, aber die Wirklichkeit ist nicht annähernd mit den Bildern vergleichbar, die ich mir in meiner Fantasie ausgemalt habe. Es riecht ganz anders, irgendwie streng und faulig, die Luft ist stickig, der Boden uneben und übersät mit herumliegendem Kompost.

Auf den ersten Blick erkenne ich Schrotthaufen, die an manchen Hausecken aufgetürmt wurden, und wenn ich mich nicht irre, sind das Ratten, die da zwischen den düstersten Schatten der Häuser hin und her huschen.

Dieser Ort ist echt und in Farbe sehr viel abstoßender als in meiner Vorstellung.

Ich versuche, mir Susi in diesen Straßen vorzustellen, doch es klappt einfach nicht. Sie gehört nicht hierher. Und ich ebenso wenig.

Mit einem unguten Gefühl in der Magengegend gehe ich los. Für den Moment bleibt mir nichts anderes übrig, als ziellos umherzuirren oder mir ein Versteck zu suchen, in dem ich auf den Tagesanbruch warten kann.

Mein Durst muss sich noch gedulden, genau wie der Hunger, der in meinem Bauch wütet. Ich kann es mir nicht leisten, Zeit zu verschwenden, denn mit jeder verstreichenden Stunde sinkt auch die Wahrscheinlichkeit, Susi zu finden. Bis auf ein paar Namen habe ich keinerlei Anhaltspunkte, was ihren Aufenthaltsort betrifft. Und selbst diese Namen werden mir vielleicht nicht weiterhelfen.

Ich dachte, wenn ich so etwas wie ein vorläufiges Ziel erreiche, geht es mir besser, doch statt zuversichtlicher zu werden, beginnen Zweifel an mir zu nagen. Auf dem Weg in diese Müllgrube konzentrierte ich mich einzig und allein darauf, sie zu erreichen, aber jetzt? Ich habe keinen handfesten Plan.

Soll ich diesen riesigen Bezirk von der einen Himmelsrichtung zur anderen durchstreifen und die Menschen nach Susi fragen, obwohl sie vielleicht längst nicht mehr hier ist? Und dieser Mitchell, der hier gelebt hat, er ist von der EfiA gefasst worden.

Ich habe das Foto gesehen, das Krokodilschuh mir von ihm gezeigt hat. Er weiß, dass ich den beiden geholfen habe, aus der Stadt zu fliehen und sie zu betreten. Er weiß, dass ich der Verräter in den eigenen Reihen bin.

Ich kann Mitchell nicht mehr helfen, ich habe genügend eigene Probleme. Und ohne mein Inkoar kann ich auch seiner Mutter und Thya nicht sagen, dass sie ihn vermutlich niemals wiedersehen werden. Es sei denn, sie laufen mir zufällig über den Weg, aber wäre ich dann dazu in der Lage, ihnen diese Nachricht zu überbringen?

Ich war es, der ihnen Hoffnung gemacht hat. Hoffnung, die es jetzt nicht mehr gibt.

Aber das ist nicht meine Schuld.

Und warum fühle ich mich dann verantwortlich?

Fluchend presse ich mir eine Hand auf die Stirn. Ich hätte ihnen dieses Angebot, Mitchell zu finden, nicht machen dürfen. Immerhin war ich gedanklich bereits auf dem Weg nach draußen.

Dass ich den Einfaltspinsel – eigentlich vielmehr ein Foto von ihm – tatsächlich gefunden habe und weiß, dass er für seine riskanten Aktionen jetzt in der EfiA einsitzt, ist schließlich nur einem unerfreulichen Zufall zu verdanken. Und was meine Situation betrifft …

Ich bleibe stehen und kneife die Augen zusammen. Mein Schädel brummt. Eine Frage lauerte seit dem Aufbruch von der Mauer am Rande meines Bewusstseins, eine Frage, die mir schwer zu schaffen macht und die ich immerhin bis jetzt erfolgreich verdrängt habe.

Wenn Krokodilschuh mich noch braucht, warum hat er mich dann gehen lassen?

Ich spüre die Angst wie einen unsichtbaren Begleiter. Sie springt von Schatten zu Schatten, versteckt sich in den kleinsten Winkeln, die sie findet, knabbert an meinen Fingern, kratzt über meine Haut, kriecht in meinen Kopf und macht sich lustig über mich. Wenn ich zusammenzucke, höre ich ihr Lachen, wenn sich mein Herz beinahe überschlägt, fühle ich ihre Genugtuung. Ich schleiche durch den Bezirk und werde verfolgt, egal wie schnell ich laufe, egal wie willkürlich ich die Richtung ändere. Die Nacht bietet meiner Angst zu viele Verstecke.

Eine Weile versuche ich, ihr – leider erfolglos – davonzulaufen, doch sehr bald schwindet meine Energie. Die Müdigkeit drängt sich neben Hunger und Durst in den Vordergrund. Meine Schritte werden träge, meine Lider schwer.

Irgendwann passiere ich Wege, die mir bekannt vorkommen. Laufe ich etwa im Kreis? Wenn ich wenigstens Menschen begegnen würde, könnte ich nach dem Weg fragen, auch wenn ich nicht weiß, wohin ich möchte, aber hier ist niemand.

Nur das entfernte Jaulen von Hunden und hier und da ein Geräusch, das ich keinem Geschehen zuordnen kann. Vielleicht das Zuschlagen eines Fensters oder einer Tür. Schwer zu sagen. Es könnte auch ein Knall sein, den ein herabfallender Gegenstand verursacht.

Die Dunkelheit macht es mir außerdem nicht gerade einfach, meine Anspannung auf ein weniger nervenzehrendes Level zu senken. Jederzeit könnte ein Verfolger hervorspringen und mich zu Boden reißen.

Oder fantasiere ich bereits?

Erschöpft bleibe ich schließlich stehen und lege den Kopf in den Nacken, um den Mond zu betrachten, der wie eine große Scheibe am Firmament klebt. Sterne sehe ich keine, was vermutlich am Grad der Luftverschmutzung in diesem Bezirk liegt.

»Wo bist du nur?«, murmle ich leise vor mich hin und sehe ihr Gesicht vor mir, ihr Lächeln, ihre Tränen. Dann wische ich das Bild davon und setze mich wieder in Bewegung.

Ich bin mir nicht sicher, ob ich je verstehen werde, warum Susi mir so viel bedeutet. Aber vielleicht ist es ja gerade das.

Ich würde alles für sie tun. Wahrscheinlich sogar mein Leben aufgeben. Ich liebe sie.

Doch wenn ich unsere Beziehung, unsere gemeinsame Vergangenheit, ihre kleinen Macken und Niedlichkeiten, ihr Aussehen, ihre Art, ihren starken Charakter, wenn ich das alles neutral betrachte, sie ganz nüchtern analysiere, wenn ich ganz ehrlich zu mir selbst bin … frage ich mich manchmal, wieso.

SANNI

Wie bringt man einen Fluss dazu, in die andere Richtung zu fließen? Wie hält man Regen davon ab, vom Himmel zu fallen? Wie überzeugt man Menschen, die ihr ganzes Leben nichts anderes getan haben, als sich ihrem Schicksal zu beugen, von ihrem Recht, es verändern zu dürfen? Wie bringt man jemanden dazu, sich zu wehren, der sich längst mit der scheinbar unveränderlichen Ungerechtigkeit unserer Gesellschaft abgefunden hat?

Zwei dieser Fragen kann ich mit einem klaren »Gar nicht« beantworten. Für die anderen beiden – und daran glaube ich erst seit sehr kurzer Zeit – lassen sich Lösungen finden. Man muss nur an den richtigen Stellen nach ihnen suchen.

Dass Willy mir mit dieser riesigen Portion Unmut und seinem antrainierten Sarkasmus begegnet ist, hat mich letzten Endes nicht annähernd so sehr verletzt, wie ihn die Wunden schmerzen müssen, die er sich jeden Tag selbst zufügt. Willy ist kein schlechter Mensch. Er hat einfach nur sehr viel Schlechtes erleben und ertragen müssen.

Als mir dieser Gedanke in den Sinn kommt, ist der Ärger, der mich aus seiner Wohnung getrieben hat, wie weggeblasen. Nicht er hat meinen Plan zunichtegemacht. Es war mein Fehler, zu glauben, die Umsetzung wäre leicht. Natürlich kann ich keine euphorische Zustimmung erwarten, wo jahrelang Hass und Hoffnungslosigkeit wüteten.

Ich ziehe den Rucksack, der mir als Lehne diente, hinter meinem Rücken hervor und hole meine leere Wasserflasche heraus. Während ich die mickrigen Tropfen, die sich am Boden befinden, in mehreren Ansätzen austrinke, wandert mein Blick über mein Nachtlager. Das Innere eines Schuppens, von dem ich nicht gedacht hätte, dass ich ihn hier noch antreffen würde.

Bei meiner Ankunft sind mir außen Bretter aufgefallen, die neuer zu sein scheinen als andere. Was mich wiederum zu der Annahme führt: Irgendjemand sorgt für die Instandhaltung dieser morschen und eigentlich längst abbruchreifen Hütte. Wenn ich daran denke, wem dieser Ort einst als Versteck gedient hat, kann ich mir auch denken, wer dieser Jemand ist.

Mit einem Kloß im Hals halte ich die Erinnerung in Schach, damit sie nicht an die Oberfläche dringt. Ich sitze hier nicht zum ersten Mal im Staub. Wenn ich mein Inkoar nicht zerstört hätte, könnte ich jetzt ein paar Bilder betrachten, die genau hier vor acht Jahren geschossen wurden.

Ich lasse die Flasche sinken.

Vorhin war ich der Meinung, dass Reys Tod schlimmer zu ertragen sein muss als Maries, weil ich nicht weiß, *wie* er gestorben ist. Aber wenn ich mir das kleine Mädchen mit seinem blassen Kleid und den fröhlichen Augen ins Gedächtnis rufe, wird mir klar, wie lächerlich diese Vorstellung ist. Wie kann ich es wagen, über die Gefühle einer Person zu urteilen, die einen geliebten Menschen verloren hat? Ich weiß absolut nicht, wie Willy sich fühlt. Ich kann es nur erahnen und das ist so ziemlich gleichbedeutend damit, es nicht zu wissen. Ganz egal, was ich selbst erlebt habe.

Je länger ich im Dreck sitze und an die Holzbretter starre, desto stärker drängt sich mir der Eindruck auf, dass ich zurückgehen sollte. Ich meine, Willy geht etwas auf Konfrontation und schon werfe ich das Handtuch? Ich habe ja nicht einmal ernsthaft versucht, ihm meine Idee nahezubringen, und bin gleich davon ausgegangen, dass ich ihn nicht überzeugen kann. Wie armselig.

In einem Anflug von Wut auf mich selbst atme ich lautstark aus und erhebe mich. Bevor ich den Rucksack aufsetze und mich auf den Weg zu seiner Wohnung mache, klopfe ich mir den Staub von der Hose und binde meine Haare zu einem neuen Zopf zusammen.

Unser Start war eben etwas holprig, na und? Wenn das Leben leicht wäre, wäre ich nicht hier.

Ich zwänge mich durch einen Schlitz zwischen den Brettern, den ich bereits vor ein paar Stunden bei meiner Ankunft als Eingang benutzt habe, und achte dabei auf hervorstehende Splitter, an denen ich mich verletzen könnte. Trockene Luft weht mir ins Gesicht. Der Bezirk liegt beinahe friedlich vor mir. Die Felder in meinem Rücken knacken unaufhörlich. Wenn ich wollte, könnte ich den Pflanzen sicherlich beim Wachsen zusehen, doch mit einer solchen Zeitverschwendung würde ich lediglich mein Vorhaben hinauszögern. Also lasse ich das Getreide links liegen und mache mich erneut auf den Weg zu Willys Wohnung.

Kurz vor der Abzweigung in die richtige Gasse höre ich Stimmen. Schnell zwänge ich mich in einen Spalt zwischen zwei Häusern und lausche auf die sich nähernden Schritte. Leider dringen die Worte nur gedämpft an meine Ohren, sodass ich nicht verstehe, worüber die vermutlich zwei Personen – den unterschiedlichen Tonlagen nach eine Frau und ein Mann – sprechen, doch mit jeder Sekunde werden die Stimmen lauter.

Ich halte den Atem an und warte darauf, dass sie in die Straße einbiegen, in der ich mich verstecke, doch plötzlich entfernen sie sich. Kurz bevor die Nacht wieder still wird, vernehme ich ein Kichern. Dann bin ich mit meinem Herzschlag allein.

Während ich mich aus dem Spalt zwänge, frage ich mich, ob meine Reaktion nicht etwas zu übertrieben war. Schließlich ist es nicht verboten, nachts seine Wohnung zu verlassen. Meine Paranoia ignorierend, beeile ich mich, Willys Gebäude zu erreichen.

Als ich vor der verbeulten Metalltür stehe, zögere ich.

Willy wird sich nicht sonderlich freuen, wenn ich ihn schon wieder belästige. Andererseits wird meine Anwesenheit sein Leben wohl kaum schlimmer machen. Dazu braucht er mich nun wirklich nicht. Also stoße ich die Tür mit einem gezielten Fußtritt in die untere rechte Ecke auf und husche eilig ins Treppenhaus. Stockwerk um Stockwerk erklimme ich und kreische beinahe vor Schreck auf, als Willy urplötzlich vor mir steht.

»Verdammt«, fluche ich und lege reflexartig eine Hand über mein Herz. »Was machst du hier draußen?« Auf der Suche nach jemandem, der uns beobachten könnte, sehe ich mich im Treppenhaus um.

Willy hat die Arme vor dem Oberkörper verschränkt und durchbohrt mich mit einem grimmigen Blick, während er mit den Fingern seiner einen Hand auf den Bizeps des anderen Arms trommelt. »Irgendwie wusste ich, dass du zurückkommst.«

Ich öffne den Mund, um etwas zu sagen, schließe ihn jedoch wieder.

»Das nächste Mal könntest du die Tür unten leise öffnen.« Widerwillig lockert er seine Haltung und bedeutet mir mit einem Nicken, in seine Wohnung zu treten. »Das Schloss ist nämlich schon seit einer Ewigkeit kaputt.«

Ein entschuldigendes »Oh« flüchtet von meiner Zunge. Die Tür aufzutreten, war demnach wohl unnötig. Unnötig und laut.

In den charakterlosen vier Wänden von Willy schließe ich die Tür hinter mir und lasse den Rucksack von meinem Rücken gleiten, um ihn neben der Couch abzustellen. »Es tut mir leid, dass ich heute Abend einfach abgehauen bin. Was du gesagt hast, hat mich nur …«

»Verletzt?«, schlägt Willy vor und bleibt im Türrahmen zur Küche stehen. »Ja, die Wahrheit zu hören, kann wehtun«, fährt er ungerührt fort.

Wie bitte? Ich starre ihn zornig an, bemühe mich jedoch, nicht die Nerven zu verlieren. Diese Bemerkung kommentarlos zu schlucken, ist schwer, doch viel schwerer wird es sein, Willys Einstellung zu ändern.

Doch ich habe beschlossen, mit ihm den Anfang zu wagen. Dinge ändern sich schließlich nicht über Nacht. Wenn ich die Menschen in den Bezirken dazu bringen will, sich zu wehren, muss jemand den ersten Schritt tun. Und wer könnte besser dafür geeignet sein als ein Mann, der genügend Verbitterung angehäuft hat, die sich mit der richtigen Methode in Tatendrang verwandeln lässt? Eigentlich muss ich nur noch herausfinden, wie ich das anstelle.

»Ich hab verstanden, was du mir sagen möchtest, Willy«, erwidere ich spöttisch. »Es immer wieder zu erwähnen, ist wirklich nicht nötig.« Ich schenke ihm ein provokantes Lächeln und trete unruhig auf der Stelle.

»Also?«, fragt er und mustert mich herablassend. »Ich nehme mal an, dass du nicht grundlos wiedergekommen bist.« Schwungvoll stößt er sich mit der Schulter vom Türrahmen ab und durchquert das kleine Zimmer. Ich beobachte, wie er nach meinem Rucksack angelt, ihn auf dem alten Tisch abstellt und sich dann auf die Couch fallen lässt. »Brauchst du einen Platz zum Schlafen?«

»Dafür, dass es mitten in der Nacht ist, wirkst du nicht so, als wärst du eben erst aufgewacht.«

Willy zuckt nur mit den Schultern. »Ich schlafe kaum eine Nacht durch.«

Okay, wenn er das behauptet …

Auf meiner Lippe kauend betrachte ich seine nackten Füße, die er vor sich auf dem Tisch ablegt. Mit der nächsten Bemerkung, die mir bereits auf der Zunge liegt, begebe ich mich wahrscheinlich auf sehr dünnes Eis, doch ich muss unbedingt wissen, wie tief die Wunden des Verlustes von seiner Schwester und seiner Nichte ungefähr sind. Denn davon wird mein Erfolg abhängen. Das mag sich gefühllos anhören, aber lieber erfahre ich gleich, ob ich meine Zeit mit Willy verschwende, als es erst später herauszufinden.

Obwohl ich es nicht vorhabe, schinde ich Zeit, indem ich ein paar Dreckklumpen von meinem Shirt pule. Dann ziehe ich mir das Gummi aus den Haaren und kämme sie behelfsmäßig mit den Händen durch.

Stillschweigend beobachtet Willy, wie ich eine ganze Minute benötige, um Mut zu fassen und ihm zu offenbaren: »Ich war in Maries Schuppen.«

Augenblicklich sinkt die Temperatur in einen Bereich ab, der uns auf lange Sicht ganz bestimmt Frostbeulen bescheren würde. Ich spüre, wie sich die kleinen Härchen in meinem Nacken aufstellen.

Willy ist zur Dekoration erstarrt. Als hätte jemand einen Film angehalten, ist er einfach in seiner aktuellen Pose eingefroren. Seine Augen sind auf mich gerichtet, eine Hand, mit der er sich vielleicht kratzen wollte, schwebt knapp vor seiner Stirn. Die andere liegt neben ihm auf der Lehne des Sofas.

Ich frage mich, was jetzt, genau in diesem Moment, in seinem Kopf vorgeht.

»Willy?«, spreche ich ihn vorsichtig an.

Äußerlich macht es vielleicht den Anschein, als starrte er mich an, aber in Wirklichkeit betrachtet er eine Erinnerung, die vor seinem geistigen Auge schwebt.

»Machst du das absichtlich?« Ruckartig taucht er aus seinen Gedanken auf, ein Schatten legt sich über seine Züge. »Oder bist du einfach ein unsensibles Miststück?«

Bevor ich zu einer erklärenden Entschuldigung ansetzen kann, poltert er in sein Schlafzimmer und wirft die Tür hinter sich ins Schloss.

Ich habe wohl alles falsch gemacht, was ich hätte falsch machen können. Doch eine Antwort auf meine Frage habe ich auch bekommen.

Da Willy nicht von mir verlangt hat, zu verschwinden, bleibe ich. Trotz der angespannten Atmosphäre und trotz meiner Schuldgefühle ihm gegenüber.

Die restliche Nacht ist lang, weil ich kein Auge zubekomme. Wie ein Igel habe ich mich auf dem Sofa zusammengekugelt und die dünne Decke über mich geworfen, die im Seitenfach meines Rucksacks steckte. Leider wärmt sie nur sehr dürftig, was im Winter ein echtes Problem gewesen wäre, jetzt allerdings nur etwas unerfreulich ist.

Ich liege im Dunkeln und lausche in die Stille hinein, warte auf die Zuversicht, die es mir erlauben würde, endlich einzuschlafen. Ich dachte, wenn ich so etwas wie ein vorläufiges Ziel erreiche, geht es mir besser, doch statt zuversichtlicher zu werden, beginnen Zweifel an mir zu nagen.

Was, wenn ich scheitere? Was, wenn meine Bemühungen vergeblich sind?

Was, wenn sich niemals etwas ändert?

THYA

Ich schüttle in Zeitlupe den Kopf. Immer wenn ich mein Gesicht dem Fenster zuwende, blendet ein greller Sonnenstrahl mein Sichtfeld.

In der Lehreinrichtung habe ich gelernt, dass zu viel Schlafmangel den Verstand beeinträchtigen und die Wahrnehmung trüben kann. Die Reaktionsfähigkeit lässt stark nach, die Konzentration nimmt ab. Im schlimmsten Fall beginnt man irgendwann zu halluzinieren.

Ich frage mich, wie es ist, Wahnvorstellungen ausgeliefert zu sein. Man bildet sich Dinge ein, die nicht da sind, hört Stimmen, die nicht existieren. Man wird der Sklave seines eigenen, verkehrt arbeitenden Hirns. Ein Zustand, den vermutlich kein einziger Städter beschreiben kann. Seit der Gen-Revolution sind psychische Krankheiten oder Beeinträchtigungen nur noch Schauergeschichten aus einer anderen Zeit. Für uns unvorstellbar. Für mich rücken sie langsam in den Bereich des Vorstellbaren.

Ich bin mir sicher, dass ich keine einzige Sekunde dieser Nacht mit Schlafen verbracht habe. Dennoch hält ein hartnäckiger Teil in mir an der Überzeugung fest, sich an die letzten vier Stunden nur bruchstückhaft zu erinnern, beinahe, als wären sie ein böser Traum gewesen. Dabei habe ich in diesem Bett gelegen und aus dem Fenster gestarrt, wo erst die Sterne funkelten, bevor sie dem Anbruch des Tages und der aufgehenden Sonne weichen mussten. Ich war die ganze Zeit wach. Das glaube ich zumindest.

Dr. Feres hat mich in den obersten Bereich der MeF gebracht. Ins 46. Stockwerk. Das weiß ich so genau, weil er mir in der Nacht einen – wie er es nannte – amüsanten Fakt anvertraute. Die MeF besitzt so viele Stockwerke wie der Mensch Chromosomen. Ich denke, das soll irgendwie geistreich und witzig sein. Er erwähnte außerdem, er würde mich nach ganz oben bringen, weil ich dort die Aussicht genießen könnte. Vielleicht ist das mein Abschiedsgeschenk.

Träge hebe ich eine Hand und streiche damit über meine Wange. Sie ist immer noch trocken, weshalb ich davon ausgehe, dass ich innerlich ausgetrocknet bin. Mein Körper ist zu erschöpft zum Weinen und zu müde, um Angst zu haben.

Ich habe ein Pad bekommen, mit dem ich Einstellungen an dem Raum vornehmen kann. Ich kann mir aussuchen, wonach es hier drinnen riechen soll, ich kann entscheiden, welche Farbe die Wände haben, und ich kann sogar Wind herbeirufen, wenn mir danach ist.

Nur verlassen darf ich dieses Zimmer nicht. Aber ich denke, das hat er zur Wahrung des Scheins erwähnt, denn die Tür ist manuell verriegelt. Man braucht ein kleines Stück aus Metall, um sie zu öffnen. Einen richtigen Schlüssel, keine Karte wie bei meinem ersten Aufenthalt hier. Ich *kann* dieses Zimmer also gar nicht verlassen.

Essen wird zu mir heraufgeschickt, ebenso wie das gefilterte, saubere Wasser, das ich so vermisst habe. Die Einbuchtung in der Wand hat bereits zweimal eine Mahlzeit ausgespuckt, die ich unberührt wieder verschwinden ließ.

Ich bin nicht paranoid. Ich weiß nur, was geschieht, wenn man dumm genug ist, ihre Nahrung anzurühren. Wenn ich die Augen schließe, habe ich noch immer den Geschmack des Omeletts auf der Zunge.

Wieder drehe ich den Kopf in Richtung des Fensters und sehe einen Schwarm Vögel am Himmel vorüberziehen. Mittlerweile haben sich auch ein paar Wolken dort oben versammelt, die kurzzeitig die Sonne verdecken. Ich blinzle.

Es ist endlich hell draußen und ich bin so schrecklich müde. Doch den Anfang eines neuen Tages miterleben zu dürfen, zaubert mir trotz der Umstände ein kleines Lächeln auf die Lippen.

Ich habe in meinem Leben nie über den Tod nachgedacht, da er bisher keine Rolle in meinem Umfeld gespielt hat. Dass er so früh an meine Tür klopft, lässt mich diese Tatsache bereuen.

Noch mehr bereue ich jedoch, festzustellen, dass ich in den sechzehn Jahren meines Daseins zu selten glücklich war.

Und wenn ich nur einen Menschen noch mal sehen dürfte, mit einem Menschen noch mal sprechen … ich würde mich für meinen Vater entscheiden.

Erst als ich aufwache, stelle ich überrascht fest, dass ich irgendwann eingeschlafen sein muss. Mein Hals brennt wie der

Asphalt an heißen Sommertagen. Doch ich weiß, dass ich mich nicht überwinden werde, etwas zu trinken.

Als ich blinzelnd die Augen aufschlage, erschrecke ich beinahe zu Tode, weil Dr. Feres gelassen in dem Sessel sitzt, der an der gegenüberliegenden Wand positioniert ist. Er hat die Beine übereinandergeschlagen und wieder sein Pad dabei. Bei meinem ersten Aufenthalt hat er nicht so sehr daran gehangen.

Mein heiserer Aufschrei lässt ihn den Blick heben. Er lächelt erfreut. »Sehr schön. Du bist wach. Hast du gut geschlafen, Thya?«

»Warum sind Sie hier?«, ignoriere ich seine Frage. Für meinen Geschmack und entgegen sämtlicher Logik schenkt er mir eindeutig zu viel Aufmerksamkeit.

Wo sind die Schwestern, die sich um die … Patienten kümmern?

Aus einem Impuls heraus schlage ich die Decke beiseite und steige aus dem Bett. Liegend fühle ich mich klein und verletzlich. Wenn ich mich ans Fenster stelle, kann ich mir wenigstens einbilden, ihm ebenbürtig zu sein.

Hastig streiche ich ein paar wilde Strähnen hinter meine Ohren, was bei ihrer neuen kurzen Länge gar nicht so leicht ist. Ich benötige mehrere Anläufe, meine Haare zu plätten, und sehe dabei zweifelsfrei ziemlich verunsichert aus. Ich wünschte, ich würde etwas anderes tragen als Nicoles abgewetzte Sachen. Andererseits würde ich mich jederzeit wieder weigern, sie gegen das graue MeF-Outfit auszutauschen.

Ungewaschen und zitternd stehe ich also neben dem Fenster, während ich nach meiner inneren Stärke suche, die sich erfolgreich – wahrscheinlich irgendwo in einem frühen Stadium meiner Kindheit von meiner Mutter weggesperrt – versteckt.

Immerhin verschwende ich diesen Moment nicht damit, mich selbst zu bemitleiden, sondern nutze ihn dafür, meine Mutter zu hassen wie noch nie zuvor in meinem Leben.

»Gut«, beginnt Dr. Feres und erzeugt ein schnalzendes Geräusch mit den Lippen. »In erster Linie bin ich hier, um deine körperliche Verfassung einzuschätzen. Du musst dort draußen eine ganze Menge durchgemacht haben.«

Mitfühlend senkt er die Lider und neigt den Kopf zur Seite, gerade so weit, dass ich es mir auch einbilden könnte. Als er die Lippen schürzt und die Arme über die Seitenlehnen des Sessels legt, fällt mir auf, dass er keinen Kittel trägt. Er hat ein braunes Hemd an, keine Krawatte. Der oberste Knopf ist offen, was seiner Erscheinung einen legeren Touch verleiht. Seine Hose ist dunkelgrau, fast schwarz, und aus einer Art Jeansstoff. Der Kontrast zu seiner Haut ist dadurch irgendwie sehr extrem.

»Wie ich mitbekommen habe, weigerst du dich, etwas zu essen, und auch trinken möchtest du nicht. Darf ich dich fragen, warum?« Der Klang seiner Stimme vermittelt mir den Eindruck, dass er ehrlich an den Gründen für meinen Streik interessiert ist.

Doch ich weiß wohl genauso gut wie er, dass er sich nicht danach erkundigt, weil er sich mein Verhalten nicht erklären kann oder weil ihm mein Wohlergehen am Herzen liegt. Er war schließlich für mich verantwortlich, also muss auch er für die Aussortierung zuständig gewesen sein. Und wenn ich mich nicht völlig irre, ist er es immer noch.

Ich atme tief ein, bevor ich meine Arme, die sich anfühlen, als wären sie aus Pudding, vor dem Oberkörper verschränke und sage: »Sie können sich sicher denken, warum ich nichts esse oder trinke.«

Dr. Feres schenkt mir einen winzigen Teil seiner Anerkennung für diese mutige Erwiderung, indem er das Gesicht zu einer erstaunten Grimasse verzieht. »Du hast also erfahren, warum du hergebracht wurdest.«

Ich nicke kalt.

»Und du hast herausgefunden, warum deine Eltern dich nicht mehr abgeholt haben«, fährt er scheinbar rücksichtsvoll fort.

Wieder nicke ich, dieses Mal mit aufeinandergepressten Lippen, weil sie zu zittern beginnen. Ich kralle meine Finger in die Beuge meines Ellenbogens und kämpfe angestrengt um meine Fassung, was im Wesentlichen bedeutet, die kürzlich stattgefundenen … Ereignisse an den Rand meines Bewusstseins zu drängen.

Ich denke nicht an meine Mutter oder meinen Vater. Ich denke nicht an Mitchell oder Nicole. Ich denke auch nicht an Chloe, deren Freundschaft meilenweit entfernt zu sein scheint, oder an Marcel, an dessen Aussehen ich mich nicht einmal mehr erinnern kann. Ich denke nur an mich und daran, dass ich dieses Leben behalten möchte, einfach um es noch mal von vorn zu beginnen, um es dieses Mal besser zu machen.

»Thya, die Männer, die dich eingesammelt haben, erzählten mir eine interessante Geschichte.«

Der Themenwechsel bringt mich ins Stocken. »Was?«

»Sie berichteten von einem Phänomen, das sich, wenn ich ehrlich bin, meinem wissenschaftlichen Verständnis entzieht.«

»Wovon sprechen Sie?«, frage ich verunsichert, dabei kann ich mir denken, worauf er plötzlich hinauswill.

Dr. Feres drückt sich elegant aus seiner Sitzgelegenheit und nutzt den Moment der Verwirrung, um mir einen Schritt näher zu kommen.

Ich will nicht zurückweichen, stattdessen wende ich meinen Körper von ihm ab und sehe aus dem Fenster, um mich wohler zu fühlen. Doch der Schuss geht nach hinten los. Denn jetzt nehme ich seine Gestalt nur noch aus dem Augenwinkel wahr, was ihn noch bedrohlicher wirken lässt. Ich schlucke.

»Thya, hast du seit der Ankunft einmal einen Blick in den Spiegel geworfen?«

Nein. Aus gutem Grund. Ich weiß, dass ich furchtbar aussehe. Eine Dusche wäre vermutlich eine sinnvolle Idee, aber ich fürchte mich zu sehr vor dem Wasser, das mit allerlei giftigen Stoffen vermischt sein könnte.

Ich halte die Luft an, während ich ihn ignoriere.

Dr. Feres macht noch einen Schritt. »Sieh her«, bittet er höflich und hält sein Pad in die Höhe.

Angestrengt halte ich mich davon ab, seiner Aufforderung nachzukommen. »Nein«, hauche ich schwach, drehe den Kopf noch weiter zur Seite.

»Du brauchst keine Angst zu haben«, säuselt er vertrauenerweckend. »Ich möchte lediglich, dass du einen kurzen Blick in dein Gesicht wirfst.«

Stur schüttle ich den Kopf.

Das kann ebenso gut ein Trick sein. Vielleicht will er mich blenden oder mir ein Gas verabreichen. Vielleicht hat er vor, mich ganz primitiv mit einem Fausthieb außer Gefecht zu setzen, während ich unaufmerksam bin.

Zu meiner unendlichen Erleichterung bleibt er dieses Mal stehen. »Wie ich sehe, bist du noch zu aufgewühlt.«

Instinktiv schlinge ich die Arme um meinen Körper und gebe meinen Stolz doch noch auf, indem ich die Distanz zwischen uns vergrößere.

Dr. Feres lässt es kommentarlos geschehen.

Schließlich sagt er: »Ich werde dich heute noch in Ruhe lassen. Ich denke, das ist momentan das Beste. Doch ich würde dir raten, dich freiwillig um deine körperlichen Bedürfnisse zu kümmern.« Er macht eine bedeutungsvolle Pause, bevor er hinterherschiebt: »Habe ich mich da unmissverständlich ausgedrückt?«

Mechanisch nicke ich.

»Gut, dann sehen wir uns morgen.«

Auf dem Weg zur Tür zieht er den kleinen silbernen Schlüssel aus seiner Hosentasche. Ich höre es klicken, als er das Schloss öffnet. Erst nach einem erneuten Klicken lockere ich meine angespannte Haltung und sehe ihm nach.

Die Tür ist zu, die Stille so klar, als wäre Dr. Feres nie hier gewesen.

Sehr lange stehe ich einfach nur am Fenster, betrachte die Straße unter mir, die Menschen, die von hier oben gesehen wie Ameisen wirken, die wunderschönen Gebäude der Stadt. Dabei stelle ich zum allerersten Mal in meinem Leben fest, dass hier kein Horizont existiert. Im 46. Stock kann ich nicht weiter sehen als bis zu dem nächsten höheren Gebäude, das mir die Sicht versperrt.

Was würde man sehen, wenn man das höchste Gebäude betritt und von dort nach unten blickt? Die Mauern der Stadt? Die ist kaum hundert Stockwerke hoch.

Den Horizont dort draußen? Die weite Landschaft? Aber das würde doch Fragen aufwerfen. Und würde man neugierig werden?

Plötzlich fällt mir ein, dass ich das höchste Gebäude dieser Stadt bereits betreten habe. Da war ich, glaube ich, dreizehn. Und wenn ich es richtig in Erinnerung habe, gab es dort oben keine Fenster, sondern riesige Displays, die einem überzeugend vorgegaukelt haben, man wäre im Wald oder am Meer. Man konnte gar nicht nach draußen sehen.

Stirnrunzelnd trete ich einen Schritt vom Fenster zurück.

Mir ist das nie seltsam erschienen. Immerhin konnte man so keine Höhenangst bekommen. Das ergab damals sogar Sinn, etwas anderes wäre völlig schwachsinnig gewesen. Wir wurden eben … beschützt.

Einen Herzschlag lang spüre ich, dass die Zeit stillsteht.

Wir werden beschützt. Ohne zu wissen, wovor.

Mit der Zunge fahre ich über meine spröden Lippen. Sie sind rau und an manchen Stellen bereits aufgesprungen. Was kein Wunder ist. Ich habe sie seit Tagen nicht gepflegt und zusätzlich war meine Ernährung eine einzige Katastrophe.

Meine Hand schwebt über der Klinke aus geschliffenem Stahl. Das einzige Hindernis, das mich vom Badezimmer trennt. Natürlich will ich mich um meinen Körper kümmern – unglaublich, dass ich um mein Äußeres besorgt bin, ohne dabei Furcht vor meiner Mutter zu empfinden, und nur an meine Gesundheit denke. Aber mir ist auch bewusst, dass es noch einen anderen Grund gibt, der mich in diesen Raum lockt und mich gleichzeitig daran hindern will, ihn zu betreten.

Dr. Feres wollte, dass ich mein Gesicht betrachte. Wenn mich keine riesige Wunde entstellt, und deren Existenz würde ich doch wohl bemerken, dann verstehe ich nicht, wieso.

Langsam umschließe ich die Klinke mit meiner behelfsmäßig verbundenen Hand und versuche dabei nicht an Nicole zu denken, die nun irgendwo, weit weg, um das Leben ihres Sohnes bangt. Noch weniger will ich an Mitchell denken. Ich wünschte, ich könnte mich bei ihm entschuldigen und ihm sagen, dass ich … dass ich dankbar bin. Ich würde ihm so gern sagen, dass ich weiß, was er für mich getan hat. Nein, eigentlich ist das nicht wahr. Ich kann mir nicht im Mindesten vorstellen, wie selbstlos ein Mensch handeln kann, aber ich würde gern damit anfangen, es zu begreifen.

Mit dem Gedanken an meine Chance, das Leben mit anderen Augen zu sehen, öffne ich die Tür zum Bad. Doch ich lasse den Blick nicht gesenkt wie heute Nacht, sondern gehe ganz bewusst auf den großen Spiegel zu, der mir vielleicht den Menschen zeigen wird, der ich bin.

Und plötzlich erkenne ich, wovon Dr. Feres gesprochen hat.

MITCHELL

Es hat vermutlich keinen einzigen Tag in meinem Leben gegeben, an dem ich morgens nicht in unserer kleinen Wohnung im Bezirk aufgewacht bin, die staubige Luft, die wir der Fabrik zu verdanken haben, in der Nase. Der Wecker riss mich aus dem Schlaf, damit ich entweder meiner Mutter half, als ich klein war, oder später, damit ich arbeiten ging. An einen Tag, an dem das anders war, kann ich mich nicht erinnern. Er existierte nicht. Bis heute.

Bevor ich die Augen aufschlage, wälze ich mich in einer weichen Decke herum und wundere mich über den reinen Duft, der meinen Kopf frei spült.

Ich atme tief ein und würde am liebsten einfach liegen bleiben, ein wenig länger die quälenden Gedanken aussperren und so tun, als wäre alles in bester Ordnung.

Doch einen Moment später treibt mich die Abscheu vor mir selbst auf die Beine. Wie kann ich in diesem Luxusbett faulenzen, wenn Mum vor Sorge fast umkommt, Thya die vermutlich schlimmste Zeit ihres Lebens durchmacht und meine Freunde in alle Richtungen verteilt irgendwo festsitzen, vielleicht längst …

Fahrig wische ich über mein Gesicht und mache drei schnelle Schritte Richtung Fenster. Die Scheibe ist warm, als ich meine Hand darauf lege. Die aufgehende Sonne kann das jedoch kaum gewesen sein. Warum zum Teufel ist es nötig, ein Fenster zu heizen?

Wütend krümme ich meine Finger. Meine Haut rutscht quietschend über die glatte Oberfläche, als ich meine Faust balle.

Mehrere Meter unter mir fahren silbern glänzende Autos vorüber, die ich nicht hören kann. Ein paar Snobs spazieren auf dem breiten Gehweg, der durch einen grünen Streifen, mit hübschen Bäumen und Blumen bepflanzt, von der Straße separiert wird. Der Himmel ist so blau, als wäre mit Farbe und Pinsel nachgeholfen worden. Und auch die Wolken sehen zu schön aus, um echt zu sein.

Ich will es eigentlich nicht zulassen, aber ein egoistischer Teil in mir stellt sich plötzlich vor, wie es wäre, hier zu leben. Jeden Tag dieser Ausblick, jeden Tag ein weiches, warmes, gut duftendes Bett, jeden Tag eine Dusche mit so vielen Sprühköpfen von allen Seiten, dass ich sie nicht zählen kann. Ein Metallmensch, der mir jedes Essen kocht, das ich möchte. Ein eigenes Zimmer. Privatsphäre.

Kopfschüttelnd gehe ich rückwärts. Was zur Hölle denke ich da? Träume ich gerade ernsthaft davon, ein Snob zu werden? Nur über meine Leiche.

Mit ein paar schnellen Handgriffen ziehe ich die Decke vom Bett und werfe sie achtlos in eine Ecke des Zimmers. Dann reiße ich die Türen eines gigantischen Eckschranks auf, packe jeden Stoff, den ich zu greifen bekomme, und katapultiere sämtliche Klamotten hinter mich in den Raum hinein.

Als ich auch die Schubladen des Tisches verwüstet und die Dekoration von allen Flächen und den Wänden heruntergefegt habe, stehe ich schwer atmend im Zimmer und sehe mich zufrieden in dem Chaos um.

Da ich hier für Unordnung gesorgt habe, wird es jetzt Zeit, mein Leben wieder in Ordnung zu bringen.

Ich finde Thomas in der Küche. Er sitzt an einer langen Zeile auf einem unpraktisch hohen Stuhl und schlürft, dem Geruch nach zu urteilen, Kaffee aus einer Tasse.

Allein dafür würde ich ihm am liebsten das Armband vom Handgelenk reißen und ihm ein paar Knochen brechen. Kaffee ist bei uns eine Rarität und er sitzt hier seelenruhig und trinkt dieses Gesöff, als wäre es nichts Besonderes.

Mit einem energischen Räuspern mache ich mich bemerkbar.

»Ah, guten Morgen«, verkündet er fröhlich, nachdem er sich zu mir umgedreht hat. »Hast du die restlichen Stunden noch gut geschlafen, Mitchell?«

Zähneknirschend und mit einem vernichtenden Blick in seine Unschuldsmiene schüttle ich den Kopf. »Sie haben zwei Möglichkeiten«, beginne ich eine Drohung aus dem Stegreif zu formulieren. »Entweder bringen Sie mich zurück in den westlichen Bezirk und lassen mich in Frieden oder ich werde dafür sorgen, dass Ihr Leben in diesem Scheiß-Paradies die Hölle wird.«

Dass er davon wenig beeindruckt ist, macht mich nur rasender. Wenn ich mich nicht irre oder gerade dabei bin, den Verstand zu verlieren, unterdrückt er sogar ein kleines Lächeln.

»Finden Sie das witzig?«, keife ich. »Machen Sie sich einen Spaß daraus?«

Thomas stellt die Tasse ab und steigt von seiner Sitzgelegenheit herunter, um mit mir auf Augenhöhe zu sein. »Mitchell, ich will dich nicht ärgern. Du erinnerst mich nur gerade an jemanden.«

Plötzlich fällt mir auf, dass sein Lächeln keinen gehässigen, sondern einen melancholischen Schimmer hat. Ist das echt? Ist es gespielt? Sagt er die Wahrheit? Führt er mich in die Irre? Und wenn ja, wozu? Wenn ich sein Sohn bin, was möchte er dann von mir?

Überfordert kneife ich die Augen zusammen. Wenn er nur einfach verschwinden würde …

Ich zucke zusammen, als Thomas mich am Oberarm berührt. »Vielleicht war es keine gute Idee, dich mit alldem zu überrumpeln. Ich habe nur versucht, das Richtige zu tun«, verteidigt er sich. »Ohne mich würdest du jetzt in einer Zelle festsitzen. Das konnte ich nicht zulassen.«

In meinem Kopf schwellen die Zweifel zu einem pochenden Knoten an. Sobald ich einem von ihnen Gehör schenke, schieben sich andere dazwischen. Und mittendrin finde ich immer wieder eine leise Stimme, die mir sagt, dass ich an das Gute in diesem Snob glauben darf. Die mir sagt, das Unglaubliche könne durchaus möglich sein.

Vielleicht ist er mein Vater. Vielleicht hat Mum mich aus guten Gründen belogen. Und vielleicht gibt es zwei Wahrheiten.

Eine halbe Stunde später kapituliere ich vor meinem Trotz. Wie es aussieht, sitze ich hier vorerst fest, und es kann immerhin nicht schaden, mir Thomas' Geschichte anzuhören. Ich muss sie ja nicht gut finden oder glauben. Ich muss ihn auch nicht mögen oder nett zu ihm sein.

Thomas tippt auf seinem flachen Gerät herum. »Einen Tag werden die auch mal ohne mich zurechtkommen«, scherzt er.

Meinetwegen wird er heute nicht zur Arbeit fahren. Wir werden ›ein Gespräch zwischen Vater und Sohn‹ führen, wie er es formuliert hat. In diese Rolle zu schlüpfen, scheint ihm offensichtlich Freude zu bereiten.

»Was willst du trinken, Mitchell? Tee, Kaffee, Saft, etwas Ausgefalleneres?«, fragt Thomas von oben herab.

Ich sitze auf dem gigantischen Sofa, das als ein riesiges L mitten im Raum platziert ist, und er steht gelassen in lockeren Hosen und einem bei bestimmter Sonneneinstrahlung blassrot schimmernden Shirt vor mir. Die Fensterfront in meinem Rücken ist riesig und dabei so durchsichtig, dass man Angst haben muss, bei einem falschen Schritt einfach in die Tiefe zu stürzen. Die Luft riecht irgendwie salzig-frisch.

»Ich will nichts trinken«, antworte ich auf seine Frage, die in Anbetracht ihrer Normalität nicht in diese Ausnahmesituation passt.

Mein ›Vater‹ nickt knapp. »Wenn du es dir anders überlegst, sag Bescheid.«

Dann steuert er einen Platz in meiner unmittelbaren Nähe an, verzieht sich jedoch auf den anderen Knick des Ls, als er meinen finsteren Blick bemerkt. Ich kann ihn auch aus drei Metern Entfernung noch wunderbar hören.

»Also«, beginnt er, nachdem der Metallmensch ihm eine neue dampfende Tasse gebracht und ein Tablett mit komischem Gebäck auf dem Tisch vor uns abgestellt hat, »wo soll ich anfangen?«

Erst denke ich, das wäre eine rhetorische Frage, doch seine erwartungsvolle Miene ist ein eindeutiges Indiz dafür, dass er sie durchaus ernst meint. Wo soll er anfangen? »Woher soll ich das wissen?«

»Ich nahm an, du hättest dir vielleicht überlegt ...«

Mit jedem Wort, das seinen Mund verlässt, wird mein Blick finsterer.

Thomas bricht ab, räuspert sich und sagt: »Na gut, dann gehen wir dieses Gespräch anders an.«

Mir entgeht keine seiner Bewegungen. Wie er die Beine übereinanderschlägt, sich nach hinten lehnt. Wie seine Augenbrauen nach oben hüpfen, wenn ich mit ihm spreche, so als wäre es ein Wunder für ihn, dass ich tatsächlich hier bin.

Thomas streckt den Arm aus und deutet auf das essbare Zeug auf dem Tisch. »Bedien dich ruhig. Du musst doch Hunger haben.«

Meine Erwiderung ist frostig: »Ein Stück Fleisch reicht uns eine ganze Woche ...«

Mit einer Hand richtet er seinen Kragen.

»... würde reichen, wenn wir welches hätten«, korrigiere ich meine Aussage.

Ich spreche bewusst von ›uns‹. Außer Thomas und mir ist zwar keiner da, aber selbst kilometerweit von Mum entfernt bin ich immer noch Teil einer Familie. Ich bin nicht allein. Nicht einmal jetzt und hier.

Thomas nickt bedächtig, während er das Tablett betrachtet. Keine Ahnung, was er sich erhofft hat, aber seine plötzliche Enttäuschung ist schwer zu übersehen.

Was erwartet er? Dass ein paar hübsche Leckerbissen ausreichen, um mir diesen Ort schmackhaft zu machen?

»Wie haben Sie sich das eigentlich vorgestellt?«, verwandle ich meine Gedanken in Worte. »Dachten Sie, Sie können mich aus meinem Leben reißen und ich würde das toll finden?« Da ich ehrlich an seinen Beweggründen interessiert bin, hören sich meine Fragen auch danach an.

»Du vergisst immer wieder, dass ich dich gerettet habe«, gibt Thomas zu bedenken. Schnaufend zieht er die Brauen zusammen, stellt seine Tasse ab, die er an die Lippen führen wollte. »Ich habe dich nicht aus deinem Leben gerissen, ich habe es gerettet. Ich habe dich vor den Konsequenzen deiner Taten beschützt.« Mit jedem Wort redet er schneller, bis sich seine Stimme fast überschlägt. Seine Hände beginnen abgehackte Gesten in die Luft zu schneiden. »Wie oft soll ich dir noch sagen, dass ich dir nichts Böses will?«

So oft, bis ich es glaube. »Wollen Sie Dankbarkeit? Schön! Danke! Wenn das geklärt ist, können Sie mich wieder zurückbringen.« Um meine Entschlossenheit zu demonstrieren, stehe ich auf.

»Nein«, stößt er aus. »Du verstehst es einfach nicht. Ich will keine Dankbarkeit!«

»Was wollen Sie dann?«, schreie ich.

Thomas wirkt zunehmend verzweifelt. Er zupft hektisch an seinem Oberteil herum, bis er es nicht mehr auszuhalten scheint und ruckartig nach oben fährt. Wie ein Ertrinkender streckt er mir die Hände entgegen und flüstert: »Ich will dich.«

Fassungslos starre ich diesen Snob an.

»Ich will einen Sohn haben. Meinen Sohn.«

Ich weiß nicht, was ich sagen soll. Ich weiß nicht, wie ich mich verhalten soll. Ich weiß ja nicht einmal mehr, was ich denken soll. Kurz vergesse ich, wie man atmet. Als meinem Körper der Sauerstoffentzug auffällt, holt er schnappend Luft.

»Warum?«, stoße ich zwischen zusammengepressten Zähnen hervor. »Warum?«, hauche ich mangels Alternativen hinterher.

Mir gehen die Worte aus. Und das Schlimme dabei ist, dass mit ihnen auch der Hass und die Wut verschwinden. Gerade eben noch konnte ich sie packen und Thomas ins Gesicht schleudern und jetzt … Die Zweifel vermehren sich, doch sie tun es an der falschen Stelle.

»Mitchell«, säuselt er liebevoll, »uns zu hassen, ist unvermeidbar.« Ich hoffe aus dem tiefsten Innern meiner Seele, mir seine Güte, sein Verständnis, diese … Liebe in seinen Augen nur einzubilden. Ich wünsche mir verzweifelt, dass er ein guter Schauspieler ist.

»Du kannst nichts für diese Gefühle in dir«, fährt er fort und lässt sich wieder auf das luxuriöse Sofa fallen. Mit dieser Bewegung scheint die Erkenntnis in seinem Kopf aufzuplatzen wie ein rohes Ei. »Was habe ich mir nur dabei gedacht?«

Dieses Mal bin ich absolut sicher, dass er zu sich selbst spricht.

»Wie, dachte ich, würdest du reagieren?« Sein Blick ist in sich gekehrt.

Hier stehe ich, hilflos, überfordert, und sehe, was ich für unmöglich hielt, jemals zu sehen zu bekommen. Ein Snob, der sich in einen Menschen verwandelt.

»Natürlich denkst du das Schlechteste von mir.« Er lacht bedauernd. »Natürlich. Ich an deiner Stelle würde es ja auch.« Er schüttelt seufzend den Kopf, greift wieder nach seinem Getränk. »Morgen bringe ich dich zurück an die Mauer.«

Ich stehe noch immer da. Noch immer hilflos. Noch immer überfordert.

»Es tut mir leid, Mitchell. Kannst du mir diese Dummheit vergeben?« Thomas krallt sich mit seinem Blick an mir fest.

Ich würde mich gern von seiner vielleicht ehrlichen Reue abwenden, aber es geht nicht.

»Kannst du mir verzeihen?«

Die Antwort müsste aus mir hinausschießen wie die Patrone aus dem Lauf einer Pistole.

Ohne zu zögern, sollte ich diese lächerliche Bitte abschmettern. Er ist ein Snob. Er ist alles, was ich mein Leben lang verflucht habe … Und doch sehe ich auf ihn hinab und schweige.

»Warum hat sie es nie benutzt? Sie hätte Sie jederzeit kontaktieren können. Ich hätte ein Recht gehabt, die Wahrheit zu erfahren.«

Thomas hat die Beine übereinandergeschlagen und einen Arm hinter sich auf die Lehne gebettet. Sein Fuß wippt auf und ab.

Von Zeit zu Zeit bilde ich mir ein zu sehen, wie er auf der Innenseite seiner Wange kaut, aber vermutlich ist mein

Unterbewusstsein nur auf der Suche nach dem Beweis, nach einer unverkennbaren Ähnlichkeit zwischen uns, die mir die biologische Verwandtschaft bestätigt.

»Das ist nicht so leicht gewesen, musst du wissen. Weder für mich noch für deine Mutter.«

»Was ist schwer daran, den Mund aufzumachen und zu sagen: ›Mitchell, dein Vater ist ein Snob. Mit diesem Armband kannst du ihn erreichen?‹«, frage ich vorwurfsvoll.

Thomas kratzt sich an der Schläfe. »Weißt du, wenn man verliebt ist, wird man … nachlässig, nennen wir es ›blind‹, gegenüber allem anderen. Ich denke, ich habe die Situation unterschätzt oder sie eher gesagt falsch eingeschätzt.«

»Wie soll ich das bitte verstehen?!« Für mich hört sich das stark nach dem Beginn einer schlechten Ausrede an.

»Es gibt Regeln, Mitchell. Vorschriften, die nicht ohne Grund aufgestellt wurden. Ich wusste das, ich habe sie nur ausgeblendet.« Er holt tief Luft und lehnt sich schließlich in meine Richtung.

Er wirkt äußerlich so jung, eigentlich kann er nicht mein Vater sein. Doch mein Verstand erinnert mich daran, dass die Snobs alle jünger aussehen, als sie es sind.

»Ich hätte niemals eine Beziehung zu deiner Mutter aufbauen dürfen«, erklärt Thomas. »Das gebe ich ganz ehrlich zu. Allerdings hat mich das nicht davon abgehalten, es dennoch zu tun.« Er seufzt. »Weißt du, Mitchell, ich war noch so jung …« Sein Blick scheint in die Vergangenheit zu gleiten. »Ich dachte, ich hätte verstanden, wie unsere Welt funktioniert. Ich dachte, ich könnte beurteilen, was richtig und falsch ist. Aber darum geht es gar nicht. Vielmehr ist es die Notwendigkeit und dass wir uns nach ihr richten müssen.«

Ich halte mich eigentlich nicht für beschränkt oder schwer von Begriff, aber mit jedem neuen Satz ergeben seine Worte in meinem Kopf weniger Sinn. »Was hat das mit Ihrer Beziehung zu meiner Mutter zu tun?«

»Einiges, aber das liegt allein in meiner Verantwortung.«

Ich kneife misstrauisch die Augen zusammen. »Wieso habe ich das Gefühl, dass Sie um den heißen Brei herumreden?«

Thomas lacht. Ein Grübchen kommt auf seiner Wange zum Vorschein. Eines, das ich laut Mum auch besitze.

Unruhig reibe ich meine Handflächen über die Oberschenkel.

»Schwere Themen lassen sich nicht in einfache Worte fassen, Mitchell.« Er nimmt einen Schluck aus seiner Tasse, stellt sie wieder auf dem gläsernen Tisch vor uns ab. »Aber um zu deiner Frage zurückzukehren: Ich denke, deine Mutter kontaktierte mich nicht, weil sie wirklich glaubte, ich sei … tot.«

Ein Missverständnis. Ein freudiges Prickeln breitet sich in meinem Körper aus. Mum hat nicht gelogen. Sie hatte nur keine Ahnung von der Wahrheit. Und trotzdem hätte sie mir erklären können, woher mein Vater kommt. Und dann wäre da noch etwas … »Warum glaubte sie das?« Erst nach ein paar Sekunden fügt sich dieses Geständnis in das Gesamtbild ein und wirft neue Fragen auf. »Sie haben sie das glauben lassen!« Meine Wut kehrt zurück. Endlich etwas, womit ich arbeiten kann. »Warum?«

Seine Erwiderung klingt nach einer weiteren Ausrede, doch leider formuliert er sie so schnell, dass ich mich fragen muss, ob sie wirklich erfunden ist.

»Weil ich euch schützen wollte.«

SANNI

Es ist Willy, der mich weckt. Doch statt an meiner Schulter zu rütteln oder meinen Namen zu sagen, kneift er mich unsanft in den Oberarm.

Noch im Halbschlaf katapultiere ich meinen Oberkörper in die Senkrechte und schlage mit der Hand an die Stelle, von der der brennende Schmerz ausgeht.

»Was soll das, verdammt?!«, krächze ich orientierungslos und blinzle.

»Steh auf«, befiehlt Willy.

Ich greife mir an die Stirn, stöhne und frage mich, ob die nette Seite, von der ich eigentlich glaubte, er würde sie besitzen, tatsächlich nur dämliches Wunschdenken ist. »Wenn du mir zwei Minuten gibst, bin ich weg, okay?«, verspreche ich und bereue zutiefst, dass ich es mir auf seinem Sofa gemütlich gemacht habe.

Dass er gestern Nacht in sein Zimmer gerauscht ist, war wohl eine stumme Aufforderung an mich, zu verschwinden.

Während ich mir die dünne Decke vom Körper schäle und versuche, den ekligen Morgengeschmack hinunterzuschlucken, wartet Willy mit verschränkten Armen und viel zu nah vor mir darauf, dass ich endlich in die Gänge komme.

Ich würde gern noch einmal duschen oder mir zumindest das Gesicht waschen, vielleicht auch etwas essen, aber der finstere Ausdruck in seinem Gesicht hält mich davon ab, etwaige Bitten zu äußern.

Als ich aufrecht stehe und meinen Rucksack vom Tisch holen will, versperrt Willy mir den Weg, schiebt sich einfach in seiner vollen Breite vor mich. »Den kannst du hierlassen.«

Ich bin mir nicht sicher, ob ich das richtig verstehe. »Was?« Mein verwirrtes Stirnrunzeln entlockt ihm eine Erklärung.

»Wir kommen wieder«, seufzt er genervt, weshalb ich an der Bedeutung seiner Aussage zweifle.

»Du schmeißt mich nicht raus?«, frage ich zögerlich nach. »Ich dachte …«

»Denk nicht so viel, Sanni. Ich will dir was zeigen, bevor ich arbeiten gehe.«

O-okay? Da es bestimmt zu früh ist, sich über seine Initiative zu freuen, lasse ich es lieber. Außerdem werde ich erst wissen, ob ich ihn für meine Sache gewinnen kann, wenn ich gesehen habe, was genau er mir zeigen möchte und inwieweit das etwas Positives ist.

Willy mustert mich noch einen Moment, verzieht dann den Mund und stiefelt in die Küche. Als er zurückkommt, hat er eine Scheibe Brot in der Hand, die er mir in die Finger drückt. »Hier.«

Perplex starre ich die Brotscheibe an.

»Willst du das durch pure Willenskraft in deinen Magen befördern?«, schallt es plötzlich von der Wohnungstür zu mir herüber.

Ich löse mich aus meiner Starre und hebe den Blick, um festzustellen, dass Willy bereits im Hausflur auf mich wartet.

»Beeil dich, ich hab nicht ewig Zeit«, meckert er und tippt sogar mit dem Fußballen auf den staubigen Boden.

Total überrascht und unsicher, ob ich begreife, was hier gerade passiert, setze ich mich in Bewegung und hoffe einfach das Beste.

Wegen des Brotes gluckst mein Bauch ein paar Minuten später zufrieden.

Wir gehen durch den Bezirk, in dem der allmorgendliche Betrieb herrscht. Menschen wuseln wie Ameisen durch die Gassen, auf dem Weg zur Arbeit oder bereits wieder auf der Heimreise. Hier und da werden wir von zwielichtigen Gestalten angesprochen, die uns die wertlosesten Dinge wie rostige Schrauben und Pappdeckel andrehen wollen, doch Willy scheucht sie alle mit einer barschen Antwort und einmal sogar mit einem einzigen vernichtenden Blick davon.

Ich sollte von seiner Bitterkeit zwar nicht beeindruckt sein, aber auf eine traurige Weise ist er wahrhaftig faszinierend. Es ist, als hätte Willy seine erlittenen Verluste und negativen Erlebnisse genommen, eine Rüstung daraus geformt und würde diese die ganze Zeit tragen. Zum Schutz. So kann ihm niemand etwas anhaben. Allerdings kann auch niemand sehen, welchen

Menschen er unter all dem Schmerz begraben hat. Er versteckt sich. Genau wie ich es getan habe.

»Was willst du mir eigentlich zeigen?«, frage ich, um mich von meinen Gedanken abzulenken.

Willy kratzt sich nur an der Nase, biegt bei der nächsten Kreuzung rechts ab und steuert geradewegs auf eine Freifläche zu, die am Ende dieser kleinen Gasse außerhalb des Bezirks liegt. Meine Frage ignoriert er gekonnt.

Je weiter wir gehen, desto dichter sind die Häuser, die wir passieren, mit Efeu und Moos bewachsen. Auch der Geruch verändert sich. Aus zu vielen Menschen und zu wenig Sauberkeit wird langsam ein angenehmeres Aroma, das mich an frisch geschnittenes Gras erinnert. Sobald wir das Ende der Straße erreichen und zwischen zwei Häusern hervortreten, umspielt uns ein lauer Wind, der mir trotz der warmen Temperaturen eine leichte Gänsehaut verschafft.

»Was ist das hier?« Ich lasse meinen Blick über die Steine schweifen, die in unterschiedlichen Abständen vor uns auf der Wiese liegen.

Doch Willy weigert sich immer noch, den Mund aufzumachen und diesen Ausflug zu erklären. Stattdessen befiehlt er mir mit einem knappen Kopfnicken, ihm zu folgen.

Außer uns ist niemand hier draußen. Wir schlängeln uns an den ersten Steinen vorbei, die beschriftet sind, wie mir erst bei näherer Betrachtung auffällt.

Überall finde ich Namen auf den rauen Oberflächen. Mal schön und beinahe filigran in das Gestein geschlagen, dann wiederum unleserlich und mit schlecht entzifferbaren Buchstaben geschrieben. Bei manchen Steinen liegen vertrocknete Blumen und Sträucher. Wir kommen sogar an einem frischen Strauß vorbei und entdecken eine kleine Schachtel, die jemand bei einem besonders winzigen Stein niedergelegt hat.

Ich kämpfe mit einem plötzlich auftauchenden Kloß in meinem Hals und falle immer weiter hinter Willy zurück, weil ich nicht aufhören kann, die Namen zu entziffern, die mich wie kleine Blitze zu blenden scheinen.

Vor einem halbmondförmigen Stein mit spitzen Kanten und geriffelter Fläche bleibe ich schließlich stehen. ›Karlos‹ steht darauf. Doch das r und das s sind kaum noch zu erkennen. Die Witterung hat den Stein geschliffen und die Natur hat die Rillen der Buchstaben nach und nach mit ihren Auswüchsen gefüllt. Dieses Exemplar hier muss schon älter sein.

Ich schlucke. Als ich mich schließlich zwinge, den Kopf zu heben, sehe ich Willy.

Weit hinter ihm beginnt der Wald. Daneben steht die Sonne knapp über dem Horizont, die sich daranmacht, den Himmel zu erklimmen. Willys Körper ist von einem orangenen Licht umgeben, als würde er jede Sekunde in Flammen aufgehen. Er hat den Kopf gesenkt und sieht auf die Erde hinab. Nein, nicht auf die Erde. Auf den Stein vor ihm.

Vermutlich wartet er stillschweigend darauf, dass ich zu ihm gehe, dass ich den Namen auf diesem Stein lese, doch meine Beine wollen sich nicht vorwärts bewegen. Außerdem glaube ich längst zu verstehen, was dieser Ort für einen Zweck besitzt.

Mein zitternder Atem wird vom Wind verschluckt, der die Distanz zwischen uns mit seiner Anwesenheit füllt. Ich könnte einfach durch ihn hindurchgehen, aber auf einmal erscheint es mir wie eine Unmöglichkeit. Als wäre da eine Wand. Und wenn ich sie durchbreche, kann ich meine Entscheidung nicht mehr rückgängig machen.

Ich bin hergekommen, um die Menschen, die mir etwas bedeuten, aus allem herauszuhalten, um einen anderen Weg zu finden. Aber was, wenn es diesen Weg nicht gibt? Was, wenn es unmöglich ist, jemandem mit Gleichgültigkeit zu begegnen?

Ich werde es bereuen, Willy für meinen Plan gewinnen zu wollen. Ich werde mich hassen, wenn ich es schaffe, seine Einstellung zu ändern. Doch noch schlimmer würde es sein, ihn jetzt allein zu lassen und zu vergessen, dass ich die Chance hatte, einen wahren Teil von ihm kennenzulernen.

Also schiebe ich alle Ängste und Zweifel von mir und marschiere über Erinnerungen vergangener Leben hinweg auf ihn zu.

»Ich glaube nicht an ein Leben nach dem Tod. Trotzdem komme ich hierher und aus irgendeinem Grund hilft es manchmal sogar.«

Willy hat mir noch keinen Blick zugeworfen. Auf sein Profil zu schauen, erschien mir irgendwie unangebracht, also starren wir nun gemeinsam Maries Namen an, der auf einem glatten, runden Stein steht. Sauber eingeritzt und daneben sogar mit den Umrissen eines Teddybären verziert.

Das muss Willy stundenlange Arbeit gekostet haben. Der Stein liegt in einem Nest aus Grashalmen, die an seinen Seiten hinaufklettern.

»Ich weiß ja nicht, was ihr mit euren Toten macht, aber wir bringen sie her, vergraben sie und besorgen uns Steine für ihre letzten Ruhestätten, damit wir wissen, wo wir trauern können«, erzählt Willy tonlos.

Ich stelle mir die lockere, frisch aufgebrochene Erde vor, die vor ein paar Jahren den kleinen Körper eines Mädchens aufgenommen hat. Den frischen Hügel, der schon lange verschwunden ist. Fortgespült und fest getrampelt.

Ich kann mich nicht daran erinnern, dass Willy je so viel an einem Stück gesprochen hätte. Und jetzt bin ich es, die kein Wort über die Lippen bringt.

»Wir begraben sie, Sanni. Wir begraben unsere Verluste und dann leben wir damit.« Seine Stimme wird drängend. »Wir akzeptieren, dass wir es nicht ändern können. Und wenn wir wütend sind oder verzweifelt, wenn wir das Gefühl haben, etwas tun zu müssen, kommen wir her und denken daran, dass es irgendwann vorbei sein wird.«

Das ist es also, was er mir zeigen wollte.

»Ich soll vergessen«, stelle ich klar.

Für mich. Aber auch für ihn, da er offenbar will, dass ich den Sinn dieser Unternehmung selbst äußere.

Willy nickt dem Boden zu. »Und du sollst verstehen.«

Entschlossen reiße ich mich von Maries Stein los und wende mich dem Mann zu, der lebendig neben mir steht.

Vielleicht muss ich ihn einfach nur daran erinnern, dass nicht er dort unter der Erde liegt, dass sein Leben noch nicht beendet, dass er am Leben ist. Er lebt! Auch wenn ihm das ungerecht erscheinen mag, auch wenn er sich wohl öfter als einmal gewünscht hat, er könnte mit seiner Nichte tauschen.

»Ich verstehe dich doch, Willy.« Ich sehe, wie sich sein Kiefer anspannt. »Da, wo du jetzt stehst, habe ich auch schon gestanden. Nur war da nirgends ein Stein, der es erträglicher gemacht hat.« Es kommt mir so vor, als prallten meine Worte wie nutzlose Bälle an ihm ab.

Stur sieht er weiter auf Maries Namen. »Das macht es nicht erträglicher«, widerspricht er mir.

Ich bilde mir ein, zu spüren, wie sich mein Herz zusammenzieht. Wie kann ich ihm klarmachen, dass ich das Gefühl der vollkommenen Hilflosigkeit kenne? Wie kann ich ihn davon überzeugen, dass es vorbeigeht? Man kann diese Dunkelheit überstehen. Ich habe es selbst erlebt. Man kann es überleben und wieder nach vorn schauen. Mit Zeit. Mit Geduld. Mit der Hilfe von anderen. Mit der Akzeptanz, dass ich Rey nicht mehr helfen kann. Er ist nicht mehr hier. Aber ich bin es.

»Soll ich dir erzählen, was mit unseren Toten geschieht?«, frage ich leise.

Willy fordert mich nicht dazu auf, aber er hält mich auch nicht davon ab, weiterzusprechen.

Also räuspere ich mich und sortiere meine Gedanken, während ich die Arme um meinen Körper schlinge und mich selbst halte. »Gar nichts«, gestehe ich. »Denn wir haben keine Toten, um die wir trauern.«

Ich weiß nicht, was es ist – die Tatsache, dass ihn meine Aussage überrascht, oder die Verwirrung über die Unstimmigkeit mit der Geschichte, die ich ihm gestern über meinen Bruder erzählt habe –, doch Willys Kopf zuckt endlich zu mir herum. Die Brauen tief nach unten gezogen und eine steile Falte auf der

Stirn, die eine Narbe auf seiner Haut zweiteilt, sieht er mich so durchdringend an, dass es schwer ist, seinem Blick standzuhalten.

»Wie darf ich das jetzt bitte verstehen?« Er klingt … verletzt. Vielleicht weil ich ihn daran erinnert habe, woher ich komme und wie wunderschön es dort sein muss. Sein kann.

Ich wage einen bedachten Schritt, näher zu ihm. Dann löse ich meine verkrampfte Haltung und strecke eine Hand nach ihm aus. Ich warte ab, ob er zurückweicht, doch er lässt zu, dass ich ihn an der Schulter berühre.

Die Wand habe ich längst in einen Schutthaufen verwandelt.

»Normalerweise sterben wir erst in einem sehr hohen Alter«, beginne ich leise. »Das hat etwas mit unseren Genen zu tun.«

Willy sieht zusehends durcheinander aus.

»Und wenn es so weit ist, sind die Menschen beinahe froh darüber.«

Keine Reaktion.

»So ein perfektes Leben wird auf Dauer wohl langweilig«, mache ich einen unangebrachten Scherz und rechne jede Sekunde damit, dass Willy meine Hand von seiner Schulter reißt. Doch es geschieht nicht.

»Ich habe mich nie gefragt, was mit diesen Menschen passiert. Ich nahm an, sie würden verbrannt und dann der Natur zurückgegeben.«

Ich merke, dass ich meine Finger in Willys Haut kralle, doch es scheint ihn nicht zu kümmern.

»Der Tod ist bei uns kein Thema«, fahre ich stockend fort, »weil er keine Bedrohung, sondern am Ende ein Geschenk ist.«

Ich habe nie zuvor darüber gesprochen. Und ich kann nicht glauben, dass ich ausgerechnet Willy davon erzähle. »Wir brauchen keinen Ort, an dem wir trauern können, weil es nichts zu bedauern gibt«, krächze ich jetzt. »Nicht so wie hier.«

Auf einmal wünschte ich, dass Willy mich in den Arm nehmen würde. Nur für eine kurze Weile.

Er atmet tief ein und dann legt er einfach so seine Hand auf meine.

Ich schluchze auf. Dabei habe ich die Tränen nicht einmal richtig bemerkt. »Ich hätte nie gedacht, dass ich einen Ort für den Tod brauchen würde.« Meine Augen brennen. »Doch ich hätte gern einen gehabt.« Meine Unterlippe beginnt zu zittern.

Mir ist egal, ob es etwas ändern wird, mir ist egal, wie unangenehm die Situation dadurch werden kann – ohne länger zu zögern, schiebe ich meine Arme an Willys Seiten vorbei in seinen Rücken und presse mich an ihn, vergrabe mein Gesicht an seinem Hals.

Und er stößt mich nicht weg. Er drückt mich an sich, als wären wir keine Fremden, sondern zwei Menschen, die sich gegenseitig festhalten und die unfassbare Entdeckung machen, dass sie nicht allein sind.

THEO

Ich schrecke auf, als mir im Traum Susis Finger entgleiten. Eine Maus sitzt auf meinem Fuß und knabbert am Saum meiner Hose. Hastig ziehe ich die Beine an und verscheuche auf diese Weise das Nagetier, das die Gasse entlang davonrennt und sich in einem Loch in einer Hausmauer verkriecht.

Mein Brustkorb hebt sich im Akkord, während ich mir den Speichel vom Mundwinkel wische und blinzelnd meine Umgebung betrachte.

Ich muss gestern Nacht eingeschlafen sein, als ich mich nur kurz im Schutz eines überdachten Eingangs ausruhen wollte. Ich bin einfach auf dem dreckigen Boden eingenickt, zu erschöpft, um wieder aufzustehen und mir einen bequemeren Platz zu suchen.

Als ich mich jetzt schwerfällig auf die Beine hieve, knacken meine Knie. Ich kann von Glück reden, dass es heute Nacht nicht geregnet hat.

›*Meine allererste Nacht im Freien*‹, stelle ich erstaunt fest. Und das ausgerechnet in Susis Bezirk.

Enttäuscht nehme ich wahr, dass der Anblick dieses Ghettos auch nicht durch Tageslicht aufgewertet wird. Es wäre vermutlich sinnvoll, meine Erwartungen herunterzuschrauben. Oder sie komplett in den Wind zu schießen. Wie hat sich Susi auch nur eine Sekunde an diesem Ort wohl, geschweige denn zu Hause fühlen können? Es muss an den Menschen hier liegen, an ihren Freunden, die nicht meine sind.

Mit dem Finger pule ich ein bisschen Schlaf aus meinem Augenwinkel.

Unvorstellbar, dass ich nicht mehr zu Susis engsten Vertrauten gehöre. Dabei war ich eine Zeit lang der wichtigste Mensch in ihrem Leben. Kann man so einfach einen solchen Platz verlieren? Bin ich selbst daran schuld? Vermutlich. Hätte ich mir meinen Chip einfach früher entfernt ...

Das Zuschlagen einer Tür reißt mich aus meinen Gedanken. Schräg gegenüber hat ein Mann das Gebäude verlassen, der in eine Art Latzhose gekleidet ist und klobige Stiefel an den Füßen trägt. Sein müder Blick zuckt zu mir, doch ich scheine seine Aufmerksamkeit nur zwei Wimpernschläge wert zu sein, ehe er sich abwendet und sich beinahe schleppend in Bewegung setzt.

Mit der Hand stütze ich mich noch immer an der dreckigen Fassade in meinem Rücken ab. Meine Zunge fühlt sich pelzig an. Ich spucke auf den unebenen, mit Pflastersteinen überzogenen Boden und wische meine Handflächen an der Hose ab.

Als weitere Männer, alt und jung, an mir vorbeiziehen, mich jedoch vollkommen ignorieren, trete ich aus dem Schutz des kleinen Eingangs heraus und sehe die Straße hinunter. Wenn ich es richtig in Erinnerung habe, führt sie in die Richtung der Fabrik.

Susi hat mir nie beschrieben, wo genau sie wohnt. Aber dafür fällt mir urplötzlich ein, dass ich einen anderen Anhaltspunkt habe.

Es dauert den halben Tag und etliche skeptische oder gleichgültige Blicke der Menschen hier, bis ich den Laden schließlich finde. ›Terri-Markt‹ steht in hässlichen, blass-grünen Buchstaben über dem unscheinbaren Eingang.

Ich könnte schwören, dass ich an dem Gebäude bereits mehrmals vorbeigelaufen bin, dieser Schriftzug allerdings erst später aufgetaucht ist.

Mit klopfendem Herzen stoße ich die an den Rahmen eingestaubte Doppeltür auf und betrete das unscheinbare Geschäft. Der naive Junge in mir hofft, dass Susi gleich aus einem der Gänge hervor in mein Sichtfeld tritt. Er hofft, dass sie sich für ihren unerwarteten Kontaktabbruch entschuldigt und eine plausible Erklärung für alles liefert. Ich würde ihr, ohne mit der Wimper zu zucken, verzeihen. Vermutlich selbst dann, wenn sie mir offenbaren würde, ich sei der Grund für ihr Abtauchen gewesen.

Ich würde sie in die Arme schließen, sie festhalten und nie wieder loslassen. Ganz einfach.

Langsam lasse ich meinen Blick über die Güter gleiten, die hier angeboten werden. Ein paar Orangen lassen mir das Wasser im

Mund zusammenlaufen. Ich bin dehydriert und kurz vorm Verhungern.

Als würde ein Instinkt, den ich noch nie zuvor wahrgenommen habe, das Steuer übernehmen, setze ich mich in Bewegung. Ich folge dieser Eingebung, die vielleicht etwas mit dem ursprünglichsten Überlebenswillen eines jeden Lebewesens zu tun hat, in den ersten Gang.

Die junge Frau an der Kasse sieht aus wie eine Vogelscheuche und schenkt mir keinerlei Beachtung. Regungslos starrt sie vor sich hin.

In Windeseile schleiche ich also alle Gänge entlang. Meine Hände greifen wie von selbst nach dem Brot und der Wasserflasche, die ich plötzlich an meinen Körper presse. Hastig sehe ich mich um, stelle sicher, dass die anwesenden Kunden mit sich selbst beschäftigt sind, und verziehe mich dann in eine hintere Ecke, wo ich das Wasser in einem Zug leere.

Jeder Bissen von dem Brot verursacht einen lauten Freudenschrei in meinem Bauch. Ich kaue so hastig, dass mein Kiefer schmerzt. Bald wird mir schlecht, doch das ist egal. Ich stopfe das in einer anderen Situation sicherlich ungenießbare Nahrungsmittel beinahe panisch in mich hinein. Als würde ich tot umfallen, wenn ich es nicht sofort esse.

»Haben Sie vor, das auch zu bezahlen?«, tönt eine raue Stimme neben mir. Die Empörung darin ist nicht zu überhören.

Ich hätte meine unmittelbare Umgebung besser im Auge behalten sollen.

Langsam schaue ich über die Schulter, um zu sehen, wer mich da zurechtgewiesen hat, und verschlucke mich dabei an dem

Brot-Brei in meinem Mund. Hustend halte ich mir die Hand vor das Gesicht, krümme meinen Oberkörper nach vorn und spucke dem Mann schließlich den mit Speichel zersetzten Klumpen vor die Füße. Mit einem platschenden Geräusch landet er auf dem fleckigen Boden.

Mein Blick zuckt nur kurz nach unten, bevor er sich wie von selbst wieder auf mein Gegenüber richtet. Der Mann mit den unzähligen Falten im Gesicht und dem im Gegensatz dazu glatten, haarlosen Schädel rümpft die Nase. Mit seinen kleinen Augen mustert er mich aus zusammengekniffenen Lidern. Es ist schwer zu sagen, ob er wütend ist oder nachdenkt.

Verspätet verstecke ich die geöffnete Plastikflasche hinter meinem Rücken, doch er hat natürlich längst bemerkt, dass sie leer ist.

»Ich …«, krächze ich und unterdrücke einen weiteren Hustenanfall, »wollte noch bezahlen.«

›*Und womit?*‹, erinnert mich mein Verstand.

»Das glaube ich gern«, knurrt der alte Mann. »Raus aus meinem Laden!«

Mittlerweile sind ein paar Kunden auf unsere Auseinandersetzung aufmerksam geworden. Köpfe drehen sich ganz automatisch in unsere Richtung. Manche sind mit Mitleid geschmückt, das mir gilt, wenn ich es richtig deute. Vermutlich bin ich nicht der Erste, der hier verzweifelt seinen Magen zu füllen versucht. Allerdings werde ich wohl – Susi vielleicht ausgenommen – der erste Städter sein, der sich in dieser Lage befindet.

Hastig stelle ich die leere Flasche in ein Regal neben uns, dann zögere ich.

»Worauf wartest du? Wenn du nicht verschwindest, werde ich dich melden.«

»Wem?«, rutscht es mir heraus. Ich könnte mir die Zunge abbeißen.

Wem wird er das melden? Der EfiA! Ich weiß nicht, warum ich plötzlich so fest davon überzeugt bin. Vielleicht weil Susi mir damals von diesen Leuten erzählte. Dieser Mann … Maikel, hatte damals eine Verbindung zur Stadt. Ich sehe die Erinnerung an unsere Gespräche über das Inkoar vor mir, als wäre sie ganz frisch und nicht acht Jahre alt. Aber lebt er noch? Susi erwähnte, dass er uralt sein musste. Danach haben wir nie wieder über ihn gesprochen. Doch der Name hat sich unlöschbar in mein Hirn gebrannt.

»Kennen Sie einen Maikel Springer?«, frage ich. Immerhin muss ich irgendwo anfangen.

Der alte Mann stutzt. »Wer will das wissen?«, fragt er ertappt.

»Ich bin auf der Suche nach jemandem. Ihr Name ist Susi.«

Seine buschigen Augenbrauen wandern so tief nach unten, dass sie womöglich gleich seine Augen verdecken. »Wer hat dich geschickt?«

Bevor ich reagieren kann, ist er bereits näher getreten. Er senkt die Stimme, den Blick, wirkt mit einem Mal gehetzt.

Mir wird klar, dass ich einen Nerv getroffen habe. Also packe ich die Chance meiner plötzlichen Überlegenheit beim Schopf und richte mich auf. Als ich kerzengerade und erhobenen Hauptes vor ihm stehe, verfinstert sich seine Miene.

Ich knirsche mit den Zähnen und versuche möglichst bedrohlich zu wirken, während ich leise raune: »Sie wissen, wer mich geschickt hat.«

Was ich tue, ist riskant. Schließlich beruht mein vorgetäuschtes Wissen auf Spekulationen, die wiederum aus Fetzen und angedichteten Tatsachen bestehen, die Susi und ich seit ihrem Verlassen der Stadt mühsam zusammengesammelt haben. Anders gesagt: Entweder hat dieser Mann jetzt Angst vor mir oder ich gleich vor ihm.

Meine Stimme hat kaum merklich gezittert, doch der Alte mustert mich skeptisch vom Kopf bis zu den Zehen und schürzt nachdenklich die Lippen.

Als ich feststelle, dass er nicht beeindruckt ist, drängt sich mir der Verdacht auf, dass sich *seine* plötzliche Panik nun an *mich* heranpirscht. Meine angespannten Nerven und der leicht erhöhte Puls würden dafür sprechen.

»Du bluffst«, tritt er meine Hoffnung, ihn hinters Licht führen zu können, mit Füßen und streckt gleichzeitig seine Hand aus, um die leere Flasche vom Regal zu nehmen. Seine Augen sind trotz der überzeugten Aussage zu misstrauischen Schlitzen verengt.

Ich beobachte, wie sich seine schrumpeligen Finger um das billige Plastik legen. Das Brot, das ich so hastig verschlungen habe, macht Anstalten, meine Speiseröhre wieder hinaufzuklettern.

Der Alte wiegt die Flasche in seiner Hand, als prüfte er, ob eine optische Täuschung den Inhalt unsichtbar werden lässt. »Wenn du geschickt wurdest«, murmelt er und sieht dabei die Flasche an, »kannst du mir dann auch sagen, warum?«

Mein Blick huscht zu der Frau, die ein paar Meter weiter bei uns im Gang steht und immer wieder in unsere Richtung schielt. Als sie merkt, dass ich zurückstarre, wendet sie hastig den Kopf ab. Irgendwo im Geschäft plaudert jemand.

Ich richte meine Aufmerksamkeit erneut auf mein Gegenüber und verschränke die Arme vor dem Oberkörper. »Das kann ich gern wiederholen. Maikel Springer soll mir dabei helfen, jemanden zu finden.«

»Susi«, erwidert er und stellt damit unter Beweis, wie gut er zuhören kann.

Ich nicke mit angespanntem Kiefer. »Ja, Susi. Wissen Sie also, wo ich diesen Mann finden kann?«

Er legt amüsiert den Kopf schräg. »Du bedienst dich hier einfach an meiner Ware und dann verlangst du auch noch meine Hilfe?«

Das angedeutete Lächeln verwandelt sich in eine zornige Grimasse. Für eine winzige Sekunde weiten sich dabei seine Augen, als hätte er eine Erkenntnis erlangt. Doch der Moment verfliegt und ich glaube, mir dieses Erstaunen nur eingebildet zu haben.

Dann beginnt er, heftig mit den Händen zu gestikulieren. »Ich bin es leid, mir sagen zu lassen, was ich tun soll. Ich bin es leid, deren Handlanger zu spielen. Ich bin zu alt, ich mach da nicht länger mit.« Seine Stimme wird lauter, doch er spricht nicht länger mit mir. Der Alte sieht hoch und starrt an die Decke. Sein Blick fliegt von einer Ecke in die nächste. »Habt ihr das gehört?«

Ich hebe ebenfalls den Kopf, um zu verstehen, mit wem er plötzlich spricht, doch da oben sind nur Flecken in verschiedenen Größen und Arten und Wasserschäden, die sicher von den oberen Stockwerken verursacht wurden. Verwirrt sehe ich wieder den Alten an, der jetzt sogar anfängt zu brüllen.

»Ich hab keine Angst mehr vor euch. Macht, was ihr wollt. Sperrt mich ein, tötet mich!« Die Frau im Gang bemüht sich nun nicht mehr, ihr Interesse zu verbergen, und starrt unverhohlen her. »Mir egal. Das ist sowieso kein Leben«, fährt er schreiend fort. »Habt ihr das kapiert? Ich steig aus!«

Die darauffolgende Stille ist erdrückend. Sämtliches Stimmengewirr ist zum Erliegen gekommen. Ich wage es kaum zu atmen, während ich entgeistert den Alten anstarre, dessen Nerven eben in Flammen aufgegangen sind.

»Du willst deine Freundin finden?« Dass Susi meine Freundin ist, habe ich mit keiner Silbe erwähnt, doch ich verzichte darauf, ihm das zu sagen, und nicke einfach nur. »Da kann ich dir nicht helfen.«

Was soll dann die Frage, zum Teufel? Ich balle die Hände zu Fäusten. »Aber Sie wissen, wer sie ist«, beharre ich.

Er zuckt müde mit den Schultern. »Im Grunde weiß ich nichts, Junge. Und jetzt entschuldige mich, ich werde nach Hause gehen und warten.«

Mit schlurfenden Schritten setzt er sich in Bewegung. Er geht an mir vorbei, ignoriert die anwesenden Menschen, deren Augen allesamt auf ihn gerichtet sind, und hebt wie zum Abschied einen Arm.

»Bedient euch. Geht alles aufs Haus.«

Niemand rührt sich, bis er das Geschäft verlassen hat und die Doppeltür aufgehört hat, vor und zurück zu schwingen.

Die Sekunden verstreichen, während ich versteinert dastehe und denke: ›*Worauf will er warten?*‹

Dann bricht das Chaos aus.

THYA

Ich schwöre, dass ich die Verbindung zu meinem Körper verloren habe. Meine Augen brennen, weil ich mich nicht daran erinnern kann, wie man blinzelt. Auch meine Muskeln scheinen vergessen zu haben, dass ich Luft einatmen muss, damit meine Lunge ihre Arbeit verrichten kann.

Versteinert stehe ich vor dem Spiegel und scheitere an dem Vorhaben, das, was ich sehe, ganz sachlich zusammenzufalten und in die Ecke meines Hirns zu schieben, die für die logischen Schlüsse zuständig ist.

Das Mädchen dort ist Thya. Dessen bin ich mir sicher, aber die jüngsten Ereignisse haben … Auswirkungen auf sie gehabt. Und damit meine ich nicht die auf ihre Seele, sondern schlichtweg äußerliche Veränderungen.

Ganz behutsam wende ich meinen Kopf zur Seite. Die junge Frau im Spiegel macht es mir nach. Als ich einen Schritt in ihre Richtung wage, kommt sie mir entgegen.

Ihre Haare sind eine einzige Katastrophe. Die gerötete Haut in ihrem Gesicht lässt mich glauben, sie hätte tagelang geweint, was immerhin der Wahrheit entspricht. Ihre Wangenknochen stechen deutlicher hervor als noch vor wenigen Tagen und die Lippen sehen schlimmer aus, als sie sich anfühlen.

Doch das alles nehme ich nur wie durch einen Schleier wahr, denn meine gesamte Aufmerksamkeit konzentriert sich auf den charakteristischen Mittelpunkt ihres Gesichtes, den Bereich, der von manchen als Tor zur Seele bezeichnet wird.

Meine Augen sind nicht mehr silbern. Sie sind bunt wie ein Regenbogen.

Automatisch zuckt mein Blick zu meinen Beinen, ebenso wie meine Hände, die zitternd darüber streichen, doch ich spüre kein Kribbeln. Ich fühle nicht das geringste Anzeichen für einen Ausfall. Vielleicht kommt das noch?

Verunsichert nähere ich mich dem Spiegel ein weiteres Stück und stelle fest, dass etwas anders ist. Die letzten Male haben meine Augen kurz vor einem Aussetzer regelrecht geglüht, die Farben waren in Bewegung, die Iris hat bunt gefunkelt, doch jetzt ist sie ruhig. Still. Auf eine unbeschreibliche Art. Die Farben wirbeln nicht ineinander, sondern haben einen festen Platz eingenommen. Diese Veränderung ist nicht temporär … Sie ist dauerhaft.

Was bedeutet das für mich? Werde ich nie wieder die Kontrolle verlieren? Bin ich … bin ich geheilt?

Ein Lächeln krallt sich in mein Gesicht, ohne dass ich es verhindern kann. Leider dauert es nicht sehr lange an, denn was wäre der Mensch ohne sein Misstrauen?

›*Wie soll sich ein Genfehler einfach in Luft auflösen?*‹, wendet mein Verstand ein. Und er hat recht. Das ist unmöglich. Dr. Feres wird das bestätigen können.

Ich kehre meinen Blick nach innen, als mir wieder einfällt, dass er ein Phänomen erwähnte, das sich angeblich seinem wissenschaftlichen Verständnis entzieht. Aber damit meinte er meinen Tod, von dem die Männer der EfiA ihm bestimmt berichtet haben. Aber glaubt er ihnen? Glaube ich ihnen? Ich kann unmöglich mehrere Minuten lang tot gewesen sein, nur um dann wieder aufzuwachen, als wäre nichts gewesen. Das ist ... verrückt. Andererseits kann ich mich auch nicht daran erinnern, was zwischen dem Keller und meinem Aufwachen im Transporter passiert ist.

Restlos überfordert schlinge ich die Arme um meinen Körper und wende mich schließlich von dem Spiegel ab.

Eine ausgiebige Dusche wird meine Sorgen nicht davonspülen, doch sie wird vielleicht dafür sorgen, dass es mir ein kleines bisschen besser geht.

Später im Zimmer auf dem weißen Bett fühle ich mich zur Abwechslung mal wieder sauber, besser allerdings nicht. Nicoles Verband habe ich nicht wieder angelegt, weil ich einhändig so meine Schwierigkeiten hatte, den Stoff um die verletzte Hand zu wickeln. Meine Haut brennt wegen der Dusche unangenehm, aber ich beschließe, den Schmerz zu ignorieren. Vielleicht hilft er mir auch dabei, mich abzulenken.

Ich befinde mich an demselben Punkt, an dem vor Tagen dieser ganze Albtraum begonnen hat. In der MeF. Eingesperrt. Die

Tür ist manuell verriegelt. Und ich würde mein für wertlos erklärtes Leben darauf verwetten, dass Dr. Feres den Schlüssel bei sich trägt. Und zwar immer.

Dass er mir den heutigen Tag zur Erholung überlässt, erscheint mir wie eine perverse Art der Folter. Was nützen mir diese Stunden, wenn ich nichts tun kann? Nichts, außer mich vor dem Morgen zu fürchten? Dieser ›geschenkte‹ Tag zieht nur mein Leiden in die Länge.

Dr. Feres ist vielleicht ein grausamer Mensch, Unzuverlässigkeit kann ich ihm nicht vorwerfen. Er lässt sich kein einziges Mal blicken, genau wie er es versprochen hat. Und auch niemand sonst. Bald fühlt es sich an, als wäre ich ganz allein in diesem Gebäude. Allein in dieser Stadt. Dabei ist das Blödsinn.

In den Stockwerken unter mir wird gearbeitet und geforscht. Dort werden Kinder gezüchtet, Gespräche mit zukünftigen Eltern geführt, vielleicht wird gerade ein Baby übergeben oder … ein fehlerhaftes aussortiert?

Ich krampfe meine gesunde Hand um das Ende des Bettes, spüre, wie meine Fingernägel abzubrechen drohen, weil der Druck, den ich auf sie ausübe, immer größer wird.

Bin ich die Einzige?

Die Logik verneint diese Frage. Was für ein unglaublicher Zufall wäre es, wenn ausgerechnet ich – nur ich! – einen Genfehler aufweise? Wie viele Kinder gibt es in dieser Stadt? So viele, dass das, was mich in diese Situation gebracht hat, öfter als einmal vorkommt? Übelkeit breitet sich wie Nebel in meinem Körper aus. Ich presse mir die andere Hand zur Faust geballt auf den

Bauch und schlucke diese widerliche Ahnung mühsam hinunter.

Wie viele sind gestorben, weil sie so waren wie ich? Nein, wie viele sind getötet worden, weil sie nicht so perfekt waren, wie sie es hätten sein sollen?

Kälte klettert an meinen Gliedmaßen hinauf wie die Spinnen in Nicoles Wohnung die Wände dort. Ich habe mich kein einziges Mal mit der Bedeutung meines Schicksals auseinandergesetzt. Kann man so sehr mit sich selbst beschäftigt sein, dass man darüber das große Ganze nicht wahrnimmt? Muss ich mich deshalb schlecht fühlen? Ich bin kein Einzelfall. Kann ich doch gar nicht sein. Allein die Vorgehensweise, mit der sie mich behandelt haben, wie sie mir systematisch die Tatsachen vorenthalten und mich eingesperrt haben, ist doch der Beweis dafür, dass es nicht das erste Mal geschah. Mein erster Aufenthalt hier folgte einem routinierten Ablauf.

Die Angst in mir verändert sich. Sie verschwindet nicht, wird auch nicht kleiner oder weniger furchterregend, sie fängt bloß an, eine Form anzunehmen, eine Struktur, die ich greifen, die ich tatsächlich begreifen kann. Weil genau diese bestimmte Angst nicht zum ersten Mal gefühlt wird. Ich bin nicht allein. Weder mit meiner Furcht noch mit meinem Schicksal.

Hastig rutsche ich an den Rand der Matratze, bis ich meine Füße auf den beheizten Boden stellen kann. »Ich werde diesen Tag nicht ungenutzt verstreichen lassen.« In der Sekunde, in der ich es laut ausspreche, glaube ich daran.

Es fühlt sich gut an, endlich etwas zu tun. Dadurch kann ich ausblenden, dass ich in der Falle sitze, und mir selbst etwas vormachen.

Das Zimmer besitzt die gleiche Einrichtung wie das letzte, in dem ich untergebracht wurde. Nur ist hier nicht alles stupide blau. Das Bett hat einen schlichten weißen Überwurf, der Sessel gegenüber ist aus schwarzem Leder. Der Tisch und die Stühle neben dem Fenster sind aus hellbraunem Eichenholz und die Wände besitzen die Farbe, die ich aussuche. Nur finde ich keinen Notfallknopf, mit dem ich eine Schwester rufen könnte. Was ein Problem ist, denn nichts anderes habe ich vorgehabt.

Unschlüssig drehe ich mich im Kreis. Was also dann? Vielleicht gibt es eine andere Möglichkeit, jemanden herzubestellen. Ich gehe zu der Kommode und ziehe die Schublade auf, in der das Pad, das ich von Dr. Feres bekommen habe, deponiert ist. Als ich mit dem Finger auf das Display tippe, leuchtet es auf.

›*Was kann ich für Sie tun?*‹, steht da. Ich wüsste eine ganze Menge, aber nichts davon lässt sich mit einem Pad umsetzen.

Meine Finger sind ganz kalt. Sie fangen an zu zittern, als ich sage: »Ich möchte mit … mit Dr. Feres sprechen.«

Ein Teil in mir hofft, dass es nicht funktioniert, doch leider tut es das. Mir wird mitgeteilt, dass er meine Anfrage erhalten hat und sich umgehend zu mir begeben wird. Warum wir kein digitales Gespräch führen können, verstehe ich nicht. Es wäre mir eindeutig lieber.

Angespannt warte ich also auf seine Ankunft und tatsächlich dauert es keine fünf Minuten, bis er zum zweiten Mal an diesem Tag vor mir steht.

»Darf ich sagen, dass ich überrascht bin?«, ist seine erste Bemerkung, nachdem er die Tür hinter sich abgeschlossen hat. »Damit habe ich nun wirklich nicht gerechnet.« Wir schauen uns kurz in die Augen, ehe ich den Blick abwende. »Wie ich sehe, geht es dir etwas besser.«

Wenn er lediglich auf meine körperliche Verfassung anspielt, hat er recht.

»Was kann ich denn für dich tun?«

Wie er das sagt … Als hätte Mitchell gelogen, ich hätte mich nie betäubt im Keller befunden und die Aussortierung existiere gar nicht. Als wäre ich nur hier, um meinen Gendefekt behandeln zu lassen.

»Wissen meine Eltern, dass ich … was mit mir passieren soll?« Ein Kloß lässt meine Stimme näselnd klingen. Aus dem Augenwinkel nehme ich wahr, dass Dr. Feres seinen Platz auf dem Sessel einnimmt. Das Pad hat er nicht dabei.

»Ja«, rückt er erbarmungslos mit der Wahrheit heraus.

»Oh«, mache ich nur und senke den Blick auf den Boden. Seine Antwort ist nicht überraschend und dennoch schmerzhaft.

Ich erinnere mich an eine Zeit, in der mein Vater mich abends ins Bett brachte, meine Stirn küsste und mir versicherte, wie lieb er mich hatte.

»Heute oder morgen?«, fragte ich ihn dann.

»Jeden Tag mehr«, war seine Erwiderung. Das Verrückte ist, dass ich davon überzeugt bin, er meinte es ernst. Er hatte mich lieb, aber wohl nicht so sehr, wie er es liebte, der Mann seiner Frau zu sein.

Ich schüttle den Kopf, um das Bild meines Vaters loszuwerden. Es ist egal, ob er für meine Aussortierung gestimmt oder schlicht nichts dagegen unternommen hat. Denn beides läuft am Ende auf dasselbe hinaus.

Ich sollte anfangen, ihn auch zu hassen.

»Ich verstehe, dass du deshalb traurig bist, Thya. Aber deine Eltern meinen es keinesfalls böse.«

Meine Kinnlade klappt nach unten. Ich wage es nicht, aufzusehen, Dr. Feres anzusehen, der diese … diesen Satz in den Raum geworfen hat. Das Gesagte prallt vom Boden ab und trifft mich mitten in die Brust. Sie meinen es nicht böse, ja? Mir bleiben sämtliche Worte im Hals stecken. Aber diese Äußerung hat auch keine Erwiderung verdient. Wenn Dr. Feres ernst meint, was er so sorglos behauptet, haben wir zwei völlig unterschiedliche Ansichten von Richtig und Falsch.

»Thya, deine Eltern haben ein genetisch sauberes Kind bestellt«, versucht er scheinbar an mein Verständnis für sie zu appellieren. »Manchmal unterlaufen bei einer Produktion jedoch Fehler, für die ich selbstverständlich die Verantwortung übernehme.«

»Sie?«, platzt es aus mir heraus. »Sie übernehmen …« In meinem Kopf dreht sich alles. *Er* übernimmt die Verantwortung? »Dann werden also *Sie* umgebracht?«, krächze ich, so laut ich kann.

Die letzten zehn Buchstaben kratzen in meiner Kehle. Sie fühlen sich an wie scharf geschliffene Holzsplitter, die sich in meine Schleimhäute bohren, mir die Stimme nehmen, wenn ich sie je wieder in dieser Abfolge von mir gebe. Doch sie sind die bittere Wahrheit. Ich werde umgebracht.

Dr. Feres lässt sich davon nicht beeindrucken. Vielleicht weiß er gar nicht, was das bedeutet? »Thya, hier wird niemand umgebracht«, bekräftigt er.

Ein gleißender Hoffnungsschimmer verschleiert kurzzeitig meine Sicht. Hat Mitchell doch gelogen?

»Jemanden umzubringen, ist Mord, und der wiederum setzt eine böse Absicht voraus.«

Da stimme ich ihm absolut zu.

»Aber dir, Thya, will doch niemand wehtun.«

Und da endet die Übereinstimmung unserer Ansichten.

Es ist mir auch schon früher passiert, dass ich Dinge vergaß, die mich ein paar Sekunden zuvor noch stark beschäftigt haben. Meistens, weil etwas oder jemand meine Konzentration störte oder weil ein anderer Gedanke sich aus irgendeinem Grund nach vorn drängte. Dann wusste ich nur noch, dass ich gerade etwas Bestimmtes tun wollte, aber was dieses Etwas war, konnte ich nicht mehr sagen.

Vor ein paar Jahren habe ich unsere damalige Lehrbeauftragte der Genetik-Einheiten gefragt, warum das passiert. »Gibt es kein Gen, das für Vergesslichkeit verantwortlich ist und das man manipulieren könnte, um die Vergesslichkeit zu verhindern?«, fragte ich sie. Ich weiß noch genau, dass sie lächelte. Ich weiß, dass sie mich ansah, wie Erwachsene eben junge Menschen ansehen, wenn sie in deren Augen dumme Fragen stellen. Sie vergessen, dass man nicht die gleiche Erfahrung aufweist wie sie. Sie vergessen, dass man noch nicht so viel gelernt hat.

Ich kann mich nicht mehr daran erinnern, wie diese Lehrbeauftragte ausgesehen hat oder wie hoch ihre Stimme war. Ich höre nur, wie sie antwortet: »Nicht alle Eigenschaften oder Eigenarten eines Menschen lassen sich auf seine Gene schieben.«

Wenn ich gewusst hätte, in welcher Situation ich mich einmal befinden würde, hätte ich sie gefragt: »Warum werde ich dann danach behandelt?«

Ich weiß, Dr. Feres ist hier, weil ich das so wollte. Aber ich weiß nicht mehr, warum. Er soll wieder verschwinden und seine abartigen Ansichten gleich mitnehmen.

»Thya, das ist nichts Persönliches«, fährt er ruhig fort, während ich verzweifelt mit seiner Behauptung ringe.

Ich kann sie nicht verstehen, mich nicht mal mit ihr auseinandersetzen. Wäre gesunder Menschenverstand eine Person, hätte Dr. Feres sie eben aus dem Fenster gestoßen. Aber was soll ich ohne sie anfangen?

»Wenn du dir eine Erklärung von mir wünschst, muss ich dich enttäuschen. Ich habe meine Vorschriften. Allerdings bin ich gern bereit, ein vernünftiges Gespräch zu führen.«

Vernünftig. Wie ironisch.

Er schlägt die Beine übereinander, die Ellenbogen stützt er auf den Sofalehnen zu beiden Seiten ab und verschränkt schließlich die Finger.

Ganz der seriöse Wissenschaftler. Als Arzt oder Doktor will ich ihn beim besten Willen nicht betrachten. Denn wenn ich anhand seines forschenden Blicks beurteilen müsste, als was er mich sieht, läuft es mir eiskalt den Rücken hinunter.

Dr. Feres mustert mich nicht wie einen Menschen, sondern wie ein Objekt.

MITCHELL

Mein Leben ist wie ein Puzzle, das jemand auseinandergerissen hat. Es fehlen urplötzlich Teile, und wenn ich versuche, mit den noch vorhandenen ein Bild zusammenzusetzen, stelle ich fest, dass das ursprünglich dargestellte nicht mehr da ist.

Ich weiß nicht, wie es aussehen soll.

Thomas besitzt ein paar Stücke davon, aber er rückt sie nur langsam und einzeln heraus. Das Seltsame dabei ist, dass sie augenscheinlich nicht ins Bild passen und ich trotzdem anfange, an ihre Echtheit zu glauben.

Als ich in ›mein‹ Zimmer gehe, um die neuesten Informationen an ihren Platz zu setzen, übersehe ich beinahe, dass die Unordnung beseitigt wurde. Mein Blick zuckt umher. Der Klamottenberg ist verschwunden, die Dekoration befindet sich wieder da, wo sie sein soll. Das Bett ist gemacht.

Stirnrunzelnd wirble ich herum, als würde sich jemand in meinem Rücken verstecken, der die Unordnung beseitigt hat, aber natürlich ist da niemand.

Einer der Metallmenschen muss während unseres Gesprächs aufgeräumt haben. So einfach ist das hier. Ich verwüste ein Zimmer, gehe, und wenn ich zurückkomme, ist die Welt wieder in Ordnung. Daran kann man sich sicherlich schnell gewöhnen.

Während ich rastlos durch den Raum streife, verheddern sich meine Gedanken immer wieder zu einem Knäuel, das ich mühsam entwirre, nur um erneut den Überblick zu verlieren.

Thomas hätte Mum niemals kennenlernen dürfen, so viel habe ich verstanden. Dass die Snobs sich nicht auf uns einlassen, ist keine Überraschung, aber offensichtlich gibt es auch Regeln dazu, und wenn ich Thomas' Bericht richtig verstanden habe, wissen die meisten hier drinnen nicht einmal, dass es uns gibt. Von daher gelten diese Regeln hauptsächlich für die Berührungspunkte zwischen unseren … Welten. Und da drückt der Schuh. Wieso? Wieso wissen die meisten nichts von uns? Wie kann es sein, dass die Bezirke hier drinnen nicht existieren? Kann man etwas einfach totschweigen? Und Thomas … was ist seine Rolle bei dieser ganzen Geschichte?

Als hätte er gemerkt, dass ich über ihn nachdenke, klopft er an. Die Tür schwingt auf und Thomas ertappt mich dabei, wie ich mir die Haare raufe.

»Ich sagte doch, dass es viel ist«, klugscheißt er lächelnd und tritt ein, ohne auf meine Zustimmung zu warten.

Da es sein Zuhause ist, werde ich ihn kaum daran hindern können. Angestrengt würge ich meinen Ärger hinunter. »Steht das Angebot noch? Dass Sie mich an die Mauer bringen?«

Er verzieht keine Miene, doch ich sehe, wie ein Mundwinkel nervös zuckt, als er meint: »Wenn du das unbedingt möchtest …«

Ich nicke entschlossen. Es wird unmöglich einen Grund geben, der mich dazu bewegen könnte, hierzubleiben.

»Mitchell …« Wie sehr ich dieses flehende Funkeln in seinen Augen verfluche. »… und wenn ich dich bitten würde, noch ein bisschen zu bleiben? Du kannst dir nicht vorstellen …«

»Lassen Sie das«, unterbreche ich dieses Gesülze. »Hören Sie auf, mir ein schlechtes Gewissen einreden zu wollen. Wenn Sie mich wirklich kennenlernen wollten, hätten Sie einfach in die Bezirke gehen können. Sie wussten doch, wo ich bin!« Für sein Fernbleiben soll er erst mal eine Erklärung finden. Zufrieden, ihn zum Schweigen gebracht zu haben, verschränke ich die Arme vor dem Oberkörper und trete gegen das große Bett.

Thomas beobachtet, wie mein Fuß rhythmisch gegen den glänzend weißen Pfosten schlägt. Sein Blick wandert über meinen Körper, er mustert mich wie ein Rätsel, das es zu lösen gilt, bevor er schlussendlich auf meinem Gesicht hängen bleibt.

»Das ist toll, nicht wahr?« Er lehnt sich mit der Schulter gegen die Wand. »Eine Sichtweise zu haben, die Richtig und Falsch klar voneinander trennt. An Gut und Böse zu glauben. Das macht es einfach.«

»Sie wollen mir weismachen, ich hätte es leicht?«

»Nein. Ganz im Gegenteil. Du hast allen Grund, unsere Gesellschaft auf ihren oberflächlichen Kern zu reduzieren und sie dafür zu verurteilen. Deshalb würde ich dir niemals einen Vorwurf machen.«

Ich wende mich von dem Bett ab und nehme ihn ins Visier. »Aber?«

Thomas stößt sich von der Wand ab und marschiert zur Tür zurück.

Haut er jetzt ab? Ohne weiteren Kommentar?

»Was ist?«, blaffe ich ihm hinterher und verziehe das Gesicht zu einer angewiderten Grimasse. »Haben Sie dafür keine Entschuldigung?«

Sollten wir verwandt sein, hoffe ich, dass die Haare das Einzige sind, was wir gemein haben. Seine sind jedoch wahrscheinlich nicht mal echt.

Bevor Thomas im Flur verschwindet, dreht er sich um. Sein Gesicht ist so glatt, dass bestimmt jeder Vorwurf daran abrutschen kann. Die Realität hat einfach keine Chance, sich an einem Snob festzuhalten. Wen wundert das?

»Es gibt kein Aber, Mitchell«, sagt er. »Es gibt nur Dinge, die nicht jeder zu wissen ertragen könnte.«

»Es gibt Dinge, die nicht jeder zu wissen ertragen könnte«, äffe ich etwas später seine ernste Stimme nach.

Thomas hält sich offensichtlich für qualifiziert, allgemeingültige Behauptungen aufzustellen. Glaubt er tatsächlich, seine Meinung wäre die einzige, die eine Daseinsberechtigung hat? Dass er sich in der Position befindet, derartige Aussagen machen zu dürfen? Glaubt er wirklich, er besitzt das Recht, zu beurteilen, was ein anderer fühlen und ertragen kann?

»Arroganter Mistkerl«, verfluche ich ihn und mahle mit den Zähnen, während ich mich an den Abstieg wage.

Ich kann mich in dieser Stadt frei bewegen, hat er gesagt, also werde ich das auch tun.

Mit diesem Vorhaben habe ich ihn ziemlich aus der Fassung gebracht. Thomas' verdutzter Blick war absolut dämlich und zum Schreien komisch. Vielleicht hat er ja gehofft, ich würde mich vorerst nicht aus seiner Wohnung wegbewegen, aber das ist nur ein weiterer Beweis dafür, dass er sein Urteilsvermögen überschätzt. Er bildet sich ein, mich zu kennen? Wie lächerlich.

Das Treppenhaus ist blitzsauber, die Flure sind ungefähr dreimal so breit wie unsere und statt aus blickdichten Steinmauern bestehen große Teile der Wände aus Glas. Mit jeder Treppe, die ich hinuntersteige, werden die Bäume, die Grünflächen und die Straße größer, wenn ich einen Blick nach draußen werfe. Die Autos bekommen nach und nach klare Formen, die Wege eine gleichmäßige Struktur.

Es dauert eine ganze Weile, bis ich endlich im Erdgeschoss ankomme. Ich atme tief durch und versuche mich nicht von der pompösen Eingangshalle verspotten zu lassen oder gar Neid zu empfinden, doch meine Gefühle zu unterdrücken, ist schwer.

Allein der sanfte Duft nach Rosen, der meine Nase kitzelt, lässt mich diesen Ort mit meinem Zuhause vergleichen. Bei uns ist es dreckig, hier ist alles sauber. Im Bezirk stapelt sich der Schrott an jeder Ecke, hier zweifle ich daran, ob es überhaupt so etwas wie Abfall gibt.

Die Luft ist rein, die Menschen sind gesund, das Leben kann angenehm und leicht sein.

Diese Stadt ist das Gegenteil. Das polierte Gegenstück zu unserem Bezirk. Ich kann mir vorstellen, wie eine andere Version von Mum diese Straße dort draußen entlanggeht, die ich durch die großen Fenster sehe. Ich kann mir vorstellen, wie sie zu mir in diese Halle kommt, lächelnd, schick gekleidet, mit leuchtenden Augen und rosigen Wangen, ein Chip in der Hand. Ich kann mir vorstellen, wie ich in diesem Leben aussehe. Vornehm gekleidet. Wie ich diese Treppe gerade zum gefühlt tausendsten Mal hinabgestiegen bin, den Fahrstuhl ignoriert habe. Ich kann mir vorstellen, dass Thya uns besuchen kommt. Dass sie mir von ihrem Tag erzählt. Dass wir miteinander lachen. Dass wir glücklich sind. Ich kann mir Thomas vorstellen, der uns alle glauben lässt, dieses Leben wäre normal. Ich kann mir vorstellen, nichts Negatives zu denken, weil es keinen Anlass dazu gibt.

»Alles in Ordnung?«, katapultiert mich eine Stimme in die Realität zurück.

Ich reiße den Kopf herum und sehe eine junge Frau an, die mich freundlich mustert. Ihre Augen sind rosa, ihre Lippen grell angemalt. Sie klimpert mit langen, rosa Wimpern, streicht eine pechschwarze Strähne hinter ihr Ohr.

»Ich … was?«, stottere ich überrumpelt.

Sie entblößt eine Reihe blendend weißer Zähne. »Sie haben so verloren ausgesehen, wie Sie da nach draußen gestarrt haben. Ist alles in Ordnung?« Der Kopf gerät in Schieflage. Ich glaube, sie will nett sein.

»Äh … ja. Ich war nur in Gedanken.« Ich schlucke. »Alles okay.«

Ihr Mund wird breiter, die Mundwinkel wandern nach oben. Mir fällt auf, dass ihre Nase sehr spitz ist. Ob sie jemanden damit verletzen könnte? »Na schön«, ist ihre amüsierte Erwiderung. »Haben Sie einen schönen Tag.«

Als sie weg ist, schüttle ich den Kopf.

Ich glaube, wenn ich diesen Ort nicht bald verlasse, werde ich verrückt.

Die Mauer ist riesig. So gewaltig, dass man sich bestimmt im Labyrinth ihres Innern verlaufen kann, wenn man keinen Fremdenführer wie Snobby dabeihat. Die Mauer ist gigantisch, und man sollte annehmen, dass sie leicht zu finden ist.

Ist sie nicht.

Seit ich das Gebäude, in dem sich Thomas' Wohnung befindet, verlassen habe, irre ich durch die Straßen auf der Suche nach einem Anhaltspunkt, der mich an den Rand der Stadt führen könnte. Aber ich laufe seit mindestens zwei Stunden in dieselbe Richtung und habe weder die MeF entdeckt – von da würde ich sicher Snobbys Überwachungszelle finden – oder einen Ausschnitt der Mauer zu Gesicht bekommen, an dem ich mich orientieren könnte. Nicht einmal der Stand der Sonne ist sonderlich hilfreich. Wie ein glühender Ball schwebt sie über mir und brennt lediglich helle Punkte in mein Sichtfeld.

Erschöpft bleibe ich schließlich stehen.

Vielleicht sollte ich jemanden nach dem Weg fragen? Unschlüssig stemme ich die Hände in die Seiten und kaue angestrengt auf der Innenseite meiner Wange.

Auf Snobs treffe ich ständig. Sie sind an diesem netten Ort unterwegs, als wäre es die natürlichste Sache der Welt. Entweder in ihren glänzenden Autos oder zu Fuß. Besonders eilig scheinen sie es im letzten Fall nie zu haben. Meistens haben sie auch Kinder dabei. In Kinderwagen oder an der Hand. Doch wenn ich an ihnen vorübergehe, beschleunigt sich mein Puls, meine Hände werden klamm. Ich versuche dann, möglichst gelassen und unauffällig zu wirken, doch das ist beinahe unmöglich.

Jede Faser meines Wesens sträubt sich dagegen, hier zu sein. Mein Kopf weiß, dass ich ein Eindringling bin. Vielleicht rechne ich auch jede Sekunde damit, dass jemand stehen bleibt, mich anstarrt und dann mit dem Finger auf mich zeigt.

An jeder neuen Straßenecke lausche ich auf die Stimmen der Männer, die mich aus dem Bezirk verschleppt haben. Bei jedem vorüberfahrenden Auto bete ich aufs Neue, dass es nicht stehen bleiben möge.

Ich bin paranoid, habe jedoch – wenn man die jüngsten Ereignisse berücksichtigt – auch allen Grund dazu.

Thomas kann behaupten, ich sei in Sicherheit, so oft er will, beim Wort nehmen werde ich ihn nicht. Wer garantiert mir, dass er sich in der Position befindet, mich ohne Komplikationen zu einem Snob zu machen? Das kann unmöglich so leicht sein. Nachdenklich starre ich den kleinen roten Punkt auf meiner Hand an, der in den nächsten Tagen verblassen wird, bis ich ihn mir nur noch einbilde. Woher hat Thomas diesen Chip? Und noch wichtiger: Wer wird merken, dass er ihn mir unter die Haut gepflanzt hat?

Unbehaglich trete ich von einem auf das andere Bein. Ein Schauer kriecht über meinen Körper, der mir die Zähne klappern lässt. Ich muss diese beschissene Mauer finden. Und zwar schnell.

Als ich den Fuß hebe, um weiterzugehen, hält ein metallisch glänzendes Auto neben mir. Mein Herz setzt einen Schlag aus, während ich mich bemühe, nicht zur Seite zu blicken. Das wird nur ein Zufall sein. Ich werde einfach weitergehen, mich natürlich verhalten. Niemand ist hier, um mich wieder einzusperren.

Meine Kehle ist staubtrocken.

Mehr denn je fühle ich mich … ausgeliefert. Wie lächerlich ist das alles? Ich irre in diesem riesigen Käfig herum, planlos, und bilde mir ein, die Kontrolle zu haben! Über was? Meine aussichtslose Lage? Ich bin eine mickrige Ameise, die nicht versteht, dass die Welt sehr viel komplexer ist, als ihr winziger Ameisenhügel ihr weismachen möchte. Mein Bemühen um einen Weg nach draußen ist ebenso wenig von Erfolg gekrönt wie der Versuch, sich durch Luftanhalten selbst zu töten.

»Mitchell, warte!«

Natürlich ist es Thomas. Und während ich mich frage, wie zur Hölle er mich finden konnte, drängt sich Snobbys Stimme in meinen Kopf. *In dem Chip ist ein Peilsender.*

Ich mustere meine Hand, als hätte sie mich verraten, und bleibe automatisch stehen. Wegrennen würde nichts bringen.

»Bist du nicht lange genug wütend gewesen?«, höre ich Thomas in meinem Rücken. Seine Füße erzeugen einen dumpfen Ton auf dem glatten Asphalt. Er kommt näher. »Was hast du überhaupt vor? Willst du den ganzen Tag durch die Gegend laufen? Deinetwegen habe ich mir heute freigenommen.«

Vielleicht ist es als Vorwurf gemeint, doch selbst wenn, geht mir das am Allerwertesten vorbei.

Ich drehe mich nicht um, als ich registriere, dass Thomas nun direkt hinter mir steht. Trotz des lauen Windes, der durch die

Straße weht, und über das Zwitschern der Vögel hinweg – ein derartig friedliches Geräusch gibt es bei uns im Bezirk nicht – bilde ich mir ein, seinen Atem zu hören. Warm und aufdringlich scheint er in meinen Nacken zu gelangen, was Ekel in mir aufkeimen lässt. Eilig mache ich einen Schritt zur Seite. Doch Thomas' Präsenz spüre ich noch immer.

»Würdest du mich ansehen?«, fährt er – mittlerweile verärgert – fort.

Seufzend und höchst widerwillig tue ich ihm den Gefallen. »Werden Sie aufhören, mich anzulügen?«, kontere ich mit einer Gegenfrage.

Ein Muskel in seinem Gesicht fängt an zu zucken. »Du glaubst mir immer noch nicht?«

»Überrascht Sie das?«

Thomas' Schultern sacken herab. Ratlos schüttelt er den Kopf. »Ich weiß wirklich nicht, was ich noch tun soll. Ich hatte angenommen, es würde dich … freuen, mich zu sehen. Schließlich bin ich dein Vater.«

Als wäre das nach all den Jahren von Bedeutung. Wo das Mitgefühl herkommt, das sein hilfloser Anblick in mir hervorruft, ist mir unbegreiflich.

Zornig stoße ich Luft durch meine Zähne. »Gene machen noch lange keine Familie.« Meine Gedanken schweifen zu Thya, die man hier wie Abfall behandelt hat, und weiter zu Mum, die alles für mich tun würde. »Auch dann nicht, wenn man tatsächlich mit jemandem verwandt ist.«

NICOLE

Mein Vater war die feste Konstante in meinem Leben. Ich konnte mich darauf verlassen, dass er niemals seine Schuhe auszog, bevor er die Wohnung betrat, darauf, dass er immer zu müde war, um mehr als genau sieben Sätze mit mir zu wechseln. Ich konnte Tag für Tag davon ausgehen, dass er zur selben Zeit seinen Platz auf unserem ranzigen Sessel einnahm und drei Minuten lang in die Leere starte. Und ich konnte sicher sein, dass er während dieser Zeitspanne meine Mutter mehr vermisste, als es für eine Person gesund war.

Ich sah an dem Kräuseln seines Kinns, dem Glanz in seinen Augen und den sich um die Lehne krampfenden Fingern, dass er an sie dachte, die Erinnerungen an sie bewusst in seinen Kopf ließ. Und ich ging seit ihrem Tod davon aus, dass wir nicht über sie sprechen würden. Mitch litt noch immer und ich hatte, seit Thomas aufgetaucht war, einfach damit aufgehört.

Zu sagen, ich würde mich deswegen schlecht fühlen, wäre eine Untertreibung gewesen. Ich fühlte mich furchtbar, ich fühlte mich wie eine

Verräterin. Wie konnte ich glücklich sein, wenn dieses Gefühl nicht in die aktuelle Phase meines Lebens gehörte? Wenn meine Mutter tot war?

Ich zuckte zusammen und stieß ein leises »Autsch« aus, als ich mir aus Versehen die Nadel in den Finger bohrte. Während des Nähens sollte ich mich auf die Arbeit konzentrieren und meine Gedanken nicht umherschweifen lassen.

Ich legte die Jeans beiseite und betrachtete den Blutstropfen, der auf meiner Fingerkuppe wuchs und bald aufplatzte wie eine überreife Frucht. Bevor er irgendwo einen Fleck hinterlassen konnte, leckte ich ihn ab. Dann stiefelte ich ins Bad, um die Blutung mit einem Streifen Klopapier zu stoppen.

Eine Weile blieb ich auf dem geschlossenen Toilettendeckel sitzen und hielt meinen blutenden Daumen fest, während ich an die mit gesprungenen Fliesen übersäte Wand starrte.

Seit dem Tod meiner Mutter war es in dieser Wohnung still geworden. Auf eine bedrückende, belastende Weise. Ihre Abwesenheit konnte sich nicht in schmerzhaftem Lärm ausdrücken, also erinnerte ohrenbetäubende Stille an ihren Verlust.

Ich hatte in der ersten Zeit nach ihrem Tod viel geweint. Manchmal stundenlang am Stück. Ich hatte nicht essen und nicht schlafen können. Selbst das Atmen war mir schwergefallen. Doch jetzt, da ich die Gelegenheit hatte, sie zu vermissen, für eine Zeit mit ihrer Erinnerung allein zu sein, stellte ich fest, dass ich nicht … nicht traurig sein konnte. Ich schaffte es nicht, zu weinen. Ich schaffte es nicht, zu trauern. Der Schmerz in meiner Brust, der Ring um mein Herz war verschwunden. Und ich hatte sein Verschwinden nicht einmal bemerkt.

Schockiert suchte ich nach der Leere in meinem Innern, rief mir krampfhaft die Taubheit ins Gedächtnis, die mich wochenlang gelähmt und jeden Handgriff in einen energiezehrenden Kraftakt verwandelt hatte.

Doch ich stellte fest, dass ich nur noch ... dankbar war. Dankbar für ihr Leben. Dankbar für unsere gemeinsame Zeit. Dankbar, dass sie mich bedingungslos geliebt hatte.

Sie jetzt nicht mehr bei mir zu haben, machte aber die Vergangenheit, ihre Existenz nicht ungeschehen.

Ein zaghaftes Lächeln zog an meinen Lippen. Natürlich war ich nicht froh über ihre Abwesenheit, aber ich war froh, weil sie überhaupt ein Teil meines Lebens gewesen war. Und ist es nicht egal, für wie lange? Wichtig ist doch nur, sie ist bei mir gewesen.

In diesem Moment ließ ich sie nicht los, ich schloss auch keinen Frieden mit ihrem Tod. Ich erkannte nur, es gab für mich keinen Grund zu leiden. Denn wir waren eine Zeit lang glücklich gewesen. Und das ist die Wahrheit.

Ist man am Tiefpunkt angelangt, kann es nur noch aufwärtsgehen. Allerdings bin ich der festen Überzeugung, dass diese Weisheit umgekehrt ebenfalls funktioniert.

Ich hatte – und nicht mal ich selbst konnte genau erklären, wie es dazu gekommen war – die bis dahin schlimmste Phase meines Lebens überwunden. Und das mit der Hilfe eines Menschen, der schleichend ein Teil davon geworden war, der sich klammheimlich in mein Leben gestohlen hatte, als wäre er immer schon da gewesen. Thomas war zu einer Konstante mutiert.

Die negativen Gefühle hatte ich zu der Zeit so weit von mir geschoben, dass ich sie nicht mehr sah. Vielleicht zu weit, denn irgendwann vergaß ich sie auch. Und ich schwebte fast auf einem seltsamen Hoch des Glücklichseins.

Hätte ich nur für eine winzige Sekunde meinen Verstand eingeschaltet und einen Blick nach unten geworfen, wäre mir aufgefallen, worauf ich da eigentlich ›schwebte‹. Es war keine Wolke, kein watteweiches Himmelbett, kein reines, unschuldiges Glück, es war eher eine Falltür. Und wenn ich damals gewusst hätte, von wem sie betätigt werden würde … vermutlich hätte ich ein paar Dinge anders gemacht. Anders entschieden …

Aber was hätte ich erwarten sollen? Wenn man versucht mit verbundenen Augen über eine Schlucht zu springen, wie wahrscheinlich ist es dann, dass man sicher auf der anderen Seite landet?

MITCHELL

Und warum? Warum verkriecht ihr euch hinter eurer Mauer und lasst uns da draußen schuften für ein bisschen Wasser und Strom, für was zu essen? Warum sterben gute Menschen da draußen, Unschuldige, und hier drinnen züchtet ihr kleine Reagenzglas-Kinder, die ihr wegschmeißt, wenn sie nicht perfekt sind? Warum? Können Sie mir das sagen?« Jeder Buchstabe ist wie ein Stachel, den man mir ruckartig aus dem Herzen zieht.

Jahrelang habe ich es nicht gewagt, diese Fragen laut auszusprechen, doch der aktuelle Zeitpunkt erscheint mir günstiger denn je. Hier steht ein Snob, der sich all das anhören und dabei schuldig fühlen kann. Jetzt bekommen die richtigen Ohren diese Vorwürfe zu hören.

Thomas sieht mich lange an. Nachdenklich. Als er schließlich den Mund aufmacht, klingt er erstaunlicherweise verbittert.

»Wahrheit ist hässlich. Deswegen geben sich die Menschen auch so gern mit einer Lüge zufrieden.«

Ich blinzle heftig, ehe ich meine Sprache wiederfinde. »Sie weichen wohl gern mit schlauen Sprüchen aus, was?«, blaffe ich ihn an.

Wenn ich raten müsste, würde ich darauf wetten, dass wir uns wieder im Kreis drehen. Dieses Gespräch wird zu nichts führen. Ich werde keine Antworten bekommen und Thomas wird nicht verstehen, warum er mit seiner heilen Welt zur Hölle fahren soll.

Er wendet sich ab, sein Blick bleibt an der glänzenden Oberfläche seines Autos kleben und scheint sich im Nichts zu verlieren. »Ich bezweifle, dass du die Antwort willst, Mitchell. Und wenn ich ehrlich bin, möchte ich sie dir auch nicht zumuten«, erklärt er dem Fahrzeug.

Ich schlucke eine ganze Ladung Zorn hinunter und spekuliere: »Weil Sie sie nicht haben? Oder weil sie nicht existiert?«

Er schüttelt den Kopf. »Ich kann dir die Wahrheit sagen. Aber wenn du sie hast, gehört sie unumkehrbar dir. Du wirst sie nie wieder zurückgeben können.« So wie er das sagt, klingt es, als wäre diese Wahrheit etwas … Unangenehmes. Vielleicht etwas, das einen bis ins Mark erschüttert. Ich kann mir nicht vorstellen, was das sein soll.

»Ich halte einiges aus«, äußere ich verbissen und denke an die Arbeit in der Fabrik, an Mums schneeweißes Gesicht, ihre eingefallenen Wangen, daran, dass sie fast gestorben wäre. »Sie sollten doch am besten wissen, dass wir nicht leicht unterzukriegen sind.« Es fühlt sich an, als bildete dieses Gespräch eine erste brüchige Verbindung zwischen den Bezirken und der Stadt.

Thomas spricht für die Snobs und ich für meine Leute. So zu denken, fühlt sich erstaunlich gut an. Meine Leute.

»Und wenn ich nicht möchte, dass du damit leben musst?«, wendet er flehend ein.

»Dann erinnere ich Sie daran, dass das nicht Ihre Entscheidung ist.«

Lange stehen wir auf dem Gehweg neben ein paar hübschen Blumen. Lange sehen wir uns grimmig in die Augen, während wir darauf warten, dass der andere nachgibt und wegsieht. Lange versuche ich gegen ein aufkeimendes Gefühl anzukämpfen, das mir einreden will, ich würde anfangen, Thomas nicht mehr nur als Snob wahrzunehmen. Von Sympathie ist dieses Gefühl kilometerweit entfernt, dennoch macht es mir Angst.

Obwohl ich mir dafür am liebsten eine verpassen würde, gebe ich schließlich auf. In der Sekunde, in der ich den Blick abwende, seufzt Thomas.

»Dass ich deine Mutter damals allein gelassen habe, war keine egoistische Entscheidung.«

Wieder ein Rätsel, aus dem ich nicht schlau werde.

»Die Wahrheit?«, spotte ich und verschränke die Arme vor dem Oberkörper.

Thomas schüttelt den Kopf. »Nein. Eine Folge davon.«

Eigentlich kann ich keinen plausiblen Grund nennen, der mich dazu bewogen hat, in sein Auto zu steigen. Vorhin nicht und auch jetzt nicht, während wir führerlos durch die Stadt chauffiert werden. Das Innere dieses glänzenden Ungetüms gleicht mehr einer kleinen Lounge als einem Fahrerraum. Statt einzelnen Sitzen haben wir auf etwas Platz genommen, das wie ein Sofa aussieht. An der Verkleidung finden sich ein paar wenige Knöpfe sowie – ich vermute – Getränkehalter und andere Ablagefächer.

Auf meine Frage hin, wo die Sicherheitsgurte seien, wie sie in den Lastern der Fabrik und den Lieferwagen, die Fletcher gefahren hat, existieren, meinte Thomas, dass sie nicht nötig seien. In dieser Stadt habe es seit seiner ›Geburt‹ nicht einen Unfall gegeben. Und auch davor nicht.

»Die Fahrzeuge klinken sich automatisch ins Verkehrsnetz ein und kommunizieren dadurch gewissermaßen miteinander. Und Maschinen machen keine Fehler.« Wenn das mal die Wahrheit ist.

Stur blicke ich aus der großen Frontscheibe und warte auf die Fortführung unserer Diskussion. Doch Thomas ist offenbar in seinen eigenen Gedanken versunken, denn er schweigt seit seiner Erklärung für das Fehlen der Gurte beharrlich und macht auch keine Anstalten, den Faden wiederaufzunehmen.

Eine Weile gebe ich mich mit der Stille zufrieden und genieße den anhaltenden Zustand des puren Seins. Wenn ich meinen Kopf dazu bewegen könnte, immer nichts zu denken, würde mir vieles erspart bleiben oder mich schlicht nicht belasten. Aber ich würde auch ignorieren, dass ich Mum mit meinem unfreiwilligen Verschwinden verletze. Und weil ich sie liebe, kann ich das unter keinen Umständen zulassen.

»Was hat es mit Ihrem Tod auf sich?«, bereite ich der Stille an der nächsten Straßenecke ein Ende. »Und damit, dass Sie meine Mutter und mich auf diese Weise schützen wollten?« Ich knüpfe an dieses Thema statt an das aktuelle an, weil es mir leichter erscheint. Diese Frage wird er mir ja wohl beantworten können, vorausgesetzt, er muss sich keine Lüge ausdenken.

Thomas trommelt mit den Fingern der einen Hand auf den Rücken der anderen. Er sieht aus dem Seitenfenster, als er beginnt, zu sprechen. »Das ist eine lange Geschichte, Mitchell.«

Also hat er sich dafür noch keine Ausrede zurechtgelegt.

Ich lache gehässig auf und schüttle wissend den Kopf. Was auch immer dieser Mann von mir möchte, wenn ich ihm glauben soll, muss er sich etwas mehr anstrengen.

»Du denkst, dass ich mich herausreden will«, stellt er nüchtern fest. »Weißt du, wie frustrierend es ist, dich zu verstehen, und sich gleichzeitig in meiner Lage zu befinden?«

Eine rhetorische Frage.

Plötzlich kommt mir eine Idee. Von einem Anfall der Euphorie gepackt, stütze ich mich mit den Händen auf der Sitzfläche ab und rutsche ein Stück nach hinten. Mein Herz erhöht seine Frequenz, während ich meine Füße gegen die glatte Verkleidung im Fußraum stemme.

»Ich mache Ihnen einen Vorschlag«, äußere ich aufgesetzt beherrscht. Im Innern platze ich fast vor Ungeduld. »Wenn Sie es bis morgen Abend schaffen, mich davon zu überzeugen, dass Sie mein Vater sind, dann werde ich bleiben.« Um dem Ganzen eine Prise Dramatik hinzuzufügen, mache ich eine Pause.

Thomas dreht langsam sein Gesicht in meine Richtung. Die Brauen sind leicht nach oben gezogen, seine Miene aufmerksam, erwartungsvoll.

»Schaffen Sie es nicht«, füge ich an, »werden Sie dafür sorgen, dass ich in meinen Bezirk komme, und Sie werden garantieren, dass meine Mutter in Sicherheit ist und es auch bleiben wird.« Die Forderung schließe ich mit einem vielsagenden Blick, der beteuern soll, dass ich es ernst meine.

Während ich auf Thomas' Erwiderung warte, beginnen meine Fingerspitzen zu kribbeln. Das ist genial. Wenn er sich darauf einlässt, habe ich nichts zu verlieren.

Es dauert eine gefühlte Unendlichkeit, bis ich eine Antwort erhalte. »Ich würde mich unter einer Bedingung darauf einlassen.«

»Und die wäre?«

»Du musst in Kauf nehmen, Dinge zu erfahren – und das lasse ich wirklich nur äußerst ungern zu –, die dich für den Rest deines Lebens beschäftigen werden. Willst du das wirklich riskieren?«

Ich zögere nicht eine Sekunde, ehe ich ihm meine Hand entgegenstrecke. »Abgemacht.«

NICOLE

Mein Vater ließ seufzend den Löffel sinken. »Nicole?«

Ich verschluckte mich beinahe an der aufgewärmten Suppe in meinem Mund.

Dieser ernste Ton in Mitchs Stimme verhieß nichts Gutes. Drei Mal hatte er auf diese Weise ein Thema angesprochen und drei Mal hatten wir anschließend den schlimmsten Streit aller Zeiten gehabt. Dieser Ton war seine Einleitung, mir zu sagen, dass ich etwas tat oder getan hatte, das er missbilligte. Auf seine Weise teilte er mir dadurch mit, dass er die Dinge anders sah als ich.

Es ist unmöglich, zwei Menschen zu finden, die genau dasselbe denken. Aber es ist möglich, einer Meinung zu sein. Und es ist möglich, die Meinung eines anderen zu verstehen oder sie zumindest zu akzeptieren. Wenn zu jeder Zeit jeder für sich entscheiden würde, dem anderen seine Ansichten zu lassen, wäre Streit so etwas wie ein Märchen.

Mitch hatte niemals viel für Märchen übrig gehabt. Nicht so wie meine Mutter.

»Dieser Junge, mit dem du dich triffst …«, fing er an und ich schwöre, ich konnte spüren, wie mein Herz vor Nervosität gegen benachbarte Organe stieß.

Ich hatte meinem Vater nichts von Thomas erzählt.

»… wie lange geht das schon?« Er sah mich an. Herausfordernd und streng, aber auch bittend und vielleicht darauf hoffend, dass ich ihn nicht anlügen würde.

Wie hatte er nur bemerken können, dass ich mich mit jemandem traf? Thomas war nie in unserer Wohnung gewesen. Außerdem hatten wir im Bezirk immer Seitenstraßen genommen und Mitchs Weg zur Arbeit gemieden. Mein Vater war viel zu oft weg, um wissen zu können, dass ich etwas vor ihm verbarg. Und war er hier, sorgte die Müdigkeit für seine Abwesenheit. Lag es also an mir? War ich ein offenes Buch?

Unbehaglich rutschte ich auf dem rauen Holz herum und senkte den Blick auf meinen Teller. Zwei Sekunden später zwang ich mich jedoch wieder, meinen Vater anzusehen. »Von welchem Jungen sprichst du?«, erwiderte ich angespannt und versuchte, verwirrt zu klingen, so als wüsste ich nicht, wen er meint.

Mitch schürzte enttäuscht die Lippen. »Nicole, halte mich nicht zum Narren.«

Daraufhin schwieg ich.

»Wie lange trefft ihr euch bereits?«, wiederholte er etwas ungeduldiger.

Ich fing an zu bereuen, dass ich ihn zum Essen geweckt hatte. Vorhin war er eingeschlafen, doch ich hatte ihn gezwungen aufzustehen, sich an den Tisch zu setzen und eine einigermaßen warme Mahlzeit einzunehmen, nur damit er sich am nächsten Morgen wieder in die Fabrik quälen konnte.

Jetzt schien seine Müdigkeit allerdings verschwunden zu sein.

Wenn er wusste, dass ich mich mit einem Jungen traf, wusste er dann auch, woher dieser Junge kam? Meine Finger krampften sich um den Löffel, dessen Ende ich in die Tischplatte bohrte. Wusste mein Vater, dass ich mich in einen von ihnen verliebt hatte?

»Nicole?!«, forderte er noch immer eine Antwort.

Doch ich blieb still, bis er mir schließlich das Besteck aus der Hand riss und es vor sich selbst auf den Tisch donnerte.

Ich zuckte zusammen.

»Ich kann nicht glauben, dass du das tust.« Der Vorwurf in seiner Stimme war wie ein Fausthieb in den Magen. »Wann hat das angefangen? He?«

Angestrengt hielt ich den Blick auf die Tischplatte gesenkt. Selbst wenn ich ihm hätte antworten wollen, bin ich mir sicher, dass ich es nicht geschafft hätte. Innerhalb weniger Sekunden kann man seine Sprache verlieren. Oder feststellen, dass man sich selbst nicht wiedererkennt.

»Hast du wirklich gar nichts dazu zu sagen? Ich weiß, dass es schwer ist, seit deine Mutter …« Er stockte kurz, bevor er weiterredete, ohne den letzten Satz zu vollenden. »Aber mir gefällt nicht, dass du dich so verhältst. Du bist nicht der Typ für Geheimniskrämerei. Und vor allem lügst du mich nicht an.« Seine Enttäuschung verdickte die Luft in unserer kleinen Wohnung, bis ich das Gefühl hatte, nicht richtig atmen zu können.

Mein Vater hatte recht. Normalerweise log ich ihn nicht an oder enthielt ihm bewusst Informationen vor, doch ich hatte mehr Angst davor, Thomas zu verlieren, als davor, nicht mehr die brave Tochter meines

Vaters zu sein. Blut war dicker als Wasser. Mitch würde mir verzeihen. Thomas vielleicht nicht.

»Nicole, ich frage dich ein letztes Mal«, raunte er kurz vorm Explodieren. »Wer ist dieser Junge, mit dem du dich triffst, und seit wann läuft das?«

Er wartete auf eine Erklärung, die ich ihm nicht liefern würde.

Stumm hob ich meine Schüssel an und trank die Suppe ohne Löffel.

Es gibt diese Momente, in denen man realisiert, dass man sich falsch verhält. Momente, von denen man sich hinterher wünscht, man hätte sie anders gehandhabt, und sich später fragt, warum man es nicht getan hat. Warum man gegen sein eigenes rational denkendes Hirn handelte.

Ich hätte Mitch von Thomas erzählen sollen. Das wäre sinnvoll und klug gewesen. Ich hätte meinen Vater nicht anlügen, ihm – besser gesagt – nicht bewusst die Wahrheit vorenthalten dürfen.

In der Sekunde, in der ich seine Wut und seine Enttäuschung über mein Verhalten an mir abprallen ließ, zerstörte ich etwas in unserer Beziehung, von dem ich vielleicht bis dahin nicht einmal gewusst hatte, dass es existierte.

Nach diesem Abend waren wir nie wieder dieselben. Mein Vater redete noch weniger als zuvor und ich machte keine Anstalten, ihn davon abzuhalten. Damals fühlte es sich an, als wäre er beleidigt gewesen. Hätte geschmollt wie ein kleines Kind, weil er nicht bekommen hatte, was er wollte. Heute, denke ich, weiß ich es besser. Mein Vater wartete darauf, dass die Phase, die ich zu dieser Zeit durchlebte, vorbeiging. Das war seine Art. Wenn er etwas nicht selbst ändern konnte, saß er es aus. Wir machten eine Disziplin daraus, uns anzuschweigen.

Ich fand nie heraus, woher er von Thomas erfahren oder wer ihm von ihm erzählt hatte, und nachdem ich mich darüber mit Thomas selbst ein paarmal beratschlagt hatte, ließen wir das Thema irgendwann fallen. Immerhin war es ja möglich, dass ein neugieriger Nachbar gepetzt oder Mitch uns doch gesehen hatte und es für sich behielt.

Außerdem verwarf ich bald den Gedanken, dass mein Vater Thomas' wahre Herkunft kannte. Mitch verhielt sich eben wie jeder Vater, dessen Tochter urplötzlich an Jungs interessiert war. Er bekam Angst, weil sein kleines Mädchen erwachsen wurde und ihn irgendwann nicht mehr brauchen würde. Das war immerhin nachvollziehbar. Es erklärte seine Wut.

Später, nach allem, was danach passierte, habe ich oft über unser letztes ehrliches Gespräch nachgedacht.

Wenn meine Mutter damals noch gelebt hätte, wäre es anders verlaufen. Da bin ich mir ziemlich sicher. Vor allem in der Hinsicht, dass ich meine Beziehung mit einem Städter nicht lange hätte verbergen können. Sie hätte es mir an der Nasenspitze abgelesen. Sie hätte meine Gedanken gelesen, als stünden sie mir auf die Stirn geschrieben.

Aber da sie nun mal tot war, blieb es bei dem ›Wenn‹.

THEO

Der Alte war Maikel Springer.

Diese Erkenntnis ist eher eine Vermutung und sie kommt reichlich spät, aber je länger ich diese Möglichkeit in meinem Kopf herumwälze, desto wahrscheinlicher erscheint sie mir.

Es würde zu seinem Verhalten und zu der Reaktion auf die Erwähnung des Namens passen. Er wirkte ertappt. Aber nicht, weil ich mehr wusste, als meine wüste Erscheinung erahnen ließ, sondern weil es ihn überrumpelte, dass ich seinen Namen kannte. Wenn er eins und eins zusammenzählt, wird er sich denken können, dass ich aus der Stadt komme, ein Snob bin, wie Mitchell uns genannt hat. Und weil ich so verdammt leichtsinnig war und Susi erwähnt habe, sollte ihm das diese Theorie bestätigen.

Ich linse zur Decke hinauf. Hier müssen Kameras und Mikrofone installiert sein. Nicht sichtbar für das menschliche Auge, mikroskopisch klein, aber vorhanden. Darauf hätte ich während Maikel Springers Ausbruch – wenn er es denn gewesen ist – auch kommen können. Schließlich habe ich ein halbes Jahr bei der EfiA verbracht.

Ich weiß, welche Technologien denen, die zur Nutzung befugt sind, zur Verfügung stehen. Spionageausrüstung, Waffen mit unterschiedlicher Munition. Pistolen, mit denen man jemanden außer Gefecht setzen, und welche, mit denen man jemanden töten kann. Dinge, die im Zusammenhang mit Susis Bruder nicht mehr so harmlos erscheinen, wie einem in der EfiA glauben gemacht werden soll. Deron hat mir während meines Praktikums oft versichert, dass das meiste davon gar nicht zum Einsatz kommt.

Es erstaunt mich, dass ich mit der einen Hälfte meines Herzens wehmütig an diese Zeit zurückdenke. Ich mochte Deron. Aber ein Teil von mir hat ihn gehasst, weil er meine beste Freundin buchstäblich vor die Tür gesetzt hat. Und ein Teil in mir hasst sich selbst, weil er das Gefühl nicht loswird, nie mehr zu sein als ein liebeskranker, hilfloser Vollidiot.

Eine schrille Stimme reißt mich unsanft aus dem Strudel meiner Gedanken. Ich zucke unwillkürlich zusammen und lasse die Umgebung wieder in mein Bewusstsein dringen.

Das Geschäft baut sich um mich herum auf wie eine Computeranimation. Ich registriere die Gänge, Regale, die Waren und Menschen, die immer noch hier sind und angefangen haben, alles von den Verkaufsflächen zu räumen, was sie tragen können.

Blinzelnd erfasse ich die Szene vor mir. Das reinste Chaos ist ausgebrochen. Der Mann, mit dem ich eben noch gesprochen habe, hat seinen Laden den sprichwörtlichen Hunden zum Fraß vorgeworfen. Jeder ist sich selbst der Nächste.

Die schrille Stimme gehört zu einer jungen Frau, die ich zwei Herzschläge später als die Vogelscheuche von der Kasse identifiziere. Scharfkantig und mit hektischen Bewegungen schiebt sie sich durch den immer größer werdenden Menschenpulk und brüllt dabei die Leute um sich herum an. »Legen Sie das sofort zurück!« – »Das ist nicht umsonst!« – »Finger weg von dem Klopapier!« – »Stellen Sie gefälligst das Glas wieder hin.«

Als ich mich endlich selbst in Bewegung setze, sehe ich, dass immer mehr Leute von draußen in den Laden strömen. Entweder haben sie gesehen, was hier los ist, oder sie werden von jemandem – vielleicht Freunden oder Familie – fast schon grob hereingezerrt und dazu animiert, mit anzupacken.

Zu sagen, ich hätte kein schlechtes Gewissen, wäre irgendwie nicht ganz richtig. Es kommt mir so vor, als hätte ich Maikel Springers Geduldsfaden zerrissen oder das Fass zum Überlaufen gebracht, das er vielleicht sein Leben lang mühsam auf dem gleichen Wasserstand gehalten hat.

Aber darüber sollte ich mir später Gedanken machen.

Ich will gerade nach ein paar Wasserflaschen für unterwegs greifen, als die Vogelscheuche vor meiner Nase auftaucht. »Hier gibt es nichts umsonst!«, brüllt sie mir ins Gesicht.

Intuitiv lasse ich die ausgestreckte Hand wieder sinken.

»Mister Springer hat einen schlechten Tag«, erfindet sie eine Ausrede für sein irrationales Verhalten. »Aber was er gesagt hat, hat keinerlei Bedeutung«, kreischt sie, sicherlich hörbar für die

Menschen ein paar Blocks weiter und keinesfalls nur an mich gerichtet.

Wie eine Furie schnaubt sie und der zornige Blick, mit dem sie mich und alle Umstehenden mustert, wäre in einer anderen Situation sicherlich komisch gewesen.

Für einen kurzen Moment scheint jeder abzuwägen, ob er auf sie hören soll, doch nach ein paar Sekunden, in denen fragende, zögernde und schließlich gleichgültige Blicke ausgetauscht wurden, nimmt das räuberische Treiben erneut seinen Lauf.

Die junge Frau versucht verzweifelt, die Menschen dieses Bezirks vom Stehlen abzuhalten, doch es dauert keine fünf Minuten, dann ist das Geschäft bis auf die letzte billige Zahnbürste leer gefegt. Es ist nichts übrig geblieben. Nur die schwer atmende Kassiererin steht im Hauptgang, der geradeaus zur Doppeltür führt, und ringt sichtlich um ihre Fassung.

Die einkehrende Ruhe erinnert mich daran, dass ich auch verschwinden sollte.

Schuldbewusst wiege ich die volle Flasche in meiner Hand, die ich mir doch noch genommen habe, und überlege, wie ich unbemerkt an ihr vorbeigelangen soll. Wenn ich noch kurz warte, geht sie vielleicht vor mir? Arbeiten muss sie jetzt ja nicht mehr.

»Das darf einfach nicht wahr sein«, höre ich sie plötzlich murmeln. »Das darf nicht wahr sein.«

Ich krampfe meine Finger um den Flaschenhals, mahle nervös mit den Zähnen, bis mein Kiefer knackt.

Hat sie bemerkt, dass ich noch da bin? Da sie mit dem Rücken zu mir steht, lässt sich das schwer sagen.

Mein Blick zuckt zu dem Regal neben mir. Ich könnte mich dahinter verstecken. Wie ein Feigling.

Seufzend presse ich Luft aus meinen Lungen und beantworte mir dadurch die Frage, ob sie sich meiner Anwesenheit bewusst war. War sie nicht. Denn ihr stumpfes, dunkelblondes Haar fliegt wie ein verfilzter Teppich herum, als sie sich ruckartig zu mir umdreht.

Ich weiß nicht, warum ich es tue, doch ich hebe die Arme, als würde ich mich ergeben. »Tut mir leid …« Das kann sie jetzt auf mehrere Dinge beziehen.

Dass wir allein sind, bietet mir die Chance, sie genauer zu betrachten. Ihre Augen sind weit aufgerissen – vermutlich wegen des Schreckens, den ich ihr eingejagt habe –, die Haut darunter ist von kleinen roten Äderchen durchzogen und schimmert bläulich. Ich merke, dass ihre Wangenknochen sehr extrem hervorstechen und das Kinn und die Kieferpartie sind markant, wodurch sie unter normalen Umständen sicher einen etwas … strengen Eindruck macht. Im Moment ist allerdings das Gegenteil der Fall. Vielleicht auch weil es in ihren Augen verräterisch glänzt.

»Warum passiert das alles?«, fragt sie und klingt dabei, als versinke ihre Stimme jede Sekunde in Tränen.

Ich bin mir nicht sicher, ob sie eine Antwort erwartet, denn ihr Blick scheint an etwas festzuhängen, das ich nicht sehen kann. Hastig blicke ich mich um, als würde das etwas bringen oder mir aus der unangenehmen Situation verhelfen, doch wir sind tatsächlich die einzigen Anwesenden. Das jämmerliche Überbleibsel.

Wenn ich gewusst hätte, was passieren würde … hätte ich den Laden sehr wahrscheinlich trotzdem betreten.

»Der Mann … war das Maikel Springer?«, wage ich einen unsensiblen Versuch, meine Theorie bestätigt zu bekommen.

Die Frau fokussiert endlich mich. Ihr Mund klappt leicht auf, das Kinn bekommt kleine Kräuselfalten. Sie wird heulen. »Ich bin verflucht«, erwidert sie zusammenhanglos und mit schmatzendem Geräusch, weil sich wohl zu viel Spucke in ihrem Mund sammelt. »Ich muss verflucht sein«, schluchzt sie auf. »Erst meine Eltern, meine Moma, dann Fletcher und Benny und jetzt das …« In einer hilflosen Geste schlingt sie die Arme um ihren dürren Körper.

Während die Frau vermutlich einen Nervenzusammenbruch erleidet und ich unbeteiligt danebenstehe, beginnt sich ein Rad in meinem Hirn in Bewegung zu setzen. Mein Schädel brummt, aber das liegt nicht länger am Durst.

»Warte mal«, raune ich. Mein Herz beginnt vor Aufregung schneller zu schlagen. »Warte«, wispere ich noch einmal und presse die Lider zusammen, blende dabei die Frau vollkommen aus. Fletcher.

Wo habe ich den Namen schon mal gehört?

Angestrengt versuche ich, mich an etwas zu erinnern, von dem ich weiß, dass es da sein muss. Ganz sicher. Der Name kommt mir so bekannt vor. War es ein Mitschüler aus der Lehreinrichtung? Ein Bekannter, den ich vergessen habe? Oder hat Susi … Ich halte die Luft an. Susi. Fletcher ist der Freund, den Susi damals gefunden hat. Der Junge, der die Kartoffeln transportiert und der ihr geholfen hat, ihre Wohnung zu finden. Fletcher ist derjenige, der leibhaftig für sie da gewesen ist, als ich es nicht konnte. Als ich mir nicht genügend Mühe gegeben habe.

Das glühende Eisen in meiner Brust verabscheue ich zutiefst, aber es gelang mir noch nie zu leugnen, dass es mir dann und wann seine Existenz schmerzhaft bewusst macht. Ja, ich war damals neidisch auf einen Jungen, den ich nicht kannte. Und ich wusste, wie dumm dieses Gefühl war, schließlich hat Fletcher Susi geholfen. Er hat ihr zugehört, er hat sie gehalten, ihr seine Schulter angeboten und dafür keine Gegenleistung erwartet. Zumindest nicht, dass ich wüsste. Ich sollte ihm eigentlich dankbar sein.

»Doch es könnte auch ein anderer Fletcher sein«, murmle ich in einem Anfall von Pessimismus vor mich hin. Wenn das ein geläufiger, beliebter Name in diesem Bezirk ist, stehen die Chancen womöglich schlecht, dass der Fletcher, den diese Frau kennt, tatsächlich Susis Fletcher ist.

Ich beende meinen inneren Monolog und konzentriere mich wieder auf die Frau, die jedoch verschwunden ist. Bevor meine Panik, sie nicht nach Fletcher fragen zu können, ausufert, bemerke ich jedoch, dass sie lediglich auf den Boden geplumpst ist und dort lautlos weint.

Ihr Körper ist in sich zusammengefallen wie ein Skelett, das sich von allein nicht aufrecht halten kann. Der Anblick ist gewissermaßen gruselig, doch ich bemühe mich, mir das nicht anmerken zu lassen.

Ich schlucke einen Kloß hinunter und knie mich zu ihr auf den Boden. »Alles in Ordnung?«, frage ich leise. Meine Hand zuckt zu ihrem Rücken, will sie vielleicht mitfühlend tätscheln, doch ich entscheide mich spontan dagegen.

Die Frau zieht lautstark ihre Nase hoch und wischt sich wieder und wieder mit dem Unterarm über das Gesicht. »Nein«, antwortet sie nach mehreren Sekunden, in denen sie begonnen hat, sich hilflos vor und zurück zu wiegen.

Mit so viel Verzweiflung kann ich nicht umgehen, stelle ich leicht panisch fest.

Überfordert knie ich neben einer fremden Person, deren Situation schlimmer zu sein scheint als meine eigene, und alles, was mir einfällt, ist: »Äh …« Inklusive ein wenig heißer Luft, die aus meinem Mund strömt.

Jetzt auch noch nach diesem Fletcher zu fragen, wäre nicht nur gefühllos, sondern schlicht unangebracht. Meine Eltern sind vielleicht verrückt, einen unhöflichen Mistkerl haben sie aber nicht großgezogen.

Schuldbewusst stelle ich die Wasserflasche auf dem Boden hinter mir ab, außerhalb ihres Blickfelds. »Kann ich irgendwas tun?«, frage ich. »Ich … also, soll ich …«

»Sie sind alle weg«, ist die zusammenhanglose Erwiderung. »Ich bin ganz allein. Und jetzt bin ich auch noch meinen Job los«, brabbelt sie abwesend und umschlingt weiterhin ihre Knie mit den Händen. Ihre Finger sind lang und dürr, die Haut an den Gelenken trocken und rissig.

›*Zu wenig Feuchtigkeit*‹, schießt es mir durch den Kopf.

Ehe ich merke, was ich vorhabe, greife ich hinter mich, nehme die Flasche und strecke sie ihr entgegen. »Hier.«

Ihr eben noch schlotternder Körper beruhigt sich, bis sie mich reglos anstarrt.

»Trink was, dann geht es dir bestimmt gleich besser«, dränge ich und halte ihr die Flasche unter die Nase, in der Hoffnung, dass sie deshalb nicht ausrastet.

Sie mustert mich, als hätte ich ihr vorgeschlagen, sie solle Gift zu sich nehmen.

Also drehe ich den billigen Verschluss für sie ab. »Hier«, wiederhole ich und warte, bis sie ganz langsam nach dem Wasser greift, mich dabei jedoch keine Sekunde aus den Augen lässt.

Sie scheint vergessen zu haben, dass sie mich vorhin wegen genau dieser Flasche angefaucht hat.

Nachdem sie drei mickrige Schlucke genommen hat, bilde ich mir ein, ihre Haltung würde sich ein wenig lockern. Weil meine Waden und Oberschenkel vom Knien anfangen zu brennen, stehe ich ächzend auf. Erstaunlicherweise macht sie es mir nach. Ein wenig Farbe kehrt in ihre Wangen zurück und ihr Blick verankert sich wieder in der Realität.

Es ist vermutlich voreilig, doch ich kann nicht länger warten. »Wer ist Fletcher? Dein Bruder?«

Susi hat mir irgendwann einmal erzählt, dass ihre neue Bekanntschaft eine Schwester hat. Sehr oft haben wir allerdings nie über ihre Freunde gesprochen.

»Kennst du Susi?«, frage ich weiter und dränge unbewusst vorwärts, näher zu der Frau. Mir fällt erst auf, dass ich ihr ziemlich auf die Pelle rücke, als sie zurückweicht.

»Was willst du von mir?«, piepst sie nervös und blickt sich angsterfüllt um. Vielleicht registriert sie erst jetzt, dass wir ganz allein sind.

Sofort bleibe ich stehen. »Ich suche meine ... eine Freundin. Bitte, war der Mann Maikel Springer und ist Fletcher dein Bruder oder dein Freund oder sonst wer? Es ist wichtig.«

Da ich mich zwinge, an Ort und Stelle stehen zu bleiben, verleihe ich meiner Ungeduld nun Ausdruck, indem ich wild mit den Armen gestikuliere.

»Wer zum Teufel bist du?«, fragt sie mit klappernden Zähnen, anstatt auch nur eine meiner Fragen zu beantworten.

Ich werfe die Arme nach oben und verschränke sie hinter dem Kopf, während ich um meine Beherrschung ringe. Sie an den Schultern zu packen und zu schütteln, hätte vermutlich nicht den gewünschten Effekt. Es würde mir keine Antworten liefern, sondern dafür sorgen, dass sie die Flucht ergreift.

Also atme ich tief ein, schließe die Augen und überlege, wie sie mir gibt, was ich möchte. »Okay«, setze ich an, »das hört sich vielleicht ein wenig verrückt an, aber es ist wirklich wichtig, dass du mir sagst, ob du Susi kennst. Sie ist vielleicht in Gefahr oder gerade dabei, etwas Dummes zu tun, und ...«

Ob sie weiß, wer Susi wirklich ist? Hat sie außer Fletcher noch jemandem die Wahrheit anvertraut? Scheiße, ich habe keine Ahnung.

Die Frau blinzelt nervös und rückt einen Schritt von mir ab. »Was wäre, wenn ich sie kenne?«

Ich muss sichergehen. »Kannst du sie beschreiben?«

Wieder ein unruhiges Blinzeln, doch dieses Mal schluckt sie nur, bevor sie antwortet: »Braune Haare, tiefdunkelbraune Augen, etwas verschlossen, vielleicht prüde oder sozial inkompetent, aber eine gute Zuhörerin. Traurig. Und manchmal wirkt sie müde. Außerdem ist sie sehr hübsch.«

Der letzte Teil enthält einen Hauch Neid, aber alles andere glich einer sachlichen Beschreibung. Besser hätte ich Susi in dieser Knappheit nicht charakterisieren können.

»Das ist sie«, bestätige ich aufgeregt. In meinen Fingerspitzen kribbelt es.

»Und woher kennst du sie?«, will mein Gegenüber misstrauisch wissen.

»Von früher«, antworte ich ausweichend und fahre schnell fort: »Hast du eine Ahnung, wo sie jetzt ist?«

Das Kopfschütteln lässt mir das Herz in die Hose rutschen. Ich habe mir tatsächlich Hoffnung gemacht. Wie dumm von mir.

»Alle sind weg.« Ihr Blick wird wieder trüb. »Und bei Susi wurde vermutlich eingebrochen«, fügt sie bereits wieder mit glasigen Augen und im Geiste abwesend hinzu. »Aber sie ist nicht mehr hier.«

Eingebrochen! Sämtliche Muskeln in meinem Körper verkrampfen sich. Kann es sein, dass Susi nicht gegangen ist oder aufgegeben hat, sondern dass ihr etwas … zugestoßen ist?

Meine Lunge hat Mühe, mit meinem hektischen Atem mitzuhalten und die Luft einzusaugen.

»Bring mich da hin«, befehle ich etwas zu harsch, also füge ich ein angespanntes »Bitte« hinzu.

Die Frau blickt mich aus leeren Augen an. »Warum sollte ich dir helfen?«

Besonders gut darin, Menschen zu durchschauen, war ich eigentlich nie, aber das Argument kommt so schnell über meine Lippen, dass ich nicht eine Sekunde an seiner Überzeugungskraft zweifle. »Was hast du denn noch zu verlieren?«

SANNI

Seit Reys Aussortierung habe ich viel nachgedacht. Mehr als davor. Über das Leben. Über uns Menschen. Über Beziehungen. Über Schuld. Über die Liebe und ja, auch über den Tod. Nur habe ich immer seltener mit jemandem über diese Gedanken gesprochen. Anfangs mit Theo, aber wenn man so weit voneinander entfernt lebt, wird die Verbindung, die man vielleicht einmal hatte, schwächer. Sie ist wie ein Faden, den man spannt, der dünner und dünner wird, bis er irgendwann reißt. So fühlte es sich zumindest für mich an.

Mit Fletcher habe ich über Geoffrey gesprochen und über mein Leben in der Stadt. Weil er da war und ich es konnte, aber auch weil ich das Gefühl hatte, jemand müsste mir helfen, dieses Wissen zu tragen. Ich dachte, dadurch würde es leichter werden. Letzten Endes habe ich es jedoch nur verdoppelt und nicht halbiert. Fletcher musste Lasten auf seinen Schultern tragen, die nicht ihm gehörten. Und wahrscheinlich ist er unter ihnen zusammengebrochen.

Gefühle folgen keinen mathematischen Gesetzen, keinen Regeln. Sie machen, was sie wollen, und wir lassen es zu. Wir lassen es zu, weil wir keine Wahl haben oder weil wir glauben, dass wir machtlos gegen sie sind. Zumindest dachte ich das acht Jahre lang.

Willy ist nach unserem Besuch bei Maries Grab zur Arbeit gegangen. Unserer Umarmung folgte wie vermutet ein Moment des Unbehagens, der jedoch nicht lange anhielt. Es gibt schließlich keinen Grund, weswegen man sich schämen sollte, einen anderen Menschen zu trösten, selbst wenn man ihn kaum kennt.

Bevor Willy verschwand, meinte er noch, dass ich vorerst bei ihm wohnen dürfe. Ich glaube, er wollte so klingen, als duldete er mich widerwillig in seinen vier Wänden, aber ich hege die Vermutung, dass er insgeheim froh darüber ist, nicht mehr allein zu sein.

»Die Tür ist sowieso offen«, war der genaue Wortlaut. Er besitzt ohnehin nichts, was einen Wert hat.

Jetzt bin ich allein auf dieser Wiese voller Steine und denke über die Frage nach, die mich jahrelang gequält hat und es immer noch tut, wenn ich sie nicht verdränge.

Ich wollte die Antwort immer wissen. Ich dachte, dann könnte ich ein dunkles Kapitel in meinem Leben abschließen und endlich nach vorn sehen, aber mittlerweile glaube ich nicht, dass es etwas ändern würde. Willy ist der Beweis dafür. Seine Nichte liegt hier unter der Erde begraben, nur noch ein Haufen

Knochen, und was bringt ihm das? Er hat einen Ort, an dem er sich schrecklich fühlen kann, und dennoch tut er es überall.

Ich weiß nicht, was mit meinem Bruder passiert ist. Manchmal habe ich mir vorgestellt, er würde noch leben, von Melissa und Lukas irgendwo versteckt oder unter der MeF eingesperrt, vielleicht, weil sie Versuche an ihm durchführen … Dann hoffe ich allerdings jedes Mal, er möge wirklich tot sein.

Aber ich muss nicht hoffen. Geoffrey ist tot. Ich weiß es. Natürlich lässt sich diese Überzeugung nicht beweisen, aber wenn es eine Möglichkeit gäbe, übersinnliche Fähigkeiten und Ahnung nachzuweisen, würde mein Testergebnis positiv ausfallen.

Ich weiß es, weil sich mein Herz bei dem Gedanken an ihn in einen Haufen scharfkantiger Splitter verwandelt, der mir das Innere meines Brustkorbs zerschneidet. Ich weiß es, weil ich auf meinem Sofa sitzen und fest daran glauben kann, dass ich es nie wieder schaffe aufzustehen, es keinen Sinn hat, weiterzumachen. Ich wusste es immer, wenn ich Mitchell ansah.

Und nun frage ich mich, ob es den Schmerz erträglicher macht, wenn man erfährt, wie derjenige gestorben ist. Hilft es Willy zu wissen, dass Marie von einer Maschine in Fetzen gerissen wurde?

Ich starre den runden Stein mit dem Namen von Willys verstorbener Nichte an. Ein Windstoß wirbelt mir die vorderen Strähnen meines Haares ins Gesicht, die sich aus dem Zopf gelöst haben. Mechanisch streiche ich sie hinter die Ohren, bevor ich kurz stutze und dann das Gummi herausziehe. Es ist aus der Stadt. Ich habe es all die Jahre immer aufbewahrt. Eine Zeit lang sogar oft getragen. Und ich habe vergessen, woher es stammt.

Der elastische Kunststoff fühlt sich vertraut an zwischen meinen Fingern. Doch gleichzeitig habe ich das Gefühl, den Besitz einer Fremden zu betrachten. Ich wollte alles hinter mir lassen, alles vernichten, was mich an die Vergangenheit erinnert. Ich habe Theo im Dunkeln über meine Gedanken und Entscheidungen gelassen, ich habe die letzten Erinnerungsstücke an Rey zerstört, ich habe mich von allen Menschen getrennt, die mir je etwas bedeutet haben, weil ich überzeugt war, dass es so am besten wäre. Dass es mir helfen würde, irgendwann vielleicht nicht wirklich glücklich, aber wieder einigermaßen in Frieden leben zu können. Ich habe nie zugelassen, dass Fletcher mehr für mich tut, als nur seelischen Beistand zu leisten.

Loslassen zeugt von Stärke.

Doch wer garantiert das? Wer weiß schon, was uns glücklich macht und was nicht? Niemand kann einem das sagen außer man selbst.

Ich schließe das Haarband in meiner Faust ein.

Deswegen bin ich hergekommen. Ich will nicht vergessen und ich will nicht loslassen. Ich will endlich anfangen, für meinen Bruder zu kämpfen. Und ich bin mir ziemlich sicher, dass Willy das auch für seine Nichte tun möchte.

Auf dem Weg zu seiner Wohnung verlaufe ich mich ein paar Mal, bevor ich die richtige Straße finde. Unterwegs hat sich mir bei jedem Menschen, dem ich begegnet bin, der Wunsch aufgedrängt, nach dessen Leben zu fragen.

Ich bin plötzlich davon überzeugt, wissen zu müssen, was in jedem Einzelnen von ihnen vorgeht, was sie erlebt, wen sie verloren haben, um ihre Einstellung ändern zu können. Ich muss wissen, welche Wunden sie unsichtbar für andere im Innern mit sich herumschleppen. Doch Willy steht für den Anfang ganz oben auf meiner Liste.

AUS DEM ARCHIV DER OPFERNDEN

– geschlossene Abteilung der EfiA –

[…]

Aus dem vorangegangenen Kontext erübrigt sich die Frage nach ethisch richtigem Handeln. Schließlich ist der Tiger nicht böse, wenn er eine Gazelle reißt. Er ist nur hungrig.

THYA

Wenn ich ehrlich bin, überrascht mich die Distanziertheit, mit der ich plötzlich die Gesamtsituation betrachten kann.

Die Nacht in der MeF war weder furchtbar noch sonderlich gut. Ich würde sogar behaupten, sie war komplikationslos, wenn es nicht so verrückt klingen würde.

Nachdem Dr. Feres gestern wieder gegangen ist, habe ich eine Weile damit verbracht, die Farbe der Wand im Sekundentakt zu verändern.

Gelb. Rosa. Grün. Rot. Violett. Braun. Schwarz. Türkis. Weiß.

Nur auf Blau jeglicher Intensität und Tönung habe ich verzichtet.

Dann setzte ich meine Nase einer Fülle an Düften aus. Rosen. Meer. Gras. Erde. Vanille. Veilchen. Leder. Holz. Warme Brötchen. Chlorwasser. Eiscreme mit meinem Vater. Müll von einem fremden Ort.

Den Duft eines braunhaarigen jungen Mannes, der wildfremden Mädchen das Leben rettet, habe ich nicht gefunden.

Was Dr. Feres noch sagte, bevor er mich erneut allein ließ, hat mich irgendwie … Ich weiß nicht einmal, wie ich es beschreiben soll. Was er mir erzählte, hat mich aus der Umlaufbahn gestoßen, auf der ich unaufhörlich kreiste, es hat mich von der Straße meines Lebens gerissen, von der ich einmal glaubte, sie würde irgendwohin führen. Jetzt schwebe ich im Nichts. Ja, so ähnlich fühlt es sich an.

Als mir die Wandfarben nicht mehr genügend Ablenkung boten und ich keine neuen Gerüche mehr wahrnehmen konnte, habe ich mit der Windstärke gespielt. Aber echter Wind fühlt sich besser an und leider lässt sich das Fenster nicht öffnen.

Ich stehe wieder im Badezimmer vor dem Spiegel. Obwohl sich außer meinen Augen und, zugegeben, der Länge meiner Haare nichts an mir verändert hat, blickt mir eine Fremde entgegen.

»Ohne Mitchell wärst du jetzt tot«, erinnert sie mich. Doch ich weiß gerade nicht, ob ich dafür noch dankbar sein soll.

»Ich werde diesen Ort nie verlassen«, mache ich mir klar. Aber wenn ich es laut ausspreche, ist es, als würde dieses Schicksal einer anderen widerfahren.

Es kann nicht sein, dass alles hier endet. Denn es fühlt sich so an, als hätte dieses ›alles‹ überhaupt niemals begonnen. Was waren diese sechzehn mickrigen Jahre schon? Habe ich je etwas getan, das von Bedeutung war, etwas, das mich oder jemand anderen in besonderer Weise berührt hat? Habe ich mir irgendwann Gedanken darüber gemacht, ob mein Leben einen Sinn hat oder ob es einen Sinn haben sollte? Ich wünschte, ich hätte es. Und ich wünschte, ich wäre nicht zu beschäftigt damit gewesen, es meiner Mutter recht zu machen, denn was habe ich letzten Endes davon gehabt?

»Nichts«, äußere ich im selben Moment, als ich höre, wie ein Schlüssel in das Schloss der Tür gesteckt und herumgedreht wird. Mit der Hand kämme ich mir die vorderen Haarpartien ins Gesicht und linse von der Badezimmertür aus in das Zimmer. Natürlich ist es Dr. Feres. Wer sollte es sonst sein?

»Thya?«, fragt er nicht sonderlich nervös. Er hat mich noch nicht gesehen, weiß aber auch, dass ich keinerlei Möglichkeit habe, diese Räumlichkeiten zu verlassen. Mir ist bewusst, dass es kindisch und unsinnig wäre, mich vor ihm zu verstecken.

Mit vor der Brust verschränkten Armen gehe ich zu ihm ins Zimmer. »Sind Sie hier, um sich zu nehmen, was Sie wollen?«

Dr. Feres lächelt. Das kann er ziemlich gut. Aber mir ist bereits gestern aufgefallen, dass da ein finsterer, seelenloser Fleck in dem Stahlgrau seiner rechten Iris sitzt. Ein Beweis für seine Gefühlskälte und eine Warnung, dass man ihm weder vertrauen kann, noch sich in seiner Gegenwart sicher fühlen sollte.

»Aber, Thya, du brauchst nicht so missgelaunt zu sein. Freust du dich denn gar nicht?«

Ich ziehe die Nase hoch und wende den Kopf ab, damit ich ihn nicht länger ansehen muss. Diese Euphorie ist nur schwer zu ertragen. »Ich wüsste nicht, weshalb. Sie sperren mich hier ein und …« Weiter komme ich nicht, weil mir die Worte für das Ungesagte fehlen.

»Thya, erkennst du nicht, welche Möglichkeit sich hier bietet?« Er streckt die Arme zum Himmel, als wäre mein Minutentod in Mister Springers Haus eine göttliche Antwort auf etwas gewesen, womit er sich jahrelang gequält hat.

Meine Begeisterung hält sich jedenfalls in Grenzen.

»Worum habe ich dich gestern noch gebeten?«, erinnert er mich, benimmt sich wieder wie der kalte Doktor und stolziert zu seinem Sessel – der anscheinend wirklich ihm gehört –, um sich darauf niederzulassen, die Beine in interessierter Manier übereinanderzuschlagen und sein Kinn auf den verschränkten Fingern abzulegen.

Ich frage mich unwillkürlich, wie oft ich diese Handlungsabfolge, sollte sie sich zu einer Routine entwickeln, ertragen werde.

Dr. Feres scheint seine Auftritte auf der Bühne dieses Zimmers jedenfalls zu genießen. Er lächelt. Der Fleck in seinem Auge ist unübersehbar.

»Alle glauben, ich sei tot.« Das Ungesagte wird ausgesprochen. Was er mir gestern mitgeteilt hat, habe ich nun begriffen. »Meine Eltern denken jetzt, ich sei endlich aussortiert worden.« Ich balle die Hände zu Fäusten und klemme sie unter meine Achseln. Mir ist auf einmal eiskalt. Meine Stimme zittert auffällig, als ich fortfahre. »Was wollen Sie von mir?«

Ein hochgezogener Mundwinkel, der mich verspottet. »Das habe ich dir bereits erklärt.«

»Nein, Sie haben nur gesagt, dass ich tot sein müsste. Dass diese … Anomalie mein Herz zum Aus…« Ich schlucke angestrengt, doch der Kloß bleibt und hindert mich daran, stark und furchtlos zu klingen. »… zum Aussetzen gebracht hat«, vollende ich daher und presse anschließend die Lippen aufeinander.

»Vielleicht waren meine Andeutungen nicht sehr vorteilhaft gewählt, das gebe ich zu. Also möchtest du, dass ich es dir noch einmal in aller Deutlichkeit erkläre?«

Das möchte ich nicht, doch ich bin mir ziemlich sicher, ich sollte es dennoch hören. Also nicke ich langsam.

Dr. Feres imitiert das Wippen meines Kopfes und lehnt sich in seinem Sessel zurück. »Gut. Beginnen wir bei deiner Augenfarbe. Ich nehme an, du würdest gerne verstehen, was es damit auf sich hat. Immerhin war diese offensichtlich dauerhafte Änderung der Regenbogenhaut nicht beabsichtigt. Das heißt, sie ist ohne äußeren Einfluss eingetreten. Thya, ich habe eine Theorie, von der ich ziemlich sicher bin, dass ich sie bald werde beweisen können. Um sie kurz und unkompliziert auszudrücken: Etwas in deinen Genen hat sich verändert.« Er macht eine Pause und sieht mich vielsagend an, als erwarte er Einspruch oder Zustimmung.

Ich schabe mit den oberen Zähnen über meine Unterlippe und konzentriere mich auf einen Punkt an der Wand, der gar nicht existiert. »Das geht eigentlich nicht, oder?«, frage ich verunsichert.

Dr. Feres nickt eifrig, er wirkt mit einem Mal wie ein kleines Kind, das von seinem Drachen begeistert ist. »Ja, dein Erbgut kann sich nicht rückwirkend verändern. Das ist schlicht unmöglich. Eigentlich. Thya, als deine Eltern dich herbrachten, habe ich ein paar Standardtests gemacht, die mir eine Genmutation auf einem bestimmten Chromosom anzeigten, das gleichzeitig für einen Bereich deines Hirns verantwortlich war, der die Lähmungen deiner Beine auslöste. Ich nahm an, dass sich die Symptome in einem späteren Stadium ausgebreitet hätten.«

Das hätte ich allerdings nicht mehr erlebt, denn bis es so weit gewesen wäre, hätte ich längst tot sein sollen.

»Aber offensichtlich waren meine Vorhersagen falsch.« Der Sessel knarzt ein wenig, als der Doktor aufsteht, einen Schritt ins Zimmer macht und die Arme hinter dem Rücken verschränkt. »Ebenso wie meine Diagnose. Ich bin irrtümlicherweise davon ausgegangen, dass deine Mutation seit deiner Erschaffung besteht, dass ich bei deiner Kreierung damals einen Fehler gemacht habe, den ich zu spät bemerkte und der sich erst in einem späteren Stadium deiner Entwicklung zeigte. Aber, Thya, wenn ich die Zeichen richtig deute, entspricht das nicht der Wahrheit.«

»Und was heißt das?«, krächze ich mit staubtrockener Kehle.

Es ist, als würde Dr. Feres sämtliche Luft aus dem Raum einatmen, bis es totenstill ist. Bis ich meine eigenen Gedanken nicht mehr höre und er meine volle Aufmerksamkeit besitzt. »Thya, dein Körper ist von allein krank geworden.«

Brennende Tränen schießen mir in die Augen.

»Und er hat sich selbst wieder geheilt.«

»Dann lassen Sie mich gehen. Es ist doch alles wieder in Ordnung«, flehe ich nun zum vierten Mal. Auffordernd stehe ich an der Tür, die Klinke in der Hand. »Ich verspreche auch, dass ich niemandem etwas davon erzählen werde. Ich schweige, ich will nur nach Hause. Bitte.«

Dr. Feres hat den glänzenden Schlüssel in der Hand. Geduldig wartet er neben seinem Sessel. »Ich habe dir bereits erklärt, dass das nicht geht, Thya.« Er redet mit mir, als wäre ich ein kleines, dummes Kind. »Erstens haben deine Eltern eine Tochter mit silbernen Augen bestellt, deren Iris nur bei bestimmtem Lichteinfall bunt schimmert, du entsprichst also nicht mehr dem versprochenen Prod…« Er unterbricht und räuspert sich. »Du erfüllst nicht mehr die Voraussetzungen. Zweitens, und dagegen kann ich nichts tun, bist du keine Städterin mehr. Dein Chip wurde für deine Nachfolgerin zurückgelegt.«

Ich spüre, wie mir das Metall aus den Fingern gleitet. Dabei fällt nicht die Klinke zu Boden, sondern mein Arm herab wie ein lebloses Stück organischen Materials, das man mir halbherzig angenäht hat.

»Was?«, wispere ich fassungslos.

Dr. Feres schnalzt mit der Zunge. »Thya, das ist alles nicht für deine Ohren bestimmt. Du dürftest eigentlich nicht einmal in diesem Zimmer sein. Aber sieh es positiv! Mit deiner Hilfe werde ich vielleicht in der Lage sein, die Aussortierung überflüssig zu machen. Wenn ich verstehe, was an dir anders ist, kann ich …«

Den Rest höre ich nicht mehr. Wellen rauschen in meinen Ohren. Ich bin mir sicher, gleich an dem künstlichen Strand im Schwimmparadies aufzuwachen, mein Vater neben mir, der losgezogen ist, um uns einen Milchshake zu kaufen.

»Sie wollen mich ersetzen? Mein Vater …« Meine Stimme dringt wie von weiter Ferne zu mir durch.

Auch Dr. Feres klingt, als befänden wir uns unter Wasser. »Das ist ihr gutes Recht, wenn sie fehlerhafte Ware erhalten.«

Ja, natürlich! Wie dumm von mir, danach zu fragen.

»So, Thya, ich habe noch viel Arbeit, die erledigt werden möchte, würdest du also bitte von der Tür wegtreten?«

Ich schwebe davon, weg von der Tür, aus dem Fenster hinaus, zurück in den Bezirk, wo Nicole mich in ihren Armen empfängt, mich an ihren von den Nachwirkungen ihrer Krankheit gezeichneten Körper drückt und mir sagt, dass es mir gut gehen wird. Dass alles wieder gut wird und ich mehr bin als ein sich selbst zerstörendes Produkt. Mehr als eine medizinische Abnormität.

Aber als die Tür schon lange von außen verschlossen wurde, kommt mir in den Sinn, dass Dr. Feres' Forschungsprojekt womöglich alles ist, was ich je sein werde.

THEO

Der Brief wurde zerknüllt, beweint, zusammengefaltet und wieder glatt gestrichen. Susi hat ihn geschrieben. Ich erkenne ihre Handschrift, obwohl ich sie nur wenige Male in meinem Leben zu sehen bekommen habe. Zuletzt an dem Tag, an dem sie die Stadt verlassen musste und mein Herz mit im Gepäck hatte.

Wir haben diese kleine dämliche Botschaft aufgeschrieben, jeder für den anderen. Mein Exemplar liegt zu Hause in der Schublade bei der Kette, die ich ihr nie gegeben habe. Ihrer war in keinem der Rucksäcke, die in Theresas Wohnung stehen, aber es wundert mich auch nicht besonders, weil dieses Gepäck Mitchell, seiner Mutter und dem blonden Mädchen – Thya – gehört, wenn ich Theresa glauben darf.

Dass ich in ihrer Wohnung übernachten durfte, ist ein Wunder, ebenso wie ihre plötzliche Offenheit, mit der sie mir gestern alles erzählte, was sie wusste.

Dass ihr Bruder spurlos verschwunden ist – deswegen hat Susi mich bei unserem letzten Anruf nach jemandem gefragt, der vielleicht an der Mauer aufgetaucht ist –, dass sie Mitchell und Thya ausliefern wollten, weil man ihr versprach, ihren Bruder freizulassen. Dass da noch jemand namens Benny involviert war, der in dem Fall verschont werden sollte. Dass sie, nachdem man die beiden mitgenommen hatte, zu Susi wollte und dort nur eine leere Wohnung mit eingetretener Tür vorfand. Dass alles aus dem Ruder lief und Theresa seitdem am Rande der Verzweiflung schwankt und jederzeit in einen Abgrund zu stürzen droht.

Den Brief habe allerdings ich gefunden, da Theresa sich aus Schuldgefühlen geweigert hat, die Rucksäcke ihrer Freunde auch nur anzurühren. Ich dagegen hatte keine Hemmungen, die Sachen zu durchwühlen. Der größte Teil war ohnehin uninteressant.

Bis auf den Brief, den ich am Boden des einen Gepäckstücks entdeckte, und das alte Inkoar, das in der Seitentasche steckte, dessen Akku allerdings leer ist.

Als ich gestern Susis Wohnung sah, dachte ich tatsächlich, ihr wäre etwas zugestoßen. Allein der Gedanke hat mich verrückt gemacht.

Doch dieser Brief, den ich später fand und den ich seitdem ununterbrochen in den Fingern halte, dieser Brief ist mein Beweis, dass ich richtiglag.

Susi hat aufgegeben.

Warum sonst hätte sie Mitchell all diese Antworten geben sollen? Warum sonst hätte sie ihr Geheimnis preisgeben sollen? Ihr war alles egal und dabei hat sie vergessen, dass ihre Gleichgültigkeit mir das Herz aus der Brust reißen kann. Mich selbst mit der grausamen Seite der Stadt abzufinden, ist eine Sache, zu wissen, dass Susi es getan hat, eine völlig andere.

»Was willst du jetzt tun?«, reißt Theresa mich aus meinen Gedanken. Sie sitzt schon eine Weile auf dem Sessel am Fenster, Knie angezogen, und beobachtet mich stumm. »Was glaubst du, wohin sie gegangen ist?«, fragt sie weiter.

Ich will es nicht, aber ich kann nichts dagegen tun, ich denke daran. An damals. An die acht Tage, in denen Susi wie vom Erdboden verschwunden war und ich sie nur dank Deron in der MeF finden konnte. Daran, dass sie aus einem Fenster vierzig Meter in die Tiefe gestürzt ist. Nein, nicht gestürzt. Gesprungen.

Als hätte ich mir den Hintern verbrannt, stehe ich ruckartig von dem Stuhl auf. »Vielleicht hat sie den Bezirk gewechselt«, mutmaße ich und verdränge ganz bewusst eine weitere Möglichkeit, die mir den Magen umdreht und das Brummen in meinem Schädel ins Unerträgliche steigert.

Theresa zieht skeptisch die Brauen zusammen. »Warum sollte sie?«

Stimmt ja. Theresa kennt dank des Briefes einen Teil der Geschichte, aber eben nicht alles. »Um neu anzufangen?«, rätsle ich.

Theresa nimmt diese Idee schweigsam auf, ihr Blick driftet davon, genau wie meine Gedanken.

»Um alles hinter sich zu lassen«, schiebe ich leise hinterher.

Wenn das der Fall ist, habe ich noch einen Anhaltspunkt. Ein letzter Strohhalm, der sich als Rettungsseil entpuppen könnte.

Entschlossen balle ich die Hände zu Fäusten, sodass der Brief darin erneut zerknittert und ein raschelndes Geräusch von sich gibt, bevor ich alle möglichen Szenarien und meine Spekulationen darüber weit von mir schiebe und mich an den letzten Anker kralle, der mir geblieben ist.

»Wie kommt man am schnellsten in den östlichen Bezirk?«

MITCHELL

Wie oft muss man etwas tun oder sehen, um sich daran zu gewöhnen? Wie oft muss man mit einem Zustand konfrontiert werden, bis man ihn als gegeben hinnimmt?

Heute Morgen habe ich das zweite Mal die Augen in diesem abnormal luxuriösen Zimmer aufgeschlagen und der Anblick hat mich nicht mehr aus der Fassung gebracht. Hat es wirklich nur vierundzwanzig Stunden gebraucht, um mich an den unnötigen Protz der Snobs zu gewöhnen? Sollte ich mir deshalb Sorgen machen?

Diese Fragen kreisen unaufhörlich in meinen Gedanken, während ich Thomas gegenüber am Tisch sitze und mit der Auswahl vor meiner Nase überfordert bin.

Auf der einen Seite, weil es so viel ist, dass sich kein Mensch entscheiden könnte, was er nun letztlich essen soll, und auf der anderen, weil ich mir bei einigen Dingen nicht einmal sicher bin, ob man sie überhaupt essen kann. Brot und Brötchen erkenne ich noch. Die gläserne Schale mit dem Müsli auch, außerdem traue ich mir noch zu, alle möglichen Formen von Ei – gebraten, gerührt, flach wie eine Scheibe – zu identifizieren, aber ob die gelbe Blume auf der silbernen Unterlage nun Butter ist, ist schwer zu sagen.

Bei den Aufstrichen und -schnitten habe ich auch Schwierigkeiten, ebenso mit den Gläsern und ihrem Inhalt. Und dann wäre da noch das Zeug, von dem ich denke, dass es Fleisch ist. Aber Fleisch so früh am Morgen?

»Alles in Ordnung?« Thomas wollte sich gerade einen Löffel mit rosaroter Creme – Joghurt? – in den Mund schieben, hält jedoch inne. »Du siehst überfordert aus, Mitchell.«

Wen wundert das? Statt mich weiter mit der Menge an Essen herumzuschlagen, die im Bezirk alle Bewohner eines ganzen Blocks satt bekommen würde, beschäftige ich mich lieber mit sehr viel wichtigeren Dingen.

»Wie sieht Ihr Plan aus?«, ignoriere ich sein geheucheltes Mitgefühl. »Sie haben doch sicher einen, wenn Sie mir bis heute Abend beweisen wollen, dass Sie mein Vater sind.« Alles andere wäre unvernünftig und dumm.

Thomas steckt sich den Joghurt in den Mund und nickt. Nachdem er geschluckt hat, tupft er sich mit einem Tuch die Lippen ab. »Du wirst mich heute zur Arbeit begleiten.«

Mein Magen verknotet sich. Damit habe ich nicht gerechnet.

»Was?«, platze ich lachend heraus. »Wollen Sie mich verarschen?«

»Achte auf deine Wortwahl, Mitchell. Und nein, ich möchte dich nicht … auf den Arm nehmen«, entscheidet er sich dagegen, meine Frage wörtlich zu wiederholen. »Außerdem …«, fügt er zögerlich hinzu, »habe ich etwas arrangiert.«

Dass er Schwierigkeiten hat, die richtigen Worte zu finden, ist auffällig. Gestern schien er auf Anhieb für alles die passende Erwiderung parat zu haben und heute …? Misstrauisch ziehe ich die Brauen zusammen. Ich warte darauf, dass er den Kragen des hellblauen Hemds zurechtzupft, das er trägt, doch seine Hände bleiben auf dem Tisch liegen.

»Was haben Sie arrangiert?«, will ich wissen. Vielleicht mag ich ja immer öfter vergessen, wo ich bin, und vielleicht ist meine Haltung unterbewusst zu vertrauensselig geworden für den Ort, an dem ich mich befinde, aber meine Zweifel zu bewahren, kostet mich keine Mühe. »Sie halten sich gefälligst an unsere Abmachung.«

Thomas seufzt. »Ich habe es nicht vergessen, Mitchell. Und ich bin bereit, alle Register zu ziehen, damit du mir glauben kannst. Und deswegen …« Wieder entsteht eine Pause, die sämtliche Nerven in mir wach kitzelt.

Mein Körper befindet sich in höchster Alarmbereitschaft.

Ein weiterer tiefer Seufzer begleitet Thomas' nächste Worte. »… deswegen werden wir heute Abend deine Mutter sehen. Gemeinsam.«

Als ich zum zweiten Mal in seinem Auto sitze, wird mir bewusst, dass ich nicht gefragt habe, wo und was genau er arbeitet. Andererseits werde ich das früh genug erfahren, oder? Es besteht daher kein Grund, mehr als unbedingt nötig mit ihm zu reden.

Schweigend starre ich aus dem Seitenfenster. Die Umgebung zieht wie ein Strudel an mir vorbei, ohne dass ich sonderlich Notiz von ihr nehme. Meine Gedanken schweifen unaufhörlich von Mum und Thya zu Benny und Theresa. Außerdem frage ich mich, ob Fletcher dasselbe Schicksal ereilt hat, dem ich durch Thomas entgangen bin. Wurde er aus irgendeinem Grund einfach verhaftet, mitgenommen und in eine Zelle gesperrt, angekettet, um dort zu verrecken? Und was ist mit Benny? Er wurde zeitgleich mit mir verschleppt. Ihn muss dieses Los daher ganz sicher erwischt haben.

Ich bin immer noch sauer auf den kleinen Verräter und Theresa, weil sie mich hintergangen haben, aber der Großteil von mir empfindet Mitleid und vor allem Sorge. Die zwei sind meine Freunde. Genau wie Fletcher. Sie hatten nur Angst. So wie wir alle. Um ihr Leben und um das der Menschen, die sie lieben.

»Bevor wir ankommen, sollten wir vielleicht noch über die Verhaltensregeln sprechen«, bringt Thomas mein Gedankenkarussell zum Stillstand und neigt den Kopf ein kleines Stück nach oben. Sein Blick wandert zur Decke des Autos.

Wenn ich sein steifes Hemd und diese scheußliche Krawatte tragen müsste, würde ich mich auch unwohl fühlen. Ich reiße die Augen auf und blinzele mehrmals. Habe ich gerade Mitgefühl mit ihm?

»Es ist zwar nicht ausdrücklich verboten, jemanden als Gast in die Einrichtung mitzubringen, gern gesehen ist es jedoch nicht. Damit wir keine Schwierigkeiten bekommen, wäre es also von

Vorteil, wenn du dich ruhig verhalten und mit niemandem ungefragt sprechen würdest«, erklärt er sachlich und lässt die goldschimmernde Krawatte durch seine Finger gleiten.

Als dieser Bewegung ein zufriedenes Seufzen folgt, ziehe ich die Brauen zusammen.

Hat er deshalb immer an seinem Kragen gespielt? Weil er sein schickes Outfit vermisst hat?

Thomas atmet tief ein, wieder aus und sieht mich dann an. »Können wir uns darauf einigen, Mitchell?«

Ich brumme zustimmend und verschränke die Arme vor dem Oberkörper. »Mhm.« Als hätte ich auch nur das geringste Bedürfnis danach, mit weiteren Snobs zu plaudern.

Thomas entspannt sich etwas – ob wegen meiner Zustimmung oder der Aussicht auf den Tag in seiner ›Einrichtung‹, weiß ich nicht – und als die Mauer in meinem Blickfeld auftaucht, ist es mir auch völlig egal.

Da ist sie.

Ich lehne mich nach vorn und drücke mein Gesicht beinahe gegen die vordere Scheibe, weil mir der Anblick des in den Himmel ragenden Bauwerks wie eine optische Täuschung erscheint, die sich jederzeit in Luft auflösen könnte, wenn ich sie aus den Augen verliere. Mein Herzschlag verwandelt sein nervöses Stolpern in einen Sprint und dröhnt in meinen Ohren.

Was, wenn ich es schaffen würde, Snobby zu finden? Er könnte mir helfen, nach draußen zu gelangen. Ich bin mir sicher, er würde das tun. Die Stunden des Umherirrens gestern habe ich allein damit verbracht, diese Chance zu erhalten, und jetzt bringt ausgerechnet Thomas mich ihr näher.

Von neuer Hoffnung erfüllt, versuche ich mir die Euphorie, die durch meinen Körper strömt, nicht anmerken zu lassen. Thomas soll nicht auf die Idee kommen, mich wieder in seine Wohnung zu bringen. Verdammt, ich hätte die Fahrt dazu nutzen sollen, mir den Weg einzuprägen. Aber wer hätte ahnen können, dass seine Arbeitsstelle ausgerechnet an der Mauer liegt?

Das Auto wird langsamer, und ich erkenne ein seltsam rundes Gebäude, dem wir uns nähern und das dieselbe metallische Fassade wie die Mauer besitzt. Davor ist eine Freifläche mit Parkplätzen, auf denen bereits Autos stehen, die allesamt gleich aussehen. Auch diese ›Einrichtung‹ wird von Grün umringt, von Bäumen und Sträuchern und Büschen, deren Farben intensiver und satter leuchten als es meiner Meinung nach für Pflanzen natürlich ist. Aber vermutlich sind hier nicht nur die Menschen … genetisch verändert.

Thomas' Auto steuert den Parkplatz direkt vor dem Eingang des Gebäudes an.

»Gut«, befindet er, und ich nehme – sehr leise zwar, aber vorhanden – ein nervöses Zittern in seiner Stimme wahr. »Vergiss nicht, was wir besprochen haben. Rede nicht ungefragt und bleib an meiner Seite«, ermahnt er angespannt.

Die Krawatte gleitet ganz nebenbei durch seine Finger. Ob er sich dieser Bewegung überhaupt bewusst ist?

Ich warte auf eine Drohung, auf so etwas wie »Andernfalls …« oder »Wenn du dich nicht daran hältst, dann …«, aber das kommt nicht. Stattdessen steigt er kurzerhand aus und ich bin für einen Moment ganz allein im Wagen.

Ich beobachte, wie er sich ein paar Schritte entfernt. Mein Puls erhöht sich.

»Bring mich nach Hause«, schlüpft mir unerwartet und leicht panisch über die Lippen. Und für eine schier endlose Sekunde bilde ich mir ein, zu spüren, wie das Auto rückwärts rollt, doch als ich einmal blinzle, habe ich mich keinen Zentimeter bewegt. Natürlich. »Das wäre auch zu einfach gewesen.«

Enttäuscht steige ich ebenfalls aus und folge Thomas in das Gebäude an der Mauer.

MITCHELL

Mitchell …«

»Ja?«

»Ich habe grundsätzlich nicht die Erlaubnis, dir das zu zeigen, und ich kann es auch nur sehr schwer mit meinem Gewissen vereinbaren.«

»Dann lassen Sie es.«

»Das kann ich nicht, wenn ich will, dass du meine Beweggründe verstehst.«

»Und warum wollen Sie das unbedingt? Warum bestehen Sie so verbissen darauf, dass ich Ihnen glaube? Sie haben doch ein perfektes Leben, was wollen Sie dann noch von mir?«

»Mein Leben ist nicht perfekt, Mitchell. Das war es weder in der Vergangenheit, noch ist es das heute.«

»Okay, aber das ist mir scheißegal. Was machen wir hier? Was ist das für ein Raum?«

»Das ist das Archiv der Opfernden. Eigentlich erst der Vorraum. Wir müssen noch durch die Sicherheitsschleuse.«

»Ist das so ein spiritueller Verein? Beten Sie irgendeine Höhere Macht an?«

»Nein.«

»Wollen Sie mich töten?«

»Sehr direkt.«

»Finden Sie das witzig?«

»Mitchell, dich zu töten, würde keinerlei Sinn ergeben.«

»Ihr Verhalten ergibt auch keinen Sinn.«

»In ein paar Minuten wird es das hoffentlich.«

»Was wird das?«

»Nur ein paar wenige Personen haben Zutritt zu diesem Bereich der Einrichtung, deswegen sind die Sicherheitsvorkehrungen sehr hoch. Entschuldige, da muss ich kurz hin.«

»Scannt das Ding Ihr Auge?«

»Ja. Es gibt auch noch den Fingerscan und das akustisch zu öffnende Schloss.«

»Was zur Hölle ist in dem Raum dahinter?«

»Nichts Gefährliches, Mitchell. Keine Sorge.«

»Und was ist Ihre … Ihre Position hier? Sind Sie so etwas wie der Boss?«

»Nein. Zumindest nicht in der Form, wie du sie wahrscheinlich verstehst. Tritt bitte einen Schritt zurück und stell dich hinter mich.«

»Darf ich überhaupt hier rein?«

»Nein.«

»Was? Warum bin ich dann hier?«

»Weil es keinen Menschen gibt, der das verhindern würde.«

»Wer dann? Einer Ihrer Roboter?«

»Eine Person kann deine Anwesenheit nicht verbieten.«

»Dann ist es tatsächlich einer Ihrer Metallmenschen.«

»Nein. Die Vernunft.«

»Okay, mittlerweile glaube ich, dass Sie nicht mehr alle Tassen im Schrank haben.«

»Tatsächlich wäre ich weniger klar im Kopf vermutlich glücklicher, Mitchell. Aber ich sehe die Dinge deutlicher, als es andere tun.«

»Sind das Schritte? Kommt da jemand?«

»Keine Sorge, diesen Vorraum betritt niemand, der sich seiner Position nicht bewusst ist. Vorsicht, die Tür öffnet sich.«

…

»Ist das …?«

»Geh ruhig näher.«

»Warum schließen Sie das hier ein?«

»Ich erkläre es dir, sobald du alles gelesen hast.«

»Und wenn ich mich weigere?«

»… kann ich dich nicht zwingen. Deine Mutter weiß übrigens nichts hiervon. Vielleicht wirst du dann auch verstehen, warum ich sie, wenn man es genau nimmt, verlassen musste. Es war nicht meine freie Entscheidung. Menschen tun schlimme Dinge, Mitchell. Doch erst wenn es aus den falschen Gründen geschieht, sind sie wirklich böse.«

NICOLE

Als ich mit dem Gesicht über der Kloschüssel hing und das karge Frühstück von heute Morgen aus mir hinauswollte, nistete sich eine Vorahnung in meinem Kopf ein, bei der mir noch elender wurde, als ich mich ohnehin fühlte.

Mein Vater würde mich umbringen. Und wenn er erst erfuhr, wer außer mir noch dafür verantwortlich war, würde er womöglich den ganzen Bezirk in Schutt und Asche legen.

Ich presste den Kiefer zusammen und versuchte eine neue Welle der Übelkeit hinunterzuschlucken, doch dagegen anzukämpfen, half nicht. Ich würgte und spuckte, Schweißperlen traten mir auf die Stirn, bis sich der Knoten in meinem Bauch löste und mir erlaubte, aufzustehen.

Mit einer Hand an der Wand drückte ich mich nach oben und drehte mich um 180 Grad in diesem engen Raum, um meinen Mund unter den Wasserhahn zu halten. Als das leichte Schwindelgefühl gänzlich verschwunden war, wusch ich mir Hände und Gesicht, bevor ich mich zum Sofa schleppte und dort auf das alte Polster fallen ließ.

Das durfte nicht wahr sein.

Ganz von selbst wanderte meine Hand zu meinem Bauch. Ich ließ sie eine Weile liegen, schloss die Augen. Als ich meinen Kopf auf die Lehne hinter mir bettete, stahl sich ein verzweifelter Laut aus meinem Mund. Vielleicht war es ein Seufzen, vielleicht ein Schluchzen oder Wimmern. Vielleicht alles zusammen.

Ehrlich gesagt, weiß ich es nicht mehr. Ich erinnere mich nur noch daran, wie furchtbar ich mich in diesem Moment meines Lebens fühlte. Ich hatte höllische Angst und war der festen Überzeugung, ganz allein zu sein.

Ein paar Tage zuvor hatte Thomas mir ein Geschenk gemacht. Es war ein Inkoar. Er erklärte mir, wie es funktionierte und dass ich ihn damit immer erreichen konnte. Zuerst wollte ich es ablehnen, da ich nicht wusste, wie ich es vor Mitch verstecken sollte. Doch allein der Gedanke, dieses Stück Technik, das mich jederzeit mit Thomas verband, abzulehnen, rief in mir Aufschreie des Widerwillens hervor, die meinen Kopf in einen Spielplatz für Wespen verwandelte. Ich wollte dieses Inkoar. Ich wollte Thomas. Mehr als es gut für mich war, doch die Vernunft war gegen meine Gefühle machtlos.

Also saß ich an diesem Mittag auf unserem Sofa und erzählte ihm über einen kleinen Bildschirm von meinem Verdacht. Von meiner Befürchtung, schwanger zu sein.

Ich glaube mich zu erinnern, dass er geschockt war. Nicht auf eine negative Weise, auch nicht auf eine gute Weise. Er war einfach nur schockiert, als hätte er so etwas nicht für möglich gehalten.

»Bist du sicher?«, fragte er immer wieder.

Und ich musste jedes Mal verneinen, denn es wäre ebenso gut möglich, dass ich mir einen Magenvirus eingefangen hatte. Aber irgendwas in meinem Hirn wusste, dass das Blödsinn war. Und im Nachhinein stellte sich ja ohnehin heraus, dass ich damit richtiglag.

Thomas unterbrach schließlich aufgewühlt und sichtlich mit den Nerven am Ende das Gespräch, allerdings nicht, ohne mir vorher zu versprechen, dass wir uns bald wiedersehen würden.

Ich verließ mich darauf, weil er mir versicherte, wie sehr er mich liebte. Ich glaubte ihm, weil ich mir einbildete, ihn zu kennen. Dabei hatte ich zu dem Zeitpunkt keinerlei Vorstellung von dem Menschen, der er war.

Ich wusste nicht, wie er zu seiner Familie stand oder eben zu den Menschen, nach deren Wünschen er erschaffen worden war. Ich hatte keine Ahnung, ob er Freunde in der Stadt hatte und wenn ja, wie sie waren. Ich wusste weder, was er am liebsten zum Frühstück aß, noch, in welcher Position er normalerweise schlief. Auf dem Bauch? Auf dem Rücken? Ein Arm angewinkelt, ebenso das Bein, oder lag er flach da wie ein Brett?

Ich hatte damals keinen Gedanken daran verschwendet, dass es Jahre dauern kann, bis man einen anderen Menschen wirklich kennt. Und selbst dann entdeckte man wahrscheinlich immer wieder etwas, das einen überraschte.

Thomas versicherte mir, mich bald zu sehen, und es dauerte sehr lange, Monate, in denen mich sein befürchteter Tod beinahe um den Verstand brachte, bis ich kapierte, dass er gelogen hatte.

Wenn man alle Menschen verliert, die man liebt, selbst wenn es nur zwei sind, ist es oft lediglich eine Frage der Zeit, bis man auch sich selbst verliert.

Mein Vater starb bei einem Unfall in der Fabrik. Eines Abends kam er einfach nicht nach Hause. Ich wartete mit dem Essen, ich wartete, bis die Lichter ausgingen, bis das Wasser abgestellt wurde.

Ich befürchtete, er hätte von meiner Schwangerschaft erfahren, obwohl man sie noch nicht sah, und sein Fernbleiben wäre meine Strafe oder seine Art, mir zu sagen, wie enttäuscht er von mir war. Aber nichts davon stellte sich als wahr heraus.

Mitch kehrte nie wieder heim.

Als man mir von seinem Tod berichtete, hielt ich es für einen schlechten Scherz. Erst als keiner mit seinen dreckigen Stiefeln die Wohnung durchquerte und niemand völlig erschöpft mir gegenüber am Esstisch Platz nahm, erst als Mitchs Sessel leer blieb, verstand ich es.

Mein Vater war tot. Innerhalb weniger Monate hatte ich die beiden wichtigsten Menschen in meinem Leben verloren.

Und natürlich gab ich mir die Schuld dafür.

Es fühlte sich wie die Strafe für meine Dummheit an. Ich hatte das zu verantworten. Ich hatte als Lektion beide verlieren müssen, weil ich unvorsichtig und egoistisch gewesen war.

Das glaubte ich, während mein Bauch immer dicker und die Tage immer düsterer wurden. Das glaubte ich, während meine Gedanken langsam in eine Finsternis abrutschten, aus der ich mich erst befreien konnte, als ich akzeptierte, dass die Realität nicht zwangsläufig etwas mit meinem Wunschdenken zu tun hatte.

Als ich meinen Sohn zur Welt brachte, verstand ich drei Dinge.

Erstens, dass es niemals einen Menschen geben würde, den ich mehr liebe als dieses winzige, hilflose Wesen, mein wunderschönes Kind.

Zweitens, dass der Tod meines Vaters und Thomas' Fernbleiben – zu diesem Zeitpunkt hatte ich seine Worte, er wäre tot, wenn er nicht wiederkäme, als Blödsinn abgestempelt – einen Zusammenhang besitzen mussten, irgendeinen gemeinsamen Nenner, denn der Zufall wäre zu gewaltig dafür.

Und drittens, dass ich es unmöglich schaffen würde, Mitchell jemals die Wahrheit über seinen Vater zu sagen.

MITCHELL

Mein Vater. Die Wahrheit. Ich starre auf das unter Glas liegende uralte Papier, das an vielen Stellen eingerissen ist. Doch die Worte darauf – etwas eigenwillig geformte Druckbuchstaben – sind noch sehr deutlich zu lesen.

»Es wird immer wieder aufbereitet, damit die Schrift nicht verblasst. Dieses Dokument ist ein Original«, erklärt Thomas. Obwohl er direkt neben mir steht, klingt seine Stimme seltsam fern.

»Original?«, frage ich und trete einen Schritt näher.

Thomas atmet seufzend aus. »Lies es bitte einfach und danach werde ich dir alles erklären, was nicht dort steht.«

Mein Mund wird ganz trocken, als ich den Blick senke. Und bevor ich anfange zu lesen, denke ich: ›*Na toll! Schon wieder so etwas wie ein Brief.*‹

AUS DEM ARCHIV DER OPFERNDEN

– geschlossene Abteilung der EfiA –

Der folgende Zukunftsentwurf baut auf der Grundlage der vorliegenden wissenschaftlich anerkannten Arbeit von Prof. Dr. Dr. Karl Feres auf und hat seine Möglichkeit der Umsetzung dem erzielten Durchbruch seiner medizinischen Genforschung zu verdanken.

Mit Stolz können wir sogar von einer medizinischen Revolution sprechen.

[…]

Wissen ist Macht.

Dies ist eine Weisheit, die zur Wahrheit wurde, mit der Voraussetzung, dass mit dem Wissen umgegangen werden kann. Was bringt es uns, zu wissen, wie wir unseren Körper von Krankheit und Verfall befreien, wenn wir nicht wissen, wie wir die Theorie in die Praxis umsetzen können?

Mit den vorliegenden Entwürfen sind wir jedoch auf dem besten Weg in eine von Beständigkeit geprägte Zukunft.

[…]

Das ewige Leben ist nicht das, was die Menschen anstreben sollten. Unendlichkeit besitzt keinen Wert, da sie unvergänglich und damit unbedeutend ist. Vielmehr müssen wir uns auf die Qualität unseres Lebens besinnen und nicht auf die Quantität. Ist diese Einstellung nicht der Grundsatz aller erfolgversprechenden Pläne? Wird eine Weisheit nicht dann zur Wahrheit, wenn sie in jeder erdenklichen Hinsicht bedeutsam ist?

Der Mensch strebt nach Perfektion. […] Und das ist der richtige Weg. Nur sollten wir die Perfektion definieren. Wir sollten realisierbare Ziele setzen und keiner Fantasie oder gar Träumen hinterherjagen, die sich als Albträume entpuppen könnten.

[…]

Unsterblichkeit ist nicht das Ziel der Menschheit. Das Ziel der Menschheit ist Gesundheit, Glück, Sicherheit und die Gewissheit, dies alles zeitlich unbegrenzt zu besitzen. Die Einigung auf eine Lebensspanne von 118 Jahren ist in einheitlicher Abstimmung dafür als Voraussetzung definiert worden. Es bietet die Gelegenheit, herauszufinden, womit man glücklich ist, dieses Wissen zu genießen und im rechten Zeitpunkt zu erkennen, dass man seines eigenen Lebens überdrüssig wird. Niemand möchte ewig leben, aber jeder möchte zufrieden leben.

Auf der Grundlage dieser Erkenntnis sollten wir unsere neue Gesellschaft erbauen.

[…]

Die Natur ist das beste Beispiel für die Notwendigkeit von Gegensätzen. Der Beweis, dass das Leben Gleichgewicht bedeutet und Gleichgewicht Leben. Leben ist Energie und Energie fließt erst, wenn ein Ungleichgewicht herrscht, das ausgeglichen werden kann. Wir teilen die Gesellschaft daher nicht, weil es einfacher ist, sondern weil es schlicht notwendig und essenziell ist. Dabei legen wir das Erreichen von Perfektion in die Waagschale der einen Hälfte unserer neuen Gesellschaft und wiegen sie mit dem aufopferungsvollen Verhalten der anderen wieder auf. Eine solche Trennung wird jedoch Missfallen und Neid in den Individuen des einen Kollektivs hervorrufen, weshalb es unumgänglich ist, den nach Perfektion strebenden Teil der erlesenen Menschheit vor seiner eigenen Natur zu schützen. Zu erwähnen ist hierbei, dass auf das Wohl Einzelner nur in der einen Gruppe Wert gelegt werden kann. Die unglückliche ist als Ganzes zu betrachten. Daran trägt niemand Schuld. Wir müssen hinnehmen, dass Ungerechtigkeit in der Natur des Lebens liegt. Diese Bürde haben wir alle zu tragen.

[...]

Der Neubeginn stellt uns vor Hindernisse. Man kann die Menschheit nicht mit der Wahrheit konfrontieren und ein verständnisvolles Reagieren erwarten. Als Spezies sind wir sehr beschränkt, was unser Verständnis für Notwendiges betrifft. Daher wurde entschieden, für das Wohl aller die Vorkehrungen im Geheimen zu treffen und die Ausführung ohne das Wissen beider Kollektive vorzunehmen, um mögliche Aufstände und Protestrufe zu vermeiden. Schließlich werden Spenden, noch dazu wenn die Erbringer keinen persönlichen Bezug zu den Empfängern haben, äußerst selten freiwillig und selbstlos erbracht.

Des Weiteren soll festgelegt werden, dass die Ausführung und Steuerung des Umbruchs den wenigen Involvierten überantwortet wird und dass untereinander in Mehrheitsentscheiden über den weiteren Erhalt der hoffentlich bald perfekten Gesellschaft abgestimmt werden wird.

[...]

Die Opfernden unterstellen ihr Leben dem Erhalt dieser Gesellschaft.

SANNI

Als ich mich vor ein paar Tagen dazu entschloss, endlich etwas zu unternehmen, aktiv zu werden, hätte ich niemals damit gerechnet, dass das die Arbeit auf einem Weizenfeld beinhalten würde.

Ich hätte alles Mögliche machen können. Aufstände organisieren, die Menschen in diesem Bezirk zum Vandalismus anzetteln oder sie dazu überreden, die Stadt anzugreifen – was allerdings ein dämliches und zweifelsfrei zum Scheitern verurteiltes Unterfangen wäre.

Ich hätte versuchen können, den Bezirk aufzustacheln, Unruhe zu stiften, Hass zu verbreiten, aber ehrlich gesagt denke ich, dass das nicht sehr viel bringen würde. Unmut gibt es hier jede Menge, ebenso die Bereitschaft zur Gewalt.

Das Problem ist nur, dass man sie gegen niemanden richten kann. Vielleicht noch gegen die Aufseher, die die Feldarbeiter bewachen, aber das war es auch schon. Ansonsten steht eine gigantische, undurchdringbare Mauer zwischen der Umverteilung der Gerechtigkeit und dem Frustabbau der Bezirke.

Meine Gedanken wandern zu Theo, der irgendwo in seiner Überwachungszelle sitzt und die Tage vorüberziehen lässt.

Wenn ich mein Inkoar nicht zerstört hätte … Ich schüttle den Kopf und vertreibe auf diese Weise das lästige ›Wenn‹. Es ist eben zerstört, das kann ich nicht rückgängig machen.

Ein paar Meter weiter hält Willy kurz inne und wischt sich den Schweiß von der Stirn. Er hat sein T-Shirt bereits vor einer Weile ausgezogen und auf seinem Kopf zu einer Art Turban verknotet. Die Narben auf seinem Oberkörper heben sich wie weiße Splitter von seiner gebräunten Haut ab. Sie sind alt. Aber ich würde mein Leben darauf verwetten, dass sie ihn jedes Mal, wenn er sich im Spiegel betrachtet, an seine Familie erinnern.

»Nicht einschlafen«, faucht eine giftige Stimme hinter mir und stößt mich grob in die Seite, weil ich gedankenversunken Löcher in die Gegend gestarrt habe.

Ich drehe mich um und schlage die Hand des Typen weg, dem es Spaß zu machen scheint, andere zu schikanieren. »Finger weg«, drohe ich zusätzlich und umschließe den Griff der kleinen Sichel etwas fester, mit der wir die Weizenhalme abschneiden.

Anstatt beeindruckt zu wirken, grinst der flachgesichtige Typ nur gehässig und hält mir sein Messer unter die Nase. »Vorsicht, Schlampe. Du willst doch nicht, dass es hässlich wird?«

Und da wird mir zum ersten Mal bewusst, wie viel die Stadt tatsächlich mit den Menschen hier draußen anrichtet.

Dieser Mann, der uns beaufsichtigt, ebenso wie seine Kollegen müssten eigentlich auf unserer Seite sein. Sie sind aus den Bezirken. Man sieht es.

Dieser hier hat nämlich ein viel zu asymmetrisches Gesicht, ein Auge ist etwas größer als das andere und seine Haut ist schrumpelig und gegerbt von zu viel Sonne. Er ist nicht besonders schön, was man natürlich auf den persönlichen Geschmack schieben könnte, aber sein Körperbau ist auch nicht sonderlich gut durchdacht. Die Proportionen stimmen nicht, die Beine sind zu lang für den kurzen Oberkörper, die Finger zu klein für die bullige Hand. Alles in allem sieht man ihm an, dass er nicht durch mathematische Berechnungen und Schönheitsformeln, sondern durch Zufall entstanden ist.

Es ist, wie Fletcher damals gesagt hat: Den Leuten ist zu bewusst, dass sie keine Chance haben, also proben sie keinen Aufstand, sondern richten ihren Frust gegeneinander. Und ich habe mich gerade fast davon mitreißen lassen. Sofort entkrampfe ich meine Hand, sodass die Sichel auf den erdigen Boden fällt.

»Was soll das? Mach gefälligst weiter!«, bellt der Typ ohne Umschweife und setzt die Spitze seines kleinen Messers an meinen Bauch.

Nicht so fest, dass der Stoff meines Oberteils reißt und er mir in die Haut schneidet, aber fest genug, dass mein Hirn mich dazu animieren will, einen Schritt nach hinten zu machen, um außer Reichweite der lebensbedrohlichen Situation zu gelangen. Doch ich widersetze mich diesem Instinkt und bleibe, wo ich bin. Die Klinge direkt vor meiner Bauchdecke. Kleine Schweißperlen rinnen meine Schläfen hinab.

Langsam hebe ich die Arme ein Stück. »Stich zu«, sage ich ruhig, während ein Teil in mir panisch aufschreit, weil es keinen Sinn ergibt, was ich hier gerade tue.

Mit einem Ohr höre ich, wie sich uns Schritte nähern. Vielleicht Willy, der sich fragt, was hier vor sich geht.

Meine Aufmerksamkeit gilt jedoch einzig und allein dem Mann, der mich mit einer einzigen raschen Bewegung töten oder so schwer verletzen könnte, dass der Tod ein paar Minuten später eintritt.

Meine Aufforderung hat ihn verunsichert. Ich sehe es an der gerunzelten Stirn. Er atmet aus und ein fauliger Geruch steigt mir in die Nase.

»Was?«, spuckt er hart aus.

Ich blicke ihm fest in die trübbraunen Augen. »Stich zu«, wiederhole ich. »Stich zu, wenn du es wirklich willst.«

»Was ist hier los?«, höre ich Willy fragen, ehe er kurz darauf scharf die Luft einzieht. »Was soll der Scheiß? Nimm das Messer runter!« Er will dazwischengehen, doch da hat der Aufseher die Waffe bereits weggenommen.

»Die hat sie nicht alle«, knurrt der Typ nicht mehr halb so angriffslustig wie zuvor und stiefelt davon.

Willy ist sichtbar verwirrt, aufgebracht und sprachlos. Alles gleichzeitig.

Doch ich ignoriere seinen Ärger und lächle.

»Bist du verrückt geworden, Sanni?« Mit der Hand wedelt er vor meinem Gesicht herum. »Du hast bestimmt einen Sonnenstich«, mutmaßt er und sieht dem Aufseher nach, der sich bereits ein ganzes Stück von uns entfernt hat und nicht zu wissen scheint, was er nun tun soll.

Etwas unschlüssig tappt er erst in eine Richtung, dann in eine andere.

»Was zum Henker war das bitte?«, startet Willy einen weiteren Versuch, mich zum Reden zu bringen, doch ich nehme nur kommentarlos die Sichel. Ich verdränge die Tatsache, dass die Stadt bestimmt genug Maschinen hätte, um diese Felder in wenigen Stunden abzuernten, und mache mich unter Willys ratlosem Blick wieder an die Arbeit.

»Ich komme nie zwei Tage hintereinander her.« Willy sagt es, als wüsste er selbst nicht, weshalb, würde sich aber gleichzeitig unwohl fühlen, weil er sein Verhaltensmuster durchbricht, das sich jeglicher Logik entzieht. Seiner Aussage fehlt das ›eigentlich‹. Es hätte mir genauer verraten, wie er sich fühlt. So kann ich nur spekulieren.

Die Sonne versinkt gerade am Horizont. Meine Arme schmerzen von der Arbeit auf dem Feld, und meine Beine fühlen sich an, als hätten sich die Knochen darin verflüssigt, doch ich hatte dieses dringende Bedürfnis, Maries Grab zu besuchen. Im Grunde war es vielmehr ein Zwang, dem ich mich nicht widersetzen konnte. Oder es nicht wollte.

»Du musst nicht mitkommen«, versichere ich Willy und lasse meine Augen über die Wiese mit den Steinen schweifen. Sie leuchtet orange, als hätte jemand kleine Farbtropfen in Gas verwandelt und in die Luft gesprüht. Ein paar Grillen zirpen, Mücken tanzen im letzten Licht des Tages und wenn ich tief einatme, bilde ich mir ein, die Weite der Landschaft schmecken zu können.

Am Abend ist es hier friedlich. Als hätte jemand das Programm einer Unterhaltungsanlage geändert, verwandelt sich der Bezirk in etwas völlig anderes. Etwas, worin die Brutalität der Realität keinen Platz findet.

»Du solltest hier nicht allein sein«, seufzt Willy.

Ich wende den Kopf in seine Richtung, ziehe spöttisch eine Braue nach oben. »Hey, ich bin alt genug, um selbst auf mich aufzupassen.« Es sollte scherzhaft gemeint sein, doch sein Blick verfinstert sich.

»Erinnerst du dich an den Mann damals? Mike.«

Wie könnte ich den vergessen? Ich schlucke die Erinnerung an Lianas gebrochene Nase herunter und nicke.

Willy schnaubt verächtlich. »Nicht jeder hier ist ein Arschloch, aber von seiner Sorte gibt es trotzdem mehr als genug.«

Ein kalter, grauer Schleier legt sich über die friedliche Stimmung und weil ich nicht diskutieren will, seine Fürsorge tatsächlich etwas Rührendes hat, gehen wir gemeinsam los.

Im Gegensatz zu gestern sind wir heute nicht die Einzigen. Auf dem Weg zu Maries Stein kommen wir an einer Frau vorbei, die wie eine Statue in der Gegend steht und ins Leere starrt.

Ich wüsste gern, zu welchem Grab sie gehört, doch da sie zwischen drei Steinen verharrt und sich keinem in besonderer Weise zugewandt hat, kann ich es nicht sagen.

Dann ist da noch ein Junge, vielleicht vierzehn oder fünfzehn. Er hat sich im Schneidersitz auf die Wiese gesetzt, rupft kleine Grasbüschel aus der Erde und spricht mit einem Menschen, der nicht mehr unter den Lebenden weilt. Ich könnte mir vorstellen, dass er sich mit seiner toten Mutter unterhält oder seinem Vater. Vielleicht aber auch mit einem Bruder – ruckartig wende ich den Blick von ihm ab – oder einer Schwester.

Um es in Erfahrung zu bringen, müsste ich ihn fragen. Aber das mache ich nicht. Stattdessen schließe ich zu Willy auf, der wieder einmal einen Vorsprung aufgebaut hat, weil ich so trödele.

»So und was jetzt?«, brummt er sichtlich genervt, als wir Maries Stein erreichen. Es behagt ihm nicht, dass wir schon wieder hier sind.

Ich knie mich auf den Boden und streiche mit den Fingern über den eingemeißelten Teddybären. »Warum kommst du nie zwei Tage hintereinander her?«, frage ich. »Wenn ich …«

»Ich, ich, ich«, unterbricht Willy mich, bevor ich den Satz überhaupt vervollständigen kann, und verdreht dabei die Augen, als ich ihn von unten her ansehe. »Ich bin eben kein Masochist«, erklärt er abschätzig. »Nicht so wie du.«

Wow. Ich frage mich, wohin die gute Stimmung von vorhin verflogen ist.

»Meinst du das ernst?«

»Mann, Sanni, jetzt guck mich nicht so an.«

»Du hast diese Diskussion begonnen«, erinnere ich ihn ohne jeden Vorwurf und richte mich auf, um bei diesem Gespräch auf Augenhöhe zu sein. »Also?«

Willy zieht die Brauen zusammen. »Also was?«

»Wie hast du das gemeint?«, dränge ich ihn zu einer Erklärung. »Ich verstehe es nämlich nicht.«

Stöhnend drückt Willy seine Faust gegen die Stirn. Er hat die Augen geschlossen und bereut sicher gerade, dass er so ein loses Mundwerk besitzt.

Ich warte, doch Willy schweigt.

Entschlossen presst er die Lippen aufeinander und durchbohrt mich dabei mit einem forschenden Blick. Die Arme sind etwas verkrampft vor dem Oberkörper verschränkt. »Na schön.«

Als daraufhin nichts weiter kommt, stoße ich ungeduldig Luft aus meinen Lungen und mache Anstalten, mich erneut Maries Stein zu widmen.

Doch Willy hat offensichtlich nur einen kleinen Anstoß gebraucht, denn ganz plötzlich fährt er fort: »Wer lebt acht Jahre lang freiwillig in Selbstgeißelung, wenn er es nicht auf eine kranke Weise genießt?«

Das trifft mich dann doch etwas härter als erwartet. »Ich … was?«

Willy schüttelt den Kopf, legt ihn anschließend in den Nacken und mustert den Himmel, den die untergehende Sonne mit orange-lilafarbenen Streifen schmückt. »Ich glaube, ich weiß, warum du herkommen wolltest.«

»Ach ja?« Ich weiß es nicht einmal selbst so genau.

»Ja. Du versuchst, abzuschließen. Aber es gelingt dir nicht. Du bist bis heute nicht über die Sache mit deinem Bruder hinweggekommen und wahrscheinlich bist du gar nicht in der Lage dazu. Du bist eine Masochistin, Sanni.«

Wenn ich einen Moment meines Lebens auswählen müsste, bei dem ich wahrhaftig sprachlos war, wäre es dieser hier. Ich kann nichts erwidern und ich kann auch nicht erfassen, ob er recht hat. Dafür ist der Schock, der mein Hirn zu einem spontanen Notstopp verleitet, zu groß.

Während ich Willy mit geöffnetem Mund anstarre, registriere ich, dass sich ein Lächeln auf seinen schmalen Lippen ausbreitet. Ich bekomme sogar seine Zähne zu sehen. Er legt den Kopf leicht schräg und zwinkert mir zu. »Aber keine Sorge, du darfst trotzdem bei mir wohnen.«

Nach dieser Offenbarung ist unser Besuch bei Marie dann auch schnell wieder vorbei.

Auf dem Heimweg kicke ich kleine Erdklumpen vor mir her, die hier und da auf dem Boden liegen. Willy hat die Hände in seinen Hosentaschen vergraben und schweigt. Wir sind wohl beide in Gedanken versunken, wenn auch aus unterschiedlichen Gründen.

»Es gibt da etwas«, beginnt Willy kurz vor der Abzweigung in seine Straße, »das ich dich, seit du hier aufgetaucht bist und mir so bereitwillig deine Geschichte erzählt hast, fragen wollte ...«

Ich warte ein paar Sekunden, ob er die Frage auch gleich stellt, doch dann merke ich, dass er auf eine Aufforderung von mir wartet. »Sag schon«, locke ich ihn aus seiner Reserviertheit.

»Willst du Kinder?«

Ich bleibe stehen und pruste los. »Soll das eine Anmache sein?«

Willy sieht mich finster an.

»Wenn ja, dann ist sie ziemlich schlecht.« Ich lache. Mir treten sogar Tränen in die Augen, die ich mit einem Finger davonwische.

Er schnalzt mit der Zunge, kratzt sich am Kopf und mustert mich verstimmt. »Wenn du dann fertig bist, kann ich den zweiten Teil meiner Frage stellen.«

»Ach, da kommt noch mehr?«, scherze ich und versuche mich gleichzeitig daran zu erinnern, wann ich das letzte Mal so hemmungslos gelacht habe.

Es gelingt mir nicht.

»Und?«, brummt Willy nun. »Ja oder nein?«

Erst als sich mein Gelächter legt, fühle ich mich imstande, wieder zu sprechen, ohne die Fassung zu verlieren. Meine Wangen glühen und sind sicherlich feuerrot, doch das scheint Willy völlig egal zu sein.

Beim zweiten Anlauf gelingt es mir »Darüber habe ich eigentlich noch nie nachgedacht« zu sagen.

»Nehmen wir mal an, du hättest eigene Kinder gewollt«, spekuliert Willy, »und dein Bruder … na ja, es wäre eben alles anders gelaufen, als es ist, und du wärst noch dort. Hättest du dir dann ein Kind« – er verzieht das Gesicht zu einer angewiderten Grimasse, bevor er weiterspricht – »erschaffen lassen?«

»Du meinst, anstatt wie die Frauen hier eines zu bekommen?«

Er nickt.

Ich sehe die Straße entlang. Es sind noch Leute unterwegs, auch ein paar umhertorkelnde Betrunkene. Zum Großteil allerdings Männer und Frauen, die alle ein Ziel haben, alle irgendwohin eilen. Nach Hause. Zur Arbeit. Zu ihren Familien.

Und dann wird mir plötzlich klar, dass es etwas gibt, das ich im Gegensatz zu diesen Menschen niemals haben werde.

»Ich glaube, ich bin unfruchtbar.«

THEO

Theresa redet nicht besonders viel. Die meiste Zeit hat sie den Kopf von mir abgewandt und sieht aus dem kleinen Loch in der Plane, obwohl man dank des Nachthimmels dort draußen kaum etwas erkennt. Die Rohre und Metallstangen, die zwischen uns auf der Ladefläche liegen, schlagen immer wieder rhythmisch gegeneinander, während wir über unebenen Asphalt rumpeln, den man wohl fälschlicherweise als Straße bezeichnet.

»Hast du Hunger?«, frage ich nach etlichen Minuten des Schweigens, einfach um die lärmende Stille zu vertreiben, die das Nichtstun fast unerträglich macht.

Theresa scheint Schwierigkeiten zu haben, ihren Kopf aus der eingenommenen Position zu befreien. Es dauert fast zehn Sekunden, bis sie mich ansieht. Ihre Lider sind schwer, die Augen ausdruckslos auf meine gerichtet, was jedoch auch an der

Finsternis liegen kann. Das Gerüst über der Ladefläche des Lasters ist mit einer Plane bespannt, die uns daran hindert, mehr als die schwachen Umrisse voneinander zu erahnen, weil das fahle Mondlicht kaum zu uns hereindringt.

»Nein«, äußert sie einsilbig.

Ich habe sie, seitdem wir uns in Maikel Springers Laden begegnet sind, kein einziges Mal etwas essen sehen. Eigentlich kann mir das ziemlich egal sein, aber das ist es ärgerlicherweise nicht.

Ich ziehe mir den Rucksack heran, der auf meinen ausgestreckten Beinen liegt, und krame darin herum, bis ich die Birne finde.

Es wäre gelogen, zu behaupten, dass ich keine Schuldgefühle hätte, weil ich einen Rucksack des Plappermauls – von diesem Mitchell – mitgenommen habe, aber ich vertreibe dieses Gefühl, indem ich mir einrede, dass er mir etwas schuldig ist. Das zu denken, bringt allerdings meinen Schädel unangenehm zum Pochen, weil ich nur zu gut weiß, dass das absoluter Schwachsinn ist. Hier geht es weder um Gefälligkeiten noch um Schuld. Hier geht es einzig und allein um Notwendigkeit.

Ich nehme die an manchen Stellen bereits matschig-braune Birne und strecke sie Theresa entgegen, der es wohl zu anstrengend erschien, den Kopf wieder von mir abzuwenden. Sie starrt mich immer noch an, zumindest wenn ich es richtig erkenne.

»Hier«, fordere ich sie auf. »Ich kann deinen Magen knurren hören.«

Langsam streckt sie die Hand aus. Der Ärmel ihres löchrigen Sweaters rutscht dabei nach oben. Der Anblick erinnert mich plötzlich an den Greifarm eines Roboters, hauptsächlich weil ihr

Arm so kantig und knochig ist. Ihre Finger schließen sich um das Obst und dabei berührt sie mich – ganz kurz nur – mit einer Fingerkuppe.

Ich zucke unwillkürlich zurück und schäme mich im selben Moment dafür. An ihr ist nichts abstoßend oder eklig, trotzdem spüre ich diese Abneigung in mir. Susi würde mich damit aufziehen oder … würde sie mich deshalb verurteilen?

Ich runzle die Stirn und lehne mich gegen die Fahrerkabine, die Theresa und mir als Rückenlehne dient. Früher hätte ich, ohne nachzudenken, Susis Reaktionen auf mein Verhalten eindeutig erraten können. Es stört mich, dass es offensichtlich nicht mehr so ist.

Theresa scheint mein Verhalten glücklicherweise entgangen zu sein oder nicht zu stören, denn sie verzichtet auf einen Kommentar und beißt nur mechanisch in die Birne.

So gemein sich das auch anhören mag, ich finde sie gruselig. Obwohl ich weiß, was sie alles ertragen musste, obwohl ich weiß, dass sie allen Grund hat, so kühl zu sein. Ich kann nichts dagegen tun, mich in ihrer Gegenwart unwohl zu fühlen.

Ob sie diese Wirkung auf andere schon immer besessen hat? Oder kam das erst nach und nach?

Eine Weile lausche ich dem Schmatzen und Kauen, den Zähnen, die sich in das Fleisch einer Frucht graben und ein Stück herausreißen, dann fallen mir in immer kürzeren Abständen die Augen zu.

Wenn der Fahrer – ein Bekannter von Theresas Bruder, falls ich das richtig verstanden habe – recht behält, sind wir bei Tagesanbruch im östlichen Bezirk. Und wenn Theresa nicht gelogen hat und Willy einst ein Freund von ihr war, als sie noch im östlichen Bezirk lebte, dürfte es nicht allzu schwer werden, ihn zu finden.

Mein Herz macht erfreute Hüpfer, sobald ich an Susi denke.

Sie muss einfach dort sein. Wo sonst sollte sie hingehen, um neu anzufangen? Ich an ihrer Stelle hätte diese Chance genutzt.

Als hätte sie meine Gedanken gelesen, fängt Theresa an, über diesen Willy zu sprechen. »Was machst du, wenn er nicht mehr dort wohnt? Wenn er den Bezirk gewechselt hat oder tot ist?«, gibt sie völlig unbeeindruckt von der Härte der letzten Möglichkeit zu bedenken. Gerade so, als würde er ihr nichts mehr bedeuten und sein hypothetischer Tod keinerlei Trauer in ihr hervorrufen.

Für mich dagegen ist dieses Wort wie ein Messer in meinem Schädel. Was mache ich, wenn Willy tot ist? Was mache ich, wenn Susi …

Ich presse die Zähne aufeinander, bis mein Kiefer knackt, und schnaube. »Wir werden ihn finden.«

»Wenn du meinst«, ist die gleichgültige Erwiderung. Ich bilde mir ein, ein Schulterzucken zu erkennen, ehe Theresa ihren Oberkörper gegen die feste Plane sinken lässt und sich nicht mehr rührt.

Ich starre sie zornig an, dabei ist mir durchaus bewusst, dass ihre Einwände berechtigt sind. Es ist immerhin Tage her, dass ich Kontakt mit Susi hatte. In der Zwischenzeit könnte alles passiert sein.

Sinkt die Hemmschwelle, aus einem Fenster in die Tiefe zu springen, wenn man es bereits einmal gemacht hat?

Mit einem entschlossenen Kopfschütteln scheuche ich diese Überlegung davon.

›*Male nicht den Teufel an die Wand*‹, ermahne ich mich innerlich und schlinge die Arme um den Rucksack auf meinem Schoß. Seufzend lasse ich den Kopf nach hinten sinken.

Durch das ständige Rumpeln und Vibrieren des Metalls bekomme ich jedoch bald Kopfschmerzen und mache es Theresa nach. Es dauert, bis ich eine einigermaßen bequeme Position auf der Ladefläche dieses Lasters gefunden habe, aber als ich den Rucksack als Seitenstütze für meinen Arm benutze, die Beine anziehe und meine Stirn gegen die Plane sinken lasse, werde ich tatsächlich schläfrig. Bevor ich nach ein paar Minuten aus der Gegenwart rutsche, schießt mir ein letzter bewusster Gedanke wie ein Blitz durch den Kopf.

›*Was mache ich, wenn ich sie tatsächlich nie wiedersehe?*‹

Der nächste ist: ›*Hat mir gerade einer gegen die Wade getreten?*‹

»He, Kollege«, sagt jemand. »Endstation. Raus aus meinem Laster.«

Benommen blinzle ich, kneife die Augen jedoch schnell wieder zusammen, weil helles Tageslicht die Ladefläche flutet. In meinem Schädel brummt es unangenehm, das Pochen hinter meinen Schläfen macht es auch nicht besser.

»Na los jetzt. Aufstehen. Theresa wartet schon draußen.« Der Fahrer, der so freundlich war, uns mitzunehmen, tritt erneut gegen mein Bein, sodass ich mich wohl oder übel aufraffen muss. Seine offensichtliche Ungeduld ist wie eine Kneifzange im Nacken.

Wahrscheinlich muss er aber weiter und ich hindere ihn daran, seinen Zeitplan einzuhalten.

Als ich einen Blick neben mich werfe, stelle ich fest, dass die Metallrohre und -stangen bereits ausgeladen wurden. Auch Theresa ist nicht hier, aber die soll ja bereits draußen auf mich warten.

Im Stehen setze ich den Rucksack auf und bedanke mich bei Theresas Bekanntem dafür, dass er uns mitgenommen hat.

»Keine Ursache«, erwidert er schulterzuckend und macht sich, nachdem ich ausgestiegen bin, eilig auf den Weg in die Fahrerkabine. Keine Minute später sehe ich dabei zu, wie der Laster davonfährt.

Tief einatmend reibe ich mir ein bisschen Schlaf aus den Augen, während Theresa neben mich tritt.

»Ausgeschlafen?« Da sie weder neckisch noch spöttisch klingt, ist es schwer auszumachen, ob sie auf die Frage eine Antwort erwartet.

Also belasse ich es bei einem nichtssagenden Brummen und nehme die nähere Umgebung in Augenschein.

Wir befinden uns auf dem Platz vor einer großen Halle. Den Reifenspuren auf dem staubigen Boden nach zu urteilen, wird hier Ware angeliefert und vermutlich auch abgeholt. Dumpfe Stimmen dringen aus der Halle zu uns herüber, aber sie sind zu weit weg, als dass ich konkrete Worte verstehen könnte.

Der Tag hat gerade erst begonnen, denn die Luft wirkt noch frisch und ich spüre dieses einnehmende Gefühl des Neubeginns, das gute Tage innehaben.

Heute ist alles möglich, das Blatt leer und unbeschrieben. Susi ist noch nicht verloren. Ich bin bereits so weit gekommen. Kurz vor dem Ziel zu scheitern, erscheint mir auf einmal unmöglich.

»Also«, äußere ich voller Tatendrang. »Wohin nun?«

Theresa deutet auf den Wald, der schräg gegenüber beginnt. »Da müsste es einen Pfad geben. Wir werden schauen, ob ich mich an die Strecke erinnere.« Dann stapft sie ohne weitere Erklärungen los.

Natürlich bleibt mir nichts anderes übrig, als ihr zu folgen und darauf zu hoffen, dass ihre Orientierung besser ist als ihre Fähigkeit – oder eher Unfähigkeit – sozialer Interaktion.

In meiner Vorstellung würze ich unsere Begegnung immer mit mehr Dramatik, als es wahrscheinlich gesund ist. Wunschdenken treibt die eigentlichen Erwartungen meist in unerreichbare Höhen und hinterher wundert man sich dann, warum man von der Realität so enttäuscht ist.

Ich sehe Susi immer freudestrahlend auf mich zu rennen. Ich sehe, wie ihr dunkelbraunes Haar im Wind flattert, wie ihre Augen strahlen, weil sie es kaum fassen kann, mich zu sehen. Ich breite die Arme für sie aus, erahne ihre Berührung, ihren Duft, bevor ich sie überhaupt an mich ziehe.

Es ist ziemlich kitschig, doch ich würde sie so fest an meine Brust drücken, bis uns beiden die Luft wegbliebe. Ich würde meine Hand auf ihre Wange legen, sobald wir wieder etwas Abstand zwischen uns gebracht hätten, und dann würde ich sie das zweite Mal in meinem Leben küssen.

An dieser Stelle verbiete ich meiner Fantasie jedoch, das Szenario weiterzuspinnen, weil ich mich nicht mit der denkbaren Zurückweisung ihrerseits auseinandersetzen möchte.

Im Grunde ist es furchtbar, einen anderen Menschen so schmerzhaft zu lieben und gleichzeitig nicht zu wissen, was er empfindet.

Vor langer Zeit hat Susi mir gesagt, dass sie mich liebt. Aber darf ich sie darauf festnageln, was sie in einer Extremsituation zu fühlen glaubte?

»He …« Theresa stockt kurz, ehe ihr mein Name wieder einfällt. »Theo!« So reißt sie mich aus meinen Gedanken, ohne mich mit einem Finger anzutippen oder sonst wie anzufassen.

Verdammt, wahrscheinlich ist ihr mein Unbehagen auf unsere kleine Berührung im Laster doch nicht entgangen. Das Gefühl, ein Arsch zu sein, lässt sich jetzt jedenfalls nicht mehr ignorieren. Ich versuche so ungezwungen und offen zu lächeln, wie es mir möglich ist, und sage: »Ja?«

Theresa zieht die Brauen nach oben, deutet mit einem Nicken auf das baufällige Haus schräg gegenüber der Abzweigung, an der wir stehen.

»Ich hab dir doch versichert, dass es das ist. Willst du nicht hingehen?«

Mein Magen gibt einen undefinierbaren Laut von sich. Ich habe keinen Hunger, ich bin nur so nervös wie nie zuvor in meinem Leben. Angestrengt will ich den Kloß in meinem Hals hinunterschlucken, doch er verschwindet einfach nicht.

Ein lauer Wind weht durch die Gasse, in der wir uns befinden. Obwohl es warm ist, überzieht eine Gänsehaut meinen gesamten Körper. Natürlich möchte ich herausfinden, ob Susi bei diesem Willy ist. Ob dieser Willy überhaupt noch dort wohnt! Warum also rebelliert jeder Muskel in mir, sobald ich nur darüber nachdenke, mich dem Gebäude zu nähern?

»Also, wenn du nicht gehst, dann werde ich eben ...« Theresa unterbricht abrupt, weil sich die Tür des Gebäudes öffnet, das wir wie zwei Bekloppte anstarren.

Ein irrational denkender, meinen Wünschen widersprechender Teil in mir hofft, dass es eine fremde Person ist, die gleich auf die Gasse heraustritt und im Schein der ersten Sonnenstrahlen davonspaziert.

Eine Person, die keinerlei Verbindung zu mir besitzt. Doch unglaublicherweise spuckt das Gebäude den Menschen aus, nach dem ich mich bereits mein ganzes Leben lang sehne. Unabhängig davon, wie groß oder gering die räumliche Distanz zwischen uns war.

Susi wird von einem Kerl begleitet, der etwas größer ist als sie. Die beiden unterhalten sich, ein Lächeln erscheint auf ihren Lippen.

Mein Herz krampft sich zusammen.

Der Typ hat kurze Haare und helle Narben im Gesicht und an den Armen, die ich selbst von hier aus erkenne. Er stößt die Tür hinter sich zu und folgt Susi, die – ich schlucke angespannt – direkt in unsere Richtung läuft.

»Willy«, haucht Theresa neben mir und klingt dabei ziemlich fassungslos.

Wenn ich mich jetzt abwende, geht die Liebe meines Lebens an mir vorbei, ohne mich zu bemerken – warum sollte sie auch in einem Bezirk mit mir rechnen? – und unsere Wege könnten sich für immer trennen. Als wären wir nie gemeinsam aufgewachsen, als hätte ich sie nie im Arm gehalten oder ihre Tränen getrocknet. Als hätten wir nie miteinander gesprochen, uns nie gestritten, nie verziehen. Sie könnte an mir vorbeigehen, als wären wir Fremde. Zwei Menschen, die vielleicht eine gemeinsame Zukunft hätten haben können, sich jedoch nie begegnen.

»Das ist er«, dringt Theresas Flüstern zu mir durch. »Das ist Willy. Und Susi. Was zum Teufel macht sie hier? Mit Willy!« Als würde sie von einem inneren Impuls geleitet, springt sie mitten auf den Weg und schreit: »Du Miststück! Mein Bruder verschwindet und du machst einfach ohne ihn weiter?«

Susi und Willy bleiben stehen. Ich sehe, wie sich Erstaunen in ihren Gesichtern abzeichnet, als sie Theresa erkennen. Dass Susis Augen glasig werden. Ich sehe ihre Schuldgefühle, als stünden sie neben ihr.

Ohne weiter darüber nachzudenken, verlasse ich ebenfalls meine Position neben der braunen Hausfassade und gehe auf die drei Personen vor mir zu.

Ich kann nicht sagen, wie Willy auf mich reagiert, denn ich blende ihn völlig aus. Meine Aufmerksamkeit gilt allein Susi, deren Augen bei meinem Näherkommen immer größer werden. Ihr Kinn klappt nach unten, ihre Lippen formen lautlose Worte, zwei Mal, bis sie »Theo« wispert und ich etwas anderes höre.

Spracherkennung aktiviert. Susanna Bleek in einem Radius von unter drei Metern identifiziert.

Ruckartig halte ich an. In meinen Ohren fängt es an zu rauschen, mein Schädel dröhnt.

Beinahe reflexartig fasse ich mir an die Stirn, während ein Klicken ertönt und dann eine mir grausam bekannte Stimme meinen gesamten Kopf ausfüllt.

»Mr Groth, ich möchte die letzten Sekunden Ihres leider noch sehr jungen Lebens nutzen, um Ihnen zu erklären, weshalb Sie und Ihre Freundin sterben müssen und ich gezwungen bin, meinen Eid zu brechen, jedes Mitglied unserer Stadt zu beschützen.«

Seine Worte schlitzen mir ganz langsam die Brust auf.

»Nur wenige, sorgfältig ausgewählte Menschen sind im Besitz des Wissens, das ich bereit bin, Ihnen als letzten Akt der Barmherzigkeit und als Anerkennung Ihres Wertes zu schenken. Denn auch wenn Sie entschieden haben, Ihr Talent und Ihr Wissen der Gemeinschaft vorzuenthalten, waren Sie keinesfalls entbehrlich oder gar nutzlos. Nicht mehr, als Sie selbst es entschieden haben zu sein.«

Kälte breitet sich von meinen Fingerspitzen beginnend über meine Gliedmaßen aus.

»Mr Groth, ich könnte von Ihnen verlangen, sich in meine Lage zu versetzen, damit Sie die Chance hätten zu verstehen, was mich zu dem drastischen Schritt der voreiligen Verkürzung Ihres Lebens verleitet hat, aber diese Vorgehensweise würde in Ihnen kein Verständnis hervorbringen – wobei ich zu bezweifeln wage, dass überhaupt irgendjemand fähig wäre, Ihnen meine Beweggründe erfolgreich nahezubringen. Dementsprechend kann ich auch nicht von Ihnen verlangen, mir zu verzeihen. Vor allem, weil mich als einzelne Person keine Schuld trifft.«

Wie durch dichten Nebel sehe ich Susi fragend die Brauen zusammenziehen. Regungslos sieht sie mich an.

»Mr Groth, als vor sehr langer Zeit die klügsten Köpfe dieser Welt nicht nur erkannten, wohin die damalige Entwicklung die Menschheit und den Planeten führen würde, sondern sie auch entsprechende Maßnahmen zur Verhinderung schlimmer Katastrophen ergriffen, gelangte man zu der wahren Überzeugung, dass ein gerechtes Leben ein unerreichbares Ziel sei. Man entschied, die vom Schicksal Gesegneten von den Ungesegneten zu trennen, damit weder Neid noch Hass das perfekte Leben trüben können. Doch eine solche Trennung bedarf der ständigen Überwachung und der Vermeidung von Störfaktoren. Um diesen Rahmen zu gewährleisten, gibt es Menschen wie mich, die sich die Bürde des Wissens um die Ungerechtigkeit und die Notwendigkeit des natürlichen Ausgleichs auf die Schultern laden. Ich bin ebenso wie Sie nur ein Diener des perfekten, glücklichen Lebens. Dass es nicht Ihres oder meines ist, ist lediglich das Resultat der unvermeidbaren, willkürlichen Aufteilung von Glück und Unglück.«

Ich kann mich nicht bewegen.

»Mr Groth, Sie und Ihre Freundin sind eine Bedrohung für den unnatürlichen Erhalt dieses natürlichen Systems. Weil ich keine andere Wahl habe, als der Notwendigkeit zu gehorchen, bin ich in dieser Ausnahmesituation dazu gezwungen, Sie zu beseitigen.«

Hinter meinen Augen brennt es. Die Umgebung verschwimmt zu einer Pfütze aus gelben und braunen Schlieren.

»Mr Groth, in Ihrem Hirn befinden sich mehrere Kapseln, die zu Beginn meiner Nachricht toxische Stoffe freigesetzt haben. Sie werden feststellen, dass Sie nicht mehr in der Lage sind, zu sprechen, und Ihre motorischen Fähigkeiten zu diesem Zeitpunkt stark eingeschränkt sind. Sollten Sie versuchen, Ihre Freundin zu retten, indem Sie sich auch nur einen Meter von ihr entfernen, wird ein mikroskopisch kleiner Sprengsatz in der Nähe Ihres Herzens aktiviert, der Ihnen und den Menschen in einem Umkreis von mehr als zehn Metern Verletzungen zufügt, die unweigerlich zum Tode führen.«

Es knackst in meinem Nacken, als ich angestrengt den Kopf schüttle. Ich will den Mund öffnen, die Zunge bewegen, aber es funktioniert nicht. Ich spüre nicht einmal, dass meine Beine unter mir wegsacken, bis ich mit dem Gesicht nach unten auf dem staubigen Boden liege.

Das ist also der Grund. Deshalb hat er mich gehen lassen.

»Mr Groth, ich überlasse Sie diesem schweren Schicksal nur höchst widerwillig. Doch es ist leider notwendig. Sobald Susanna Bleek Ihre Haut berührt, wird es nur wenige Sekunden dauern, bis der tödliche Wirkstoff, der mittlerweile Ihre Haut benetzt, auch ihr Herz zum Stillstand bringt.«

Ein Arm ist unter meinem gelähmten Körper eingeklemmt, doch der andere liegt neben mir auf der Erde. Ich kann kaum atmen, als ich mit letzter Kraft einen Finger bewege.

»Mr Groth, ich danke Ihnen für Ihr Leben. Dies ist ein Tag der Trauer. Ich werde Sie für Ihre Familie als Helden unserer Gesellschaft in Erinnerung behalten. Danke für Ihre Dienste an der Gemeinschaft.«

Ein letztes Mal höre ich ihre Stimme. Ein letztes Mal stelle ich mir das Leben vor, dass wir nie haben werden. Ein letztes Mal bereue ich, nicht mutiger, nicht waghalsiger gewesen zu sein, nicht mehr riskiert zu haben.

Dann spüre ich nur noch mein Herz.

Es hat aufgehört zu schlagen.

Dank

Ich danke Corinne und Andi für das Zuhause, das meine Geschichte bei ihnen gefunden hat.

Stefanie und Franziska danke ich für ihre Begeisterung, ihre hilfreichen Anmerkungen und für das offene Ohr, das ich immer genau dann finde, wenn ich es brauche.

Ganz besonders möchte ich außerdem Kim danken, die sich dieser Geschichte bereits als eine der Ersten angenommen hat und an mich glaubt. Ich bin unheimlich stolz, mich deine Freundin nennen zu dürfen.

Natürlich danke ich auch meiner Mutter. Ohne dich würde ich an manchen Tagen in meinen Selbstzweifeln versinken. Du bist immer für mich da.

Und Helen, danke, dass du von Anfang an ein Teil von ›Deceptive City‹ warst. Deine Gedanken sind Gold wert.

Über die Autorin

Stefanie Scheurich wurde 1997 in Esslingen am Neckar geboren. Durch Reihen wie ›Harry Potter‹ und ›Gregor‹ entdeckte sie ihre Leidenschaft für Bücher und schon bald mussten eigene Geschichten auf Papier gebannt werden. Erst nach dem Abitur begann sie allerdings, sich aktiv dem Schreiben von Romanen zu widmen, und veröffentlichte 2016 ihre ersten Geschichten.

Sie lebt zusammen mit ihrer Familie in einem kleinen Stadtteil von Esslingen, besucht regelmäßig den Ballettunterricht und widmet sich nebenbei ihrem Studium.

Kontakt:

Homepage: www.stefaniescheurich.de

Facebook: www.facebook.com/SteffiScheurich

Das Prequel zu Deceptive City (unabhängig lesbar):

Sanni: Prequel zu Deceptive City

Einzelband

532 Seiten, broschiert

Dystopie

Als Taschenbuch und E-Book

Klappentext:

Was würdest du tun, wenn ein Mensch, den du liebst, einfach verschwindet? Was würdest du riskieren, um ihn zurückzubekommen?

Die siebzehnjährige Susanna hat alles außer echten Problemen. Als Mitglied einer privilegierten Gesellschaft, die ihr perfektes Leben in einer Stadt hinter schützenden Mauern führt, gleicht ihr Dasein einem Hauptgewinn. Nur ist ihr gar nicht bewusst, wie viel Glück sie tatsächlich hat.

Nachdem ihr Bruder jedoch eines Tages spurlos verschwindet, setzt sie alles daran, ihn zu finden, und stößt dabei auf Wahrheiten, die ihr den Boden unter den Füßen wegreißen.

Sanni ist das Prequel zu 'Deceptive City' und die Antwort auf die Frage: Wer ist Susi wirklich?

Mehr von Stefanie Scheurich:

Streuner: Verflucht liebenswert

Einzelband

442 Seiten, broschiert

Urban Fantasy

Als Taschenbuch und E-Book

Klappentext:

Boru hat die Schnauze gestrichen voll von seiner Ausbildung zum Hexenmeister. Während er lieber Sänger werden würde, besteht seine Mutter darauf, dass er sein Studium an der Zauberschule vollendet. Er beschließt kurzerhand, abzuhauen und seinem Traum zu folgen. Womit er allerdings nicht gerechnet hat, ist der Fluch seiner Mutter, der ihn in eine Katze verwandelt, sobald er die Welt der Normalos betritt. Aber von seinem neuen Körper lässt Boru sich nicht aufhalten. Er begegnet Greta, einer Internatsschülerin, die den streunenden Kater bei sich aufnimmt. Seine Mutter hat allerdings noch einige Tricks auf Lager, um ihren Sohn zur Vernunft zu bringen. Bald schon ist Boru hin- und hergerissen zwischen der Pflicht, Greta nicht in die Probleme seiner Welt hineinzuziehen, und dem Wunsch, bei ihr zu bleiben. Denn auch ein Kater kann sein Herz an ein Mädchen verlieren.

Aschenglitzer

Einzelband, 326 Seiten, broschiert

Märchenadaption zu Aschenputtel

Als Taschenbuch und E-Book

Klappentext:

Glaubst du an Liebe auf den ersten Blick?
Oder an Wunschfeen, die Herzenswünsche erfüllen?
Prinzessin Alessandra glaubt in erster Linie daran, dass sie ihr Schicksal selbst in die Hand nehmen sollte. Sie möchte nicht von einer Fee abhängig sein oder auf den edlen Prinzen in glänzender Rüstung warten, der sie und ihren Vater rettet. Stattdessen ist sie bereit, jedes Risiko einzugehen, um den König vor dem Tod zu bewahren. Dass sie dabei nicht nur einen Drachen, sondern auch noch den Stallburschen Nathaniel und dessen Wunschfeerich an ihrer Seite hat, könnte ihre Aufgabe leichter gestalten. Könnte … denn Nathaniel und sie verbindet eine ganz besondere Magie, die sie erst noch akzeptieren müssen. Und selbst dann ist es nicht sicher, ob sich ihre Geschichte wirklich zum Guten wenden kann.

Weitere Titel aus unserem Fantasy-Programm

J. K. Bloom
Wächter der Runen (Band 1)
28. September 2018, Sternensand Verlag
528 Seiten, broschiert

High Fantasy
Als Taschenbuch und E-Book

Fanny Bechert
Elesztrah (Band 1): Feuer und Eis
3. November 2016, Sternensand Verlag
468 Seiten, broschiert

High Fantasy
Als Taschenbuch und E-Book

Jasmin Romana Welsch
Krieger des Lichts (Band 1): Nihil fit sine causa
20. Oktober 2017, Sternensand Verlag
616 Seiten, broschiert

Urban Fantasy
Als Taschenbuch

Carolin Emrich

Elfenwächter (Band 1): Weg des Ordens

15. Januar 2017, Sternensand Verlag

308 Seiten, broschiert

High Fantasy

Als Taschenbuch und E-Book

C. M. Spoerri

Die Legenden von Karinth (Band 1)

25. September 2016, Sternensand Verlag

448 Seiten, broschiert

High Fantasy

Als Taschenbuch, Hardcover und E-Book

B. E. Pfeiffer

Götterherz (Band 1)

9. November 2018, Sternensand Verlag

362 Seiten, broschiert

Urban Fantasy

Als Taschenbuch und E-Book

STERNENSAND
VERLAG

Besucht uns im Netz:

www.sternensand-verlag.ch

www.facebook.com/sternensandverlag